我是猫

（畅销2版）

[日] 夏目漱石 著

刘子倩 译

吾輩は猫である

なつめ そうせき

中国法制出版社

CHINA LEGAL PUBLISHING HOUSE

目录

Chapter 1

我是猫。尚无名字。

我不知自己生于何处。只记得在某个阴暗又潮湿的地方喵喵号哭。我就是在这里第一次见到人类。而且事后听说，那是人类当中最恶毒的书生①这类人。这种书生据说经常将我们猫族捉来烹煮吃掉。但当时的我毫无思想可言所以倒也不惧。只是被他放在手心倏然捧起的时候感到飘飘然。等我在书生的掌上稍微镇定之后所看到的脸孔应该就是我头一回见到的所谓人类的。当时那种异样之感至今犹存。先不谈别的，本该以毛发装饰的脸孔居然光溜溜的像个药罐子。后来我也见识过很多猫，可从来没遇见这样的残缺生物。而且脸孔中央还高高突起。从那个洞中不时呼呼喷出烟雾，弄得乌烟瘴气真是受不了。直到最近我才知道原来那是人类抽的香烟。

我在这个书生的手心安安稳稳坐了片刻，但过了一会儿突然开始以惊人的速度移动。我不知道是书生在动还是只有我自己在动，但我眼冒金星，恶心作呕。想到自己没救了，顿时眼睛喷火，发出尖叫。到此为止我还记得，但之后的事就算努力试着思考也弄不明白。等我蓦然回神一看，书生已经不见了。本来我有很多兄弟姐妹这时也通通不见踪影，就连最重要的母亲都不见了。而且与之前待的地方不同，此处异常明亮，亮得睁不开眼。一切都不对劲，我慢吞吞爬起来迈步一看，这下可糟了，我从稻草堆上突然被遗弃在草原中。

好不容易走出草原后，我发现前面有个大池子。我坐在水池前思索到底该怎么办。可是并未想出什么好主意。过了一会儿我终于想到，如果听到我哭叫，书生说

① 书生是指学生，尤其是寄住他人家中一边协助处理家务一边求学的青年。

不定又会来接我。于是我试着喵喵叫了两声但谁也没出现。后来池上渐渐起风，天也快要黑了。我的肚子好饿，想叫都叫不出声音。无奈之下，我决心先走到有食物的地方再说，我开始缓缓沿着池子往左边绕行。我非常难受，勉强忍耐着走过去后总算来到比较有人味儿的地方。我心想爬进这里后应该会有办法，于是从竹篱的缺口钻进某栋房子。缘分实在不可思议，如果这个竹篱没有破损，说不定我早已在路边活活饿死了。大树之荫①这句话说得真是太好了。这个竹篱的缺口至今仍是我拜访邻家三毛子时的必经路线。话说回来，虽然钻进宅子，但接下来该怎么做我毫无头绪。后来天色也暗了，肚子也饿了，天气又冷，还下起雨，已经片刻都不容再犹豫了。无奈之下我只好尽量朝光明温暖之处不断走去。如今想想，当时其实我就已进入这个家了，在这里我得以再次见到那个书生之外的其他人类。第一个遇上的是厨娘。她比之前那个书生更粗鲁，一看到我，二话不说就拎着我的后颈把我扔到门外。我心想这下子吾命休矣，只好两眼一闭听天由命。但我实在无法忍受饥寒交迫的滋味，我再次趁她不注意爬进厨房，结果很快又被扔出来。我被扔出来又爬进去，爬进去又被扔出来，记得同样的情形好像重复了四五遍，那时我对这个厨娘真是讨厌透了。不久前我偷了她的三马②已报了仇，总算一吐这口怨气。最后在我又要被她拎出去时，这家的主人③一边说“吵吵闹闹地搞什么”一边出现了。厨娘拎着我对主人说：这只流浪的小野猫即便一再扔出去还是溜进厨房，真是伤脑筋。主人拈着鼻子底下的黑毛对着我的脸孔打量半晌，最后说声“那就留下吧”便径自走进里屋。看来主人很少开口，女佣不甘心地把我扔进厨房。就这样，我终于决定把这间房子当成我的家。

我的主人很少和我碰面。他的职业好像是老师，从学校回来就整天待在书房几乎没出来过。家里的人都认为他非常勤勉好学，他自己也摆出好学的架势。但实际上他并没有家人说的那么勤勉。我不时会蹑足偷窥他的书房，发现他经常睡午觉，而且往往还会把口水滴在没看完的书上。他的肠胃功能不佳，皮肤带着淡黄缺乏弹性，流露出不健康的征候。可是偏偏胃口特别大，饱餐一顿后再喝高氏消化剂④。喝完就翻开书本，看个两三页就困了，于是在书上滴口水。这就是他每晚的例行功课。

---

① 意指凑巧同在一片树荫下亦是前世的缘分。乃歌谣广泛使用的语句。

② “三马”通常写成秋刀鱼。漱石在《我是猫》中经常使用这类同音异字。

③ 这家的“主人”，“鼻子底下”有胡子、罹患“胃弱”、爱好“歌谣”，与现实中的漱石有很多共通点，但也有身为中学教师这种不同之处。而他的住处附近有车夫与中学，也与漱石当时的住处相同。

④ 消化剂的商品名称，即在淀粉酶（diastase）前面冠上发明者高峰让吉的“高”。

我虽是一只猫却也常常思考，我认为当教师实在是很轻松的工作。如果我是人类一定要去当教师，这样睡觉都能赚钱的话，猫应该也能愉快胜任。不过照主人的说法，再没有比教书更艰苦的工作，每次只要有朋友来他总是大吐苦水。

我住进这个家的时候，除了主人外很不得人心，不管去哪儿都会被拍开，没有人肯理睬我。我是如何不受重视，光看我到现在连个名字都没有就知道。我无可奈何，只好尽量待在肯接纳我的主人身旁。早上主人看报纸时我一定会坐在他的膝上，他睡午觉时我一定蹲在他的背上，这可不是因为我喜欢主人，纯粹是因为没有别人肯理睬我只好勉强屈就。之后基于种种经验，我养成了早上待在饭锅上，晚上在暖桌上，天气好的中午睡檐廊的习惯。不过最舒服的还是入夜后钻进这家小孩的被窝一起睡。这家的小孩分别是五岁与三岁，晚上两个小娃娃会躺在一个被窝里睡觉。我总是在他们中间找出我能容身的余地，硬是挤出一个位子，不过如果运气不好吵醒其中一个小孩那可就麻烦了。小孩——尤其是年纪幼小的那个特别难缠——总会嚷嚷着猫来了、猫来了，三更半夜照样哇哇大哭。于是那个罹患神经性胃弱的主人必然会醒来自隔壁房间冲过来，上次我甚至还被他拿长尺狠狠打屁股。

我与人类同住，观察他们久了，不得不断言他们实在很任性。尤其是不时与我同床共枕的小孩，任性的时候就把人家拽起来倒吊、拿袋子套在我头上、往半空把我扔出去，或者把我塞进炉灶。而且我只要稍有反抗之意，所有的人就会联合起来追赶我，迫害我。上次也是，我只不过在榻榻米上磨一下爪子，女主人就大发雷霆，从此再也不准我随便进入和室，哪怕人家蹲在厨房的木头地板上可怜地颤抖她也毫不在乎。我所尊敬的对街的白君每次碰面都说天底下没有比人类更不通人情的生物。白君前几天生了四只如珠似玉的小猫。但是据说那家的书生第三天就把四只小猫都拿到后面池塘扔掉了。白君流泪对我诉说经过之后表示，如果我们猫族想过着美好的家族生活享受天伦之乐，就一定得和人类战斗歼灭他们。我认为这些话非常有道理。还有隔壁的三毛君也抱怨人类不懂所谓的所有权，为此非常愤慨。本来我们同族之间无论是咸鱼头或乌鱼肚，最先发现者就有权利享用，如果对方不遵守这个规定甚至可以诉诸武力解决。但他们人类似乎毫无这种观念，我们发现的美食佳肴总会被他们掠夺。他们仗着强大的武力公然夺走我们该吃的东西。白君住在军人家，三毛君有位辩师[①]主人。而我住在教师家，所以在这方面的态度比他俩乐观，

① 辩师为律师的旧称。强调“所有权”的“三毛君”对人类的批判颇有律师之风。

对我而言只要能够马马虎虎度过每一天就够了。即便是人类，也不可能永远繁荣。不如让我们耐心等待猫族胜利的时节到来。

既然讲到任性，那就顺便再聊一下我家主人因任性而失败的故事吧。本来这位主人并没有什么过人之处，但他偏偏喜欢事事都插手。他写俳句投稿到《不如归》[①]，写新体诗[②]向《明星》[③]投稿，书写错误连篇的英文，有时又迷上弓箭，还学唱歌谣，有一次甚至拉着小提琴叽里呱啦鬼叫，可悲的是，他没有一桩学出名堂。可是一旦开始学，他虽有胃弱的毛病倒还是很勤奋。甚至还在后架[④]中大唱歌谣，因而在附近赢得后架老师这个绰号，但他毫不在乎，照样反复吟唱吾乃平之宗盛[⑤]。甚至令众人忍俊不禁打趣"看吧，宗盛又来了"。这位主人也不知是怎么想的，在我住下来过了一个月后的那个发薪日，他拎着大包袱匆匆归来。正在好奇他买了什么，只见都是水彩颜料与毛笔还有水彩纸，原来他决心从今日起放弃歌谣与俳句改而习画。自隔天起他每天也不在书房睡午觉了，只顾着埋头作画。但是他画好的成品，没有人说得出那画的是什么。他自己或许也觉得成果不太理想，某天他有位专攻美学的友人来访时，我听到以下这样的对话。

"好像就是不如理想。看别人的作品明明很简单，可是自己动笔才发觉很困难。"这是主人的自述。的确非常诚实。友人透过金框眼镜看着主人的脸："一开始当然不可能画得好，光是待在室内想象不可能画得出好东西。以前意大利的大师安德烈亚·德尔·萨尔托[⑥]就曾经说过。要画画必须先临摹大自然本身。天有星辰，地有露华，有飞禽，有走兽，池中有金鱼，枯木有寒鸦[⑦]。大自然就是一幅巨大鲜活的图画。如果你想画出像样的画何不出外去写生？"

"噢？安德烈亚·德尔·萨尔托还讲过那种话啊？我都不知道。果然有道理。说得一点也没错。"主人频频感叹。我却看到金框后面的那双眼睛露出嘲弄的笑意。

---

① 《不如归》（ホトトギス）是当时的俳句杂志，目前仍在刊行中。乃漱石之友正冈子规推动俳句革新运动及写实文普及的据点。除了《我是猫》，这本杂志还连载了许多漱石作品。

② 新体诗是日本近代诗的原型。漱石也在这时尝试新体诗，但未在《明星》刊载过作品。

③ 《明星》是与谢野宽主持的诗歌杂志。以浪漫主义为主调，与谢野晶子、石川啄木、北原白秋等人是主要作者。

④ 后架乃禅寺对厕所的称呼。

⑤ 谣曲《熊野》开头宗盛自报姓名的第一句。这是初学者多半会学的曲子。

⑥ 安德烈亚·德尔·萨尔托（Andrea del Sarto，1486—1530），意大利人，佛罗伦斯派画家。

⑦ 枯木配寒鸦的冬景构图乃日本画的传统题材。

翌日我照旧去檐廊舒舒服服睡午觉时，主人破例从书房出来，在我身后不晓得在忙什么。我蓦然醒来，眯着眼看他在干什么，原来他在专心模仿安德烈亚·德尔·萨尔托。我看到他这副德行不禁失笑。他被友人揶揄后做的第一件事居然是对着我写生。我已经睡够了，很想打呵欠。但主人难得这么热心动笔，我觉得乱动好像太对不起他，只好默默忍耐。他现在已经画出我的轮廓，正在脸部上色。在此我必须自己招认，身为一只猫，我绝不算出色，无论身材、毛色或五官，我都不敢说自己胜过其他猫。但即便是丑陋的我，也不可能出现我的主人笔下正在描绘的那种古怪模样。首先颜色就不对。我像波斯猫一样拥有一身浅灰带黄还有黑斑的毛色，我认为这点无论在谁看来都是不容置疑的事实。但是看主人现在的用色，既不黄也不黑，不是灰色也不是褐色，可也不是这些交杂的颜色。除了说那是一种颜色外，其余无法置评。更不可思议的是画中的猫居然没眼睛。不过他是趁我睡觉时写生的，所以也不能怪他，但是连个像眼睛的地方都看不到所以根本分不清那是盲猫还是睡觉的猫。我在心里暗想，就算是安德烈亚·德尔·萨尔托亲自出马恐怕也束手无策。不过对于他那种热情还是不得不道声佩服。本来想尽量不动，但我从刚才就感到尿意频催，身体内部的肌肉蠢蠢欲动。已经到了片刻都无法再迟疑的地步，我只好失礼地把双脚用力往前伸长，压低脖子“啊——”打了一个大呵欠。到此地步，纵使我再装乖巧也没用了，反正都已打坏主人的预定计划，索性顺便去后面小便吧，于是我慢吞吞迈步走出。结果主人以失望又愤怒的声音，从和室里大吼：“你这个浑蛋！”这位主人骂人时总是习惯骂浑蛋。他不知道其他的骂人方式这不能怪他，但他连人家一直为他忍耐的苦心都不懂，就随便说人家是浑蛋未免太没礼貌。而且平时我坐在他背上时他如果稍微有点好脸色，这种谩骂我也就甘心忍了，问题是他从来没有爽快地替我做过一件好事，我只是去小便就被骂浑蛋实在太过分了。人类本来就喜欢夸大自己的能力灌水作假。如果不拿出稍微比人类强大的东西气气他们，今后他们还不知会嚣张到什么地步。

任性若只是这种程度还能忍耐，但是关于人类的不道德，我听过比这个悲惨好几倍的故事。

我家后面有个十坪左右的茶园，虽然不大却是可以舒服晒太阳的好地方。家里小孩太吵闹让我无法好好睡个午觉时，或者太无聊心情不佳时，我总是会来这里颐养浩然正气。某个小阳春的午后两点左右，我在午饭后畅快地睡了一觉之后，为了稍作运动走向这座茶园。我一棵一棵地嗅闻茶树的根部，一直走到西侧的树篱旁边，只见一只大猫推倒枯菊躺在上面呼呼大睡。他丝毫没有察觉我接近，或者察觉了也不当一回事，只见他鼾声如雷伸长身体酣睡。潜入别人家的院子居然可以睡得如此坦然，我不得不暗自为他的大胆惊讶。他是纯粹的黑猫。刚过正午的太阳，透明的光线洒在他的毛皮上，闪亮的细柔毛皮之间似乎燃起肉眼看不见的火焰。他拥有堪称猫中大王的雄伟体格，足足有我的两倍大。我抱着赞赏与好奇，忘乎所以地伫立在他面前仔细打量，这时静谧的春日和风，轻诱杉篱上方伸出的梧桐树枝，有两三片叶子飘然落到枯菊堆上。大王猛然睁开浑圆的双眼。至今我仍记得，那双眼睛比人类珍爱的琥珀更加美丽璀璨。他纹丝不动，双眸深处射出的光芒凝聚在我矮小的额头上，他开口了："你这臭小子到底是什么来历？"就大王而言，言辞似乎有点粗鄙，但他的声音底层蕴藏了足以打败犬类的威力，所以我非常惶恐。我心想不打招呼恐怕不妙，于是强装镇定冷然回答："我是猫，尚无名字。"但这时我的心脏的确比平时跳得更加剧烈。他以异常轻蔑的语气说："什么，你是猫？真是可笑。那你到底住在哪里？"他的态度非常目中无人。"我就住在这个教师的家里。""我猜也是。瞧你这瘦巴巴的死德行。"不愧是大王，气焰嚣张。从他的谈吐观之，显然不是什么良家好猫。但是看他肥胖的模样又好像吃得很好，过得很富足。我不得不问："我还没问你又是谁呢？""我是车夫家的黑子。"他昂然表示。车夫家的黑子是这一带无人不知，无人不晓的恶猫。但他只是仗着车夫逞强好斗一点教养也没有，所以很少与别人交际。是同盟敬远主义的标的。我听了他的名字在略感退缩的同时，也产生了一丝轻侮之心。我决定先试试他到底有多么不学无术，于是有了以下的这番对答：

"车夫与教师究竟何者更厉害？"

"当然是车夫比较强壮。看看你这臭小子的主人，简直是皮包骨。"

"你身为车夫的猫，好像也很强。待在车夫家似乎可以吃到不少好东西。"

"那算什么，老子我不管去哪儿都不愁吃不到好东西。像你这种臭小子老在茶园打转有屁用，还不如跟着老子混。包管不到一个月就让你胖得别人都认不出你是谁。"

"改天再这么麻烦你吧。不过我家的房子比车夫家大，住起来比较舒服。"

"笨蛋，房子纵使再大难道能够填饱肚子吗？"他似乎非常恼火，寒竹削成似的耳朵频频抖动，大摇大摆地走了。我与车夫家的黑子成为知己就是在这之后。

从此我一再与黑子遇上，每次他都散发出车夫应有的气焰。之前我说的不道德事件其实就是听黑子讲的。

某日我照例与黑子躺在温暖的茶园中闲聊，他把那套自吹自擂又当成新话题重复一遍后，对我提出以下的质问："你到现在为止捉过几只老鼠？"我自认智力远比黑子发达，但论及力气与勇气终究比不上黑子，不过碰上这种时候，我还是很尴尬。然而事实就是事实不容狡辩，我只好老实回答："其实我一直想捉但是还没捉过。"黑子抖动着从鼻头直挺伸出的长胡须笑得很厉害。本来黑子就有因自吹自擂而犯的毛病，只要表现出对他的气焰心悦诚服喉咙咕噜咕噜响着洗耳恭听就很容易控制他。我与他接近后立刻抓到这个窍门，所以我知道在这时候替自己辩护只会令形势越发不利，我当下拿定主意，看来只有让他谈自己的辉煌战绩敷衍过去。于是我低调地怂恿："以你这个年纪一定捉到过很多老鼠吧？"果然他朝墙壁的缺口呐喊："没什么啦，起码也捉了三四十只吧。"他得意扬扬地回答。他又说："就算再来一两百只老鼠我也可以自己搞定，但碰上鼬鼠我就没辙了。我在鼬鼠的手里吃过一次大亏。""噢？原来如此。"我附和。黑子眨着大眼说："是去年大扫除的时候。我家主人拿着石灰袋子钻进地板下，没想到忽然有一只很大的鼬鼠跑出来。""嗯——"我露出惊叹的神色。"不过这玩意儿也就是大一点的老鼠而已。我心想这种浑蛋算什么，于是紧追上去，最后终于把他赶进臭水沟。""干得好！"我替他喝彩。"没想到到了紧要关头那家伙最后居然放屁。臭得熏死人，从此之后只要看到鼬鼠我就想吐。"说到这里他就像现在还可闻到去年的臭味似的抬起前脚，一而再、再而三地摸鼻头。我也不禁有点同情。我想稍微鼓励他一下："不过老鼠被你盯上也算是倒了八辈子霉。你在捕鼠方面可是高手，一定是常吃老鼠才会身材这么丰腴，毛色这么光滑吧？"不料这个为了讨好黑子才提出的问题竟然收到反效果。他喟然长叹一口气说："想想就觉得无趣。就算捉到再多老鼠又怎样——这世上没有哪个家伙能像人类那么坏，居然把人家捉到的老鼠通通夺走送去派出所①。派出所不知道那究竟是谁捉到的，所以每次都奖赏五分钱。我家主人光是靠我就已赚了一元五角钱左右，结果还不肯好好喂我吃东西。人类就是小偷。"即便是不学无术的黑子似乎也懂得这种道理，气愤得背上的毛都竖起来。我有点毛骨悚然，于是当场含糊带过就回家了。从这时起我下定决心不捉老鼠。但我也不曾成为黑子的小弟一同猎捕老鼠之外的大餐。比起吃大餐，还是睡觉更轻松愉快。看来在教师的家里待久了，猫也会变

① 当时东京为了预防传染病，奖励驱除老鼠，市府会出钱买下民众捕获的老鼠。

得像教师一样。如果不当心点，说不定我也会很快出现胃弱的毛病。

说到教师，我的主人最近终于醒悟自己在水彩画上毫无希望，他在十二月一日的日记上如此写道：

今天在聚会上邂逅自称某某者的人物。此人据说极为放荡，果然颇有那种风采。像这种人通常深受女性欢迎，所以与其说某某放荡或许该说他应众人要求不得不放荡更恰当。此人的妻子据说是艺伎，真是令人羡慕的艳福。本来批判放荡者的人多半没有放荡的资格。以放荡者自居的人，也多半没有放荡的资格。他们并非不得已却硬是要这么做。就像我的水彩画终究不可能毕业。即便如此，我还是自以为是风流人物。如果他们喝点餐馆的小酒，出入茶室就是风流人物，那我也算一介水彩画家了。像我那种水彩画还不如不画，同样地，相较于愚昧的风流人物，那些乡巴佬更高尚。

风流人物论令人有点难以苟同。羡慕别人有个艺伎妻子这点，作为一个教师也是不该宣之于口的愚昧想法，唯有他对自己水彩画的批评眼光很正确。主人虽然颇有自知之明却无法戒除那种自恋心态。隔了两天，在十二月四日的日记又有这样的记载：

昨夜我梦见画了水彩画，终究画得不像样，扔到一旁后被人裱框悬挂在门上方。看到裱好的成果连我自己都觉得忽然出色多了。我非常开心。一个人细细打量，心想这样看起来很不错，不意天亮醒来，原来还是一样技巧拙劣的事实与朝阳一同变得明朗。

主人似乎连梦里都背负着对水彩画的不舍。这样别说是水彩画家了，就连夫子①所谓的风流人物也当不了。

主人梦见水彩画的翌日，那个戴金框眼镜的美学者在睽违多日后再度前来拜访。他一坐下，劈头就说："画得怎样了？"主人神色坦然："我听你的忠告致力写生，果然透过写生对以前未注意到的物体形状、颜色的细微变化有了深刻的了解。

① 夫子在此是指主人。本来是古代中国对大夫以上者的敬称。

西方就是自古以来主张写生才有今天这样发达的成绩。不愧是安德烈亚·德尔·萨尔托。”他对日记里写的事绝口不提，而且很佩服安德烈亚·德尔·萨尔托。美学家失笑：“我老实告诉你吧，那是我瞎掰的。”说着抓抓头。“什么？”我家主人还没发现那是瞎掰的。“就是你频频感叹的安德烈亚·德尔·萨尔托啦，那其实是我捏造的故事。我没想到你会当真，哈哈哈哈！”美学者看来极为高兴。我在檐廊旁听这段对话，不由得暗自想象主人今天的日记会如何记载。这位美学家唯一的嗜好就是这样吹牛糊弄人。他对安德烈亚·德尔·萨尔托事件如何打动主人的情感毫不顾虑，一脸得意地饶舌说出以下的故事：“有时我只是开开玩笑别人却信以为真，激发出一种滑稽的美感，真有意思。我之前告诉某个学生说，是尼古拉斯·尼克贝忠告吉本[①]不要用法文写他的代表作《法国革命史》改以英文出版，偏巧那个学生是个记忆力绝佳的男人，居然在日本文学会的演讲会上一本正经重述我瞎掰的内容，实在太滑稽了。当时旁听者有百人之多，大家都热心倾听。之后还有更好玩的事。在某个文学家出席的场合提到哈里森的历史小说《瑟欧法诺》[②]，我说那在历史小说中首屈一指。尤其女主角死亡的那段描写更是鬼气逼人，结果坐在我对面声称无事不知的先生居然说，对对对，那实在是杰作。于是我就知道此人果然跟我一样没看过这篇小说。”神经性胃弱的主人瞪圆了眼问道：“你这样瞎掰，万一对方看过内容怎么办？”听起来主人似乎觉得骗人毫无问题，只是担心被拆穿时有点伤脑筋。美学家丝毫不以为意：“放心，到时只要说我和别本书弄错了就行。”说完他咯咯笑。这位美学家虽然戴着金框眼镜，但他的气质和车夫家的黑子有点像。主人默默抽着日出[③]吐出烟圈，脸上的神情像在表明自己可没有那种勇气。美学家则报以所以你才会连画都画不好的眼神。“不过玩笑归玩笑，画画其实很困难，达·芬奇[④]据说曾经教门生去画寺院墙上的污渍。果然，钻进厕所仔细望着漏雨的墙壁，真的

---

① 这一段多半为杜撰。尼古拉斯·尼克贝（Nicholas Nickleby）是英国小说家狄更斯的作品《尼古拉斯·尼克贝》的虚拟主角。爱德华·吉本（Edward Gibbon，1737—1794）是英国历史学家，他的主要著作不是《法国革命史》，而是《罗马帝国衰亡史》六卷。而漱石亲近的英国批评家托马斯·卡莱尔写过《法国革命》。又，《罗马帝国衰亡史》是以英文撰写，但之前的吉本有许多法文著作。

② 英国作家哈理森（Frederic Harrison，1831—1923）的作品《瑟欧法诺》（*Theophano: the Crusade of the Tenth Century*，*a Romance*）。但原作并未提到“女主角死亡”。

③ “日出”是岩谷商会于明治三十五年发售的纸卷香烟。

④ 达·芬奇（Leonardo da Vinci，1452—1519），文艺复兴时期最具代表性的天才学者、艺术家。墙壁污渍的故事出自他的《手记》。

有天然形成、相当巧妙的图画哟。你若是好好写生一定会有好玩的收获。”“你又想骗人了是吧？”“不，这点千真万确。实际上这不是振聋发聩的警语吗？达·芬奇都可能这么说。”“有道理，的确振聋发聩。”我家主人半是投降。不过他好像还没在厕所写生过。

车夫家的黑子后来跛了，他那身原本光滑油亮的皮毛渐渐褪色脱落，我曾赞美过比琥珀更美的眼睛也堆满了眼屎。尤其惹我注意的，是他的意气消沉与身形消瘦。我在那个茶园遇到他的最后一天，忍不住问他怎么了。“鼬鼠最后的臭屁与卖鱼的扁担把我整惨了。”他说。

赤松之间，点缀两三层朱红的枫叶已如昔日旧梦散落，洗手池附近轮番绽放红白花朵的山茶花也已落尽。在三张半榻榻米大小的南向檐廊上，冬阳也早早西斜，几乎没有一天不吹冷风后，我睡午觉的时间好像也缩短了。

主人每天照旧去学校，回来便待在书房。有人来时，他就诉说当教师是多么多么讨厌。他已很少再画水彩画，对于高氏消化剂也抱怨无效不再服用。小孩整天吵吵闹闹被送去幼儿园了，回来就唱歌、拍球，不时拎起我的尾巴把我吊在半空。

我没吃到大餐所以也没发福，还算健康也没跛足地度过每一天。我绝不捉老鼠。女佣至今仍很讨厌。还是没人替我取名，不过要是贪心起来会没完没了，所以我打算就待在这教师家当一辈子的无名猫。

Chapter 2

我自新年以来稍有名气[①]，身为一只猫亦可傲视众人实在很幸运。

元旦一早，我家主人就收到一张明信片。这是他某位画家友人寄来的贺年片，上方是红色，下方涂成深绿色，中央以粉蜡笔画了一只蹲踞的动物。我家主人在书房拿着这件画作，横看看，直瞧瞧，频频赞叹用色之巧妙。大叹一通后，我以为他要停止了，没想到他还是拿着明信片左看看右瞧瞧。还把身体扭转或伸长手，做出老人家研究三世相[②]的样子，一会儿又对着窗户拿到鼻头前面打量。他的膝盖晃动令我摇摇欲坠，暗自祈祷他赶快停止。好不容易晃动不再剧烈，忽然听见他小声说：这画的到底是什么东西？主人虽对明信片的用色赞叹不已，却看不懂那画的是什么动物，所以似乎从刚才就开始苦思。我心想原来是这么莫名其妙的明信片，一边优雅地半睁睡眼，从容不迫地定睛一看，那分明是我的肖像！虽然不像主人那样推崇的安德烈亚·德尔·萨尔托，好歹作为一个画家在形体的描绘与色彩方面都有一定的水准。不管谁看了都知道那是猫。若是稍有眼力，更可一眼看出那不是别的猫，就是在下我，画得很生动。主人连这么简单明了的事都不懂居然还要想这么久，我忽然有点同情人类了。可以的话，我很想告诉主人那幅画画的就是我。好吧，就算不知道是我，至少我也想告诉他那画的是一只猫。但人类是一种不受上天眷顾无法理解我们猫族语言的可怜动物，所以很遗憾，我只能保持沉默。

---

① 《我是猫》本来以短篇形式发表于明治三十八年一月的《不如归》，后因广受好评开始连载。

② 根据人的生辰八字及面相，推断三世亦即过去、现在、未来的因果、善恶、吉凶。在此是指解说那些因果吉凶的书刊。

我想稍微向读者声明一下，本来人类就习惯动不动便以轻蔑的语气评论我们猫族，这点非常不好。从人类的渣滓诞生牛与马，以牛与马的粪便制造出猫——这种想法，对不察自己的愚蠢还一脸傲慢的教师而言或许是常犯的错误，但对旁观者而言实在惨不忍睹。就算是猫，也不可能如此粗制滥造。在旁人看来或许以为每只猫都长得一模一样、平等无差别、没有自己固有的特色，但如果进入猫族社会就会发现其实相当复杂，十人十色这种人族用语也可以直接应用在猫族。无论是眼神、鼻子、毛色、四肢，全都不一样。从胡须的硬度到耳朵竖立的角度，乃至尾巴垂落的程度都各有千秋。美丑、好恶、优不优雅堪称千差万别。即便有如此明显的区别存在，人类的眼睛却只会向上，一径看着天空，所以我等的个性自不待言，就连我等的相貌差异他们都无法识别真是太可悲了。俗话说同类相求真是一点也没错，买麻糬得找麻糬店，研究猫得问猫，猫的事毕竟只有猫最清楚。即便人类再怎么发达，唯独这点还是做不到。更何况他们根本不像自己相信的那么了不起，所以就更困难了。至于我家缺乏同情心的主人，他连相互理解是爱的第一义都不知道，所以已无药可救。他就像难缠的牡蛎紧紧吸附在书房，从不曾对外界开口，然后摆出一副只有自己最豁达的样子，真是有点可笑。其实他并不豁达，最好的证据就是我的肖像明明在眼前他却一点也没发现，还说什么今年是征俄第二年所以八成画的是熊[①]这种傻话。

我趴在主人的膝上闭眼如此沉思，不久女佣又送来了第二张明信片。一看之下，以铅版印刷的四五只外国猫排成一排，有的握笔，有的翻书，有的在做功课，其中一只离开位子在桌角大跳西洋版的《猫咪曲》[②]。上方以日本毛笔写着黑色大字“我是猫”，右方甚至可以看到“读书跳跃猫之一日春”这句俳句。这是主人昔日的门生寄来的，不管谁看了皆可一眼懂得意思，但我家的糊涂主人似乎还不明白，露出不可思议的神色歪起头，自言自语说，难道今年是猫年吗？看来他到现在还没醒悟我已变得如此有名了。

这时女佣又送来第三封邮件。这次不是有图画的明信片，上面只写着恭贺新年并请代向那只猫问好。就算主人再笨，看到人家写得这么明白似乎也总算察觉了，

① 日俄战争于《我是猫》发表的前一年，明治三十七年二月爆发。日本人在讽刺俄国人时经常以熊作比喻，战时的日本也常以熊的讽刺画代表俄国。

② 《猫咪曲》是江户以来的俗曲。歌词提到“说是猫呀猫”。

哼了一声看着我的脸。他的眼神与以往不同，似乎多少带有一点尊敬。只要想到一直不被世间认可的主人忽然有了一个新面目完全是拜我所赐，他这种程度的眼神显然是理所当然的。

这时格子门乒乓响，八成是有客人来了，有客人的话女佣会出面应付。我判定除了卖鱼的梅公来，其他时候不需我出面，所以安之若素，继续端坐在主人的膝上。这时主人就像高利贷业者上门讨债似的面露不安朝玄关看去。他好像很讨厌有人上门拜年必须陪对方喝酒。人类偏执到这种地步已无话可说，既然如此早点出门避难也就没事了，偏偏他又没那样的勇气，越发显露他的牡蛎个性。过了一会儿，女佣过来禀告寒月先生[①]来访。这个叫作寒月的男人好像也是主人的昔日门生，现在已自学校毕业，据说如今地位比主人还高。不知何故，他经常来找主人玩。每次一来就大谈好像又有女人爱上自己之类的韵事，抱怨世间似乎有趣又似乎无趣，讲完这些香艳风流的话题就打道回府。他来找主人这样萎靡不振的人特意讲这种话的行径实在令人费解，不过那个牡蛎主人听这种话题还不时附和的样子更有趣。

“好久不见。其实我自去年年底便很忙碌，一直想来看您也没办法往这个方向。”他一边把玩日式大褂的带子一边说出谜样的话语。“那你去了哪个方向呢？”主人一本正经，拉扯黑色棉质有家徽的大褂袖口。这件大褂是棉布做的，下摆很短，从底下左右各露出五分廉价的丝质薄衣。“嘿嘿嘿，是稍微不同的方向。”寒月君说着笑了。一看之下，今天他少了一枚门牙。“你的牙齿是怎么搞的？”主人换个问题。“噢，其实是因为在某个地方吃香菇。”“你说吃了什么？”“呃，我吃了一点香菇。本想用门牙咬断香菇的菇伞，结果一不小心牙齿就掉了。”“吃香菇弄断牙，未免也太像老头子了吧。这或许可以写成俳句，但绝对谱不成恋曲喔。”主人说着用手掌轻拍我的头。“啊，那只猫就是它吗？看起来挺肥的嘛，这样看来也不见得会输给车夫家的黑子，很气派。”寒月君大大夸奖我。“最近它长大了不少。”主人说着骄傲地猛打我的脑袋。我被夸奖是很得意但头有点痛。“前天晚上也搞了一个小小的合奏会。”寒月君这时又扯回正题。“在哪里？”“这个您就别问了。总之在三把小提琴与钢琴的伴奏下进行得相当有趣。小提琴多达三把，就算技巧再拙劣也值得一听了。另外两人是女的，我夹在中间，不过连我自己都觉得演奏得很不错。”“嗯哼，

① 文中的寒月先生据说是以物理学者寺田寅彦为模特儿。寺田是漱石任教五高时的学生，当时在东京帝国大学理科大学担任讲师，后成为教授。也以吉村冬彦的笔名写随笔。

那些女的是什么人？”主人羡慕地问道。本来主人平时虽然神情如枯木寒石，实则绝非对妇女冷若冰霜的人。以前他看西洋某篇小说，其中有一个人物，对于一般妇女必定会略有好感。一算之下来往路过的女性将近七成都令他坠入情网。看到这段讽刺的描写时，他甚至感叹这才是真理。既然他是那么花心的男人为何会过着牡蛎般的生活？我这只猫实在难以理解。有人说那是失恋所致，也有人说是胃弱的关系，还有人说是因为他没钱又胆小。总之我家主人并非影响到明治历史的大人物所以这点无关紧要。不过他一脸羡慕地打听寒月君的女伴是不可否认的事实。寒月君兴味盎然地拿筷子夹起当作前菜的鱼板，用剩下一半的门牙咬断。我真的很怕他的牙又会崩掉，不过幸好这次没事。“没什么，两人都是某处的千金小姐，您不认识。”他冷淡地回答。“原来——”主人拉长音调却省略了“如此”径自陷入思考。寒月君或许认为时间也差不多了：“今天真是好天气，有空的话不如一起去散步吧？旅顺被攻陷，街上正热闹呢。”他催促。主人露出比起攻陷旅顺的消息他更想打听女人身份的表情，想了一会儿后似乎终于下定决心。“那就出去吧。”他鼓起勇气站起来。还是穿着黑色棉质大褂，里面是兄长遗留的纪念品——已穿了二十年的旧结城丝绸棉袍。就算结城丝绸很结实，这样穿久了也受不了。很多地方都已变薄，如果对着日光举起检视可以看见背面补丁的针脚。主人的服装向来不分年底或正月新年，也不分家居服或外出服，出门时袖着手就这么出去了。他究竟是没有外出服还是有也懒得换，这我不清楚。不过我想至少这点应该与失恋无关。

两人出门后，我不客气地享用了寒月君没吃完的鱼板。现在我可不是普通的猫了。首先，应该算是自桃川如燕[①]以来第一名猫，或者绝对有偷了格雷[②]金鱼的那只猫的资格。车夫家的黑子我根本不放在眼里。纵使吃了一片鱼板应该也不至于被人说三道四。况且这种背着人偷吃的毛病，并非我们猫族才有。我家厨娘就经常趁女主人不在时偷吃点心零食，而且是偷了又偷。不只是女佣，就连女主人吹嘘受过上等教育的小孩都有这种倾向。就在四五天前，两个小孩早早醒来，趁着主人夫妇还在睡觉，就在餐桌前面对面坐下。他们一向是用主人吃的少许面包蘸砂糖吃，但这天正好糖罐放在桌上还附带汤匙。没有像往常那样由大人分配砂糖，因此老大就从罐子里舀了一匙砂糖倒在自己的盘子上。小的也立刻抓起汤匙舀出与姐姐同样的

① 桃川如燕乃当时的说书名人，本名杉浦要助。因擅长讲猫的故事，赢得猫如燕之名。

② 格雷（Thomas Gray，1716—1772），英国诗人。

分量，以同样的方法倒在自己的盘子上。两个小鬼互瞪了一会儿，老大又拿汤匙舀了一匙加在自己盘子上，小的也立刻抓起汤匙让自己的分量与姐姐一样。结果姐姐又舀了一匙，妹妹也不甘示弱加了一匙。姐姐再次朝糖罐伸手，妹妹再次抓起汤匙。转眼之间一匙又一匙，最后两人的盘子里都堆起小山般的砂糖，罐子里已经一匙砂糖也不剩，这时主人揉着惺忪睡眼从寝室出来，又把姐妹俩好不容易舀出来的砂糖通通倒回罐中。看到这种情景，我发现人类在从利己主义出发的公平性方面或许比猫强，但智慧反而不如猫族。在我看来不用舀那么多糖，趁早舔一口才是上策，但照例我讲的话他们听不懂，我只能满怀同情地待在饭锅上默默看戏。

与寒月君一同出门的主人不知去了何处，那天晚上很晚才回来，翌日坐到餐桌前已是九点。我又趴在饭锅上旁观，只见主人默默吃年糕汤。添了又吃，吃了又添。虽然年糕切得很小，但也吃了六七块，最后还剩一块在碗中，他就放下筷子不吃了。别人如果这么任性，他肯定不会放过，但他仗着主人的权威得意扬扬，看着混浊的汤里烤焦糊烂的年糕渣坦然自若。他的妻子从抽屉深处取出高氏消化剂往桌上一放，主人说："那个没有效果，我不吃。""可是听说对淀粉类的东西很有效，你还是吃吧。"妻子极力劝说。"不管是淀粉还是什么都没用。"主人也很顽固。"你真的是三分钟热度。"妻子自言自语。"不是三分钟热度，是药无效。""可是之前你不是还说很有效、很有效，天天都在服用吗？""之前是有效，最近就没效。"主人像吟诵对句一样回答。"你这样一下子吃一下子不吃，就算药效再好的药也不管用。如果不肯有耐心一点，胃弱可不像别的病，很难治好喔。"女主人说着扭头看拿托盘的女佣。"那是真的。如果不再多服用一阵子，很难判定是好药还是坏药。"女佣二话不说就声援女主人。"怎样都无所谓，总之我不吃就是不吃，你们妇道人家懂什么，给我闭嘴。""反正我本来就是妇道人家。"妻子把高氏消化剂往主人面前一推非要他负起责任解决。主人不发一语站起来就走进书房。女主人与女佣面面相觑偷笑。这种时候我如果随后跟去跳到他膝上，肯定会倒大霉，所以我悄悄从院子绕到书房那边的檐廊从纸门的缝隙偷窥，只见主人正在翻阅爱比克泰德[①]这个人的书。如果照平常的方式理解那就有点不得了了。过了五六分钟他把书往桌上重重砸去。我就知道会是这样，一边继续注意，这时他又取出日记本写下以下记述：

---

① 爱比克泰德（Epiktetos，约 55—约 135），希腊哲学家。属于斯多葛学派。

与寒月去根津、上野、池之端、神田一带散步。在池之端的茶室前艺伎穿着下摆有花纹的春装打羽毛球，衣裳虽美脸蛋却很丑，和我家的猫有点像。

说到脸蛋丑陋犯不着拿我来举例吧。我如果能去喜多床[①]让人家替我刮刮胡子，也不会比人类差到哪儿去。人类就是这么自恋，真是伤脑筋。

拐过宝丹[②]的转角又出现一名艺伎。这个女人的身材修长，削肩的线条很好看，穿的淡紫色衣服看起来也很高雅，露出洁白的贝齿笑着说："小源昨晚——因为我一时之间太忙了。"但她的声音如老鸦沙哑枯干，好好的风采当下大为失色，所以我也懒得再转头看她口中的小源是何许人物，袖着手就走到御成道[③]。寒月似乎有点毛躁不安。

人类的心理是天下最难理解的。这位主人现在是生气还是兴奋，或是想从哲人的遗书中寻求一丝安慰，我实在不明白。他是在冷笑世人还是想加入世人，是对无聊小事恼火还是超然物外，完全无法判定。猫族在这方面就单纯多了。想吃就吃，想睡就睡，生气时就全力生气，哭泣时就死命地哭。更不用说日记这种无用的东西，猫族绝不会写，因为没必要去写。像主人这种表里不一的人，或许有必要偷偷写日记，让自己见不得人的真情实感在暗室里发泄。但我等猫族无论行住坐卧、行屎送尿[④]皆是真正的日记，所以用不着那么大费周章保存自己的真面目。有那个闲工夫写日记还不如在檐廊睡大头觉。

在神田某料亭吃晚餐。好久没喝酒，喝了两三杯正宗清酒，今早胃肠的状况非常好，看来晚餐小酌一杯治疗胃弱最管用。高氏消化剂当然不行，不管谁说什么都不行，总之无效的东西就是无效。

---

① 喜多床是当时位于东京帝大正门前的理发店。

② 宝丹是当时家庭常备良药的药名。这里是指贩售该药的守田宝丹本铺。位于下谷区池之端仲街（现在的台东区上野二丁目）。

③ 御成道是神田的万世桥通往上野广小路的道路。德川时代，将军去上野的宽永寺、浅草的浅草寺参拜所经之路，因此得名。

④ 行住坐卧、行屎送尿皆是指日常生活行为的佛家用语。

主人拼命攻击高氏消化剂，就像是自己一个人在吵架。今早的怒火在这里稍微露出尾巴，人类的日记本色或许就在此处。

之前○○说不吃早餐对胃较好所以我试着停了两三天早餐，但肚子饿得咕噜叫毫无作用。△△忠告一定要戒除泡菜。照他的说法，一切胃病的根源都在泡菜。只要不吃泡菜胃病的病根就会枯竭，自然会康复。后来我有一个星期都没碰泡菜但似乎不见成效，所以最近我又开始吃了。据××说腹部按摩才是唯一的治法。但一般按摩不管用。只要以皆川流这种古老的按摩手法做个一两次，一般的胃病皆可根治。安井息轩[1]也酷爱这种按摩手法。就连坂本龙马这样的大英雄据说也常接受治疗，因此我立刻前往上根岸试着按摩。但对方说什么不按骨头就治不好，又说什么如果不颠倒内脏位置就难以根治云云，采用了非常残酷的按摩手法。事后身体软绵绵就像得了昏睡病似的，所以我试过一次就放弃了。A君说千万不能吃固体食物。之后，我尝试一整天只喝牛奶，但肠子里咕噜咕噜都是水声好像闹大水似的令我彻夜难眠。B氏说用横膈膜呼吸法让内脏运动的话，胃的功能自然会健全，所以极力劝我试试。这个我也尝试了一下，但总觉得腹中不安，很困扰。而且虽然心里想着必须一心不乱地呼吸，但过个五六分钟就忘了。为了不让自己忘记，我必须时时意识到横膈膜，连阅读和写作都做不了。美学家迷亭看到我这种模样，调侃我又不是怀孕的男人还是省省吧，所以最近我已放弃。C老师说吃荞麦面应该有益身体，我立刻一碗接一碗吃汤面与凉面，但此举只让自己拉肚子，毫无助益。为了胃弱的毛病我已试过一切方法但全都无效。不过昨晚与寒月喝的三杯正宗清酒的确有效。今后每晚都小酌两三杯好了。

他这个决定绝不可能维持太久。主人的心情就像我的眼球一样不停变化，不管做什么都是三分钟热度。而且他在日记里虽然这么担心胃病，表面上却强装无事所以才可笑。之前他的友人某学者来访，基于某种见解，宣称一切疾病皆是祖先的罪恶与自身罪恶的结果。此人看似做过不少研究，说来头头是道有条有理，是非常有说服力的

① 安井息轩（1799—1876），江户时代的儒学家。漱石的谈话《于文章有裨益的书籍》提到他的文章“不轻薄不浅薄是好文”。

论述。可怜我家主人终究没有足够的头脑与学问可以提出反驳。却又因为自己正为胃病所苦，所以似乎觉得一定要设法辩解以保全自己的颜面：“你的说法很有趣，但那个卡莱尔[①]也有胃弱的毛病喔。”主人就像要强调卡莱尔胃弱所以自己胃弱也很光荣似的，做出牛头不对马嘴的回应。结果友人断言：“纵使卡莱尔有胃弱的毛病，胃弱的病人也成不了卡莱尔。”主人只能沉默。像他这么虚荣的人好像还是不要有胃弱的毛病比较好，说什么从今晚开始小酌两三杯实在有点滑稽。仔细想想，他今早吃了那么多年糕汤或许也是昨晚与寒月君喝清酒的影响。我忍不住也想吃点年糕汤了。

我虽是猫但一般东西都吃。我没那么大的心力像车夫家的黑子那样远征横街的鱼店，当然也没资格像小巷的二弦琴[②]师傅家那只三毛子一样奢侈。因此我很少挑食。小孩吃东西掉落的面包屑我吃，点心馅我也舔。泡菜虽难吃，但为了增广见闻我也吃过两片腌黄萝卜。一吃之下滋味很奇妙，所以总之基本上我什么都能吃。如果这个不要，那个讨厌，那是任性，毕竟不是教师家的猫应该说的话。照主人的说法，法国有位小说家叫作巴尔扎克[③]。此人非常奢侈——不过不是指他挑食，是指他身为小说家对文章很挑剔。巴尔扎克有一天想替自己写的小说中的人物取名，想了半天就是不满意。这时友人来访，于是相偕出门散步。友人毫不知情就被带出门，但巴尔扎克一边还在盘算替小说人物取名字，所以来到路上什么也不做光看商店的招牌。但他还是没有发现中意的名字。他带着友人不停走路，友人莫名其妙地跟着走。他们从早到晚在巴黎探险。回程巴尔扎克不经意看到裁缝店的招牌。一看之下招牌上写着马卡斯这个名字，巴尔扎克当下拍手。“就是这个，就是这个。马卡斯可不就是好名字吗！在马卡斯前面加个Z字，就成了完美的名字。非有Z不可。Z.Marcus这个名字实在太棒了。若是自己想出来的名字就算自认很好还是会有点做作的味道不够有趣。这下子我终于找到满意的名字了。”他完全忘记友人的困扰，一个人沾沾自喜，为了替小说中的人物取名非得整天在巴黎街头探险实在太麻烦了。奢侈到这种地步实在令人惊叹不已，但像我这样有个闭门不出的牡蛎主人根本不可能那样做。反正怎样都行，我只要有吃的就好——会有这种心境也是环境使然吧。所以现在我想吃年糕汤也绝非奢侈的结果，

① 卡莱尔（Thomas Carlyle，1795—1881），英国批评家、历史学家。漱石在小说中经常提到他，也根据造访其伦敦旧居的体验写了《卡莱尔博物馆》。

② 以两根琴弦弹奏的琴。在东京，东流二弦琴为主流。根据漱石夫人镜子写的《追忆漱石》，当时漱石住处附近的确住着二弦琴师。

③ 巴尔扎克（Honoré de Balzac，1799—1850），法国小说家。漱石经常提及。

是出于能吃的时候就多吃点的想法，想起主人吃剩的年糕汤或许还留在厨房……我得赶紧绕到厨房瞧瞧。

今早见过的年糕，仍保持今早见过的颜色粘在碗底。我得承认年糕这种东西到现在为止我从未吃过，看起来好像挺好吃的，可是气味又有点难闻。我用前脚把上面覆盖的菜叶拨到一旁。看看爪子，年糕表面的皮粘在爪子上牵丝。一闻之下有种锅底饭移至保温锅时的气味。我该吃，还是该放弃？我四下张望。不知是幸还是不幸，谁也不在。女佣年底与春天都以同样的脸色玩羽毛球。小孩在里屋唱“你说什么小兔子”[①]。要吃的话就得趁现在。如果错过这次机会恐怕到明年都不会知道年糕是何滋味。我在这一瞬间虽是猫却领悟到一个真理：“千载难逢的机会会让一切动物都敢铤而走险。”老实说我并不是那么渴望吃年糕汤。不，甚至越看碗底的样子就越倒胃口，已经不想吃了。这时如果女佣拉开厨房门，或者听到小孩的脚步声朝这边接近，我肯定会毫不犹豫地放弃年糕，而且直到明年都不会再想起它。问题是偏偏没有任何人出现，我迟疑许久也没人来。我的心情就像被催着叫我快吃快吃。我一边凑近看碗中，一边默念若是有谁快来就好了。但还是没人来。我终于不得不吃年糕汤。最后我把全身重量都落到碗底，张嘴朝年糕边角一口狠狠咬下。这么用力咬，一般东西应该都能咬断，但我吓到了！我以为没问题了想缩回牙齿时居然拖不动。我想再咬一次也动不了嘴。当我发觉年糕是妖魔时已经太迟了。我就像陷入泥沼的人急着想把腿拔出来却越陷越深，我越咬嘴巴就越笨重，牙齿也越发动弹不得。虽有口感，但也只有口感，我完全无法收拾事态。美学家迷亭先生曾批评我的主人是个优柔寡断的男人，果然形容得很正确。这块年糕就跟主人一样怎么也断不了。我咬了又咬，就像用三除十永远绵绵无尽期。在这烦闷之际我不禁又发现了第二真理：“一切动物皆可凭直觉预知事物的适不适当。”真理已发现两个，但年糕粘在嘴上毫不愉快。牙齿被年糕粘住，像要脱落似的痛得要命。再不赶紧咬断逃走的话女佣就要来了。小孩好像也唱完歌了，一定会很快跑来厨房。我烦闷至极拼命甩尾巴，但毫无作用，我竖起耳朵或耷拉耳朵但也没用。仔细想想耳朵与尾巴和年糕一丁点关系也没有。简而言之我白摇尾巴了，白竖耳朵了，白耷拉耳朵了，恍然大悟之后我立刻停止。好不容易才想到唯有靠前脚把年糕拍掉才行。我先抬起右前脚

① 这是以“嗨嗨乌龟哟”开始的歌曲《兔子与乌龟》（石原和三郎作词，纳所弁次郎作曲）的某句歌词。

摸嘴边。光是用摸的当然不可能切断。接着我又伸出左前脚以嘴巴为中心急剧画圆，但这种咒语还是无法驱魔。我心想耐心最重要，于是左右前脚轮流开弓，但年糕依然挂在牙齿上。唉！真麻烦！索性这两脚一起上。顿时不可思议的是唯独这时我居然用两条后腿站起来了。我觉得自己好像不是猫了。不管是不是猫，到此地步谁还管那么多，总之一定要驱除年糕妖魔！我斗志昂扬地拼命挠脸。前脚的运动猛烈所以有点重心不稳几乎倒下。每次快倒下时都得以后腿撑住，所以不可能待在一个定点，于是我就这样在厨房到处跳来跳去。连我自己都很佩服自己居然能够如此身手灵活。第三真理蓦然浮现："临危之时能为平日所不能为。此为天佑。"幸运得享天佑的我拼命与年糕妖魔大战，这时忽有脚步声响起，好像有人从里屋过来了。这个节骨眼如果有人出现就糟了，于是我更加拼命在厨房乱跑。脚步声越来越近。啊呀真遗憾，天佑还是少了一点。终于被小孩发现了。"哎呀，猫吃了年糕汤在跳舞！"小孩大喊。听到叫声第一个赶来的是女佣。她把羽毛球和球拍一扔就从后门嚷着"天啊！"冲进来。女主人穿着绉绸徽纹和服说："真是讨厌的猫。"连主人都从书房出来说："这个笨蛋！"连呼有趣的只有小孩。就这样，大家不约而同哈哈大笑。我很生气，很痛苦，又不能不跳舞，真是伤脑筋。笑声本来好不容易快停止了，五岁的小女孩说："妈妈，猫也很夸张耶。"结果再次以力挽狂澜之势掀起爆笑。人类欠缺同情心的行为我也见识过不少了，但这时堪称最最可恨。天佑终于也消失了，我瘫软地伸长四肢趴在走道，甚至眼冒金星丑态毕露只能哑口无言。大概是不忍心见死不救，"帮它把年糕拿掉"，主人终于命令女佣。女佣以就让它多跳一下才好吧的眼神看着女主人。女主人也想看跳舞，但还不至于想害死我所以没吭声。"不帮它拿掉会死，快点拿掉。"主人再次转头命令女佣。女佣就像大餐吃到一半被人自梦中叫醒似的，一脸不甘愿地用力扯开年糕。我虽非寒月君但差点以为门牙会全部断掉。她也不管我会不会痛，毫不客气地拉扯我紧紧卡在年糕里的牙齿，真是受不了。我经验了"一切安乐皆须经过困苦"这个第四真理，腿软地四下张望时，家人已经去里屋了。

这种丢脸的时候待在家里被女佣看到会有点尴尬，干脆换个心情去找小巷的二弦琴师傅家的三毛子好了。我从厨房去后门。三毛子是这一带出名的美女。我的确只是一只猫，但对人间情爱自有一番理解。在我家看着主人的苦瓜脸、挨女佣的白眼心情郁郁寡欢时，我总会来拜访这位异性朋友天南地北畅谈一番。于是，不知不觉心情也好了，之前的忧愁和苦难也全都忘了，好像脱胎换骨。女性的影响实在惊人。我从树篱的缝隙放眼望去看她在不在，只见三毛子因为过新年特意戴着新的项圈规规矩矩坐在檐廊里。她的背部之浑圆，美丽得难以言喻，极尽曲线之美。尾巴弯曲的程度、四肢折起的角度、忧郁地不停抖动耳朵的景色美妙得难以形容。偏偏她又懒洋洋地优雅端坐在日光充足之处，身体虽摆出肃穆端正的态度，一身宛如天鹅绒的光滑皮毛反射春光，似乎正随风微微飘动。我心神恍惚地看了一会儿，好不容易才回过神，同时低声说："三毛子，三毛子。"一边以前脚向她招呼。三毛子说："哎呀，老师。"她走下檐廊。红色项圈缀的铃铛叮当响。咦？到了正月新年还要挂铃铛啊，我正在感叹那音色之优美时，她走到我身旁："哎呀老师，新年好。"说着把尾巴往左摇。我们猫族互相打招呼时会把尾巴竖直如棒，然后朝左边转圈圈。在这一区，会喊我老师的只有这个三毛子。我一如前面声明的尚无名字，但我栖身教师家所以只有三毛子尊敬地喊我老师。我被尊称为老师也不反感，所以欣然回应："啊呀新年好，你今天可是盛装打扮啊。""对，这是去年年底师傅买给我的。不错吧？"她叮叮当当地甩动铃铛给我看。"的确音色优美，我活到现在，还没见过这么好的东西。""哎呀少来，大家都会挂啦，"铃铛再次叮当响，"音色很好听吧，我很开心。"她继续叮当叮当地摇响铃铛。"你家师傅看来非常宠爱你啊。"与自身相比我不禁暗露欣羡之意。三毛子的个性天真："对呀，师傅简直把我当成自家孩子。"她纯真地笑着。猫不见得不会笑，人类总以为除自己外没别的生物会笑，这是大错特错。我笑的时候鼻孔会变成三角形震动喉结，所以人类想必看不出来。"你家主人到底是何方神圣？""咦，怎么问起我家主人，真奇怪。当然就是师傅呀。弹二弦琴的师傅嘛。""那个我知道。我是问她的身份。她以前应该很有地位吧？""对。"

"等待你的姬小松……"

这时纸门内的师傅弹奏起二弦琴。"声音很棒吧？"三毛子很自豪。"是很好听，但我不太懂。到底是什么东西？""咦？那个就是叫作某某的东西嘛。师傅很爱那个……别看师傅已经六十二啰，还是硬朗得很呢。"六十二岁还活着的确得夸一声硬朗。我噢了一声，虽然这样有点蠢但我想不出别的好答复所以没办法。"别看她那样，据说以前身份很高贵喔。她每每总是这么说。""噢？她以前是什么身份？""据说是天璋院夫人[①]的秉笔侍从[②]的妹妹的婆家妈妈的侄子的女儿。""你说

① 天璋院夫人（1836—1883）是鹿儿岛藩主津齐彬的养女，后来嫁给十三代将军德川家定，家定死后皈依佛门，号天璋院。

② 秉笔侍从（御右笔），掌管文书的武家职衔。

什么？”“天璋院夫人的秉笔侍从的妹妹的婆家……”“原来如此。请等一下。天璋院夫人的妹妹的秉笔侍从的……”“哎呀不对啦，是天璋院夫人的秉笔侍从的妹妹的……”“好好好，我知道了，天璋院夫人对吧？”“对。”“秉笔侍从对吧？”“对呀。”“她出嫁了。”“是妹妹出嫁啦。”“对对对，我说错了。是妹妹出嫁的婆家。”“然后是婆家妈妈的侄子的女儿。”“妈妈的侄子的女儿吗？”“对，你懂了吧？”“不懂。好像太复杂了让我一脑袋糨糊。总之她到底是天璋院夫人的什么人？”“你也太笨了吧。就跟你说是天璋院夫人的秉笔侍从的妹妹的婆家妈妈的侄子的女儿，我刚才不就讲过好几遍了吗？”“那个我已经完全了解了。”“只要了解那个不就好了。”“是。”我无可奈何只好投降。我们有时不得不说出不合逻辑的谎言。

纸门内的琴声倏然中断，师傅喊道：“三毛，三毛啊，吃饭啰。”三毛子很开心：“哎呀，师傅在喊我了，我得回去了，可以吗？”我就算说不可以也没用。“那你改天再来找我玩。”然后她就叮叮当当响着铃铛奔向院子，但她突然又跑回来。“你的气色很差哟。是不是出了什么问题？”三毛子忧心地问。我当然不可能说我吃了年糕跳舞出丑。“什么问题也没有，只是想了一些事情有点头痛。其实我就是觉得跟你聊聊天应该会好些才来找你的。”“这样啊。那你要多保重。再见。”她看起来有点依依不舍。这下子我被年糕汤打击的元气霍然恢复。我的心情大好。回程我想直接穿过那个茶园，于是踩着冰柱开始融化的屋瓦自建仁寺①缺口探头一看，只见车夫家的黑子正在枯菊上拱起背打呵欠。最近看到黑子，我已不再害怕，但被他拉住说话会很麻烦，所以我决定就当作没看到他。以黑子的个性一旦认定别人轻忽了他绝不会保持沉默。“喂，这位无名氏，你最近怎么变得特别狂。就算吃教师家的饭，也犯不着那么高傲吧。这么瞧不起别人太没意思了。”黑子似乎还不知道我已名声大噪。我很想向他解释但他终究不可能理解，于是我决心先打个招呼敷衍一下然后尽快溜之大吉。“嗨，黑兄，恭喜，新年好。你还是一样精神抖擞啊。”我竖起尾巴朝左边转圈。黑子只是竖起尾巴并未打招呼。“有什么好恭喜的？正月如果值得恭喜，那我看你一年到头都笨得可喜可贺吧。你给我小心点，你这个臭面具脸。”臭面具脸好像是骂人的话，但我无法理解。“请问一下，你说的臭面具脸是什么意思？”“哼，亏你狂得二五八万好像多聪明似的，这么一问就露馅了吧，当然是正月笨蛋的意思。”正月笨蛋听来颇有诗意，至于意义，比臭面具脸

① 建仁寺是将竹子剖开朝外并排编成的围墙（建仁寺垣）。据说因京都禅寺建仁寺而得名。

更令人费解。我很想请教一下，但即使问了肯定也得不到明了的答案，所以我和黑子只是面对面默默站着。一时之间好像有点无所事事。这时黑子家的女主人突然大吼："咦，我放在架子上的鲑鱼不见了！糟糕。八成又被黑子那只小畜生偷走了。真是该死的猫。等他回来，我一定给他一点颜色瞧瞧！"初春的悠闲空气被毫不客气地震动，树静风止太平世[①]也变得很俗气。黑子像要说想骂就尽管骂吧似的一脸无赖，把方形下巴往前伸，示意我听见那个没有。之前与黑子交谈我还没发现，一看之下他的脚下有一片要价二钱三厘的鲑鱼骨头沾满泥泞躺在地上。"你还是一样厉害。"我忘了之前的过节，忍不住献上赞叹之词。黑子可不会因为这种程度的小事就转怒为喜。"这算什么厉害，浑蛋。一两片鲑鱼算什么一样厉害。不要小看别人。老子我可是车夫家的黑子。"他像要撸袖子似的把右前脚反过来举到肩头。"你是黑兄，这我从一开始就知道了。""既然知道，还说什么一样厉害。这算什么意思！"他频频把热气喷过来。若是人类这时大概已被揪住衣襟猛戳胸口了。我有点退缩，内心暗叫不妙，这时又听到那个女主人的大嗓门："我说西川家[②]，喂！西川家的，我找你有事啦。你马上送一斤牛肉过来，知道吗？听懂没有？要挑嫩的牛肉拿一斤喔！"她订购牛肉的声音打破四邻的寂静。"哼，一年才吃一次牛肉，还故意叫这么大声。一斤牛肉就想对邻居炫耀，所以才说她是难缠的女人。"黑子一边嘲笑一边四脚用力撑地。我不知该如何回应，只好默默看着。"才一斤肉，我可不满意，没办法，就让她买吧，我现在就去吃。"他就像那是为自己订购似的。"这次你可以吃到真正的大餐了。太好了。"我尽可能好言好语哄他回去。"关你屁事。你给我闭嘴。啰唆！"他说着突然抬起后腿一踢，把融化的冰柱全泼到我头上。我大吃一惊，正忙着抖落身上的泥泞时，黑子已钻进篱笆，不知去向。八成是去偷西川的牛肉吧。

回到家，和室里罕见地春意融融，甚至可以听见主人开朗的笑声。我暗自称奇，自敞开的檐廊进屋走到主人身旁一看，原来有陌生的客人。此人头发旁分梳得很整齐，穿着棉质徽纹大褂小仓[③]裤装，是个看起来极为正派、文质彬彬的男人。再往

---

① 出自谣曲《高砂》的"四海风平浪亦静，国治民安时津风，树静风止太平世"，形容世间安稳岁月静好。

② 西川是当时有名的肉店。总店位于小石川表街（现在的文京区），分店位于本乡东片街（现在的文京区向丘）。

③ 小仓织是江户时代小仓地区（现在的福冈县北九州）生产的条纹棉布。

主人的手炉那个方向看去，春庆涂[①]的漆器烟盒旁放着“谨向您介绍越智东风君——水岛寒月”这张名片，于是我得知这位客人的姓名，以及他是寒月君的友人。因为主客正在对话途中，我不知前后原委，但好像与我上次介绍的美学家迷亭君有关。

“所以他说主旨颇有意思，希望我能够跟他一起去。”客人从容不迫地说。“你说去那家西洋餐厅吃午饭的主旨有意思，是怎么回事？”主人添满茶水推到客人面前。“这个嘛，所谓的主旨，我本来也不懂，不过以那位的作风，我当下猜想应该是有什么好玩的把戏……”“原来如此，所以你就跟他一起去了吗？”“结果我大吃一惊。”主人就像是要说你看吧，朝趴在膝上的我头顶狠狠一拍，我有点痛。“他又做了什么荒唐耍宝的事对吧？那家伙就是有那种癖好。”他忽然想起安德烈亚·德尔·萨尔托事件。“嘿嘿。他问我要不要吃特别的东西。”“你吃了什么？”“他先看着菜单针对种种料理评论了一番。”“是在用餐之前吗？”“对。”“后来呢？”“后来他就扭头看着服务生说，好像没有特别的菜色，服务生不服气地说来份烤鸭肉或烤小牛骨如何，迷亭老师说，我可不是为了吃那种平平无奇的月并[②]货色才专程上门，服务生不懂月并的意思所以脸色古怪地缄默不语。”“我想也是。”“后来他就转头对我说：去法兰西或英吉利可以尽情享用天明调[③]或万叶调[④]，但在日本，不管去哪儿都是一个模子印出来的，害我实在提不起劲上西洋餐厅。他说话的气焰很嚣张——那位先生真的去西洋留学过吗？”“迷亭才不会去留什么学，当然他有钱、有闲，只要想去随时都可以出国。他八成是把今后打算去的地方，当成过去的经历在讲笑话。”主人自以为妙语连珠，忍不住笑了。但客人似乎不怎么欣赏。“是这样吗？我也打算将来有机会要出国，所以忍不住洗耳恭听。而且他形容蛞蝓汤和青蛙浓汤时就好像真的去过。”“那大概是他从谁那里听说的吧。他本来就很擅长说谎。”“看来似乎是。”客人说着眺望花瓶中的水仙。露出有点遗憾的神色。“那所谓的主旨，就是那个吗？”主人向他确认。“不，那只是开头，精彩的还在后面。”“嗯——”主人插嘴发出好奇的感叹词。“后来他说，就算想吃蛞蝓和青蛙也不可能吃到，就拿橡面坊[⑤]凑合一下吧。听到他这么跟我商量，我也不禁随口说，可以呀。”“噢？突

---

① 春庆涂是岐阜县高山市生产的漆器。

② 每月都有故称“月并”。在此是借用正冈子规批判老派庸俗俳句之语。

③ 天明调是安永天明年间（1772—1789），与谢芜村等人提倡重归芭蕉的风格兴起的俳句风。

④ 万叶调是指具有《万叶集》诗歌特色的格调，率直表现生活中的素朴感动。

⑤ 漱石故意用俳人橡面坊（安藤连三郎）的俳号当西洋料理的名称。

然冒出橡面坊倒是奇怪。”“对，非常奇怪，但迷亭老师的态度太正经，以至于我竟然毫无所觉。”他看起来就像是对着主人道歉自己的疏忽。“后来怎样了？”主人不当回事地问。对于客人的谢罪他丝毫不表同情。“后来他就对服务生说：喂，送两份橡面坊（tochimenbo）来！服务生反问是西式肉饼（menchibo）吗，迷亭老师越发正经地纠正说不是西式肉饼是橡面坊。”“原来如此。真的有橡面坊这道菜吗？”“谁知道，我也觉得有点可笑，但老师的态度非常沉着，而且看起来又是西洋通，再加上那时我深信他去过外国，所以我也跟着插嘴告诉服务生是橡面坊啦，橡面坊。”“那服务生怎么说？”“服务生啊，现在回想起来实在滑稽，他想了一下说，非常抱歉今天不巧橡面坊已卖完，若是西式肉饼倒是立刻可以提供两人份，老师听了一脸遗憾说，那我特意上门就失去意义了。难道不能设法让我们吃到橡面坊吗？还给服务生两毛钱小费，服务生说那他先去和厨师商量看看然后就去后面厨房了。”“看起来真的很想吃橡面坊啊。”“过了一会儿服务生出来说，真的很抱歉，若要烹调的话恐怕得等一段时间。迷亭老师听了一派从容地说，反正我们正月过年闲着也是闲着，那就多等一会儿再吃，说着从口袋取出香烟开始吞云吐雾，我也没办法，只好从怀里取出《日本新闻》[①]浏览。于是服务生又到后面去商量了。”“哎呀，真是麻烦啊。”主人抱着阅读战时通信的激动心情把椅子往前拉。“然后服务生又出来了，很愧疚地说，现在橡面坊的材料已用完，不管去龟屋[②]还是横滨的十五番[③]都买不到，所以暂时无法供应。老师说那真是伤脑筋，枉费我们特意前来。说完看着我一再如此声称，我也不好意思保持沉默，只好也跟着说真遗憾，太遗憾了。”“有道理。”主人大表赞成。哪里有道理我可不懂。“结果服务生也面露同情说，改天材料齐全了，还请再来光顾。老师问材料用些什么，服务生只是嘿嘿笑不回答。老师又问材料应该是日本派[④]的俳人吧，服务生说：是的，所以最近去横滨也买不到，实在很遗憾。”“啊哈哈哈！那就是故事结局吗？这倒有意思。”主人前所未有地放声大笑，他的膝盖跟着晃动差点害我掉下去。主人还是不当一回事地大笑，得知上

---

① 《日本新闻》，是明治二十二年陆羯南创刊的报纸《日本》（大正三年终刊）。除了新闻报道的论述，也成为子规的俳句、短歌革新运动的据点。

② 龟屋是当时位于京桥区竹川街（现为中央区银座七丁目），直接进口西洋食品、烟酒的零售店。

③ 指本为居留地的山下街（现为中区山下街）十五番地，但该地址并无此店。不过山下街有许多外国人经营的银行与商馆，商馆之中也有许多经营进出口食品、杂货、啤酒等商品的店家。

④ 日本派，以子规为中心，通过报纸《日本》推动俳句革新运动的俳人们。橡面坊也属于该派。

了安德烈亚·德尔·萨尔托这种当的不只自己一人，他似乎忽然变得很愉快。“后来我俩离开餐厅后，老师说：怎样？很好玩吧？用橡面坊当幌子很有意思吧？看起来非常得意。我说佩服之至，就此告别，其实午餐时刻延误已经快要饿死了，伤脑筋。”“那你真是倒霉。”主人头一次表示同情。对此我毫无异议。过了一会儿，二人聊完了，我的喉头咕噜响的声音传入主客双方的耳中。

东风君一口喝光冷掉的茶。“其实我今天来，是有点事想拜托您。”他郑重表示。“噢？有何贵干？”主人也不甘示弱。“如您所知，我热爱文学美术……”“那很好呀。”主人加油打气。“我和一些同好之前组织了朗读会，每月聚会一次，今后也打算继续这方面的研究，第一次聚会已于去年年底召开。”“我想先请教一下，说到朗读会，好像是配上什么节奏朗诵诗歌文章之类，实际上到底是怎么进行呢？”“先从古人的作品开始朗读，将来也打算读同人的创作。”“古人的作品是指白乐天的《琵琶行》[①]那种作品吗？”“不是。”“那是芜村的《春风马堤曲》[②]那种吗？”“也不是。”“那么，到底是哪种作品呢？”“之前我们朗读的是近松的殉情故事[③]。”“近松？你是说净琉璃的近松？”近松没有第二个。说到近松当然只能是指戏曲家近松。我认为这样反问的主人太傻了，但主人啥也不明白还仔细抚摸我的头。这世间总有人把斜视当成抛媚眼，所以这点误会不足为奇，我干脆任由主人抚摸了事。“对。”东风子回答后窥视主人的神色。“那么，是一个人朗读，还是分配角色一同表演？”“分配角色后互相竞演。这个主意是为了尽量对作中人产生移情作用以便发挥人物性格，还会添加手势与身段动作。对白以模仿那个时代的人物为主，无论是千金小姐还是小厮，都尽量表现出那个人物的特色。”“那么，岂不是等于演戏？”“对，只差没有戏服与舞台布景。”“不好意思，请问那样做成功吗？”“就第一回的成果而言我认为很成功。”“那么你说上次演出的殉情故事是？”“就是船夫载着客人去芳原[④]那一段。”“你可选了不得了的一幕。”当教师的人不禁微微歪头，鼻子喷出的烟雾掠过耳旁绕到脸侧。“小意思，其实没那么耸动，登场人物只有船客、船夫、花魁与仲

---

① 唐朝诗人白乐天（白居易，772—846）的长篇七言古诗。白乐天是平安朝以来在日本最受喜爱的中国诗人之一。

② 《春风马堤曲》是俳人与谢芜村（1716—1783）的诗篇。

③ 江户时代的净琉璃、歌舞伎作者近松门左卫门（1653—1724）描写殉情的作品。包括《曾根崎心中》及《心中天网岛》等。

④ 芳原是江户东京的红灯区。通常写成“吉原”。

居和遣手还有见番[1]。”东风子坦然自若地说。主人听到花魁这个名词时神色略显不悦，但对仲居、遣手、见番这些专业术语似乎没有明了的知识，于是先提出疑问。“仲居是指青楼的婢女吗？”“我还没有仔细研究，不过我想仲居应该是茶屋的下女，遣手大概是娼馆的助手吧。”东风子刚才还夸口说为了表演那个人物会模仿声调动作，但他显然对遣手和仲居的特性并不是很清楚。“原来如此，仲居隶属茶屋，遣手住在娼馆是吧。那么见番是指人还是指一定的场所呢？如果是指人，那是男的还是女的？”“我想见番应该是男的。”“他的职责又是什么呢？”“我还没有研究得那么详尽。改天我会再调查看看。”就凭他这副德行，表演当天一定出现了很无厘头的成果吧。我忍不住偷偷仰望主人的脸孔。主人异常认真。“那么朗读家除了你还有什么人呢？”“有很多人。花魁是由法学士K君扮演，他蓄着胡子，要模仿女人甜美的嗓音有点奇怪。而且那个花魁很容易发脾气……”“朗读时也得发脾气吗？”主人忧心地问。“对，总之表情也很重要。”东风子俨然以文艺家自居。“那他顺利发脾气了吗？”主人说出一针见血的问题。“唯有发脾气这部分，第一回有点办不到。”东风子也说出一针见血的回答。“对了，你是扮演什么角色？”主人问。“我是船夫。”“噢——你是船夫。”主人的语气中隐约透露你能当船夫的话那我也能当见番的味道。之后，“你扮船夫不行吧？”他毫不掩饰地直接挑明。东风子看起来倒也没生气，还是以沉着的语气解释：“就是那个船夫的角色让好好的活动虎头蛇尾地草草收场。会场隔壁住了四五个女学生，不知怎么的，她们探听到那天要举办朗读会，于是躲在会场外的窗下偷听。我用船夫的嗓音朗读，好不容易进入状态正觉得这下子没问题，表演得很得意时……简而言之大概是我的动作太夸张吧，本来还勉强忍耐的女学生一下子哄然爆笑，我一方面是被吓到，一方面也觉得丢脸，于是心里退缩，后面实在表演不下去了，只好就此散会。”就第一次的成果而言号称很成功的朗读会竟然是这副德行，那么失败时又该是怎样？这么一想不禁失笑。我忍不住喉咙咕噜响。主人越发温柔地抚摸我的头。因为嘲笑别人而得到宠爱本该感激，但难免也有点诡异。“那真是不幸，还请节哀。”主人大过年的就讲出吊唁之词。“所以第二次我们打算卖力表演，办得更盛大，今天来访也正是为了那个，我们希望老师也能加入共襄盛举。”“我可发不了那种脾气喔。”消极的主人立刻想拒绝。

① 艺伎与出场见客的地方（茶屋、料亭等）之间的联络事务所。也写成检番。源自为取缔艺伎卖春而创设的见番所。

“不，用不着您表演发脾气，这里是赞助者的名册。”东风子说着从紫色的包袱里小心翼翼取出小菊版[1]的册子。“希望您能在这上面签名盖章。”他把册子翻开放在主人的膝前。一看之下，上面密密麻麻写满当今知名的文学博士与文学士的姓名。“当赞助者不是不行，不过有什么义务吗？”牡蛎老师看起来还是有点不放心。“说到义务倒也没有特别要麻烦您的，只要写下大名表达您的赞成之意就够了。”“那我就加入。”得知不须尽义务，主人顿时轻松多了。如果人家说连责任都不须负，看他的表情大概连叛变谋反的联署书也敢签名。况且在这么多知名学者的名字中光是加入自己的姓名，对过去没遇过这种事的主人就已是无上光荣了，难怪他答应得这么爽快。“抱歉失陪一下。”主人说着起身去书房拿印章。我立时跌落到榻榻米上。东风子拈起点心碟中的蛋糕塞进嘴里，默默咀嚼半天好像噎到了，我不免又想起今早的年糕汤事件。主人从书房拿印章出来时，蛋糕正好落进东风子的胃里。主人好像没发现点心碟的蛋糕少了一片，如果发现了，第一个被怀疑的肯定是我。

东风子离去后，主人走进书房看着桌上，不知几时收到迷亭先生的来函。

“谨贺新年。……”

主人觉得对方难得这么正经。迷亭老师的信几乎从未正经过，上次甚至还说什么“之后没有妇人可爱慕，也没收到香艳情书，正在无事消磨之际，还请安心”。相较之下，这封贺年信倒是难得地符合世情。

“本想到府上拜访，奈何与尊兄的消极主义不同，敝人尽可能采取积极方针，计划迎接这千古未有的新年，因此每日忙得眼花缭乱，还请见谅……”

原来如此，以此人的作风，正月肯定忙着到处玩耍。主人在内心同意迷亭君。

“昨日偷闲片刻，本想请东风子品尝橡面坊大餐，不巧材料缺货无法如愿，诚感遗憾……”

果然又来那套了，主人默默微笑。

“明日有某男爵的纸牌会，后天是审美学协会的新春酒会，大后天是鸟部教授欢迎会，再后天是……”

真啰唆，主人直接跳过。

“以上的谣曲会、俳句会、短歌会、新诗会等聚会频仍，因此暂时无暇造访，只好以贺卡聊表问候之意，还请原谅不周之处……”

① “小菊”是用来做草纸之类的小型粗纸。指那么大的版本。通常写成小菊判。

你不来也无所谓。主人对着信回答。

“下次大驾光临时盼能共享晚餐。寒舍厨房虽无山珍海味，但至少会准备橡面坊……”

怎么又是橡面坊，真是没礼貌！主人有点气恼。

“不过橡面坊最近材料缺货，说不定到时无法供应，届时不如品尝孔雀舌的风味……”

这是做好两手打算啊，主人急着想读下文。

“如你所知，一只孔雀的舌肉分量不到小指头的一半，因此为了满足尊兄健啖的胃袋……”

少来了！主人不屑地说。

“总共必须捕获二三十只孔雀才行。但孔雀在动物园或浅草花屋敷[①]等处尚可一见，普通鸟店向来难以买到，因此深感苦恼……”

这是你自己要苦恼，我可没有求你！主人丝毫不觉感谢。

“这道孔雀舌料理在昔日罗马全盛期，据说有一阵子非常流行，堪称豪奢风流之极，平时就暗自食指大动，因此尚祈明察……”

明察个屁，神经病！主人颇为冷淡。

“到了十六七世纪全欧的宴席都已少不了孔雀这道佳肴。雷斯特伯爵[②]于肯尼沃斯[③]招待伊丽莎白女王时记得也用了孔雀。有名的林布兰[④]画的飨宴图中也有孔雀开屏躺卧桌上……”

有时间写这种孔雀料理史，看来此人也没那么忙碌嘛。主人发牢骚说。

“总之最近一再赴宴吃大餐，就连小弟只怕也会在不久的将来如尊兄一般罹患胃弱……”

如尊兄一般这句太多余了，犯不着拿我当胃弱的标准。主人嘀咕。

---

① 位于浅草公园西北部第五区的游览场。名称起自盆栽展示场，之后有动物园、水族馆、全景展览场、马戏团等区并设。

② 雷斯特伯爵（Earl of Robert Dudley Leicester，约 1532—1588），十六世纪的英国政治家、军人。深受女王伊丽莎白一世的宠爱。

③ 肯尼沃斯（Kenilworth），英格兰中部，沃里克郡的地名。此地有伊丽莎白一世送给雷斯特伯爵的城堡。

④ 林布兰（Rembrandt Harmensz van Rijn，1606—1669），荷兰画家。绘有描写餐桌上孔雀的《和莎斯姬亚一起的自画像》。

"根据历史家的说法，罗马人一天要开两三次宴会。一日连吃两三次方丈食馔[1]的话就算胃肠再好的人也会消化功能失调，因此自然会像尊兄一样……"
怎么又提到像尊兄一样，真没礼貌。

"奢华与健康能否两全？努力研究的他们认为在贪求多量滋味的同时，也有必要让胃肠保持常态，于是想出一个秘法……"
是什么呢？主人忽然热心起来。

"他们在餐后必定会入浴。入浴后以某种方法将入浴前吃的东西悉数吐出，清扫胃内。胃内清空后再次在餐桌前坐下，享用珍馐直到饱足，然后再去入浴催吐。只要这么做即可尽情享受爱吃的东西又不会对内脏诸处产生障害，我认为一举两得说的就是这种事……"
原来如此，的确是一举两得。主人露出羡慕的神色。

"二十世纪的今日交际频繁，宴会增加已毋庸赘言，又逢军国多事征俄的第二年，吾人身为战胜国国民，自信必有机会效法罗马人研究这入浴呕吐之术。否则泱泱大国之民也将在不久后悉数成为尊兄这样的胃弱病夫不免令人暗自痛心……"
干什么又提到像尊兄这样！真是气人，主人暗想。

"此际如吾人通晓西洋事情者考究古史传说，若能发现早已废绝之秘法，应用于明治社会，想必应有防患于未然的功德，愚弟平日擅长逸乐此举也算是报恩……"
怎么觉得怪怪的，主人纳闷地歪头。

"因此之前涉猎了吉本、蒙森[2]、史密斯[3]等诸家著作却至今未找到线索实感遗憾。不过如您所知，小弟一旦起意，事不成功向来绝不中止，因此我深信呕吐秘方再兴之日应亦不远。谨将小弟之发现报告如上，尚请察查。前面提及的橡面坊及孔雀舌大餐，也会尽量在上述呕吐秘方发现后再提供，否则小弟的情况自不待言，尊兄本已受胃弱所苦，为尊兄着想还是谨慎为宜。匆匆不再赘述。"
搞什么，结果还是被糊弄了吗？对方写得太正经所以看到最后忍不住当真了。

---

① 指一丈（约三米）见方的餐桌放满佳肴。《孟子》有"食前方丈，侍妾数百人"。

② 蒙森（Theodor Mommsen，1817—1903），德国历史学家。以《罗马史》闻名。

③ 史密斯（William Smith，1813—1893），英国古典学者。漱石的藏书中也有史密斯编纂的《古代希腊罗马传记神话地理辞典》。

新年一开始就搞这种恶作剧的迷亭果然很闲，主人笑着如此说。

之后那四五天风平浪静地过去了。白瓷花瓶的水仙慢慢凋谢，青釉花瓶的梅花虽是养在瓶中却也渐渐绽放，老是望着那个打发时间也没意思，我去找过三毛子一两次但都没遇上。起初我以为她不巧外出，第二次才知她生病卧床。纸门内，那位师傅与女佣的对话，被我躲在洗手钵的叶兰阴影后听到。内容如下：

“三毛吃饭了吗？”“没有呢，今早什么都没吃，为了保暖我把它放在暖桌睡觉。”听来不像照顾猫，简直把三毛子当人看待。

与自己的境遇对照之下我不免有点羡慕，但另一方面想到自己心爱的美猫受到如此宠爱也很开心。

“真是伤脑筋。如果不吃东西，身体只会越来越累。”“就是啊。就连我们只要一天不吃饭，隔天也会没力气工作呢。”

女佣的回答似乎把猫当成比自己高级的动物。实际上在这个家或许猫的确比女佣更重要。

“带去给医生看过了吗？”“是的，那个医生也很奇怪呢。我抱着三毛去诊疗室，他居然问我是不是感冒了，然后想替我把脉。我连忙说：不不不，病人不是我，是这只。然后让三毛在我膝上坐好，结果他嘻嘻笑着说：猫的疾病我不懂，放着不管它应该自然就会好。您说他是不是太过分了？我很生气，就回嘴说那不必你帮猫看病了，这可是我家的宝贝猫，然后把三毛抱在怀里匆匆回来。”“真是的。”

“真是的”是在我家绝对听不到的说法。果然必须是天璋院夫人的某某的某某才能使用，我不禁为其高雅而赞叹不已。

“它好像喘个不停……”“对，一定是感冒了咽喉疼痛。感冒的时候，任谁都会有点咳嗽……”

不愧是天璋院夫人的某某的某某的女佣，遣词用字非常恭敬。

“而且听说最近还有什么肺病。”“就是啊，最近一下子肺病，一下又什么瘟疫，新疾病越来越多，实在不可大意啊。”“旧幕府时代没出现的东西没一个是好东西，你也要小心才是。”“您说得是啊。”

女佣非常感动。

“虽说是被传染感冒，但它好像也很少出门……”“哎哟，别提了，我告诉您，它最近交到坏朋友喔。”

女佣像要透露国家机密般得意非凡。

"坏朋友？""对，那条大马路的教师家不是养了一只肮脏的公猫。""你说的教师，是那个每天早上粗鲁吼叫的人吗？""对，就是那个每次洗脸都发出杀鸡般怪叫的人。"

杀鸡般的怪叫这个形容很妙。我家主人每天早上在浴室漱口时，习惯拿牙签戳喉咙毫不顾忌地发出怪声。心情欠佳时格外大声地嘎嘎嘎，心情好时更是精神十足地嘎嘎嘎。换句话说，无论心情好或坏，总是无休无止气势惊人地嘎嘎嘎。据我家女主人表示，搬来此地前主人还没有这种毛病，有一天不经意做出此举后，直到今天一日也没停过。这种怪癖有点麻烦，我等猫族委实无法想象他何以能够如此有毅力地持续做这种事。不过撇开那个不谈，"肮脏的猫"这种评语未免太残酷，我急忙竖起耳朵继续听。

"发出那种声音不知是什么诅咒。明治维新前即便是下等武士或拿草鞋的小厮也懂得相应的礼仪做法，在平民街，更是没有一个人会那样洗脸。""您说得是啊。"

女佣拼命叹服时，很喜欢用"啊"这个语尾词。

"那种主人养的猫，八成也是流浪猫，下次那只猫再来就把它赶走。""我当然会赶走，三毛生病肯定也是那家伙害的，我一定会替它报仇。"

这真是不白之冤。看来这下子没希望接近了，于是我没见到三毛子的面只能怅然返家。

回来一看，主人正在书房沉吟执笔。如果把我在二弦琴师傅那里听到的评语告诉他，他一定会暴跳如雷，俗话说无知是幸福的，他可以一边嗯嗯有声一边成为神圣的诗人。

就在这时，自称分身乏术无法来访还特意寄贺年卡来的迷亭君飘然出现了。"你在作什么新体诗吗？有趣的话给我瞧瞧。"他说。

"嗯，我觉得是不错的文章所以正想翻译。"主人凝重地开口。"文章？谁的文章？""不知道是谁的。""无名氏吗？无名氏的作品也有很棒的，所以不可小觑。原文到底在哪里？"迷亭问。"《第二读本》[1]。"主人从容不迫地回答。"《第二读本》？《第二读本》怎么了？""我是说我正翻译的名文就在《第二读本》当中。""开

① 当时中学用的英语教科书多半分为五卷，此处应是指那个的第二卷。其中之一 Longmans' New Geographical Readers 的《第二读本》中，据说有母亲教导女儿引力的 The Force of Gravity 这一章。

什么玩笑。你这是为了孔雀舌一事想报复我吧？”“我才不像你这样爱吹牛。”主人说着捻须。看似泰然自若。“昔日某人对山阳[1]说，老师近日没有名文吗？据说山阳拿出马夫写的讨债书说近来的名文首推这个。所以你的审美眼光说不定意外精准。拿来让我瞧瞧，我帮你评论一下。”迷亭老师说得好像自己是审美专家。主人以禅宗和尚朗读大灯国师[2]遗诫的声调开始朗读。“巨人，引力。”“那个巨人引力是什么玩意儿？”“题目就叫作巨人引力。”“真是古怪的标题，我完全无法理解。”“意思姑且是说有一个巨人名叫引力。”“这个意思还真有点勉强，不过既然是标题那就先撇开不谈了。还是赶紧读正文吧，你的声音好听，所以还挺有意思的。”“你可不准插科打诨喔。”主人先这么声明后再次开始朗读。

凯特自窗口向外望，小童正在丢球玩耍。他们把球高高扔向空中，球不停往上飞，过了一会儿才落下。他们又把球高高扔起，一而再，再而三。每次球被扔起又落下。“球为何会落下？为何不能继续往上飞？”凯特问。“因为巨人住在地里，”母亲回答，“他是巨人引力。他很强大，他把万物都拉向己身。他把家屋拉在地上，不拉住的话就会飞走了，小朋友也会飞走。你不是看到树叶掉落吗？那就叫作巨人引力。你应该有书本掉落的经验吧？那都是巨人引力在呼唤。球飞上天，巨人引力呼唤，呼唤之后就掉下来。”

“就这样吗？”“嗯嗯，很棒吧？”“哎呀，这真是令人敬畏，没想到会从意外之处收到橡面坊的回礼。”“这才不是什么回礼，是因为文章真的写得好我才试着翻译。你不这么认为吗？”他看着金框眼镜的后方。“真是意想不到，你居然有这种伎俩，这次真的是上当了。我投降。”迷亭径自认输，一个人喋喋不休。主人完全不懂。“我压根没想过要让你投降。我真的只是觉得文章很有趣才尝试翻译。”“哎，的确有趣。这才是真货色。算你厉害，佩服佩服。”“用不着那么佩服。反正我最近已经放弃水彩画了，我想写文章来代替。”“远近无差别黑白平等的水彩画怎能拿来相提并论。小弟佩服得五体投地。”“被你这么夸奖我都跃跃欲试了。”主人从头到尾都误会了人家的意思。

---

① 江户后期的儒学家、史家赖山阳（1780—1832），以文章著称，但漱石对其颇多批判（谈话《于文章有裨益的书籍》）。

② 大灯国师，镰仓时代的禅僧妙超（1282—1337），临济宗大德寺的开山始祖。有《大灯国师语录》三卷。

这时寒月君说着“上次不好意思”也走进来。“啊呀，失敬。方才听了精彩文章才刚刚让橡面坊的阴魂退散。”迷亭老师的话中暗示莫名其妙之意。“噢，这样吗？”这也是莫名其妙的回应。唯有我家主人似乎不怎么开心。“上次你介绍的越智东风这个人来过。”“噢，他来过吗？那个越智东风是个非常正直的男人，就是个性有点古怪，或许会给你带来麻烦，但他拜托我一定要替他介绍……”“倒也不至于麻烦啦……”“他来了以后，关于自己的姓名也没有做任何辩解吗？”“没有，他好像连那方面的话题都没提到。”“这样啊，他不管去哪里，面对初次见面的人总是习惯讲解自己的名字。”“什么样的讲解？”唯恐天下不乱的迷亭君迫不及待插嘴。“因为他很计较那个东风的发音。”“噢？”迷亭老师从金唐皮[①]的烟盒里拈出一根香烟。“他总是会先声明：我的名字越智东风不是念成 Ochi Toufu，应该念成 Ochi Kochi。”“果然古怪。”说着把云井[②]烟深吸进腹底。“那纯粹来自他对文学的热情，念成 Kochi 的话连在一起发音会变成‘远近’，不仅如此，他很得意地表示那个姓名还押韵。所以如果念错发音，他会抱怨说枉费自己一番苦心却无人赏识。”“果然很奇怪。”迷亭老师得意忘形自腹底将云井烟从鼻孔喷出，途中烟雾迷路差点飘往咽喉的出口，老师握着烟管呛得猛咳。“上次他来我家时，他说在朗读会扮演船夫结果被女学生嘲笑。”主人笑着说。“嗯，就是那个！就是那个！”迷亭老师拿烟管敲膝头。我差点被波及，连忙稍微离他远一点。“就是那个朗读会。之前请他吃橡面坊时，就提到那件事。据说第二次聚会想邀请知名文人盛大举行，所以他说希望老师也务必光临。后来我问他这次是否也打算表演近松的故事，他说这次选了更新的题材，要朗读《金色夜叉》这本小说，我问他扮演哪个角色，他说是女主角阿宫。东风扮演的阿宫肯定很有趣。我打算准时出席好好喝彩一番。”“八成会很有趣吧。”寒月君也笑得古怪。“不过那个男人非常诚实，毫无轻浮之处，所以我很欣赏他。他和迷亭有天壤之别。”主人把安德烈亚·德尔·萨尔托与孔雀舌与橡面坊的仇一次都报了。迷亭君似乎不以为意：“反正我就是行德之俎[③]。”他说着笑了。“应该可以这么说吧。”主人说。其实行德之俎是什么意思主人根本不知道，但他不愧当过多年教师，含糊其词地敷衍过去，原来像这种时候教书的经验也能应

① 金唐皮，在薄皮上以金泥画出种种图案。

② 云井，香烟的商品名。不是纸烟，是以烟管吸的烟草。

③ 行德之俎，形容人愚蠢恶劣的谐音双关语。据说因行德是傻瓜贝的产地，傻瓜贝放在砧板（俎）上会刮伤砧板（恶劣与刮伤同音）。

用在社交上。“行德之俎到底是什么意思？”寒月倒是很坦率地发问。主人看着地板：“那盆水仙是年底我去澡堂回来的路上买来插的，很持久吧？”硬是把行德之俎按下不表。“说到年底，去年年底我经历了不可思议的体验。”迷亭把烟管像表演大神乐[①]般以指尖旋转。“是什么样的经历，你说说看。”主人见行德之俎似乎已被远远甩在后头，暗自松了一口气。至于迷亭老师不可思议的经历，一听之下内容如下。

“我记得是年底的二十七日。因为那个东风已经事先知会我想来登门请教文艺方面的事，所以我一早就在等候，但他迟迟未见踪影。吃了午饭我正在暖炉前看巴利·潘[②]的滑稽读物时，收到静冈母亲的来信，一看之下老人家永远把我当成小孩子，说什么天气冷叫我晚上别出门，冲冷水澡没关系但一定要烧暖炉把室内弄热一点，否则会感冒，等等。有父母实在很幸福，外人绝不可能做到这种地步，即便是温吞的我这时也非常感动。光是冲着这点，继续这样闲散度日也太浪费了。我应该写一部伟大著作宣扬家声才是。我忽然很想趁着母亲还在世扬名天下，让世人皆知明治文坛有个迷亭老师。后来我又继续看下去，母亲在信上写着：你可真有福气，与俄国开战后年轻人非常辛苦，努力报效国家，可是你却年底也如正月一样轻松游玩。——我根本没有像母亲以为的那样游手好闲——之后她在信上列举了我的小学时代友人在这次战争中死亡及负伤的名单。一一阅读那些名字时，我忽然觉得世间很无趣，人类也很无聊。最后，她在信上又提到自己的年纪也大了，这次或许是最后一次煮新春的年糕汤庆祝新年……看到母亲写这种丧气话，我的心情更加烦躁，我心想东风要是能早点来就好了，可东风偏偏就是不见人影。终于到了吃晚饭时，我想写回信给母亲，稍微写了十二三行，母亲的信长达六尺以上，但我实在没那种本事，每次都在十行左右就结束了。结果我坐了一整天都没动，胃有点不对劲很难受。我当下心生一念，决定东风如果来了就让他干等着，自己就当是去寄信顺便散步。我没有朝平日散步的富士见街方向走去却不知不觉走向河堤三番街。那晚正好有点阴霾，风从护城河的对面吹来，非常寒冷。神乐坂那头有火车[③]咻咻叫着经过河堤下方。我感到异常寂寥。岁暮、战死、衰老、无常迅速等字眼在脑海中不停盘

① 大神乐，转盘子之类的杂耍特技。本是街头杂艺，后来也用于宴席表演。

② 巴利·潘（Barry Eric Odell Pain，1864—1928），英国小说家。

③ 指私铁甲武线（现在的 JR 中央线），当时运行至甲府。

旋。我想起经常听说有人上吊，或许就是在这种时候不经意间被诱惑产生寻死的念头。我稍微抬头仰望河堤上方，这才发现不知几时已来到那棵松树的正下方。”

“那棵松树，是什么？”主人插嘴打断。

“就是上吊松。”迷亭领子一缩。

“上吊松应该在鸿台那边吧？”寒月把话题扯远。

“鸿台那个是吊钟松[①]，河堤三番街这边的是上吊松[②]。为什么会取这样的名称呢？根据自古以来的传言，无论是谁只要来到这棵松树下都会想上吊。河堤上有几十棵松树，但是如果发现有人上吊必然是挂在这棵松树上。一年总有那么两三次。绝对不会在别的松树上吊死。一看之下，原来树枝正巧朝道路横向伸出。啊啊，这树枝长得好，那样放着不用太可惜了。好想在那里吊个人试试，有没有谁会来呢？四下一看不巧没半个人影。没办法，说不得只好自己去上吊。不不不，自己上吊就没命了，太危险了，还是算了吧。但是据说古代希腊人会在宴席上模仿上吊当作余兴节目。一个人上台把脖子伸进绳圈，其他人顿时把台子踢开。伸脖子的当事人在台子被踢开的同时松开绳子跳下来。那若是事实，上吊倒也没啥好怕的，我也来试一下吧，于是把手挂在树枝上一试，树枝恰好弯曲。弯曲的程度非常优美。想象吊在那里轻飘飘的情景不禁万分喜悦。非常想尝试，但又想起万一东风来了正在我家痴痴等候未免太可怜。还是先回去与东风见面按照约定谈话，然后再过来一趟吧，于是我就这么打道回府了。”

“就此一市繁荣[③]吗？”主人问。

“真有意思。”寒月嘻嘻笑着说。

“回家一看，东风还没来。但有一张明信片说他今天临时有事无法来访，期待他日再会晤，于是我总算安下心来，欣喜地暗想这样就可以心无挂碍地去上吊了。我立刻套上木屐，匆匆又跑回原来的地方，一看……”他讲到这里看向主人与寒月的脸。

“一看怎样了？”主人有点焦急。

---

① 鸿台是千叶县市川市的江户川东岸山丘。天文七年（1538），足利义明与北条氏纲对战时，据说义明这方把慈云寺（现船桥市内）的梵钟吊在鸿台阵内的松枝上当成出阵钟敲响。

② 土手三番街是市谷御门南侧，面向外壕沟一带的地名（现为千代田区）。此处的松树据说常有人上吊，永井荷风的《东京风俗谈》等回想文中即有提到。

③ 故事结尾的惯用句。起自“一期（与市谐音）繁荣”意指“皆大欢喜，圆满收场”。

“故事渐入佳境了呢。”寒月把玩外套的带子。

“一看之下，已经有人抢先上吊了。仅仅是一步之差，真是令人扼腕。现在想来那时我就像被死神附身。若按照詹姆斯[①]的说法，想必是副意识[②]下的幽冥界[③]与我存在的现实界透过一种因果法则相互感应吧。你们说这是不是很不可思议？”迷亭一本正经地说道。

主人暗觉又上当了，一边默默咀嚼空也饼[④]，嘴巴动个不停。

寒月仔细将火盆里的灰烬聚拢到一处，低头窃笑，最后终于开口，语气极为平静。

“原来如此，听起来的确不可思议，果真不是随便都有，不过我自己就在最近也有过类似的经验，所以我毫不怀疑。”

“咦，你也想上吊吗？”

“不，我的经验倒不是上吊。这是去年年底发生的事，而且是与老师同日同时发生，所以更加不可思议。”

“这倒有意思。”迷亭也大嚼空也饼。

“那天向岛的友人家举办忘年会兼合奏会，我也带了小提琴去参加。现场有十五六位小姐与夫人聚集，堪称盛会，诸事顺利甚至令人感到是近来一大快事。晚餐过后也已合奏完毕大家开始闲聊，我看时间也晚了，正打算告辞归家，某博士的夫人忽然来到我身旁小声问道：您知道某某子小姐的病吗？其实就在两三天前碰面时她还一如往常看不出有何不妥，所以我吃惊地询问详情，原来就在我们碰面那晚她忽然开始发烧，据说不停喃喃呓语，若只是那样倒还好，问题是她在呓语中据说不时提到我的名字。”

主人自不待言，迷亭先生也没照一般反应说什么“这可不得了”。大家都在肃穆聆听。

“请医生过来一看，虽不知病名，但据说医生诊断是什么发烧过度伤害脑子，如果安眠药无法奏效会很危险。我听了当下感到不妙。就像梦魇时感觉很沉重，周遭的空气突然变成固体，从四面八方挤压我的身体。回程也满脑子只想着那件事简

① 威廉·詹姆斯（William James，1842—1910），美国哲学家、心理学家。漱石也受其强烈影响，在《文学论》等皆曾提及。

② 副意识（sub-consciousness），现在多半译为潜意识。

③ 幽冥界在此是指潜意识的领域。

④ 空也饼是将半捣过的麻糬包裹红豆泥的日式点心。

直苦不堪言。一想到那位美丽、快活又健康的某某子小姐……”

“抱歉请等一下。听到现在某某子小姐已出现两次了，如果不介意的话能否直接说出她是谁，对吧？”迷亭转头看主人，主人也心不在焉地“嗯”了一声。

“不，那样或许会给当事人造成麻烦，还是算了吧。”

“你打算一切都这么暧昧不清地进行吗？”

“你可别冷笑。我是很认真在讲这件事……总之那位女性忽然生了那种病，令我心中充满飞花落叶的感慨，全身的活力好像一下子通通罢工顿时失去元气，只能踉踉跄跄走向吾妻桥[①]。倚栏向下一看，不知是涨潮还是退潮，只见黑水凝成一团款款蠢动。花川户那边驶来一辆人力车经过桥上。目送那灯火远去后，渐渐变小消失在札幌啤酒[②]之处。我又看水面。这时遥远的上游隐约有人在喊我的名字。这个时间不可能有人叫我，到底会是谁呢？我透过水面定睛细看，但是太暗了什么也看不见。我心想肯定是错觉还是早点回家吧，才刚迈出一两步，远处又有细微的声音喊我的名字。我再次驻足竖耳倾听。第三次喊我名字时，我抓着栏杆，膝头不停颤抖。那个声音不知是来自远方还是河底，但分明就是某某子的声音。我不禁脱口回了一声：‘我在——’我的声音很大，因此在安静的水面回响，我被自己的声音吓到，赫然环视四周。看不到人影或野狗或月亮。那时我被卷入这‘暗夜’中，忽然有股冲动想去那个声音的来源之处。某某子的声音听来很痛苦，如泣如诉，像在求救般刺穿我的耳朵，我不禁又回答：‘我现在就过去！’从栏杆探出上半身望着黑水。呼唤我的声音好像就是从水波下方勉强透出的。我心想，她就在这水面下，于是跳上栏杆。我下定决心如果她再次喊我就跳下去，盯着河水看了一会儿后那可怜的声音如丝浮现。我心想就是现在！于是用力跳起，然后像小石子一样毫不留恋地坠落。”

“终于跳下水了吗？”主人眨巴着眼问。

“没想到你会做到那种地步。”迷亭捏了一下自己的鼻头。

“跳下去后我晕了好一阵子，迷迷糊糊如在梦中。后来醒来一看虽然很冷，但全身上下都没有湿，也没有喝了水的感觉。我明明记得跳下去了。真是不可思议。我这才发觉不对劲，于是放眼环视四周，当下大吃一惊。我以为自己跳进水里，结

---

① 跨越隅田川，连接西侧浅草（现台东区）与花川户（现墨田区）之桥。落语《唐茄子屋政谈》的投水舞台。

② 当时位于隅田川东岸，吾妻桥附近的啤酒工厂与啤酒屋。

果竟是跳到桥中央，当时我非常遗憾。只不过搞错前方与后方就无法去那个声音呼唤之处。”寒月嘻嘻笑着照例又把玩起那件外套的带子。

“哈哈哈哈！这倒有意思。和我的经验雷同之处最令人称奇。果然可以成为詹姆斯教授的研究材料。若以《人类的心灵感应》为题写一篇写生文[①]一定会震惊文坛……结果那个某某子小姐的病情后来怎样了？”迷亭老师追问。

“两三天前我去拜年，她正在门内与女佣打羽毛球，所以病情应该是完全康复了。”

主人之前就一直在沉思，这时终于开口：“我也有。”他不甘示弱。

“你也有？你有什么？”迷亭当然没把主人放在眼里。

“我的也是去年年底发生的。”

“大家都在去年年底不约而同发生真奇怪啊。”寒月笑了。缺门牙的边缘沾了空也饼。

“该不会也是同日同时发生吧？”迷亭打趣说。

“不，日期不一样。是二十日左右。我内人叫我带她去听摄津大掾[②]的表演当作新年贺礼，带她去也不是不行，但我一问当天表演的段子，内人参考报纸说是《鳗谷》[③]。我说我不喜欢《鳗谷》所以今天作罢，于是那天就没去。隔天内人又拿报纸来说今天表演《堀川》总行了吧。《堀川》是三弦琴戏码[④]，徒有热闹却没内容，所以我还是说不要去，内人面露不满地退下了。到了隔天内人又说：今天表演的是《三十三间堂》[⑤]，我很想听摄津表演的《三十三间堂》，你或许连《三十三间堂》也不喜欢，但是我要听所以你陪我一起去应该可以吧？她这样对我下达最后通牒。既然夫人那么想去当然可以去，但据说是告别舞台的最后演出，所以观众爆满，就算我们临时赶去了也不可能进场。本来去那种场所必须先透过茶屋[⑥]交涉，预约一定的席次才是正当手续，不走那种程序脱离常规不太好，所以很遗憾今天还是算了吧，我这么一说，内人眼神凶狠地说：我是妇道人家不懂那种复杂的手续，但大原的妈妈和铃木家的君代都没有走正当的手续还不是照样看到表演了，好嘛，你贵为教师，

① 正冈子规提倡，以观察、描写为主的散文体裁。《不如归》为其发表据点。

② 竹本摄津大掾（1836—1917），义太夫节的名艺人。本名二见龟次郎。漱石也听过他的表演。

③ 净琉璃《樱锷恨鲛鞘》的《鳗谷八郎兵卫》那一段。

④《堀川》指净琉璃《近日河原达引》的堀川那一段。三弦琴戏码是指重点放在三弦琴演奏上的净琉璃。

⑤《三十三间堂》是净琉璃《三十三间堂栋由来》的俗称。

⑥ 剧场附属的戏剧茶屋。替观众预约席位、准备餐点。

不看那么麻烦的演出或许也无所谓，但你对我实在太过分了！说着泫然欲泣。我只好说好吧，即使挤不进去还是去看看吧。我投降说吃了晚饭就搭电车去，但内人说要去的话四点之前就得抵达否则进不去，没时间拖拖拉拉了！她突然气势大振。我反问她为何四点之前就得到，她说铃木家的君代告诉她不那么早去就抢不到位子入场。我再次确认：那么如果过了四点就没希望啰？她回答：对，没希望。结果奇妙的是，这时忽然感到一阵恶寒。"

"尊夫人吗？"寒月问。

"不是，内人活蹦乱跳。是我啦。就好像被戳破的气球一下子萎缩，随即就头晕眼花动弹不得。"

"这是急病。"迷亭注解道。

"啊呀，这下子伤脑筋。内人一年一次的心愿我很想成全她。平时骂她、不跟她说话、让她辛苦打理我的生活琐事，还要她照顾小孩，却从未酬谢她洒扫薪水[1]之劳。今天幸好有时间，囊中也有四五枚阿堵物，若能带她去的话当然要带她去。内人应该也很想去，我也想带她去。虽然很想带她去，可惜偏偏这样浑身恶寒头晕眼花，别说是搭电车了，甚至无法走到门口。啊，可怜啊可怜，想到这里恶寒更严重更加头晕眼花。赶紧看医生服药的话四点之前应可痊愈，后来我与内人商量决定找甘木医学士，不巧昨晚他值班还没从大学回来。预定两点左右才会回来，对方说等他一回来就立刻过来诊疗。伤脑筋，现在喝杏仁水[2]的话四点之前一定能够康复，但倒霉的时候事事不顺，本来以为可以看到内人开心的笑脸，这下子恐怕要落空了。内人满脸愤恨，问我到底去不去。我说去，一定去，四点之前一定会康复，所以你放心，赶紧去洗脸换衣服等着就行了。但我嘴上这么说，心中却有无限感慨。恶寒越来越严重，眼睛越来越花，如果四点无法康复履约，内人是个心胸狭窄的女人，还不知她会做出什么事。这下子情况变得很窘迫，该如何是好？为了预防万一，趁现在说明有为转变之理、生者必灭之道，让她有个心理准备，以便万一事情有变也不至于慌乱，这才是丈夫对妻子应尽的义务。于是我立刻把内人叫到书房，然后我说：你虽是女人，但应该也听过 many a slip t

① 薪水指炊事，洒扫薪水指打理家务。

② 将杏仁加水蒸馏而成的止咳剂、镇静剂。

wixt the cup and the lip[①] 这句西洋谚语吧？她说那种洋文谁知道啊，你明知人家不懂英文还故意使用英文嘲笑人家，好嘛，反正我就是不懂英文，既然你那么喜欢英文，当初为何不娶个耶稣学校[②]的毕业生？真没见过像你这么冷酷无情的人！她非常激动，我好好的计划也夭折了。在此我也要向你们辩解，我绝非恶意使用英文。完全是出于深爱妻子的至情至性，被妻子那样曲解我简直没脸见人了。况且恶寒与晕眩从刚才开始就令我的脑子一片混乱，我有点急着想让她明白有为转变、生者必灭的道理，所以一时情急忘记内人不懂英文，才会不经意使用了英文谚语。仔细想想这都是我的错，完全是我的疏忽。这个失败令恶寒更严重，头也更晕了。内人听命去浴室精心化妆，从衣柜取出和服换上，摆出随时都可以出门的架势等候。我坐立不安，一心只盼甘木医生快点来，一看时钟已经三点了，距离四点只剩一个小时。'差不多该出门了吧？'内人拉开书房的拉门探头问道。夸奖自己的妻子或许可笑，但我从不曾像这时这般觉得妻子美丽动人。以香皂精心清洁过的皮肤亮晶晶地映衬黑色绉绸外褂。脸上因为香皂与可以听摄津大掾表演的希望，在有形与无形两方面都闪闪发亮。我当下觉得说什么都要出门满足她的希望。那就打起精神走吧，就在我抽烟时甘木医生终于来了，总算及时赶到。但说明病情后，甘木医生检查我的舌头，握我的手，敲我的胸口，抚摸我的背，翻开我的眼皮，摩挲我的头盖骨，想了半天。'总觉得好像有点危险。'我说。医生一派从容。'不，没什么大不了。'他说。'出一下门也没关系吧？'内人问。'是的。'医生说着再次沉思。'如果没有感觉不舒服的话……''我很不舒服。'我说。'那么，总之我先开点药丸与药水。''好，可是，总觉得好像会有什么危险。''不，绝不会发生您担心的那种事。千万不可神经紧张。'医生说完就走了。时间已过了三点三十分。女佣去取药，在内人严命下拔腿狂奔而去，又狂奔而返。差十五分就要四点了，本来还好好的，这时我忽然很想吐。内人把药水倒入杯子放到我面前，我端起杯子正要喝，胃中却有人'呕——'地呐喊。我不得不放下杯子。内人逼我：'快点喝比较好吧。'如果不快点服药、快点出门会对不起她。我鼓起勇气想喝，但杯子一沾唇又被作呕感严重妨害。我拿起杯子又放下，拿起杯子又放

---

① 根据漱石写的短文《不言之言》，乃起源于希腊的俗谚。直译为"杯与唇之间也有许多波折"，近似"一寸之外便有危机"。

② 耶稣学校乃依据基督教教义来教育的教会学校。多半是致力于英语教育的女校。

下，这时客厅的柱钟当当当当敲响四下。四点了，不能再拖拖拉拉了，我再次拿起杯子，真是不可思议你知道吗，我说的不可思议就是这个，随着四点的钟声一响，作呕感完全消失，我毫无阻碍地喝下药水了。到了四点十分左右，我也开始理解甘木医生的名医本领了，背上发凉、头晕眼花的毛病全都霍然消失，本以为暂时会站不起来，没想到病一下子全好了，真是太好了。”

“后来你们一起去歌舞伎剧院了吗？”迷亭露出不得要领的迷惑神色问。

“我很想去，但内人说过了四点就进不去，所以没办法，只好作罢。如果甘木医生早来十五分钟，我就可以守信履约，妻子也会满足，就差那么短短十五分钟，真是太可惜了。如今回想起来还觉得好危险。”

我家主人说完后好像觉得自己已尽了义务。或许是感到这下子有底气面对二人了。

寒月又露出缺门牙笑着说：“那真是太遗憾了。”

迷亭装傻：“有你这么亲切体贴的丈夫，尊夫人真是幸福啊。”他自言自语。纸门背后传来妻子嗯哼一声的干咳。

我乖乖听完三人轮番叙述，但是既不觉得可笑也不觉得可悲。人类为了打发时间勉强运动嘴皮子，不可笑的事也笑，不有趣的事也故作开心，除此之外别无本领。我家主人的任性偏狭我早就知道了，但他平常沉默寡言所以我对他似乎还是有不了解之处。因为对他不了解所以多少也有点害怕，但听了刚才的叙述之后我忽然对他萌生一丝轻蔑。他为何不能默默听二人叙述就好？非要不甘示弱玩弄这种愚不可及的口舌伎俩又有何益？不知爱比克泰德是否在书中写过叫他那样做。简而言之主人与寒月、迷亭都是太平逸民[①]，他们如丝瓜任风吹动虽然看似超然物外，其实还是有世俗烟火气也有欲望。竞争心、好胜心在他们的日常谈笑中也不时隐约出现，只要向前一步，就会与他们平日唾骂的俗物变成一丘之貉，在猫族看来实在可悲之至。不过他们的那些言语动作不像普通的半吊子那样墨守成规，算是稍微可取之处吧。

这么一想，忽然觉得三人的对话很无趣，我决定去看看三毛子，遂绕到二弦琴师傅家的院子口。新年的门松装饰已经取下，正月也已到了十日，晴朗的春日，看不见一丝流云的天空照亮四海天下，不到十坪的院子也呈现更甚元旦曙光的鲜活生

① 逸民乃避世隐居者。

气。檐廊放了一枚坐垫却不见人影，纸门也关着，师傅或许去澡堂了。师傅不在也无所谓，三毛子身体状况是否稍有起色才是我关心的重点。我见四下悄然无人，直接踩上檐廊往坐垫中央一躺，果然非常舒服。忍不住打起瞌睡，差点忘了三毛子的事，这时纸门内侧忽然传来人声。

“辛苦了。好了吗？”师傅原来没有外出。

“是，我回来晚了，去佛具店一看对方说正好做好。”

“给我看看。啊呀，做得真漂亮，这样三毛也可以瞑目了。金箔不会剥落吧？”“对，我特别确认过，对方说用的是上等材料，这个比人的牌位更耐用……还有，对方说猫誉信女的誉字写得随意点比较好看，所以把笔画稍微更改了一下。”“我看看，赶紧放到佛坛给它上炷香吧。”

三毛子怎么了？好像有点不太对劲，我从坐垫上站起来。叮——南无猫誉信女，南无阿弥陀佛，南无阿弥陀佛——师傅的声音传来。

“你也来念经将功德回向给它。”

叮——南无猫誉信女，南无阿弥陀佛，南无阿弥陀佛。这次是女佣的声音。我忽然一阵心悸。站在坐垫上呆若木鸡，连眼睛都不会动了。

“真是太遗憾了。一开始应该只是小感冒。”“如果甘木医生开了药，说不定会好。”“都是那个甘木先生害的啦，他也太瞧不起三毛了。”“不可以这样说别人的坏话。寿命皆是天注定。”

三毛子似乎也请甘木医生诊疗过。

“归根结底，我觉得还是要怪大马路那个教师家的野猫诱拐它出去。”“对，那个小畜生是三毛的夺命仇人。”

我很想辩解一下，但这时只能忍气吞声继续听。他们的对话断断续续。

“这世间真是半点不由人。像三毛那么漂亮居然早死，丑陋的野猫却活蹦乱跳到处捣蛋……”“就是说啊。像三毛那么可爱的，哪怕是敲锣打鼓四处找也找不到第二个人了呢。”

她没说第二只却说第二个人。在女佣的想法中，好像把猫与人类视为同族。说到这里，这个女佣的脸蛋和我等猫族还真的挺像的。

“如果可以真想叫它代替三毛去死……”“那个教师家的野猫如果死了就称心如意了。”

你称心如意我可麻烦了。死是怎么一回事，我还没经验所以谈不上喜欢或讨厌，但之前天气太冷我钻进火罐中，结果女佣不知我在里面就盖上盖子。当时的那种痛苦回想起来都会害怕。据白君的说明，那种痛苦如果再持续一阵子我就会死翘翘。让我代替三毛子去死我无怨无悔，但若是非得承受那种痛苦才能死，那我不愿为任何人而死。

“不过它虽是猫，好歹也请和尚念了经，还取了法名，所以了无遗憾了。”“就是啊，它真是有福报。不过若容我再贪心点，我觉得那个和尚念的经太短了。”“的确有点嫌短，所以我特意问过他是不是太快了，月桂寺大师说，没错，只把有效的段落稍微念了一下，反正是猫，那种程度已经可以让它去西方净土了。”“天啊……不过说到那只野猫……”

我一再声明我没有名字，这个女佣还是动不动就喊我野猫。真是没礼貌。

“它的罪孽深重，就算有人愿意替它念经也无法超度。”

之后我不知又被她骂了多少遍野猫。这没完没了的对话我听到一半就放弃了，滑下坐垫从檐廊跳下地时，八万八千八百八十根毛发一下子全都竖立颤抖。之后我再也没去过二弦琴师傅家附近。这时候大概已轮到师傅自己接受月桂寺僧人的短促诵经回向吧。

最近我没勇气出门，总觉得世间令人忧愁。我成了一只不逊于主人的懒猫。我开始理解，难怪主人整天关在书房会被人批评他是失恋云云。

我还是没捉过老鼠，所以有一阵子厨娘甚至提议将我放逐，我知道主人说我不是一般普通的猫，所以我还是照旧懒洋洋地在这个家起居坐卧。就这点而言我深深感谢主人的大恩，同时也打算对他的慧眼毫不犹豫地表达敬意。厨娘不理解我、虐待我，我也不生气。等哪天雕刻名匠左甚五郎把我的肖像雕刻在门楼柱子上，日本的史坦林[①]把我的肖像画在画布上，他们这些钝瞎汉[②]或许才会开始为自己的愚昧感到羞耻。

---

① 史坦林（Théophile-Alexandre Steinlen，1859—1923），法国画家。因描绘巴黎风俗而闻名，也留下许多猫的素描。

② 禅语，“瞎汉”是瞎子，骂人之语。

Chapter 3

三毛子死了，黑子也无法沟通，我略感寂寞，幸好人类当中也有知己，所以没那么无聊。之前有人写信给我家主人请他寄送我的照片。上次也有人特意寄冈山名产吉备团子指名送给我吃。随着人类渐渐寄予同情，我已忘记自己是猫。不知不觉心态比起猫更接近人类，如今我已没有纠集同族与两只腿的老师一决雌雄的念头。不仅如此，我甚至进化到有时觉得自己也是人族一员，说来可厉害了。我倒也没有因此轻蔑同族，只是朝着性情相近之处谋求安身乃势之所趋，若因此批判我变心或轻薄、背叛，未免有点困扰。会玩弄这种言词谩骂他人的往往是不知变通、天生穷酸的男人。脱离这些猫的癖性后，我不可能再为三毛子与黑子的事耿耿于怀。我想站在与人类同等的地位去评断人类的思想与言行，这也是在所难免。不过即便我拥有如此见识似乎还是被当成比一般猫儿稍微好些罢了，主人没对我打声招呼就独吞吉备团子，令我深感遗憾。他也没替我拍照寄给人家。若说不满，我的确心有不满，但主人是主人，我是我，彼此见解自然有异也无可奈何。我自认已是彻底的人类，对于未打交道的猫族动态，实在难以笔墨形容。就用我对迷亭、寒月诸位老师的评论交差了事吧。

今日是个晴朗的周日，主人慢吞吞自书房出来，在我身旁放好笔砚与稿纸趴下，口中频频呻吟。八成是准备写草稿所以才发出怪声。我定睛一看，过了一会儿他大笔一挥写下“香一炷”。这是在写诗，还是俳句？香一炷，就主人的水准而言似乎有点太潇洒，我还来不及深思，他已写完“香一炷”，另起一行运笔如飞写下“从刚才就在思考如何写天然居士[1]之事”。写到这里再也没动静。主人持笔搔首

---

① 漱石自第一高等中学校预科以来的好友，热心参禅的米山保三郎，从圆觉寺的今北洪川那里得到这个居士称号。

看似没想出好主意，于是开始舔笔尖。嘴唇变得乌黑后，他又往下稍微画个圈。圈中点上两点变成眼睛，中央画上鼻翼撑开的鼻子，再画一横当嘴巴。这下子既非文章亦非俳句。主人自己似乎也倒尽胃口，匆匆把画出的脸孔涂掉，又另起一行。依他的想法，只要另起一行应该就会变成诗或赞或语或录[①]，可惜好像只是漫无边际地这么想想而已。最后他一气呵成以近似白话文的文体写出“天然居士是研究空间、熟读论语、吃烤地瓜、流鼻涕之人”。文章好像有点乱七八糟。然后主人毫不羞惭地大声朗读。“哈哈哈！有意思！”他难得如此放肆大笑，“流鼻涕好像有点过分，删除吧。”他把那一句画线删除。画了一条线后又画第二条第三条，形成整齐的平行线。线条画到别行也不管，依旧照画不误。画出八条线后似乎还是想不出接下来的句子，这次他掷笔捻须，好像文章是从胡须捻出来似的猛烈捻动，往上扭又往下扭。这时女主人从起居室出来坐在主人的鼻尖前。“老公。”她喊道。“干什么？”主人发出在水中敲锣般的闷声。女主人大概是对这个答复不满，又喊一次“老公”。“干什么啦？”这次主人把大拇指及食指伸进鼻孔拔鼻毛。“这个月有点不够用……”“怎么可能不够，药钱也给医生了，书店的账上个月也付清了。这个月一定有剩的。”他把拔下的鼻毛当成天下奇观般细细打量。“可是你不吃饭非要吃面包，还要吃果酱。”“我吃了几罐果酱？”“这个月就有八罐了。”“八罐？我不记得吃了那么多。”“不只是你，小孩也要吃。”“纵使再怎么吃，顶多也就五六元。”主人坦然自若地把鼻毛一根一根小心地插在稿纸上。鼻毛上面还沾了肉所以像插针般笔直立起。主人仿佛得到意外的发现，呼地吹出一口气。但鼻毛黏性很强并未飞走。“真顽固。”主人拼命吹气。“不只是果酱，还有非到外面购买不可的东西。”女主人愤愤不平的神色充斥两颊。“或许有吧。”主人再次伸指用力拔鼻毛。有红的，有黑的，各种颜色中有一根是雪白的。主人大吃一惊，瞪眼凝视，就这么以双指夹着鼻毛，伸到妻子的脸前。“哎呀，讨厌啦。”女主人皱起脸，把主人的手推回去。“你看，是鼻毛的白头发耶。”主人似乎极为感动。女主人也忍不住笑着走回起居室，她似乎已对经济问题死心了。主人又回头对付天然居士。

用鼻毛赶走妻子后，主人仿佛觉得这下子可以暂时安心了，拔完鼻毛急着继续写稿，但迟迟无法动笔。“吃烤地瓜也是蛇足，割爱吧。”说着把这句也删除。“香一炷也太唐突了，删掉。”主人毫不惋惜地笔诛。最后只剩下一句“天然居士是研

① 汉诗文的种种形式，暗合四、三、五、六发音的谐音双关语。落语《一目上》曾出现。

究空间、熟读论语之人”。主人觉得这样好像又太简单了，算了，真麻烦，不写文章了，只写墓志铭就好，于是提笔挥挥洒洒在稿纸上迅速画上拙劣的文人兰花画。结果搞了半天一个字也不剩。之后反过来喃喃念叨“生于空间，穷究空间，死于空间。有空有间天然居士哉”这种意义不明的话语。这时迷亭来了。迷亭向来把别人家当成自己家一样从来不敲门，大摇大摆地登堂入室，不仅如此有时还会从后门飘然出现，此人打从呱呱坠地那一刻起，就欠缺担心、客气、体贴、吃苦这些东西。

“又是巨人引力吗？”他站着问主人。“我怎么可能永远都在写巨人引力。我正在撰写天然居士的墓志铭。”主人夸张地说。“说到天然居士，也是像偶然童子那样的法名吗？”迷亭还是一样瞎扯。“还有人叫作偶然童子吗？”“没有啦，我只是这样猜测。”“偶然童子我不知道，但天然居士是你也认识的男人喔。”“到底是谁取天然居士这种名号？”“就是那个曾吕崎。他大学毕业进入研究所，研究空间论这个题目，因为用功过度得腹膜炎死掉了。曾吕崎好歹也曾是我的好友。”“是你的好友没问题，我绝不会说他坏话。不过到底是谁把那个曾吕崎变成天然居士？”“就是我，我替他取的。因为原先和尚取的法名太俗气了。”主人很自豪自己能够想出天然居士这么雅致的法名。迷亭笑着说：“把你写的那个墓志铭给我看看。”他拿起稿纸，“什么……生于空间，穷究空间，死于空间，有空有间天然居士哉。”他大声朗读。“原来如此，这个好，果然堪称天然居士。”主人满脸喜色。“不错吧？”主人说。“这个墓志铭应该刻在泽庵石①上，像力石②一样朝正殿后面丢出去一放。那样多高雅，多棒啊，天然居士也可瞑目了。”“我正想这么做。”主人一本正经地回答，“我先失陪一下，马上就回来，你先跟猫玩一下。”说完也不等迷亭回答就飘然离去。

既然意外奉命接待迷亭老师，总不能臭着脸，我只好喵喵叫施展撒娇卖萌大法爬上他的膝头。结果迷亭说：“哟，你又胖了不少啊，我瞧瞧。”他粗鲁地揪着我的后颈把我拎到半空中。“后腿这样软趴趴，可捉不到老鼠……嫂子，这只猫会捉老鼠吗？”光是有我陪他还不够，他又朝邻室的女主人发话。“别提什么捉老鼠了，它吃了年糕还会跳舞呢。”女主人意外揭起我的旧疮疤。我被拎在半空中不免有点尴尬，迷亭却还不肯放下我。“原来如此，它看起来就像会跳舞的样子。嫂子对这

① 腌黄萝卜（泽庵）时压在上面的石头。
② 放在神社内，测试力气的石头。

只猫可不能掉以轻心喔。它长得很像以前草双纸的猫又[1]。”迷亭一边胡说八道，一边频频和女主人搭讪。女主人困扰地停下针线活儿来到和室。

“您似乎很无聊，他也该回来了。”她重新倒了一杯茶放到迷亭的面前。“不知他去哪儿了。”“他不管去哪儿都不会交代一声，所以谁也不知道，不过我猜八成是去找医生了。”“找甘木先生吗？甘木先生碰上那种病人也很倒霉。”“是啊。”女主人看起来也不知如何应酬只是简单回答。迷亭毫不在意。“最近怎么样？他的胃稍微好一些了吗？”“也不知是好是坏，就算再怎么请甘木先生诊治，他吃那么多果酱，胃病怎么可能会好。”女主人暗地向迷亭发泄之前的不满。“他那么爱吃果酱吗？简直像小朋友。”“不只是果酱，最近他声称那是胃病良药，拼命吃白萝卜泥……”“这真是想不到。”迷亭感叹。“因为他在报纸上看到白萝卜泥好像含有什么淀粉分解酵素。”“原来如此，大概是想用那个抵消果酱的损害吧。他还挺会想的嘛，哈哈哈！”迷亭听了女主人的诉苦非常愉快。“上次还喂给小宝宝吃……”“吃果酱吗？”“不是，是吃白萝卜泥……你知道吗。他居然说：宝宝啊，爸爸给你吃好吃的，快来尝尝——我还以为他偶尔也会疼爱小孩，没想到他尽做那种蠢事。两三天前还抱起二女儿放到衣柜上……”“此举有何主旨？”迷亭不管听到什么都喜欢往主旨上去解释。“哪有什么主旨，他只是想叫女儿跳下来试试，那是三四岁的小女孩耶，怎么可能做得出那种疯婆子的举动。”“原来如此，这也太没主旨了。不过他其实是个内心没有恶意的老好人。”“他那样子如果内心再有恶意，谁还受得了啊。”女主人的气焰高涨。“哎，嫂子也用不着那样愤愤不平。可以这样不愁吃穿地过完每一天已经很好了。苦沙弥君不会吃喝玩乐，也不讲究服装，天生就是为了朴素居家而生的人。”迷亭以快活的语调不知自我反省还敢对人家说教。“那你就大错特错了……”“难道他私下玩什么把戏吗？这年头果然不能大意。”他轻飘飘地回话。“他也没别的嗜好，就是拼命买书回来也不看。如果是有分寸地买书也就算了，但他自行跑去丸善[2]拿几本书，到了月底才跟我装傻，就像去年年底，每个月都赊账，真是伤透脑筋。”“没什么，他想拿书就尽管去拿。等到有人来索取书款时只要说下次付、下次付，对方自然就会走。”“可是，也不可能永远用这招拖延吧。”女

① 草双纸是江户时代的插画读物，猫又是尾巴分成两股的猫妖。式亭三马的《金化猫婆化生屋敷复仇两股冢》（文化五年刊）就曾描写猫又。

② 东京日本桥的丸善股份公司。除了出版业，也很早就经营洋书、外国杂货的进口。漱石也常光顾丸善。

主人很不高兴。“那么，就说明原委直接删减他的书籍费。”“就算讲那种话，他又怎么可能会听，上次他居然还骂我不配当学者的妻子，一点也不懂书籍的价值，他说以前罗马有这样的故事，叫我好好听一听当作参考。”“那倒有意思，是什么样的故事？”迷亭当下兴致勃勃。看起来不像是同情女主人，倒像是被好奇心驱使。“他说什么以前罗马有一个国王的名字叫作樽金（Tarukin）……”“樽金？樽金这名字好像有点怪。”“外国人的名字太复杂了我记不住。据说是什么第七代。”“原来如此，第七代樽金，这名字真好笑。哼，那个第七代樽金怎样了？”“哟，连你也嘲笑我岂不是太没面子了。你知道的话直接告诉我不就好了，真是坏心眼。”女主人对迷亭咄咄逼人。“什么嘲笑，我才不会做那么坏心眼的事。我只是觉得第七代樽金听起来很特别……啊，等一下，罗马的第七任国王是吧，详情我是不记得了，但那指的应该是塔昆·惹·普劳德[①]吧。算了，是谁都行，那个国王怎么样了？”“据说有一个女人拿着九本书来找国王问他要不要买。”“原来如此。”“国王问她要卖多少钱，她开了很高的价钱，因为太贵了，国王问她能不能便宜点，结果那个女人二话不说就把九本当中的三本书烧掉了。”“真是太可惜了。”“据说那本书中好像写了什么预言或是在其他地方看不到的事。”“噢——”“国王看九本书变成六本，以为应该会降价，就问她六本多少钱，结果还是原来的价钱一毛也没少，国王说这样太荒谬了，那个女的立刻又拿起三本烧掉。国王似乎还是舍不得放弃，又问剩下三本卖多少钱，结果女人还是要求九本书的价钱。九本变成六本，六本又变成三本，价钱还是一样，一毛也没少，如果再讲价，说不定会连剩下的最后三本也烧掉，国王只好拿出巨款买下没被烧掉的那三本书……如何？听了这个故事稍微了解书本有多么可贵了吧？他当时用力地这么说，但我还是不懂究竟有何可贵。”女主人为了提升一家人的见识催促迷亭回答。向来口齿伶俐的迷亭似乎也有点词穷，从怀里掏出手帕逗我。“但是嫂子，”他似乎临时想到什么，大声说道，“买那么多书放着在别人看来起码会尊称一声学者吧。上次我看文学杂志还有关于苦沙弥君的评论呢。”“真的吗？”女主人扭头问道。如此在意主人的评价，看来果然是夫妇。“上面都写了些什么呢？”“其实只有两三行。说苦沙弥君的文章宛如行云流水。”女主人略露笑容：“就这样吗？”“接下来——还说方见其出忽焉消失，虽已长逝犹忘其归。”女

① 塔昆·惹·普劳德（Tarquin the Proud），罗马第七代，也是最后一位皇帝 Lucius Tarquinius Superbus（前 534—前 510 在位）。

主人听了神色古怪："这是夸奖吧？"她的语气有点不确定。"应该是夸奖吧。"迷亭说完又拎着手帕在我眼前晃来晃去。"书籍算是生财道具没办法，不过他也太偏执了。"迷亭心想这女人怎么又从别的方面进攻。"偏执是有点偏执啦，但做学问本来就是那样子。"他好似在附和女主人的说法，又好似在替主人辩护，做出不即不离的妙答。"之前他从学校一回来就到旁边一坐，也懒得换衣服，连外套都不脱，坐下来就直接吃饭。把饭菜放在暖桌的框架上——我就抱着饭锅在一旁坐着看，真好笑……""听起来好像洋派的首实检[①]。不过那种地方正是苦沙弥君之所以是苦沙弥君之处——总之他与众不同。"迷亭做出可悲的夸奖方式。"与众同不同我这个妇道人家不懂，但不管怎么说，他都太荒唐了。""但总比平庸好吧。"迷亭这样一面倒地替主人说话似乎令女主人很不满。"你们老是说什么平庸，到底怎样才叫作平庸？"她豁出去质问平庸的定义。"平庸吗？说到平庸——这很难说明……""既然那么含糊不清，平庸应该也不是坏事吧？"女主人以女性惯用的逻辑质问。"这不是含糊不清，我清楚得很，只是不好说明而已。""反正自己不喜欢的事就批评人家平庸，对吧？"女主人不禁脱口说出穿凿之词。迷亭到此地步也只好先处理平庸的问题。"嫂子，说到平庸，首先想到的就是那种在'二八佳人不足二九'与'不言不语耽物思'[②]之间打滚，说到'今日天气晴朗'必然就要'携一瓢饮游墨堤'的那种人。""真有那种人吗？"女主人根本听不懂所以随口回应。"听起来好复杂我不懂。"她终于让步。"那就像把马琴[③]的身体接上潘丹尼斯[④]的脑袋沐浴在欧洲的空气中一两年。""那样就会平庸了吗？"迷亭没有回答只顾着笑。"不用那么麻烦也做得到。中学生加上白木屋[⑤]的掌柜除以二就会得到标准的平庸。""是那样吗？"女主人歪着头看似不太服气地说。

"你还在啊？"主人不知几时回来了，在迷亭身旁坐下。"你这话未免有点过分

---

① "洋派"一词出自洋服的 high collar，指西洋风的人或物。"首实检"是将战场上取得的敌人首级呈给将军检视，将军坐在床几上面对部下呈上的首级盒子，所以迷亭将女主人穿洋装坐在桌前抱着饭锅的模样评为洋派的"首实检"。

② "二八佳人"为十六岁，"二九"为十八岁，"不足二九"与"不可憎"（可爱）同音，是形容妙龄女子的固定文句。以下"不言不语耽物思"与"今日天气晴朗""携一瓢饮游墨堤"皆是揶揄当时老套惯用句的平庸。

③ 马琴，江户后期的小说家泷泽马琴（1767—1848）。漱石对其思想与文体颇多批判。

④ 潘丹尼斯（Major Pendennis），英国小说家萨克雷的自传小说《潘丹尼斯》中的人物。漱石评曰"所谓的世间人，或称俗物"。

⑤ 白木屋是江户时代就有的和服店，到了明治时代改采百货店的方式经营。

了吧，不是你自己说马上回来，叫我在这里等你的吗？”“他事事都是这样。”女主人回头对迷亭说。“刚才趁你不在我听了不少关于你的趣事。”“女人就是这么多嘴多舌，人类应该像这只猫一样坚守沉默才对。”主人抚摸我的头。“听说你给小宝宝吃白萝卜泥。”“嗯。”主人笑了，“虽是小宝宝，但这年头的宝宝相当聪明喔。从此之后，只要问宝宝辣辣的是哪里她就会伸出小舌头，真有意思。”“你这样简直像在调教小狗，太残酷了。对了，寒月也该来了吧。”“寒月要来吗？”主人面露狐疑。“他会来。因为我寄了明信片叫他下午一点之前来苦沙弥家。”“也不问人家有没有空你就自作主张。你把寒月叫来我家做什么？”“今天可不是我的意思，是寒月老师自己要求的。他说什么要在理学协会发表演说。所以要事先练习，叫我帮他听听看，我说那正好让苦沙弥也一起听。所以才叫他来你家——反正你是闲人，这不是正好吗——对你也没妨碍，你就听一听嘛。”迷亭擅自拍板定案。“物理学的演讲我又不懂。”主人对迷亭的专断独行似乎有点气愤地说。“他要讲的并不是像加上磁性的喷射管子[①]云云那么枯燥无味。是上吊的力学这个超凡脱俗的题目，所以很值得一听喔。”“你是上吊未遂的男人所以才会喜欢听，我可不同……”“你应该不会做出‘去歌舞伎剧场都会恶寒头昏所以不能听’这种结论吧。”迷亭照例开玩笑调侃主人。女主人呵呵笑一边回头看主人一边退到次间。主人默默摸我的头，唯有这时摸得非常细心周到。

过了七分钟左右，寒月君果然来了。今天要演讲，因此他罕见地穿着气派的大礼服[②]，刚洗过的白领立起，平添两成男人味。“抱歉我有点迟到。”他从容不迫地打招呼。“我俩从刚才就一直在等你。那就快开始吧，对吧？”迷亭说着看主人。主人也不得不勉强“嗯”了一声。寒月君倒是不慌不忙。“请给我一杯水。”他说。“哟！要正式来吗？待会儿该不会还要叫我们鼓掌吧？”迷亭一个人大呼小叫。寒月君自外套内袋取出草稿慢条斯理声明：“这是练习，请不要客气，尽管批评。”然后开始演说。

“对罪人处以绞刑主要是盎格鲁－撒克逊民族采用的方法，如果再溯及古代，吊死主要是当作自杀的方法。犹太人据说有拿石头砸死罪人的习惯。研究旧约全书会发现，所谓 hanging 这个字是吊着罪人的尸体作为野兽或猛禽的食物。根据历

---

① 磁化喷嘴（Magnetized nozzle）的滑稽式说法。

② 男子白天穿的正式礼服。上身为双排扣西装，背心与外套布料相同，搭配条纹长裤。

史家希罗多德[①]的说法，犹太人离开埃及前就很痛恨半夜暴尸。埃及人把罪人斩首，身体钉在十字架上半夜暴尸。至于波斯人……”“寒月君，这与上吊好像越来越没关系了，这样没问题吗？”迷亭插嘴。“接下来就要正式进入主题了，请再忍耐一下……至于波斯人，他们同样在行刑时用了磔刑。但那是在受刑人活着的时候就绑在柱子上戳，还是死后才把钉子戳进去，这点不得而知……”“那种事不知道也没关系。”主人无聊地打呵欠。“我还有很多话想说，但你们如果嫌烦……”“比起‘嫌烦’，用‘困扰’二字听起来更好，对吧，苦沙弥君？”迷亭再次挑毛病，主人漫不经心地回答：“还不都一样。”“好了，我要进入主题开讲了。”“你的语气好像说书的名嘴。演说家应该用更高尚的字眼才对。”迷亭老师再次插嘴。“那你觉得我到底应该怎么说才够高尚？”寒月君有点气恼地反问。“迷亭到底是在聆听还是在插科打诨向来难以判别。寒月君你别管他那种看热闹的人了，赶快练习你的演说就好。”主人一心只想尽快熬过难关。“这叫作恼怒赴开讲只见柳枝摇[②]，是吗？”迷亭依旧说着轻飘飘的风凉话。寒月不禁扑嗤一笑。“真正用绞杀行刑的，根据我调查的结果，出现在《奥德赛》[③]第二十二卷。换言之是忒勒马科斯绞杀潘妮洛普十二名侍女的那一段。以希腊语朗读本文当然也可以，但我觉得那样有点炫耀所以算了。请各位自行参阅四百六十五行到四百七十三行就会明白。”“最好别说什么希腊语，这样好像在强调‘我也会希腊语喔’，对吧苦沙弥君？”“这点我也赞成。不要说得那么贪心比较有深度，有内涵。”主人难得这么诚实地支持迷亭。因为两人都不会希腊语。“那么这两三句今晚就省略，接下来我要开讲——呃，接下来我要论述。”

“现在想象这种绞杀，执行时有两种方法：第一种，忒勒马科斯借着由米亚斯及菲利夏斯的援助，把绳子一端缠在柱子上，然后在绳子各处打结弄出洞，把女人的头一一塞进去，再用力拉扯绳子另一端吊起来。”“换言之，像西式洗衣店的衬衫那样吊起女人就对了？”“就是那样，然后第二种是把绳子一端如前绑在柱子上，另一端也从一开始就高高吊在天花板上。然后从那高的绳子上垂下多条绳子，绑成绳

---

① 希罗多德（Herodotus，约前490—前425），希腊历史学家。因以波斯战争为主题的著作《历史》而闻名，被称为“历史之父”。

② 江户中期的俳人大岛蓼太有俳句“恼怒赴庭院只见柳枝摇”。

③ 《奥德赛》（*Odyssey*），古希腊长篇叙事诗。描写特洛伊战争的英雄奥德赛于战后返乡之旅。忒勒马科斯是他与潘妮洛普生的儿子，潘妮洛普是奥德赛的妻子，在丈夫出征期间拒绝许多执拗的求婚者谨守贞节。由米亚斯与菲利夏斯是奥德赛的忠实仆人。

圈套在女人的脖子上，到时再把女人脚下站的台子搬开。”“打个比喻，只要想象绳状门帘的尾端吊着小灯笼的样子就对了。”“说到小灯笼，我没看过那种灯笼所以无话可说，但若真有应该就差不多是那样。——所以接下来要从力学的角度举证说明第一种方法不该成立。”“有意思。”迷亭说。“嗯，有意思。”主人也赞同。

“首先假设女人以同等距离被吊起。最靠近地面的两个女人脖子上的绳子假设是水平的。在那里 α_1、α_2…… α_6 是绳子与地平线形成的角度，T_1、T_2……T_6 视作绳子各部位承受的力量，$T_7=x$ 是绳子最低处承受的力量。W 当然是女人的体重。怎么样？听得懂吗？”

迷亭与主人面面相觑。“大概懂。”他们说。但这个大概的程度是两人自行决定的所以或许无法应用在别人的身上。“好，关于多角形，根据众所周知的平均性理论，可得出以下十二个方程式：$T_1\cos\alpha_1=T_2\cos\alpha_2$……（1）$T_2\cos\alpha_2=T_3\cos\alpha_3$……（2）……”“方程式说到这里应该足够了吧。”主人粗鲁地说。“其实这个式子就是演讲的重心。”寒月君看起来极为遗憾。“那就先跳过重心请教可以吗？”迷亭看似有点惶恐。“如果略过这个方程式，好好的力学研究就完全垮台了……”“用不着那么顾忌，放心大胆地省略吧。”主人坦然说。“那就听你们的，虽然勉强，姑且还是省略。”“那样最好。”迷亭在不该拍手的地方拍起手。

“接下来要谈到英国，在《贝奥武夫》[①] 这首诗中可以看到绞刑架这个词，可见在那个时代就已有绞刑了。根据布莱克斯通[②] 的说法，如果处以绞刑的罪人，因绳子的问题没死成时必须再次接受同样的刑罚，但奇妙的是，在《农夫皮尔斯》[③] 这首诗中有一句‘即便是凶汉亦无二度绞杀之法’。虽不知何者为真，但弄得不好一次死不成的例子过去屡见不鲜。公元一千七百八十六年，曾经发生绞杀有名的恶汉费兹·杰拉尔德事件。在阴差阳错之下，他第一次从死刑台跳下时绳子断掉了。再次重来时绳子又太长，脚碰到地面，结果还是没死成。第三次才在旁观者帮助下终于死掉。”“伤脑筋。”迷亭听到这里忽然精神大振。“真的是白死了啊。”连主人都跟着起哄。“还有更有趣的事，据说上吊会把身高拉长一寸。这是医生计算过的，所以千真万确。”“那倒是新招，怎么样，苦沙弥？如果你也去吊一下，拉长一寸或许

① 《贝奥武夫》(*Beowulf*)，古代英语写成的代表性叙事诗，也是诗中主角勇者之名。

② 布莱克斯通（William Blackstone，1723—1780），英国法学家，牛津大学教授。

③ 《农夫皮尔斯》(*Piers Plowman*）是威廉·兰格伦（William Langland，约 1330—1386）以中世纪英语创作的讽刺、宗教寓意诗。

就跟一般人一样高了。”迷亭扭头对主人说。主人意外认真。“寒月君，拉长一寸还能活回来吗？”主人问。“那当然不行。上吊让脊髓变长，说穿了身体不是变长而是被破坏了。”“那就算了。”主人打消念头。

接下来的演说还很长，寒月君应该还谈到了上吊的生理作用，但迷亭不断插嘴讲些疯言疯语，主人也不时不客气地打呵欠，所以最后他讲到一半就走了。那晚寒月君是什么态度，又是如何雄辩滔滔，反正都是远方发生的事，我无从得知。

就这样安静度过两三天后，某天下午两点左右，迷亭老师又像那偶然童子般倏然出现。坐下之后，他劈头就说：“你听说了越智东风的高轮事件吗？”他的话语中展现出当时赶来通知旅顺攻陷这个号外消息的气势。“不知道，最近都没碰面。”主人还是一如往常阴郁。“今天我想报告那个东风子的失策故事，所以在百忙中特意前来。”“你又夸张了，你这人真是不规矩。”“哈哈哈，与其说不规矩，应该是没规矩吧。这点如果不稍作区别会影响到名誉。”“还不是都一样！”主人咆哮。完全是天然居士再版。“上个星期天东风子据说去了高轮泉岳寺[①]。这么冷的天本来可以不去的——更何况这年头会去泉岳寺参拜的，只有对东京不熟的乡巴佬。”“那是东风的自由，你没权利阻挠。”“原来如此，我的确没权利。权利不重要，总之那个寺内不是有义士遗物保存会这个展览吗？你知道吧？”“不。”“不知道？你应该去过泉岳寺吧？”“没。”“没有？这真是太意外了。难怪你拼命替东风辩护。江户男儿居然不知道泉岳寺太说不过去了。”“反正不知道照样可以当老师。”主人的作风越来越像天然居士。“那是无所谓啦，总之东风进展览场一看，来了一对德国夫妻，他们起先以日语向东风发问。但你也知道东风是个非常想说德语的男人。于是回了对方三言两语。没想到对话意外顺利——事后想想那才是灾祸之始。”“后来怎样了？”主人终于上钩了。“德国人看到大鹰源吾[②]的莳绘[③]印章盒就说很想买，问他能不能卖。当时东风的回答可有意思了。他居然说日本人都是清廉君子所以不能卖。到此为止都还算表现良好，后来德国人好像以为找到一个好翻译，开始频频发问。”“问什么？”“别提了，要是知道就不用担心了，问题是德国人像连珠炮似的提出一连

---

① 泉岳寺，现在的港区，以忠臣藏闻名的赤穗浪人（所谓的赤穗义士）的墓地在此。

② 大鹰源吾，大高源吾（1672—1703），赤穗义士之一。

③ 日本的漆器工艺。在漆器表面勾勒图案，以金粉或银粉镶嵌着色。

串问题让东风听得一头雾水。偶尔觉得听懂了又是问鸢口与挂矢[①]的事。西洋的鸢口与挂矢要怎么翻译东风根本没学过，所以伤透脑筋。”“的确。”主人把它与自身教书的经验比较之下不禁大表同情。“这时旁边的闲人好奇地纷纷聚集过来，最后把东风和德国人团团围住看热闹，东风面红耳赤结结巴巴，一反起初的气势变得无力招架。”“结果怎样了？”“最后东风似乎再也忍不住，用日语说声莎伊那拉（再见）就赶紧溜走了。莎伊那拉有点奇怪吧？我就问他在他的家乡难道是把莎哟那拉说成莎伊那拉吗，结果他说一样是莎哟那拉，只是因为对方是西洋人，为了讲求和谐，他才刻意发音比较婉转地念成莎伊那拉。我不禁感叹东风这家伙就连困窘时都不忘追求和谐。”“莎伊那拉不重要，那个西洋人是什么反应？”“西洋人目瞪口呆，据说一脸茫然。哈哈哈，很好笑吧？”“这有什么好笑的，特意来报告这种事的你才更好笑咧。”主人说着把卷烟的烟灰掸落火盆中。正好这时格子门的门铃尖声响起。“有人在吗？”女人尖锐高亢的声音响起。迷亭与主人不由得相顾沉默。

主人家难得有女客上门，一看之下那个声音尖锐的女人已任由绉绸双层和服下摆擦过榻榻米款款走进来了。年纪也许超过四十吧。拔高的发线处可见前发如堤防工程般高高耸起，至少有脸部二分之一的长度耸天而立。小眼睛就像破山开出的坡道，直线吊起左右对立。只有鼻子特别大。就像是偷来别人的鼻子安在脸中央，又好似在三坪面积的小院子搬来招魂大社[②]的石灯笼，虽然独自占尽空间，看起来却总觉得有点不稳当。那个鼻子是所谓的鹰钩鼻，起先尽力高耸，但用力过度中途转而谦虚，再往下时已不复起初的气势变得下垂，可以窥见底下的嘴唇。因为鼻子如此显眼，当这个女人讲话时，不像是嘴巴说话倒像是鼻子在说话。我为了对这伟大的鼻子表达敬意，打算今后称呼此女为鼻子女士。鼻子女士为初次谋面寒暄致意后，说：“你这房子还挺不错的。”她放眼打量和室内。主人在内心暗骂“少骗人了”一边猛抽烟。迷亭看着天花板：“老兄，那是漏雨的水渍，还是木板的花纹啊？图案很特别喔。”暗地催促主人。“当然是漏雨的水渍。”主人回答。“那真是太好了。”迷亭若无其事地说。鼻子女士内心暗自气愤这些人不懂社交辞令，好一阵子三人对坐默默无言。

① “鸢口”是棒子前端像鸟嘴般的铁钩形工具，“挂矢”是木柄大锤。皆为赤穗义士当时用来破坏门墙，攻入主君的仇人吉良上野介家的工具。

② 祭祀为国牺牲者的神社。

“我有些事想请教，所以特意来访。”鼻子再次开口。“噢。”主人极为冷淡地接腔。鼻子一看这可不行。“其实我就住在附近——就是对面那一头的横巷角屋。”“是那户有巨大洋楼仓库的人家吗？难怪那里挂出金田的门牌。”主人似乎终于意识到金田的洋楼与金田仓库，但对金田夫人的尊敬程度还是一如之前。“本来该由外子出面来拜访，但他公司那边很忙。”这次总该管用了吧？鼻子女士露出这样的眼神，但我家主人不为所动。鼻子女士之前的遣词用字就一个初见面的女人而言太傲慢，所以主人早已有所不满。“而且还不止一家公司，他要兼管两三家公司。在每家公司都是高阶主管——你大概知道吧？”她的表情在说：这下子你总该怕了吧？本来我家这位主人是对博士或大学教授非常敬畏的男人，但古怪的是他对企业家的尊敬度极低。比起企业家，他深信中学教师更伟大。好吧，就算不相信，但以其食古不化的个性，早已死心认定自己不可能得到企业家、有钱人的眷顾。对方纵使有财有势，也不可能帮助自己，所以他对这种人的利害毫不在乎。因此除了尊敬学者，他在其他方面极为迂腐糊涂，尤其是对企业界，他向来不知在哪儿有谁在做些什么。就算知道也没有丝毫尊敬畏服之意。至于鼻子女士，做梦也想不到在这天下一隅还有如此怪人同样生活在日光下。过去她也算见识过不少世间人物，但只要她报上金田之妻的头衔，无人不是立刻改变态度，不管去哪个场合，即便站在身份再高的人物面前，金田夫人这个名号也能通行无阻。更别说是在这种迂腐穷酸的老书生面前，只要说出她家是对面横巷的角屋大宅，她以为对方不用听职业应该就会吓到了。

“金田这个人你知道吗？”主人不当一回事地问迷亭。“当然知道，金田先生是我伯父的朋友。上次还在园游会遇见。”迷亭认真回答。“噢？你的伯父又是谁？”“牧山男爵。”迷亭越发正经。主人还不及发话，鼻子已急忙扭头看迷亭。迷亭在大岛茧绸外穿了古渡更纱[①]。“哎哟，您是牧山阁下的——该怎么说，我都不知道，真是太失礼了。外子每次都说，牧山阁下非常照顾他。”她忽然改用敬语，而且还鞠躬哈腰，迷亭听了大笑：“没什么啦，哈哈哈。”主人目瞪口呆地看着两人。“据说为了小女的亲事还麻烦牧山阁下跟着操心……”“噢，这样吗？”这个消息对迷亭似乎也有些过于唐突，令他发出有点错愕之声。“其实各方都有人上门说亲，但我们也是有身份有地位的人，不能随便把女儿下嫁……”“有道理。”迷亭这才安

---

① “更纱”是日本近世初期外国进口的印花布总称。其中自室街时代或更早期传来的称为“古渡”。

心。“就是为此，才想来问你一下。”鼻子这时看着主人突然又恢复高傲的言词态度。“听说水岛寒月这个人经常来找你，他到底是什么样的人？”“你问寒月的事做什么？”主人不客气地说。“应该还是为了令千金的姻缘，想了解一下寒月君的品性吧。”迷亭机灵地猜测。“如果能知道这点，对我们会极有助益……”“那么，你是想把令千金嫁给寒月？”“我没说要嫁给他。”鼻子女士突然被主人激怒。“另外还有很多人介绍，我女儿就算不嫁给他也不愁没人娶。”“那你根本用不着打听寒月的事吧？”主人也铆起来。“但也用不着替他隐瞒吧？”鼻子女士也有点要吵架的架势。迷亭坐在双方之间，拿着银烟管像是相扑裁判用来判定胜负的扇子，心里正在大吼：加油！上啊，上啊！“不然你是说寒月一定要娶吗？”主人从正面开炮。“我没说他要娶……”“但你心里就是想让他娶吧？”主人似乎醒悟对付这种女人唯有硬碰硬。“话不是那么说的——这对寒月先生应该也不是坏事吧？”她在垂死边缘勉强振作。“寒月可曾说过对令千金有所爱慕？”有的话你倒是说说看呀！主人摆出这种态度嚣张地挺胸示威。“哎，应该有那种意思吧。”这次主人的炮火丝毫未奏效。之前以裁判自居看得津津有味的迷亭，似乎也被鼻子女士这句话勾起好奇心，把烟管放下向前倾身。“寒月给令千金写过情书吗？这真是太好了，新年刚到又添一桩美谈足以成为好话题。”他一个人在那边高兴。“不是情书，比那个更猛烈，二位难道不知道吗？”鼻子女士变得异常刁钻。“你知道这件事吗？”主人一头雾水地问迷亭。迷亭也以夸张的语气说：“我不知道，若有人知道，也是你知道。”他在无聊之处反倒异常谦虚。“不，这是二位都知道的事。”只有鼻子女士得意扬扬。“噢？”二人一同感叹。“如果忘记了那就由我来说吧。就是去年年底向岛的阿部先生府上举行演奏会，寒月先生不是也去了吗？那晚回来时在吾妻桥发生了什么事——详情我不便说，因为或许会给当事人造成麻烦——总之我认为那样的证据已足够充分，二位说呢？”她说着把戴着钻石戒指的手指在膝上并拢，重新摆出凛然不可侵犯之姿。伟大的鼻子更加大放异彩，迷亭与主人似乎都变得黯然失色。

主人自然不用说，就连迷亭好像也被这意外的攻击吓到，好一阵子如疟疾病人呆坐，但是随着惊愕渐消终于恢复本色，滑稽的感觉再次呐喊。二人不约而同“哈哈哈”大笑。唯有鼻子有点错愕，瞪着二人觉得他们在这时大笑太没有礼貌。“那就是令千金吗？原来如此，真有意思，你说得对，苦沙弥君，寒月肯定是爱上那位小姐了……就算再隐瞒也没用，还是老实招认吧。”“嗯哼。”主人只是这么回答。“隐瞒也没用喔，已经被抖出来了。”鼻子女士再次得意。“这就没办法了。我会陈述关于寒月君的事实以供参考，喂，苦沙弥君，你身为主人，只顾着嬉皮笑脸岂不是没完没了，秘密这种东西果真很可怕。就算再怎么隐瞒，迟早会真相大白。——不过说到不可思议的确不可思议，金田太太，你怎会知道这个秘密，实在太惊人了。”迷亭一个人喋喋不休。“我可不是白混的。”鼻子神色得意。“你未免也太精明了吧。到底是听谁说的？”“就是这后面的车夫家的太太。”“那个有只黑猫的车夫家吗？”主人瞪圆双眼。“对，寒月先生的事，她派上很大的用场。我很好奇寒月先生每次来这里聊些什么，所以拜托车夫家的太太一一通知我。”“那太过分了。”主人大声说。“放心，你在做些什么，我才不在乎。我只想知道寒月先生的事。“不管是寒月的事还是谁的事——那个车夫家的太太未免太过分了。”主人一个人在那边生气。“不过她悄悄站到你家墙脚也是她的自由啊。如果你怕被别人听见就该讲话小声点，或是换个更大的房子。”鼻子女士讲这种话一点也不脸红。“不只是车夫，从小巷的二弦琴师傅那里我也打听到不少消息。”“关于寒月的吗？”“不只是寒月先生的事喔。”她这话有点危言耸听。本以为主人会被吓到，但主人说：“那个师傅故作高贵优雅，一脸只有自己才是人的表情，简直是浑蛋透顶。”“人家好歹是女人哩。你怎么可以随便骂浑蛋。”鼻子女士说话越来越流露乡土本性。这样简直像是专程上门来吵架，相较之下迷亭果然还是迷亭，津津有味地在旁听这场谈判，就像铁拐仙人①看斗鸡比赛似的坦然自若。

我家主人总算发现若要吵架绝对不是鼻子女士的对手，只好暂时保持沉默，但他似乎终于想到迷亭：“你刚才说寒月爱上令千金，这跟我听到的说法，有点出入喔，对吧迷亭君？”他寻求迷亭的声援。“嗯，根据他那时的说法，明明是令千金起初生病——好像在昏迷中说了什么呓语。”“才没那种事！”金田夫人断然使出直截了当的言辞。“但我记得寒月提到，是听某某博士的夫人说的。”“那是我们使的手段，拜托某某博士夫人试探一下寒月先生的意思。”“某某夫人同意配合做那种事？”“对，她同意帮忙，可不是免费的喔，我想尽办法送了各种东西给她。”“看来你下定决心一定要刨根究底打听寒月君的事才肯走。”迷亭看起来有点不悦，难得说出尖锐的言辞。“算了，反正就算说出来也没坏处，那我们就说吧，苦沙弥君——夫人，我和苦沙弥，对于寒月君的事只要不影响，全都可以告诉你。那就按照顺序由你一一发问比较好吧。”

---

① 隋代的仙人李洪水。经常被狩野派作为绘画题材。

鼻子女士终于同意开始提出问题。本来粗鲁的言辞在面对迷亭时又恢复原先的文雅客气。“寒月先生据说也是理科学士，请问他到底专攻哪一方面？”“他在研究所研究地球的磁力。”主人一本正经回答。不幸的是鼻子女士听不懂意思，只是“噢”了一声面露诧异。“学那个可以成为博士吗？”她问道。“如果当不了博士，就不能把女儿嫁给他吗？”主人不愉快地反问。“对。如果只是大学生，那满街都是。”鼻子坦然回答。主人看着迷亭，脸色更差了。“能不能成为博士不是我等可以保证的，你还是改问别的吧。”迷亭说着也不大高兴。“最近他也在搞那个地球的——他在钻研什么？”“两三天前他才在理学协会演讲，发表过上吊的力学这个研究结果。”主人不当一回事地说。“哎哟，天啊，上吊？这人也太奇怪了吧。研究那什么上吊，怎么可能成为博士嘛。”“他本人上吊的话当然很难，但若是研究上吊的力学，不见得当不了博士。”“真的吗？”这次她窥探主人的脸色。可悲的是她根本不懂力学的意思所以忐忑不安。但金田夫人或许认为问这种事有损颜面，只是看着对方的脸色暗自猜疑。主人的脸色很难看。“除此之外，他还钻研什么比较浅显易懂的东西吗？”“这个嘛，之前他写过《论橡实的安定性以及天体运行》这篇论文。”“橡实这种东西还需要在大学钻研吗？”“我也是外行，不太清楚，毕竟，寒月君肯研究，那应该就是有研究的价值吧。”迷亭不动声色地顶回去。鼻子女士似乎已认定学问方面的问题难以应付，索性转移话题。“那我换个问题——这个正月新年据说他吃香菇折断了两枚门牙？”“对，缺门牙的地方还沾着空也饼。”迷亭显然觉得这个问题终于问到自己的看家本领，当下大为振奋。“那也太粗鲁了吧，他为什么不用牙签？”“下次碰面我会提醒他。”主人说着哧哧笑。“吃香菇都会弄断牙，可见他的牙齿很不好，是这样吗？”“的确不算好——对吧，迷亭？”“是不太好，但还挺可爱的。最妙的是，后来他一直没去补牙，至今还会沾到空也饼，真是奇观。”“是没钱补牙只好任它缺着，还是故意不去补牙呢？”“他应该不可能永远顶着缺门牙这个名号，所以你可以安心。”迷亭的心情渐渐好转。鼻子女士又换了个问题：“如果府上有他写的书信，能否让我看一下？”“明信片倒是多得很，你自己看吧。”主人从书房拿来三四十张。“用不着给我看那么多——只要其中两三张就好……”“来来来，我替你挑几张好的。”迷亭老师说，“这张应该很有趣。”他说着挑出一张明信片。“哎呀，他还会画画啊？挺灵巧的嘛，我瞧瞧。”她看了一下，“哎哟，天啊，是狸猫。什么不好选偏偏画只狸猫——不过看起来就像狸猫真不可思议。”她有点赞叹。“请看一下他写的内容。”主人笑着说。鼻子像女佣念报纸一样大声念出来：“旧历的除夕夜，山中狸猫举行园游会盛大舞蹈。歌词曰，来哟，除夕夜，山路探勘人也不会出现。斯波可砰呀砰。”“这是什么玩意儿，分明是在耍人嘛。”鼻子愤愤不平。“这张仙女也不满意吗？”迷亭又取出一张。一看之下是仙女身穿飞天羽衣弹琵琶的图画。“这个仙女的鼻子好像太小了。”“怎么会，那是正常大小，别管鼻子了，先看内容吧。”内容是这么写的：“以前某处有一位天文学者。某晚一如往常登上高台，一心观星，忽见天空出现美丽的仙女，演奏世间难闻的美妙音乐，天文学者忘记沁骨寒冷听得入神。到了早上，只见天文学者的尸体覆盖雪白冰霜。那位爱说谎的老爷爷说，这是真正的故事。”“这是什么啊，根本毫无意义，这样也算是念理科的大学生吗？我看他应该看一下《文艺俱乐部》[①] 才对。”她狠狠批评寒月君。迷亭半是好玩地取出第三张：“这张如何？”这次上面印着帆船，下面照例写了一些字：“昨晚过夜的十六小女郎，声称无父无母，徒然对着荒矶的千鸟，半夜惊醒的千鸟哭泣，双亲已乘船落海底。”“不错嘛，原来他也会说感人的故事。”“会吗？”“对呀，这可以配上三弦琴吟唱了。”“配上三弦琴那可道地了。这个呢？”迷亭又拿一张。“不，看了这么多，已经够了，我已经知道他没那么粗俗了。”鼻子女士自顾着满意。看来她对寒月的问题已大致问完。“今天真不好意思。请别把我来过的事告诉寒月先生。”她自私地要求。看来她的方针就是寒月的事什么都想打听，自己的事却完全不告诉寒月。迷亭与主人都随口敷衍了一声“噢”。“那我改天再道谢。”她一边郑重声明一边起身。二人送走她后刚回到位子，迷亭就说：“她那是搞什么？”主人也说：“她那是搞什么？”双方都问出同样的问题。里屋的女主人似乎再也忍不住，传来哧哧偷笑声。迷亭大声说：“嫂子哎嫂子，平庸的标本出现了，平庸到那种地步也很厉害。你不用客气，尽管笑吧。”

主人语带不满：“首先她的长相就很讨人厌。”他憎恶地说，迷亭立刻接腔：“鼻子占领脸中央。”他如此补充。“而且是弯的。”“还有点驼背。驼背的鼻子，挺稀奇的。”他逗趣地笑了。“那是克夫相。”主人好像还是很气愤。“就是那种十九世纪滞销乏人问津，到了二十世纪还继续晾在店门口的长相。”迷亭老是口出妙语。这时女主人从里屋出来，基于女人的身份提醒：“讲太多坏话，小心又会被车夫家的太太听见去告状喔。”“提醒她一下也算是苦口良药，嫂子。”“但是说人家容貌的坏话未免太下作了，又不是她自己喜欢有那种鼻子——况且对方好歹是女士，这样太刻

---

① 博文馆创刊，当时最有力的文艺杂志。后来逐渐通俗化，昭和八年废刊。

薄了。”她替鼻子女士的鼻子辩护，同时也等于间接替自己的容貌辩护。“有什么刻薄的，她才不是女士，是愚人，对吧，迷亭君？”“或许是愚人，却相当精明厉害，不就让她打听到不少消息吗？”“她到底把教师当成什么人了？”“当成后面的车夫看待吧。若要得到她那种人的尊敬只能成为博士。不能当博士是你自己太蠢，对吧，嫂子，你说是不是？”迷亭笑着扭头对女主人说。“他哪有那个本事当博士啊。”连女主人都鄙视主人。“说不定改天就成博士了，别瞧不起人。你可能不知道，以前有个人叫作伊索克拉底[①]，九十四岁还写出大作。索福克勒斯[②]写出杰作震惊天下时，几乎已是百岁高龄。西摩尼得斯[③]八十岁写出妙诗。所以我当然也行……”“太可笑了，你这种胃病怎么可能活那么久？”女主人显然已经预估过主人的寿命。“真没礼貌——不信你去问甘木先生。归根结底，都是你让我穿这种皱巴巴的黑色棉布大褂和满是补丁的衣服，才会被那种女人瞧不起。从明天起我也要穿迷亭那种衣服，你去给我准备。”“叫我准备？家里哪来那么好的衣服。金田夫人对迷亭先生客气，是因为听到他伯父的名号，又不是因为衣服。”女主人巧妙地推卸责任。

主人听到伯父这个字眼似乎忽然想起来了：“我今天才第一次听说，你居然还有伯父。之前怎么都没听你提过？真的有这号人物吗？”他问迷亭。迷亭像是早就在等他问这句话：“嗯，那个伯父啊，那个伯父非常顽固——同样是从十九世纪一直活到今天。”他来回看着主人夫妇的脸。“呵呵呵呵呵，你说话真有趣，他老人家现在何处呢？”“在静冈县，而且他不只是活着，头上还顶着江户时代的发髻真是令人敬畏。叫他戴帽子，他就耀武扬威地说我活到这把年纪还没冷到需要戴帽子——如果天气冷劝他多睡一会儿，他就说人类睡四小时就足够，超过四小时是在浪费时间，天没亮就起床了。而且，他还沾沾自喜地炫耀：我能够把睡眠时间缩减到四小时，是因为长年在修行，年轻时总是睡不饱做不到，最近终于进入随心所欲的庶境[④]了。活到六十七岁变得睡不好本来就是理所当然的，和修行一点关系也没有，当事人却以为完全是靠一己之力成功。而且外出时，他一定会带着铁扇。”“做什么？”“不知道要做什么，就只是带着。或许是当作拐杖的替代品吧。说到这里，

---

① 伊索克拉底（Isocrates，前436—前338），希腊雅典的雄辩家。

② 索福克勒斯（Sophokles，前496—前406），与埃斯库罗斯、欧里庇得斯并称希腊三大悲剧诗人。代表作有《俄狄浦斯王》《安提戈涅》等。

③ 西摩尼得斯（Simonides，前556—前468），希腊抒情诗人。

④ “庶境”乃佳境之意。意指在任何境地皆可随心自如。

之前还发生一件怪事。”这次迷亭对着女主人发话。“噢？”女主人不痛不痒地接腔。“今年春天我突然收到信叫我赶紧送西式礼帽与大礼服过去。我有点惊讶，写信回去问，结果那边答复说是老人自己要穿戴的。二十三日在静冈县有一场大捷庆祝会，为了及时赶上，老人下令一定要赶紧治装。好笑的是，他的命令是这样的：帽子买顶大小差不多的就行，衣服也拿捏个差不多的尺寸去大丸[1]定做……”“最近大丸也接受西服定制吗？”“没有，老师，他是和白木屋弄错了。”“叫人家拿捏尺寸也是强人所难吧？”“那正是我家伯父之所以是伯父之处。”“结果呢？”“没办法，我只好自己看情况随便买了寄去。”“你也是乱来。结果赶上了吗？”“总算是马马虎虎解决了。后来看当地的报纸，报上说当天牧山翁难得穿西式大礼服，照例拿着那把铁扇……”“看来铁扇还是不离手啊。”“嗯，我还打算等他将来死了一定要把铁扇放进棺中。”“不过帽子和衣服都合适真是太好了。”“那你就错了。我本来也以为一切顺利，没想到过了一阵子，从家乡寄来包裹，我还以为是谢礼，打开一看就是那顶礼帽。还附带一封信，上面写着感谢你特意购来可惜有点大，请送回帽子店，让对方改小，修改费会以小额汇票寄上。”“原来如此，太糊涂了。”主人发现天底下还有比自己更糊涂的人似乎大为满足。“后来呢？怎样了？”之后他又问道。“还能怎样，没办法，我只好留着自己戴。”“那顶帽子吗？”主人奸笑。“那位真的是男爵吗？”女主人满脸不可思议地问。“你说谁？”“就是那位铁扇伯父。”“没那回事，他是汉学家，年轻时在圣堂[2]钻研朱子学说之类的，所以在西洋电灯下也恭敬地顶着发髻。真拿他没办法。”迷亭不停抚摸下巴。“但是，你对之前那个女人说他是牧山男爵。”“是这么说的没错，我在起居间也听见了。”唯独这时女主人也同意主人的意见。“是吗，哈哈哈哈哈！”迷亭莫名其妙地大笑。“那是骗人的啦。我如果有个男爵伯父，现在起码当上局长了。”他坦然自若。“我就说不对劲嘛。”主人看起来有点高兴，又有点担心。“哎哟，亏老师你能一本正经说出那种谎话，你也太会吹牛了。”女主人非常佩服。“比起我，那个女人更高明。”“你也不逊色。”“不过嫂子，我的吹牛纯粹是吹着好玩的。那个女的，却全都是有目的，有原因的谎言。那更难缠。出自小聪明的心计谋算，与天生的滑稽趣味若混为一谈，喜剧之神也不得不悲叹世人有眼无珠了。”主人垂下眼帘，说：“不见得吧。”女主人笑着说：“都一样。”

---

① 当时位于日本桥区（现为中央区）的大丸服装店。白木屋早就开始经营洋服，已有定评。

② 圣堂指孔子庙。江户时代随着儒学兴盛各地皆建立圣堂，成为钻研学问之地。

我以前没去过对面的横巷。自然也没看过角屋的金田家是什么样的格局。甚至是这次才听说。在主人家，企业家从未在话题中出现，所以靠主人养活的我不仅与这方面毫无关系，而且对它非常冷淡。之前鼻子女士意外来访，我以局外人的立场旁听了他们的谈话，想象那位千金小姐的美艳，以及她家的富贵、权势后，我虽是猫也无法安闲躺在檐廊睡觉了。不仅如此，我对寒月君也非常同情。对方收买了博士的太太、车夫家的太太，甚至二弦琴的天璋院夫人，神不知鬼不觉地连他缺门牙都侦察到了，可是寒月君这厢却只顾着笑嘻嘻地把玩外套的衣带，就算他是刚毕业的理科大学生，也未免太无能了。不过话说回来，对方能在脸中央安置那么伟大的鼻子，自然不是随随便便什么人都能接近她打听消息。对于这种事，主人毫不在乎而且太缺钱。迷亭虽不缺钱，但他是那种偶然童子，应该不大可能赞助寒月。如此看来，可怜的只有演说上吊力学的老师。所以我必须奋发图强，潜入敌城侦察动静，否则未免太不公平。我虽是猫，但好歹是只寄住在看了哲学家爱比克泰德的书会狠狠砸在桌上的学者家的猫，和世间一般的笨猫、愚猫稍有不同。敢做这种冒险行动的侠义心肠本来就已藏在尾巴尖。我并不是要对寒月君施恩，但这不只是出于个人因素的血气狂躁之举。广义而言，这算是爱好公平热爱中庸实现天意的爽快义举。既然她不经他人允许便将吾妻桥事件到处散播，既然她派遣走狗躲到别人家檐下窃听，听取报告后逢人吹嘘，既然她不惜利用车夫、马夫、无赖汉、穷书生、打零工的阿婆、产婆、妖婆、按摩师，乃至愚人来骚扰国家有用之人才——那么我身为猫也豁出去了。幸好天气也很好，虽然冰霜融化有点麻烦，但为了大道只能豁出性命。我脚底沾着泥泞，在檐廊踩下梅花印，这点小事或许会对厨娘造成困扰，对我来说却是不痛不痒。不用等明天了，现在就出发吧！我萌生这勇猛精进的大决心，冲到厨房，但是，等一下！我暗想。身为一只猫我虽已达到进化的极致，在脑力方面自认也不输于中学三年级的学生，但可悲的是，唯有咽喉的构造依然是猫的，我无法使用人族的语言。好吧，就算我顺利潜入金田家，充分侦察到敌情，也无法告诉寒月君这个当事人，更不可能告诉主人或迷亭老师。不能把情报说出来就等于土里的钻石无法在阳光下发亮，空有智识也成无用之物。这太愚蠢了，还是算了吧——我不禁在门口驻足。

但是一旦起意后，若要中途放弃，就像在晴天等待阵雨之时那朵乌云却行至邻地，多少有点遗憾。如果错在己方自然另当别论，为了所谓的正义，为了人道，即便枉送性命也要勇往直前，这才是知义务的男儿本色。白费力气，白弄脏脚，就一只猫而言正是本分。由于生而为猫，我没有伎俩可与寒月、迷亭、苦沙弥诸位老师以三寸之舌交换思想，但也正因为是猫，唯有忍术比诸位老师高明。成就他人不能之事自己也会感到愉快。虽只有我知道，但能够知道金田家的内幕，总比无人得知要来得愉快。虽不能告知人族，但至少让金田家知道事情已经被人发现，就很愉快了。既有这么多愉快怎能不去，当然还是去吧。

等我来到对面的横巷一看，传说中的洋楼果然大摇大摆地占据角地。这里的主人八成也像这洋楼一样傲慢，我钻进大门眺望那座建筑，但除了双层楼房像要威压他人般无意义地耸立，看不出其他好处。迷亭所谓的平庸大概就是指这个吧。玄关在右边，我钻过灌木丛，绕到厨房后门。厨房果然宽敞，足有苦沙弥老师家的厨房十倍大，整齐清洁丝毫不逊于之前日本新闻详细描述的大隈伯家的厨房①。“果然是模范厨房。”我钻进去。一看之下，石灰铺地约有两坪的脱鞋口站着那个车夫家的太太，正对着厨子与司机频频发话。这家伙很危险，我急忙躲到水桶后面。“那个教师，连我家老爷的大名都不知道吗？”厨子说。“怎么可能不知道，在这一带如果不知金田先生的大宅，那等于是又瞎又聋。”这是司机的声音。“简直无话可说。说到那个教师，本来就是个除了书本一无所知的怪胎。如果对老爷稍有所知或许还会敬畏，但是没用，他连自己的小孩几岁都不知道。”太太说。“他连金田先生都不怕吗？真是麻烦的怪胎。管他的，大家一起去吓唬他一下好了。”“这个主意好。居然说什么夫人的鼻子太大、长相太讨厌——他讲话可过分了。也不看看他自己的长相就像今户烧②做成的狸猫——他自以为那样才像个人样，你说气不气人。”“不只是长相，他拎着毛巾去澡堂时不也态度很傲慢？他自以为没有人比他了不起。”看来苦沙弥老师在厨子心中的形象也很差。“干脆大家一起去他家的墙脚边说他坏话吧。”“那他一定会吓到。”“但是让他看到我们就没意思了，刚才夫人吩咐过，只要出声打扰他看书，尽量让他烦躁不安就好。”“这个我懂。”车夫家的太太表示要承担三分之一的说坏话任务。原来是要用这招来刺激苦沙弥老师啊，我悄悄走过三人身旁钻进里屋。

猫的脚步若有似无，不管走在哪里都不会发出笨拙的声音。宛如踏在空中，宛如行在云上，宛如水中敲磬③，宛如洞里鼓瑟④，这样的醍醐妙味难以言喻冷暖自

① 大隈伯，当过首相的大隈重信。他家的厨房被誉为上流社会的模范。

② 台东区今户街生产的素烧陶器。也制作各种人偶，颇有素朴风味，但并不美丽。

③ 中国古代的敲击乐器。

④ 中国古代的弦乐器。

知[①]。没有什么平庸的洋楼可言，也没有模范厨房，更没有车夫家的太太、权助[②]、厨子、千金小姐、女佣、鼻子夫人、夫人的夫婿。我只不过是去我想去之处听我想听之言，伸舌摇尾，翘起胡须悠然返家而已。尤其我在这方面的本领堪称日本第一。甚至连我自己都怀疑是否继承了传奇故事中的妖怪猫又的血统。俗话说癞蛤蟆的额头亦有夜明珠，我的尾巴有神祇释教恋无常[③]自不待言，也塞满了睥睨满天下人类的家传妙药。趁着无人时横行金田家的走廊这种小事，比金刚力士一脚踩扁凉粉还容易。这时，连我都佩服我自己的力量，察觉这都要归功于我平日珍视的尾巴后当然不能毫无作为。我得膜拜我尊敬的尾巴大神祈求喵运长久才行，于是我稍微低头，但总觉得有点不对劲。我得尽量看着尾巴那边三拜叩首，但转身想看尾巴时尾巴也自然跟着转。我扭头想追上去，尾巴却也保持同样的间隔往前跑。果然不愧是能将天地玄黄[④]收在三寸之内的灵物，终究不是我能抗衡的。绕着尾巴七次半之后我实在累坏了，只好放弃。我有点头晕眼花，甚至一下子弄不清自己身在何方。管他的，我埋头到处乱逛，纸门内忽然响起鼻子女士的声音。就是这里！我当下驻足，左右两耳斜着竖起，屏气凝神。"一个穷教师未免太自大了吧！"那个熟悉的尖嗓子蹦出。"嗯，太自大了，看我教训他一下给他点颜色瞧瞧。那间学校也有我的同乡。""有谁在？""津木瓶助和福地喜舍吾[⑤]在，我会拜托他们好好照顾他。"我不知金田君的故乡是哪里，但这些人的名字太奇妙了令我有点吃惊。金田君又说："那家伙是英语教师吗？""对，据车夫家的太太说好像专门教什么《英语读本》[⑥]。""反正肯定不是什么好教师的啦。""的啦"也令我惊叹不已。"上次遇到瓶助，他说学校有怪胎。有学生问老师番茶（粗茶）的英文应该怎么说，那人居然一本正经地说是 savage tea，成了教员之间的笑柄，他说有那种教员在，对其他同人造成很大的困扰，我看八成说的就是那家伙。""肯定是那家伙，他长得就像是会说出那种话。还留着怪胡子。""真是不像话。"如果有胡子就不像话，那猫族每一只都不像话了。

---

① 不假他人之手自行领悟之意。《无门关》有云"如人饮水，冷暖自知"。

② 权助乃下男的通称。

③ 罗列神、佛、恋、死与人事种种之词。在和歌与俳句中，相对于自然。

④ 《千字文》的第一句，指天地。《易经》的"坤"有云："天为玄（黑），地为黄。"

⑤ 《猫》执笔当时的漱石同事中，有杉敏介与菊池寿人这二位第一高等学校教授。该校毕业生（山田润二、龟井孝高、五味智英）日后回忆，这二人就是瓶助与喜舍吾的原型（高岛俊男《恕我冒昧反驳您……》，《周刊文春》平成十四年七月十一日号）。

⑥ *Reader*，当时中学使用的英语讲读用的教科书。

“还有那个叫作什么迷亭的家伙，满口胡言乱语，整天嬉皮笑脸的简直是疯子，还好意思说他伯父是牧山男爵，就凭他那种长相，怎么可能有个男爵伯父嘛。”“谁教你自己把那种来历不明的人讲的话当真。”“你还怪我，太瞧不起人了吧。”她似乎很遗憾。不可思议的是她一个字都没提到寒月君。是我潜入金田家之前他们就批评过了，还是寒月已经淘汰出局所以不被他们放在心上，这点我也很关心却无从得知。站了一会儿后隔着走廊对面的和室传来铃声。那边好像也有事发生。我当下不顾一切走向那个方位。

过去一看，有一个女人正在大声说话。她的声音和鼻子女士很像，可见她应该就是这家的千金小姐，那个逼得寒月君跳水未遂的人物。可惜隔着纸门无法一睹庐山真面目，因此她的脸孔中央是否也有大鼻子坐镇无法确定。但听其说话就其鼻息粗重等现象综合判断，未必不是惹人注意的狮子鼻。只闻女人喋喋不休却听不见对方的任何声音，这大概就是传说中的电话吧。“你是大和[①]吗？明天，我要过去，替我留鹑之三[②]的位子，你重述一遍我的话——懂了吗——什么，没听懂？天啊，真是的。我要订鹑之三的位子啦——你说什么——没位子？怎么可能没位子，我就是要订——嘿嘿嘿嘿，开玩笑？——谁跟你开玩笑——叫我别戏弄你？你到底是谁？长吉？什么长吉莫名其妙。叫你们老板娘来听电话——什么？我有话直接跟你讲就好？——你太没礼貌了，你知道我是谁吗？我可是金田——嘿嘿嘿，如雷贯耳？你这人真的很笨耶，就跟你说我姓金田——什么？——谢谢我每次捧场？——什么谢谢，我可不是来听你道谢的——你怎么又笑了。看来你真的很蠢——你说我讲得对？——你再这样瞧不起人我可要挂电话了。你不怕吗？不会有麻烦吗？——不吭气谁知道你的意思啊，你倒是说话呀！”长吉那边好像主动挂了电话，什么也没回答。大小姐暴跳如雷乒乒乓乓猛摇电话。脚下的小狗吃了一惊忽然尖声狂吠。我心想这可不能大意，急忙冲出去躲到檐廊下方。

这时有脚步声接近走廊旋即响起拉门声，我拼命倾听是谁来了。“小姐，老爷和夫人请您过去。”好像是用人的声音。“我不管啦。”小姐大发雷霆。“老爷说有事找您，让我来喊您。”“烦死了，我不管啦。”小姐再次破口大骂。“……好像是为了水岛寒月先生的事找您。”用人机灵地想讨好小姐。“什么寒月、水月我都不知道

---

① 戏剧茶屋的屋号。

② “鹑之三”是剧场观众席的名称。“鹑”在江户是楼下区，“鹑之三”是靠近舞台的第三排，也就是上等座。

啦——讨厌死了，那个呆瓜一脸迷糊的蠢样。”第三记暴雷，可怜的寒月君不在场也中枪。“咦，你什么时候梳起束发[1]了？”用人这才松了一口气：“今天。”她尽量简短答复。“你一个用人，有什么好狂的。”第四记暴雷从别的方向劈来。“而且你还换了新的领围啊？”“是，这是以前小姐赏的，料子太好我舍不得用所以一直放在行李中，但原来的领围实在太旧了所以就换上了。”“我什么时候给过你那种东西了？”“就是今年正月，您去白木屋治装时——结果是茶绿色染有相扑力士顺位表的图案。您说花色太老气了不喜欢，所以就给我了，就是那个。”“哎呀，天啊。很适合你耶。真可恨。”“不敢当。”“我又不是在夸奖你。我是说真可恨。”“是。”“那么合适的东西，你干什么闷不吭声就收下了。”“是。”“既然那么适合你，我穿戴起来应该也不至于奇怪吧？”“一定会很适合您。”“那你明知适合我干什么不早说？还这样厚着脸皮穿在身上，真可恶。”她毫不留情地一再攻击对方。正当我竖耳倾听接下来事态会如何发展时，对面的和室里，金田君大声喊女儿：“富子呀，富子呀！”小姐不得已，只好应声走出电话室。比我略大的小狗，长相就像把眼睛嘴巴都挤到脸中央，乖乖跟着她走了。我照例蹑足再次从厨房后门溜到路上，急忙返回主人家。这次探险首先取得十二分圆满的成绩。

回去一看，忽然从漂亮的房子换到老旧肮脏的住处，感觉就像从阳光充足的山上钻入昏暗的洞窟中。探险期间，因为专注在别的事上，我没在意房间的装饰、纸门、屏风是什么样子，现在发觉我的住处有多下等的同时不免也开始怀念他们所谓的平庸。企业家果然比教师伟大。我也觉得有点不对劲，向尾巴一问，尾巴尖大神宣称正是如此、正是如此。走进和室后我意外发现迷亭老师居然还没走。烟蒂如蜂巢密密麻麻插在火盆中，他盘腿而坐正在讲话。不知几时寒月君也来了，主人枕着手正在仔细眺望天花板的漏雨痕迹。这依然是太平逸民的聚会。

“寒月君，在昏迷中提到你名字的那个女人，当时你不肯透露姓名，现在总可以说了吧？”迷亭揶揄。“就算要说，若是只关系到我一个人当然无所谓，但我怕会造成对方的困扰。”“还是不能透露吗？”“况且我已答应某某博士夫人了。”“你答应她不能说出去是吧？”“对。”寒月君照例把玩那件外套的带子。那根带子是商

---

① 明治初期起，妇女之间流行的西式发型。与传统的日本发髻相比更简单方便，形式也更自由。

品中罕见的紫色。“那根带子的颜色，有点天保调[①]。”主人躺着说。主人对金田事件毫不在乎。“对呀，这可不是日俄战争时代会出现的东西。这种带子一定要戴阵笠[②]配上立葵纹[③]的开衩外褂[④]才压得住。织田信长成婚时据说把头发扎成茶筌[⑤]，当时用来绑头发的就是这种带子喔。”迷亭的话还是那么冗长。“其实这是我爷爷长州征伐[⑥]时用的。”寒月君很正经。“我看那种古董应该捐给博物馆了吧。上吊力学的演说家，理科学士水岛寒月君这样的人物，居然穿得像滞销的幕府将军侍卫，这会有损颜面。”“听你的忠告当然也行，但有人说过这带子很适合我。”“是谁？谁说那么没品位的话？”主人翻身大声说。“那个人你们不认识——”“不认识有什么关系，到底是谁？”“是位女性。”“哈哈哈，你果然风流，让我猜猜看，八成是在隅田川底呼喊你名字的女人吧？你何不穿着那件外套再表演一遍。”迷亭从旁冒出。“嘿嘿嘿，已经不是从水底呼唤，是从西北方的那片清净世界……”“恐怕不算太清净，那可是毒辣的鼻子喔。”“啥？”寒月面露狐疑。“对面横巷的鼻子刚才找上门来了。来这里，把我们两个都吓了一跳，对吧，苦沙弥君？”“嗯。”主人躺着喝茶。“你说的鼻子到底是谁？”“就是你那位亲爱的永恒女神的母亲大人。”“噢？”“有一个自称金田之妻的女人来打听你的事。”主人认真解释给他听。我很好奇寒月君的反应不知会是惊讶，还是欣喜，抑或是害羞？但是看他的样子似乎不当一回事，依旧以平静的语气说：“她是来拜托我娶她女儿吧？”说完又把玩起紫色的衣带。“那你就大错特错。那位母亲大人有个伟大的鼻子……”迷亭说到一半时，“喂，我从刚才就在思考以那个鼻子为题的俳体诗[⑦]。”主人牛头不对马嘴地接话。邻室的女主人哧哧笑了出来。“你未免也太悠哉了，作出诗了吗？”“作出一点了。第一句是‘这张脸上鼻子祭’。”“然后呢？”“接着是‘这个鼻子供神酒’。”“下一句呢？”“目前我只作出这两句。”“有意思。”寒月君嘻嘻笑。“接下来这句就用‘两个鼻孔黑幽幽’你看如何？”迷亭立刻脱口成诗。寒月也不甘示弱：“那‘鼻孔深深不见毛’这句可以吗？”各自胡言乱语之际，靠近墙脚的路上，四五人嚷嚷着“今户烧的狸猫！

① 指品位落伍。本是形容天保期（1830—1844）的俳句平庸欠缺新鲜感。
② 室街时代以后，阵中士兵戴的帽子。以薄铁或皮革制成，外表涂漆，代替头盔。
③ 将有茎的三片葵叶立成杉形的徽纹。
④ 武士骑马或旅行时穿的外套，背缝下半部刻意开衩便于行动。
⑤ 茶筌发髻的简称。以绳子缠绕发髻，形似点茶用的工具茶筌的男子结发法。
⑥ 元治元年（1864）江户幕府与长州藩之战。
⑦ 漱石与虚子从连句得到灵感尝试的新诗形。二人的作品刊于《不如归》明治三十七年八月号。

今户烧的狸猫！”的声音响起。主人与迷亭当下都有点吃惊，从篱笆的缝隙窥看路上后，“哇哈哈哈哈哈！”的笑声传来，接着是朝远处跑走的凌乱脚步声。“他们刚才喊的今户烧的狸猫是什么意思？”迷亭不可思议地问主人。“莫名其妙。”主人回答。“动静很大喔。”寒月君加入批评。迷亭似乎想起什么，猛然起身。“小弟基于美学上的见解，近年来正在潜心研究这个鼻子，在此想披露些许浅见，还请二位拨冗一听。”他模仿演讲者的说辞。主人因事出突然只能呆呆地无言看着迷亭。“那当然得洗耳恭听。”寒月小声说。“我经过多番调查后，发现鼻子的起源难以确定。第一个疑点是，如果假设这是实用的工具，那么两个鼻孔未免太多了。根本没必要顶风从中突出。但它为何如各位所见如此突起呢？”他捏着自己的鼻子给二人看。“也不算太突兀吧。”主人老实不客气地说。“总之它没有缩回去。若与两个洞并列的状态混为一谈，说不定会产生误解，所以我必须先提醒二位。——根据愚见，鼻子的发达乃是我等擤鼻涕这个细微行动的结果自然累积，才会呈现出如此明显的现象。”“的确是愚见。”主人再次插入短评。“如各位所知，擤鼻涕时，一定会捏鼻子，捏鼻子时，只有这个部位会受到刺激，根据进化论的大原则，由于这个局部受到刺激，才会出现与其他部位不相当的发达。皮肤也自然变厚，肉也渐渐变硬。终于凝结成骨头。”“那未免有点——肉哪有那么容易就一下子变成骨头。”不愧是理科毕业的大学生，寒月君提出抗议。迷亭不以为意地继续说：“不，你会有疑问是应该的，但事实胜于雄辩，你也看到了，就是有骨头，我也没办法。骨头已经在了。骨头出现还是会流鼻涕。一旦流了就得处理。这个作用令骨头左右被削薄，变成细窄的隆起——实在是可怕的作用。如同滴水穿石，如同宾头卢[①]尊者的头部自动发光，如同奇香奇臭的比喻，鼻梁就这般变得挺直坚硬。”“可是你的鼻子，肉肉软软的。”“谈论演说者自己的局部恐有回护[②]之虞，所以在此刻意略过不论。那位金田家的母亲大人的鼻子，堪称最发达、最伟大的天下珍品，我很想向二位介绍。”寒月君不禁大声喝彩。“不过事物一旦到了极致虽然的确壮观，却也会变得有点可怕难以接近。像那个鼻梁当然是很出色，但似乎有点过于险峻。在古人之中，苏格拉

① 宾头卢尊者，十六罗汉的第一位。据说摸过这尊罗汉像的手再放在患部即可治病，结果此像多半被摸得光滑发亮。

② 替自己强烈辩护。

底、哥德史密斯，还有萨克雷[1]的鼻子就构造上而言都有很大的缺陷，但那种缺陷自有可爱之处。正所谓鼻不在高，有奇则贵[2]。俗话也说美食胜于美鼻，所以若就美的价值而言，我认为小弟迷亭我这样的程度应该算是很适当。”寒月与主人一同“呵呵呵”笑了出来。迷亭自己也愉快地笑了。“话说刚才开讲的是——”“老师，‘开讲’这个说法有点像说书的太低贱了，还是改一改吧。”寒月君立刻报了之前的仇。“是吗，那就洗把脸再重来吧。——呃——接下来我想稍微谈一下鼻子与脸的均衡。撇开其他关系单独论鼻子的话，那位母亲大人拥有一个不管去哪儿都足以傲人的鼻子——即使在鞍马山[3]参展恐怕也能得一等奖的鼻子，可悲的是那是没有与眼、口以及其他诸贤商量就形成的鼻子。恺撒大帝的鼻子显然也很大，但若将恺撒的鼻子剪下来，安置在猫的脸上会怎样呢？俗话以‘猫额’形容巴掌大的狭小地面，上面若突兀地耸起英雄的鼻子，就好似在棋盘上放一尊奈良大佛，会严重地比例失衡，从而减低美的价值。那位母亲大人的鼻子就像恺撒的鼻子，当然是端正又英姿飒爽地隆起。但鼻子周围环绕的脸面条件又如何？当然不像府上的猫那么差。但不可否认的是她就像得了癫痫病的丑女有一对八字眉，眯眯眼吊起。诸位，这张脸配上这个鼻子，怎能不令人叹息。”迷亭说到这里稍微打住，后方顿时传来声音：“还在说鼻子呢，怎么这么顽固啊？”“是车夫家的太太。”主人告诉迷亭。迷亭又开始发话。“没想到在后方，还能发现一个新来的异性旁听者，这对演说者而言可是极为光荣。尤其是这婉转娇啼的声音，替枯燥无味的讲席平添一分香艳，实为意外的幸福。我尽量讲得通俗一点以不负佳人淑女的眷顾，不过接下来要稍微涉及力学上的问题，女士们一时之间或许难以理解，还请多多包涵。”寒月君听到力学这个字眼再次嘻嘻笑。“我要举证的是，这个鼻子与这张脸孔终究不和谐。说到它失去蔡辛的黄金律[4]，我想严格地根据力学上的公式演绎。假设 H 是鼻子的高度，α 是鼻子与脸的平面交叉产生的角度，W 当然是鼻子的重量。怎么样？到此为止大致听懂了吗？”“怎

---

① 苏格拉底（Sokrates）是古希腊的代表性哲学家。奥立佛·哥德史密斯（Oliver Goldsmith，1728—1774）是英国文学家，著有小说《威克服的牧师》（*The Vicar of Wakefield*）等。萨克雷（William Makepeace Thackeray，1811—1863）也是英国小说家。代表作为《浮华世界》。以上这三人据说都容貌不佳。

② 古代至明治初期使用的儿童教科书《实语教》中有“山不在高，有树则贵”。

③ 鞍马山位于京都市左京区，山中有鞍马寺，陈列多种展品。

④ 蔡辛（Adolf Zeising，1810—1876），德国美学家。著有《美学研究》。“黄金律”是两条线的长度比，被视为最美的比例。例如正五角形的一边与对角线长度之比。据说植物与人体各部位等大自然中也有黄金律。漱石的《文学论》也论及此点。

么可能懂！”主人说。“寒月君你呢？”“我也完全不懂。”“那可伤脑筋了。撇开苦沙弥先不谈，你是理科学士，所以我本来以为你会懂。这个式子是演说的重心，所以如果跳过这个，之前做的就毫无意义了——算了没办法。那就跳过公式只说结论吧。”“还有结论啊？”主人一脸不可思议地问。“那当然啰，没有结论的演说，就等于没有甜点的西餐。——好了，两位请仔细听着，接下来要说结论啰。——以上公式若参考菲尔绍①、魏斯曼②等诸家说法，先天形体的遗传当然不得不容忍。而这个形体随之产生的心理状况，哪怕有后天性不会遗传这个有力的说法在，某种程度上还是不得不视为必然的结果。因此那种不合身份的鼻子拥有者生下的孩子，可以推知其鼻子肯定也有某种异状。寒月君还年轻，所以对金田小姐的鼻子构造或许没看出特别的异状，但遗传基因可以潜伏很久，说不定哪一天会随着天气剧变突然发达，变得像她母亲的鼻子一样，转眼之前就膨胀增大。因此这桩婚事，根据迷亭的学理论证，还是趁早打消念头比较安全，对于这点，此处的主人自然不消说，就连那边躺着的猫又阁下想必也不会有异议。”主人终于坐起来。“那当然。那种人的女儿谁敢娶啊。寒月君你绝对不能娶喔。”主人非常热心地主张。我也为了聊表赞成之意喵喵叫了两声。寒月君倒是很平静：“二位老师的意向既然如此，我当然不介意打消念头，不过对方若因此耿耿于怀生病了那岂不是罪过——”“哈哈哈，这叫作艳罪③。”只有主人一个人非常激动：“那怎么会！那家伙的女儿铁定也不是什么好东西。第一次来人家的家里就教训我，太傲慢了。”他独自嘀嘀咕咕。这时墙边的三四个人发出“哇哈哈哈”的声音。一个人说：“高傲的怪胎！”另一个人说：“赶快换个更大的房子吧！”还有一个人大声说：“真可怜，再怎么耀武扬威也是纸老虎！”主人走到檐廊上，以不输对方的嗓门怒吼：“吵死了！你们特意躲在人家墙边鬼叫什么！”“哇哈哈哈哈！他就是 savage tea！是 savage tea！”众人七嘴八舌地骂道。主人被戳到痛处，突然跳起来拿着拐杖冲到路上。迷亭拍手说：“有意思，冲啊冲啊！”寒月把玩外套的带子依旧嘻嘻笑。我跟在主人的后面从墙根缺口朝路上一看，主人无所事事地拿着拐杖站在路中央。路上一个人影也没有，他看起来有点茫然失措。

① 鲁道夫·菲尔绍（Rudolf Virchow，1821—1902），德国病理学家、人类学家。
② 奥古斯特·魏斯曼（August Weismann，1834—1914），德国进化学家、遗传学家。
③ 与恋爱有关的罪。与“冤罪”是谐音双关语。

Chapter 4

我照例潜入金田家。

“照例”如今已不用多做解释，是用来表示“屡次”的程度。做过一次的事就想做第二次，试过两次之后还想试第三次，这不是人类才有的好奇心，我虽是猫族，但诸位不得不承认我也是拥有这种心理特权来到世上的。重复三次以上时开始冠上习惯之名，把这个行为进化为生活上之必要，肯定也与人类无异。如果怀疑我为何要如此频繁地前往金田家，那我倒是想先反问一下人类：人类为何要用嘴巴吸烟再从鼻孔喷出？它既不能充饥，也不是清血治病的良药，人类却不以为耻地公然吞云吐雾，又有何资格大声质疑我出入金田家之举。金田家就是我的香烟。

潜入这个字眼有语病。听起来好像是小偷或情夫，很难听。我去金田家，虽非应邀前往，但也绝不是为了偷鲣鱼，或与眼鼻好似挤在脸中央痉挛紧贴的小狗私会密谈。——侦探？怎么可能！若问世间什么职业最卑贱，我认为没有比侦探和放高利贷的人更卑贱。为了寒月君，我的确萌生猫族不该有的侠义心肠，去窥探过一次金田家的动静，但也仅此一次，之后我绝对没做过对不起猫族良心的卑劣行为。——既然如此，为何我会用“潜入”这样的耸动字眼？——这个嘛，说来话长。本来根据我的想法，天空是为了覆盖万物，大地是为了承载万物——就算再怎么喜欢执拗议论的人也无法否定这个事实。为了制造这个天空与大地，他们人类费了多少劳力呢？恐怕连分毫之力也没有出过吧。不是自己制造的东西又凭什么视为己有？视为己有也无所谓，但没道理禁止他人出入。在这片茫茫大地上，狡猾地以围墙圈起或竖起柱子划定某某所有地的行为，就像在苍天上划地盘，声称这部分是我的天，那部分是他的天一样。如果要把土地切割以一坪若干价钱买卖所有权，那我们呼吸的空气应该也可以切割贩卖。如果不能分割贩售空气，也不能在天上划地盘，那么地面的私有应该也同样不合理。如是观之方信如是法[①]的我正因如此才敢到处走。不过不想去的地方我当然不会去，想去的地方不分东西南北，我都会坦然自若、大摇大摆地前往。对于区区一个金田家自然也没什么好顾忌的。——不过猫的可悲在于力气终究比不过人类。在这茫茫浮世甚至有句格言说强势就是权力[②]，所以纵然我再有道理，猫族的道理还是行不通。如果硬要让它通，就会像车夫家的黑子一样遭到卖鱼的拿扁担攻击。道理在自己这边但权力在对方那边时，如果只能乖乖妥协屈从，或者不惧强权坚持自我主张，那我当然会选择后者。我不得不躲避扁担的攻击，因此不得不忍让。但潜入人类住处只要没妨碍那就不得不去。因此我要潜入金田家。随着一再潜入，哪怕我无心侦察，金田一家的事还是会自动映入我的眼中，纵使不想记住也在我的脑海留下印象。例如鼻子夫人每次洗脸都会仔细擦拭鼻子，富子小姐特别爱吃阿倍川饼[③]，还有金田君自己——金田君与妻子不同，是个鼻子低矮的男人。不只是鼻子，他整张脸都很扁平。甚至令人怀疑他小时候是否跟人打架，被带头的顽童拎起脖子狠狠压在土墙上，使得当时的脸孔直至四十年后的今天尚未了结这段因果，由此可见那张脸有多么平坦。虽然那的确是一张很平稳毫无危险的脸孔，却欠缺变化。纵使再怎么生气还是一脸扁平。——这位金田君吃鲔鱼生鱼片时总是一边猛拍自己的秃头，而且他不只是脸孔扁平，身材也很矮小，偏偏还喜欢戴高帽穿高木屐，车夫为此暗自发笑偷偷告诉书生，书生赞叹车夫的观察敏锐云云——这些事简直难以一一道尽。

最近当我从后门旁穿过院子，自假山背后放眼望去，确定屏风竖立四下鸦雀无声后，我便会徐徐潜入。如果人声鼎沸，或有被和室里的人一眼窥见之虞，我会沿着池塘绕道东行，自厕所旁边悄悄来到檐下。我没做过坏事所以也没啥好隐瞒或害怕的，但这时若遇上人类这种无法无天的种族只能自认倒霉，所以世间若尽是熊坂长范[④]这种盗贼，就算是谦谦君子恐怕也不得不采取我这样的态度吧。金田君是堂堂企业家，本来不可能像熊坂长范那样挥舞五尺三寸的大刀，但据我所知好像有种

---

① “如是”经常用于经文开头，“如此这般”之意。

② 英文的 Might is right，多半译为“力量就是正义”。

③ 亦称安倍川饼。静冈县名产。将麻糬蘸满黄豆粉再撒白糖的日式点心。

④《义经》传说中的盗贼。据说在美浓国赤坂宿旅被牛若丸杀死。使用“五尺三寸的大刀”（谣曲《乌帽子折》）。

病会不把人当人。连人都不当成人看待了，自然不可能把猫当成猫看待。如此说来就算是有德的君子猫，在他的家中也绝对不能大意。不过那种不可大意对我而言有点好玩，所以我如此频繁出入金田家，或许就只是因为想冒这种危险找刺激。至于要再细究个中原因，只能留待他人仔细解剖猫的脑子时再议。

今天又是什么情况呢？我把下巴顶在假山的草皮上环视前方，十五张榻榻米大的客厅在三月的春光中全面敞开，金田夫妇与一名客人正在交谈。鼻子夫人的鼻子正好对着我这边，等于隔着池塘正面睨视我的额头上方。被鼻子睨视是有生以来头一遭。至于金田君正侧着脸与客人面对面所以他那平坦的部分遮去一半看不见，也因此无法确定他的鼻子在何处。只看到花白的胡子随意乱生，所以可以轻易做出上面应有两个鼻孔的结论。春风如此顺畅地吹过平坦的脸颊肯定也很愉快，我忍不住浮想联翩。客人是在场三人之中容貌最普通的。但正因普通，没有任何值得特别介绍之处。说到普通那当然没什么，然而普通至极进入平凡之堂、庸俗之室[①]则令人悲悯。这个带有如此无意义长相的宿命生于明治盛世的人到底是何方神圣？我得潜行到那檐下听听他们谈话才知道。

"……所以内人特意去那个男人的住处打听详情……"金田君照例语带傲慢。虽然傲慢却毫无险峻之处。言辞也像他的脸孔一样扁平。

"原来如此，那个人以前在学校教过水岛先生——原来如此，真是好主意——原来如此。"客人频呼"原来如此"。

"结果完全不得要领。"

"对，遇上苦沙弥当然不得要领——他打从与我一同寄宿时就优柔寡断——您当时想必很困扰吧？"客人转向鼻子夫人问道。

"岂止是困扰而已，我活到这把年纪，去别人家还没遭受过那么过分的待遇。"鼻子夫人照例喷出鼻子风暴。

"他讲了什么无礼的话吗？他以前就很顽固——光是看他十年如一日专门教授《英语读本》便可知道了。"客人也得体地附和。

"唉，根本没法子谈，我内人提出问题，他的反应很不客气……"

"那不足为奇——稍有学问后就萌生傲慢之心，而且还很穷，自然变得死不肯认输——唉，世上就是有这么无法无天的人。不好好反省自己的懒惰，只想找有钱

---

① 在此指极为平凡。《论语》等也有学问或技艺"已入堂奥"的说法。

人的麻烦——倒像是人家卷走他的财产似的真是令人愕然。哈哈哈！”客人说着非常开心。

“唉，他简直太过分了，像他那样不懂人情世故只知任性妄为，我认为应该给他一点教训，所以使了一点小手段。”

“原来如此，那他一定学乖了吧，毕竟那完全是为他好。”客人也没问是怎样的手段就忙不迭赞同金田君。

“问题是，铃木先生，那家伙可顽固了。即便去学校，好像也不和福地先生、津木先生说话。本以为他是吓得不敢开口，结果上次居然拿拐杖追赶我家无辜的书生——他都三十几岁了，亏他做得出那种荒唐的举动。看来他有点气疯了。”

“噢？他怎会又做出那么粗暴的行为……”对此，客人似乎也感到有点疑问了。

“其实也没什么，书生说他只是在那家伙面前讲了几句话，结果，那家伙二话不说就抓起拐杖，光着脚冲出来了。就算我家书生真的讲错了什么话，他又不是小孩子，亏他一个满脸胡子的大人做得出来，还是教师咧。”

“对呀，亏他还是教师呢。”客人这么一说，金田君也说：“还是教师呢。”看来这三人不约而同地认定，身为教师无论受到任何侮辱都应该像木头人一样乖乖忍受。

“还有，那个迷亭也颠三倒四的，老是讲些毫无意义的谎话。我还是第一次遇上那么古怪的人。”

“噢噢，迷亭啊，看来他还是喜欢吹牛。果然在苦沙弥家遇到他了吗？千万不要理他。他以前跟我一起搭伙，很瞧不起人，所以我们以前常吵架。”

“他那副德性，任谁看了都会生气。要说谎没关系，有时道义上交代不过去或是碰上尴尬的场合，那种时候任何人都难免说出言不由衷的话。但那个男人是没必要也爱说谎所以格外难缠。真不懂他到底为了什么那样乱说——亏他面不改色地讲得出来。”

“的确，他完全是以说谎取乐所以才伤脑筋。”

“枉费我那么认真去打听水岛的事，结果搞得一塌糊涂。我真是气死了——不过人情义理归人情义理，去别人家打听事情我也不好意思装作没这回事，所以事后我还特意让我家的车夫送了一打啤酒过去。结果你猜怎么着？他居然说没有理由收这种东西，叫我家车夫拿回来。车夫说：不，这是谢礼，请收下。——你说可不可恨？他居然说他每天只吃果酱不喝啤酒这么苦的东西，然后袖子一甩就进屋去了——说话毫不客气，你说说看，是不是很没礼貌？”

“的确过分。”客人这次好像也真的觉得很过分。

“所以今天特意把你请来。”过了一会儿响起金田君的声音。“那种笨蛋，本来私底下嘲讽两句也就算了，但那样会有点困扰……”他说着又像吃鲔鱼生鱼片时一样拍打秃头。不过我躲在檐廊底下其实看不见他到底拍打了没有，但这种拍打秃头的声音最近我已听惯了。就像比丘尼听得出木鱼的声音，即使躲在檐廊下，只要一有声音我立刻可以鉴定出那是来自秃头。“所以我想麻烦你一下……”

“如果有我能做的请尽管吩咐——这次我能够来东京工作，完全是靠您多方费心促成的。”客人爽快答应金田君的委托。就这语气推断，这位客人好像也是靠金田君照顾的人。哎，事情的发展越来越有趣了，今天天气太好，我本来只是随便过来走走，没想到居然能得到这么好的情报。这就像彼岸时去寺庙拜拜竟然凑巧在住持那里吃到牡丹饼[①]。金田君到底要拜托客人什么事呢？我自檐廊底下竖起耳朵倾听。

“苦沙弥那个怪胎，不知怎么搞的竟然怂恿水岛，好像暗示他千万不能娶金田家的女儿——鼻子你说是吧？”

“才不是暗示。他是直接挑明了说：天底下没有哪个笨蛋会娶那种家伙的女儿，所以寒月君千万不能娶。”

“说什么‘那种家伙’真是太失礼了，他居然那样讲话！”

“可不就是讲了吗，是车夫家的太太来告诉我的。”

“铃木君，你也都听见了，那家伙很棘手对吧？”

“的确伤脑筋，这种事不比其他，不是他人可以随意置喙的。照理说这种程度的常识苦沙弥应该也有，到底是怎么回事？”

“所以，你自学生时代与苦沙弥同住，撇开现在不谈，以前好歹算是亲密好友，所以我想拜托你去见见他，把利害关系好好告诉他。他或许还在生气，但他会生气是他自己惹出来的，只要他肯安分守己我当然也会给他方便，不会再故意惹恼他。但他如果执迷不悟，我自然也有对策——换言之，他如果要那样坚持只会害了他自己。”

“是，您说得对，愚蠢抵抗只会害苦自己毫无益处，我一定会好好劝他。”

“还有，小女也有多家求娶，不是一定要许配给水岛，但我多方打听之下，他

---

① 彼岸是春分与秋分的前后三天各七天。这段时间会举行法会拜拜祭祖，供品通常是牡丹饼与萩饼。二者其实都是将粳米与糯米混合煮熟揉成丸子后外面裹上红豆泥的日式点心。据说是因为彼岸时节有牡丹（春）与萩草（秋）绽放。

的学问与人品好像都不错，如果好好用功近期之内成为博士，我或许可以考虑把小女嫁给他。这点你不妨也稍微暗示一下。”

“只要这么说，他一定会奋发图强好好用功。没问题。”

“另外，关于那件怪事——我认为实在不像水岛的作风，他一再尊称那个怪胎苦沙弥为老师，还对苦沙弥言听计从，真是伤脑筋。不过我们家的女儿当然不是非要嫁给水岛不可，所以不管苦沙弥想从中如何作梗挑拨，我这边都不在乎……”

“我们只是觉得水岛先生太可怜了。”鼻子夫人插嘴说。

“水岛这个人我没见过，总之如果与我家结亲包管他一生幸福，所以他本人当然也不可能反对。”

“是啊，水岛先生一定是想结亲，都是苦沙弥和迷亭那些怪人在旁边兴风作浪。”

“那样不太好，不是受过一定教育的人应有的行为。就让我去找苦沙弥好好谈一谈吧。”

“好，不好意思，那就麻烦你了。还有，其实水岛的事问苦沙弥最清楚，可惜内人去找他时由于上述原因未能好好打听，所以我想请你帮忙问问水岛的品性才学。”

“我知道了。今天是周六，所以我现在过去，他应该已经回到家了。不知他现在住在何处？”

“就在前面右转走到底，再往左走一百米左右有栋黑墙快倒塌的房子。”鼻子女士说。

“如此说来，就在这附近嘛。小事一桩。我回程就顺道过去看看。放心，只要看门牌应该就找得到。”

“他家的门牌时有时无喔。大概是拿饭粒把名片粘在门上的吧。一下雨就会剥落。然后等到放晴了又粘上去。所以不能指望门牌。与其那么麻烦还不如好好弄个木制门牌挂在门口。真是一个莫名其妙的人。”

“听来令人吃惊。不过只要找黑墙破损的房子应该就找得到吧？”

“对，那么破旧的房子在这一带就那么一家，所以你一看就知道。啊，对了，如果那样还找不到，还有个线索，只要找屋顶长草的房子就绝对不会错。”

“听来他家还真有特色啊，哈哈哈哈！”

如果我没有抢先在铃木君光临之前回到家，会有点麻烦。谈话听到这里也已足够。我沿着檐廊下方绕过厕所西边从假山背后钻到马路上，匆匆赶回屋顶长草的主人家，若无其事地绕到和室。

主人在檐廊铺了白毯子，正趴在晴朗的春阳中晒他的背。阳光是公平的，所以即便是屋顶长草被当作路标的破屋陋室，也像金田君的客厅一样明亮温暖，可悲的是只有毯子不似春日风景。制造商当初织的是白色毯子，唐物店[①]也是当成白色的商品在卖，主人买的也是白色的——但那毕竟已是十二三年前的旧事，所以白色时代早已过去，如今已逐渐步向深灰色的变色期。至于毯子的寿命是否能熬过这个时期转为暗黑色还是个疑问。总之现在已磨得破破烂烂，可以看出经纬分明了，再称之为毛毯已是僭越，省略毛字单称为毯显然更适当。不过依主人的想法，一年、两年、五年、十年都不够，他好像认为应该使用一辈子才对。他未免也太天真了。话说我很好奇他趴在那块毯子上做什么，只见他双手托腮，右手的手指夹着香烟。就只是那样。不过他堆满头皮屑的脑袋里，或许正有宇宙的伟大真理如起火的车子不停旋转，但就外人看来，做梦也不相信会有那种事。

香烟的火星渐渐烧至滤嘴，一寸长的烟灰倏然掉落毯子上，可主人毫不在乎，拼命盯着香烟冒出的青烟去向。那股青烟随春风浮沉，画出重重流动的烟圈，吹向女主人刚洗过的紫黑色头发的发根。——咦，我应该先提一下女主人的。差点忘记了。

女主人把屁股对着主人——女主人这么失礼？一点也不失礼。有无礼貌端视双方如何解释。主人坦然托腮对着女主人的屁股，女主人也只不过是坦然把庄严的屁股对着主人的脸孔，没啥失礼可言。二人婚后不到一年便已脱离礼仪规矩这种狭隘的境界成为超然的夫妇。——话说这样把屁股对着主人的女主人不知是何居心，趁着今日的好天气，一尺有余的黑发，看似用麸海苔与生鸡蛋搓洗过，笔直的头发刻意从肩头往背后一甩，正在默默地专心缝制小孩的背心。其实她就是为了晒干头发才把薄毛呢垫被与针线盒搬到檐廊上，恭谨地把屁股对着主人。也可能是主人把脸放在看得见她屁股的地方。之前提到的香烟烟雾，就这么流过浓密的黑发之间，出现这个时节不该有的氤氲阳炎，主人就是在专心看那个。但青烟本就不可能静止在一处，只会不断往上攀升，所以主人若想好好观赏这种青烟与头发纠缠的奇观，就得跟着移动眼睛。主人先从腰部开始观察，渐渐移向背脊、肩膀乃至脖颈，最后到达头顶时，不禁失声惊呼。——与主人许下白首鸳盟的妻子头顶正中央竟有一大块圆形秃。而且那块圆秃反射温暖的日光，正在扬扬得意地发光。意外发现这不可思议的奇观时，主人的眼睛在晕眩中显现充分的惊愕，强烈的光线虽令瞳孔放大，他

① 贩售外国杂货、化妆品、小东西的店。洋品店。

仍一心不乱地定定凝视。主人看到这块秃斑时，他的脑海首先浮现的是家传佛坛上代代装饰的油灯盘。他们一家信奉的是真宗派，真宗派按照古例会在佛坛挂上超乎身份的金子。主人记得幼时在家中仓库看到昏暗中装饰金箔的佛龛，佛龛中长年垂挂黄铜做的油灯盘，油灯盘上即便是白日也有朦胧的灯火摇曳。周遭一片昏暗中，唯有这盏油灯盘发出比较明亮的光芒，幼年时代一再看到这盏灯时的印象此刻被妻子的秃头唤醒，突然又冒了出来。油灯盘的回忆不到一分钟就消失了。接着他又想起观音寺①的鸽子。观音寺的鸽子与妻子的秃头看似毫无关系，但在主人的脑中，二者之间有紧密的联系。同样是在儿时，只要去浅草寺一定会买豆子喂鸽子。豆子一碟索价两枚文久②，装在红色陶器中。那个陶器，无论颜色还是大小都与这块秃斑很像。

"原来如此，的确很像。"主人感叹地说。"你在说什么？"女主人瞧也不瞧地问。

"还能是什么，你头顶上秃了很大一块喔。你知道吗？"

"知道呀。"女主人依然忙着针线活一边回答，看起来丝毫不害怕被发现，的确是超然物外的模范妻子。

"是你嫁来时就有，还是婚后出现的？"主人问。若是嫁来之前就已秃头那是骗婚——他虽未说出口却在心中暗想。

"什么时候出现的我哪还记得啊，秃不秃有什么关系。"妻子非常看得开。

"怎么会没关系，那可是你自己的脑袋。"主人略带怒气说。

"就是因为是自己的脑袋，我才说没关系。"她说。但是看起来终究有点在意，把右手放到头顶，试着来回抚摸那块秃斑。"咦，怎么变得这么大，我记得以前不是这样。"听她的意思，似乎终于醒悟秃头会随着年纪变大。

"女人一绑头发，这里就被扯紧，所以都会秃头。"她稍做辩解。

"如果大家都以那种速度秃头，到了四十岁，不就都变成光秃秃的药罐了。你那肯定是生病了。说不定会传染，还是趁早去给甘木医生看一下。"主人频频抚摸自己的头。

"你光会讲人家，你自己的鼻孔还不是也有白毛了。秃头如果会传染，那白头发也会传染。"女主人有点愤愤不平地咕哝。

---

① 指东京都内历史悠久的浅草寺。寺内供奉观音菩萨，通常被人称为浅草观音。

② 即文久钱（文久永宝）。等于四文钱，进入明治后直到中期，等于一厘五毛钱。

“鼻子里的白毛看不见无所谓，可是头顶上——尤其是年轻女人的头顶那么秃很难看。太丑了。”

“嫌我丑干什么娶我。是你自己要娶我现在又嫌我丑……”

“我当初不知道。直到今天才发现。你那么威风，当初嫁进门时为何不给我看你的头顶。”

“笑死人！天底下哪有经过头部检测合格才能出嫁的道理！”

“若只是秃头也就算了，这我勉强还能忍受，问题是你的身材比一般人矮小。太难看了。”

“身材高矮一眼就看得出来吧？你从一开始娶我的时候就应该知道我的个子不高。”

“我知道，虽然知道，但我当时以为你还会长高所以才娶了你。”

“都已二十岁了怎么可能再长高——你也太欺负人了。”女主人把手里的背心一扔，扭头瞪着主人，似乎觉得主人如果答得不好就要跟他没完没了。

“就算已二十岁也没人规定不能再长高。我本来以为，你嫁来之后只要给你吃点有营养的东西，应该还有希望长高。”主人一本正经地强词夺理时，门铃尖锐地响起，有人大声呼唤。看来铃木君终于根据屋顶长草的提示找到苦沙弥老师的卧龙窟①了。

女主人把吵架留待他日，仓皇抱起针线盒与小背心躲进起居室。主人团起鼠灰色毯子随手扔进书房。看到女佣拿来的名片后，主人的神色有点惊讶，但他还是撂下一句“请对方过来”就握着名片钻进后面的厕所。主人为何要急忙钻进厕所我始终不得而知，为何要拿着铃木藤十郎的名片去厕所更是令人无法解释。总之困扰的只有被迫跟他进入那个臭地方的名片君。

女佣把印花坐垫重新在壁龛前放好，请客人进去后就退下了，之后，铃木君环视室内。墙上挂着花开万国春这件木庵②赝品，京制的廉价青瓷花瓶插了彼岸樱，逐一检视后，他不经意往女佣放的坐垫一看，不知几时竟有一只猫端坐其上。毋庸赘言那正是在下我。这时铃木君的心中掀起一阵并未形之于色的风波。这个坐垫显然是为铃木君准备的。为自己准备的坐垫自己还来不及坐，居然就有奇妙的动物不

① 指世人不知的大人物住的房子。《三国志》的诸葛孔明就被称为卧龙。

② 木庵（1611—1684），明朝的黄檗宗僧人。擅长书法，与隐元、即非并称黄檗三笔。根据芥川龙之介的《漱石山房之秋》（1920）记载，漱石山房的墙上常时挂着木庵写的“花开万国春”。

请自来，光明正大地霸占位子。这是打破铃木君心中平衡的第一条件。如果这个坐垫在女佣邀请下，空寂无主地任由春风吹拂，铃木君或许会刻意表示谦逊之意，在坚硬冰冷的榻榻米上忍耐到主人再三盛情邀请才坐上去。但早晚都该归自己所有的坐垫现在是谁不打招呼就抢先坐了？若对方是人类他或许还会礼让一下，可是让给一只猫简直太不像话！对象是猫让他更加不愉快。这是打破铃木君心中平衡的第二条件。最后，这只猫的态度更是令他恼火。仿佛有点怜悯，猫傲然端坐在它本无权碰触的坐垫上，眨着浑圆的利眼，像要质问来者何人般直视铃木君的脸孔。这是破坏平衡的第三条件。他既然如此愤懑不平，本来可以拎着我的后颈把我直接从坐垫拽开，但铃木君只是默默看着。堂堂人族应该不可能会因为害怕一只猫而不敢动手，那他为何没有早点处置我来发泄他的不满呢？我发现这完全是出于铃木君身为一个人类想维持体面的自尊心。如果诉诸腕力，三尺小童也能轻易拉扯我；但若就面子问题来考量，纵然是贵为金田君股肱的铃木藤十郎本人也无法对这坐镇二尺见方中央的猫族大神如何。即便是在无人看见的场所，与猫争座的行为多少还是有损人类的威严。认真与猫一争曲直实在太幼稚、太滑稽了。为了避免这种不光彩，纵然有点不便也得忍耐。但正因不得不忍，对猫的憎恶也因此倍增，所以铃木君不时看着我面露狰狞。我看到铃木君的愤恨神色觉得很有趣，所以刻意压制滑稽之念装作若无其事。

我与铃木君之间这样上演默剧之际，主人终于整妥衣装从厕所出来，道声“嗨”便安然就座，手上的名片已不见踪影，看来铃木藤十郎的名字已在那个臭地方被判处无期徒刑。我还来不及同情名片君遭逢无妄之灾，主人已拎起我的后颈大骂一声小浑蛋把我扔向檐廊。

“请坐吧。真是稀客。你什么时候来东京的？”主人面对旧友，请对方在坐垫上坐下。铃木君把坐垫翻面后，方才坐下。

“最近还在忙所以来不及通知，其实之前我已调回东京总公司……”

“那真是太好了，好久不见了。应该是从你去乡下之后就没见过吧？”

“嗯，已将近十年了。之后虽然不时也会来东京，但每次都诸事缠身，来不及跟你联络。你一定在怪我吧。上班族与你的职业不同，实在太忙了。”

“十年过去你倒是大不相同了。”主人上上下下打量铃木君。铃木君的头发梳得整整齐齐，身穿英国定制西装，还有华丽的领饰，胸前甚至有金链子发光，实在不像是苦沙弥君的旧友。

“嗯，如果不挂着这种东西，就会没气势。”铃木君频频在意金链子。

“那是真的吗？”主人提出很失礼的问题。

“是十八K金。”铃木君笑着回答，“你也老了不少。记得你有小孩，是一个吗？”

“不。”

“两个？”

“不对。”

“更多吗？那是三个？”

“嗯，三个。今后还不晓得会有几个。”

“你讲话还是这么随性。最大的几岁了？已经不小了吧？”

“嗯，几岁我不确定，六岁或七岁吧。”

“哈哈哈，教师真悠哉。我当初要是也去教书就好了。”

“你试试看，三天就嫌烦了。”

“不会吧，当老师好像很高雅，很轻松，又有闲暇，可以研究自己喜欢的学问，不是很好吗？企业家虽然也不坏，但以我们的家世没希望。要当企业家必须地位更高才行。下等人终究只能无聊地到处拍马屁，不爱喝酒也得捧着杯子敬酒，简直蠢透了。”

“我从学生时代就对企业家深恶痛绝了。只要能赚钱，商人什么都敢做，按照古代的说法就是贱民。”面对企业家，主人畅所欲言。

“不会吧——也不能那样一概而论，虽然的确有点下等，总之如果没有和金钱殉情的觉悟就行不通——不过说到钱那可难伺候了，我刚刚才去过某位企业家那里，他说为了赚钱不得不采取三不主义——不讲道义，不讲人情，不怕丢脸。就是这三不，有意思吧？哈哈哈哈。”

“是谁这么愚蠢？”

“他一点也不蠢，相当机灵，在企业界小有名气，你不知道吗？他就住在这前面的横巷。”

“你说金田？原来是那家伙。”

“你好像很生气。没什么，那应该只是开开玩笑，他不过是打个比方形容得做到那种地步才能赚钱。你千万别这么认真解释。”

“三不主义或许是开玩笑无所谓，但他老婆的鼻子又是怎么回事！你既然去过应该也看到那个鼻子了吧？”

"你说他太太吗？金田太太倒是相当爽朗的人。"

"我说鼻子啦，我是说她的那个大鼻子。之前我还针对那鼻子写了一首俳体诗呢。"

"什么俳体诗？"

"俳体诗你都不知道吗？你也太闭塞了吧。"

"是啊，像我这么忙，根本没时间钻研文学。而且我以前就不太喜欢。"

"你知道查理曼大帝[①]的鼻子形状吗？"

"啊哈哈哈哈！你真会开玩笑。我怎么知道啊？"

"威灵顿[②]被部下取了鼻子的绰号。你知道吗？"

"你干什么只在意鼻子，到底怎么了？鼻子是尖是圆还不都一样。"

"怎么可能一样。那你知道帕斯卡[③]的事吗？"

"又来了，我简直像是来面试的。帕斯卡又怎么了？"

"帕斯卡曾经讲过一句话。"

"什么话？"

"如果埃及艳后的鼻子再短一点，世界表面就会出现大变化了。"

"原来如此。"

"所以不能像你这样随便瞧不起鼻子。"

"好啦，今后我会重视的。不谈那个了，今天我来，是有点事情找你。——那个你以前教过的学生，水岛——对，水岛，呃，我一下想不起来。——不是说他常来找你吗？"

"寒月吗？"

"对对对，寒月，就是寒月。我想打听一下关于他的事。"

"该不会是婚事吧？"

"多少类似那个吧。今天我去金田家……"

"上次鼻子自己来过。"

"是吗？对了，金田夫人也这么提过。她说本来想好好向苦沙弥兄请教，不巧

---

① 法兰克国王查理曼（Charlemagne，742—814）。

② 威灵顿公爵（Arthur Wellesley，1769—1852），初代威灵顿公爵，英国军人、政治家。在滑铁卢之战打败拿破仑，后来成为英国首相。

③ 帕斯卡（Blaise Pascal，1623—1662），法国哲学家、科学家。以帕斯卡法则而闻名。"如果埃及艳后的鼻子……"出自他的著作《思想录》，意思是说"她若非足以诱惑恺撒等人的大美女……"

迷亭来了，在你这里插科打诨，弄得她晕头转向。”

“谁教她顶着那种鼻子来。”

“不，我当然不是怪你。都是因为有那位迷亭在场，让她无法好好深入打听，她非常遗憾，所以才拜托我过来再打听一次。我以前没做过这种事，不过如果当事人彼此不排斥的话，我居中撮合一下也绝非坏事——所以我就来了。”

“真是辛苦你了。”主人冷淡回答，但心里听到当事人彼此这种说法，不知何故，竟有点心动。仿佛在闷热的夏夜里，一缕凉风潜入袖口。本来我这位主人是本着不讲情面、顽固到底的宗旨所制造出来的男人，但话说回来他与冷酷无情的文明产物毕竟从一开始就有所不同。哪怕他动不动就生气发牢骚，还是体会到其中暗示的信息。之前他与鼻子女士吵架是因为看鼻子不顺眼，可鼻子的女儿没有任何过错。虽然因为讨厌企业家，所以肯定也讨厌身为企业家之一的金田某，但不得不说这与他的女儿本人毫不相干。他和那个女孩子无冤无仇，寒月又是他疼爱甚于亲生弟弟的得意门生。如果真如铃木君所言，当事人彼此两情相悦，那么即便只是间接，妨害人家的姻缘终究不是君子所为。——苦沙弥老师好歹自认是个君子。——如果当事人两情相悦彼此喜欢的话——但那正是问题所在。对于这起事件，若要改变自己的态度，首先就必须弄清真相。

“那个女孩真的想嫁给寒月吗？金田与鼻子怎么想都不重要，那个女孩自己的意思究竟如何？”

“那当然是，那个——该怎么说——这个——呃，应该是想嫁吧。”铃木君的答复有点含糊不清。其实他本来打算只要打听一下寒月君的事可以回去复命交差就行了，根本没有确认过金田小姐的意思。因此向来圆滑的铃木君这下子似乎也有点狼狈。

“‘应该’听起来并不确定。”主人无论什么事都要正面解决才甘心。

“不，这是我的说话方式不对。小姐那边的确有意。不是，是非常有意——啊？——金田太太是这么对我说的。据说她好像三不五时就会说寒月君的坏话。”

“那个女孩吗？”

“对。”

“真是怪丫头，居然说寒月的坏话。那岂不是表示她不中意寒月？”

“这你就错了，世人很奇妙，有时说意中人的坏话反而代表更看重对方。”

“世间哪有那么蠢的家伙？”主人即便听到这种涉及人心幽微的奥妙也毫无所感。

“世间到处都是这种蠢人我也没办法。像金田太太就是这么解释的。她说女儿常常骂寒月先生是愣头愣脑的呆瓜，可见心里一定是非常重视寒月先生。”

主人听到这不可思议的解释，因为太意外，不禁瞪圆双眼，也没回话，只是像在看杂耍艺人般盯着他。铃木君心想，看这样子，搞不好反而会弄巧成拙，于是急忙把话题转向主人应该也能判断的方面。

“你想想也该知道吧，有那样的财产，那样的容貌，想嫁去哪个门当户对的家庭都没问题。寒月君或许也很了不起，但就身份而言——提到身份或许有点失礼——就财产而言，总之，不管谁看了都知道并不相配。金田夫妻之所以特意托我来这一趟，不就是因为小姐本人中意寒月君吗？”铃木君提出相当有力的论点来说明。这次主人似乎也被他说服了，所以铃木君终于松了一口气，但如果在这种地方纠缠不清说不定又有翻脸之虞，于是铃木君决定趁热打铁，赶紧谈妥事情完成使命才是万全之策。

“所以，基于上述的理由，对方说，什么金钱或财产都不需要，只希望当事人有个附属的资格——所谓的资格，也就是头衔——并不是要傲慢地讲条件说什么拿到博士才有资格向小姐求亲——千万别误会，这都是因为之前金田太太来访时迷亭君也在场，而且一直讲些奇怪的话——不，绝对不是你的错。金田太太也赞扬你是个不会说场面话、非常正直的好人。一切都是迷亭君的错。——所以当事人如果能成为博士，金田家自然也好对世间交代，比较有面子，如何？水岛君近期之内可以提交博士论文，获得博士学位吗？——若只是金田家，什么博士或学士学位都不需要，但毕竟还得考虑所谓的世间眼光，不可能那么轻易许婚。”

被铃木这么一说，金田家要求寒月拿到博士学位好像也不算太无理了。既然觉得不算无理，自然就想答应铃木君的请求。看来主人完全被铃木君玩弄在股掌之间。我家主人果然是个单纯正直的男人。

“那好吧，下次寒月再来，我会劝他写博士论文。不过他是否打算娶金田家的女儿，那个必须先当面问清楚才行。”

“当面问清楚？那样大张旗鼓只会坏事。还是在寻常交谈时不动声色地引导一下最简捷。”

“引导一下？”

“嗯，用引导这个字眼或许有语病。——也不用刻意引导啦。总之在对话过程中自然就会知道。”

“你或许会知道，但我听得一头雾水。”

“你不懂也没关系。不过最好不要再像迷亭那样多嘴多舌破坏好事。用不着特意劝他，这种事本来就该听从当事人自己的意见。下次寒月君来了，尽量不要干扰他。——不，我不是说你，我是说那个迷亭。被那家伙一说，绝对没有好下场。”他正在说迷亭坏话时，说人人到，迷亭老师又从后门口飘飘然乘着春风进来了。

“哎呀——真是稀客。变成我这样的狎客[①]后，苦沙弥简直不把我放在眼中。看来苦沙弥家只能十年来一次。就连这待客用的点心都比平日吃的更高级。”他说着随手抓起藤村[②]羊羹大嚼。铃木君吞吞吐吐，主人嘻嘻窃笑。迷亭的嘴巴不停蠕动。我自檐廊边窥见这瞬间情景之后暗忖，难怪会有所谓的默剧。禅宗的无言问答若是以心传心，这一幕默剧显然也是以心传心。虽然很短暂却是颇为尖锐的一幕。

“本以为你一辈子都注定是候鸟，没想到曾几何时又飞回来了。人果然应该活久一点。因为也许转眼就会捡到意外的好运。”迷亭对待铃木君也像对待我家主人一样说话毫不客气。就算曾是搭伙的老友，十年没见面，照理说也该客套一下，但唯有迷亭君不会那样做，一时之间真不知他是傲慢还是愚蠢。

“我还没有可怜到让你这么瞧不起。”铃木君四平八稳地回嘴，但似乎还是有点坐立不安，神经质地把玩那条金链子。

“你搭乘过电气铁道[③]吗？”主人突然对铃木君提出奇问。

“今天我好像是专程送上门来让你们嘲笑的。反正我就是乡巴佬——别看我这样，好歹也有街铁[④]的股份六十股。”

“那果然不可小觑。我本来有八百八十八股半，可惜大半被虫吃了，现在只剩半股。如果你早点来东京，我还可以给你十股没被虫蛀的，真是太可惜了。”

“你的嘴巴还是这么恶毒。不过玩笑归玩笑，有那样的股票绝不会吃亏，因为价值一年比一年高。”

“对了，就算只有半股，放个千年后也足以盖三栋仓库了。你我在这方面都是精明的当世才子，相较之下苦沙弥就可怜了。说到股票（kabu）他只会想到萝卜的兄弟芜菁（kabu）。”说着又拈起羊羹看向主人，主人也被迷亭的食欲传染，自己朝点心碟伸手。在这世上万事积极者总是拥有受人模仿的权利。

---

① 相对于前面的“稀客”。即常客。

② 位于本乡，自江户以来的高级日式点心店。羊羹特别有名。

③ 即电车。在东京最早是于明治三十六年八月，东京电车铁道株式会社的品川、新桥之间通车。

④ 电铁公司之一东京市街铁道株式会社的简称。明治三十六年九月开始运行于数寄屋桥、神田桥之间。也是《少爷》的主角任职的公司。

“股票不重要，但哪怕只有一次也好，我真想让曾吕崎坐坐电车。”主人说着怅然凝视咬了一口的羊羹上的齿痕。

“曾吕崎如果搭电车，每次恐怕都会一路坐到品川，还是当天然居士被刻在泽庵石上比较安全。”

“说到曾吕崎，听说他死了。真可怜，他是个聪明人，真是遗憾。”铃木君这么一说，迷亭当下接腔：“他虽然聪明，做起饭来却最差劲。每次轮到曾吕崎煮饭，我总是外出靠荞麦面填饱肚子。”

“的确，曾吕崎煮饭老是外焦内生，我也很受不了。而且配菜总是凉拌豆腐，冷冰冰的难以下咽。”铃木君也从记忆底层唤起十年前的牢骚。

“苦沙弥那个时代就是曾吕崎的好友，每晚都会一起去吃红豆汤，所以现在才会为慢性胃弱所苦。老实说，苦沙弥吃的红豆汤更多，照理说应该比曾吕崎先死才对。”

“天底下哪有那种道理？比起我吃红豆汤，你美其名曰运动，每晚拿竹剑去后面的卵塔婆[①]敲打石塔，被和尚发现不是还挨了一顿臭骂。”主人也不甘示弱抖出迷亭的昔日恶行。

“啊哈哈哈哈！对对对，和尚说敲打菩萨的头会妨害安眠，不可以这么做。但我是用竹剑，这位铃木将军赤手空拳更暴力。他和石塔玩相扑，推倒了大大小小三座石塔。”

“当时和尚简直气坏了，要求一定要恢复原状，我说等我雇到人手帮忙再说，他偏说不能找人帮忙，为了表示忏悔一定要自己动手，否则就违背了神明的旨意。”

“当时你可是弄得灰头土脸。穿着薄棉汗衫与内裤，在雨后的积水中哼哼唧唧……”

“你却若无其事地在旁边写生，真的很恶劣。我平时很少动怒，唯独那次打从心底咒骂你。当时你的发言，我到现在还记得，你知道吗？”

“十年前的发言谁还会记得啊，不过我到现在还记得那座石塔上刻着归泉院殿黄鹤大居士安永五年辰正月。那座石塔的造型非常古典优雅。搬走时我甚至很想把它也偷走。那座石塔极符合美学原理，颇有歌德式趣味。”迷亭又在宣扬他那乱七八糟的美学。

---

① 即坟场。“卵塔”是在四角或八角形台座上建立的卵形石塔，因此正确写法应是“卵塔场”。“塔婆”是竖在墓后祭祀死者，呈塔形的细长木板。

“那不重要，重点是你的言论。你当时是这么说的——我准备专攻美学，所以天地之间的趣事我都要尽量写生以供将来做参考，什么可怜、同情之类的私情不是我这种忠于学问的人该说的话。我觉得你实在太无情，所以当场用沾满泥泞的手把你的写生簿撕破了。”

“我的绘画天分受挫，从此一蹶不振，就是那时害的。都是被你阻断前途。我恨你。”

“别开玩笑了。是我恨你才对。”

“迷亭从那个时候就爱吹牛。”主人吃完羊羹再次插入二人的对话中，“约好的事从来不履行。受到质问也从不道歉，只会顾左右而言他。那座寺庙内的紫薇开花时，他宣称要在紫薇凋零前写出美学原论，之后我说不可能，绝对写不出来。结果迷亭回答：别看我这样，其实是个意志坚强的男人，如果你这么怀疑不如来打赌吧。我当真答应了，我俩约好谁输了就要请对方去神田吃西餐。我是觉得他一定写不出来才敢打赌，但内心还是有点害怕。因为我根本没有钱请他吃西餐。没想到这位老兄完全无意动笔。过了七天，甚至过了二十天还是一张稿纸也没写。等到紫薇凋谢，树上一朵花也不剩时他还是若无其事，我心想一顿西餐有希望了，于是逼他履约，迷亭却装傻不肯认账。”

“他肯定又扯出什么歪理吧？”铃木君接话。

“嗯，这家伙真的脸皮很厚。他居然振振有词地说什么自己虽无能但意志力绝对不输给我。”

“我一张也没写吗？”这次是迷亭自己发问。

“那当然，当时你是这么说的：我在意志力这方面无论面对任何人都不会退让一步，但是很遗憾的是记忆力却比人差一半，我充分具有撰写美学原论的意志，但那个意志在向你宣言的隔天就忘了，所以紫薇凋谢也无法写出论文实乃记忆之罪而非意志之罪，既非意志之罪自然没理由请客吃西餐——你说这些话的时候还跩得很呢。”

“原来如此，迷亭君发挥一贯特色，果然有趣。”铃木君不知为何听得很开心。与迷亭不在时的语气截然不同。这或许是机灵人的特色。

“哪里有趣了？”主人似乎到现在还在生气。

“那真是不幸，所以为了补偿你，我不是敲锣打鼓在找孔雀舌吗？你别生气，耐心等一等。不过谈到撰写著作，今天我可是带来一大奇闻喔。”

“你每次来我这里都有奇闻，我可不会再上当了。”

“今天的奇闻是真正的奇闻。如假包换，一毛不差的奇闻。寒月开始写博士论文了，你知道吗？寒月是那种博学多闻的人，所以我本来以为他不会浪费力气在博士论文这种无趣的事情上，没想到他终究还是动了凡心，你说好不好笑？这一定要通知那个鼻子，现在她说不定正在做橡实博士的美梦呢。”

铃木君听到寒月的名字，当下挤眉弄眼暗示主人不能说，千万不能说。主人却完全不解其意。方才见到铃木君被铃木君说服时只觉得金田小姐可怜，现在迷亭这么一批评鼻子女士，主人又想起了之前吵架的事。想起之后虽感滑稽，但也不免有点生气。不过寒月开始写博士论文的消息是最好的伴手礼，这的确如迷亭老师自夸的，是近来一大奇闻。不仅是奇闻，而且是可喜可贺的奇闻。娶不娶金田小姐暂时无关紧要。总之，寒月能够成为博士是件好事。像自己这种雕坏的木头人纵使扔在佛像制作师的屋子角落没有上漆直到被虫蛀坏也没啥好遗憾，但若是那种精心制作的雕刻就该早日刷上金箔。

“他真的开始写论文了吗？”主人不管铃木君的暗示，热心询问迷亭。

“你真的很不相信别人讲的话耶。——不过他要写的题目是橡实还是上吊力学不确定。总之以寒月的作风肯定会让鼻子敬畏有加。”

打从刚才迷亭就不客气地一再喊鼻子，铃木君每次听到都很不安。迷亭毫无所觉一派坦然。

“之后我针对鼻子又做了一番研究，最近在《项狄传》[①] 这篇文章中发现鼻论。金田的鼻子如果让斯特恩看见了肯定会是好题材，真是可惜。她有充分的资格鼻垂青史，那样默默无闻地结束一生太可悲了。下次她如果再来，我一定要替她写生当作美学上的参考。”他还是一样满嘴跑火车胡说八道。

“但她女儿好像想嫁给寒月。”主人抖出之前刚从铃木君那里听来的消息，铃木君露出为难的表情频频向主人眨眼示意，但主人就像绝缘体完全不导电。

“伤脑筋，那种人的孩子原来也会恋爱，不过应该不是什么大不了的恋情，顶多是鼻恋吧。”

“就算是鼻恋，寒月肯娶就行了。”

“肯娶就行了？你前几天不是还坚决反对？今天怎么态度软化了。”

“我没有软化，我从来不软化……”

“那你是怎么回事？铃木，你忝为企业家末席之一，不如你来讲几句话让我们

---

① 英国小说家劳伦斯·斯特恩（Laurence Sterne，1713—1768）的小说《项狄传》（*The Life and Opinions of Tristram Shandy, Gentleman*）。漱石对于这篇小说与《我是猫》抱持“分不清头尾毫无灵魂宛如海参”这句同样的评语。

参考参考。我是说关于那个金田某某人。要把那个某某人的女儿捧成天下第一聪颖的高才生水岛寒月的夫人，就像灯笼配吊钟，我们身为他的朋友不能漠视，哪怕是身为企业家的你对此也没有异议吧？”

“你还是一样元气十足。好得很。你与十年前的样子毫无变化真了不起。”铃木君逆来顺受，试图敷衍带过。

“若要夸奖，起码该着眼于更博学之处。以前希腊人很注重体育，对各种竞技都有贵重的奖赏，提出百万奖励之策。但不可思议的是，对于学者的智慧却没有任何奖赏留下记录，所以千百年来实为一大谜团。”

“原来如此，的确有点怪。”铃木君彻底附和他的论调。

“但就在两三天前，我研究美学时忽然发现了那个理由，一下子解开多年疑团。就像钻出漆桶①豁然开朗，得到痛快的觉悟，达到欢天喜地之境。”

迷亭的话太夸张，就连善于逢迎拍马的铃木君，也露出不知所措的表情。主人像要说又开始了，拿起象牙筷子当当敲响点心碟的边缘低着头。只有迷亭一个人得意扬扬大发议论。

“白纸黑字写出这个矛盾现象的说明，将吾人的疑问自千载之下的黑暗深渊救出的人你猜是谁？他号称是有学问以来的大学者，正是希腊哲人，逍遥派始祖亚里士多德②。根据他的说明——喂，你不要敲盘子了，好好专心听我说——他们希腊人在竞技中得到的奖赏，比他们表演的技艺本身更珍贵。因此才算是褒奖，也才能成为奖励。但智慧本身又如何呢？如果对智慧奖赏某种物品，那就不得不给予比智慧更有价值的东西。但世间哪有胜过智慧的珍宝？当然不可能有。弄得不好甚至只会有损智慧的威严。对于智慧，即便他们把成箱的银子堆满奥林匹斯③，倾尽克罗伊斯④的财富也无法给予对等的报酬，不管怎么想都不划算，看破这点后，从此就什么也不奖赏了。黄白青钱⑤难以匹敌智慧，这下子应可充分理解了吧？服膺这个原理后我们再回过头来看时事问题。金田某算什么，他只不过是个拿纸钞贴满眼鼻的

---

① “漆桶”是陷入烦恼的状态。“钻出漆桶”是摆脱烦恼得到开悟的禅语。

② 希腊哲学家亚里士多德（Aristoteles，前384—前322）在各种领域皆留下有系统的研究，他的学派称为逍遥派。

③ 奥林匹斯（Olympos），希腊神话的众神居住之地，该国的最高峰。

④ 克罗伊斯（Croesus），利底亚王国最后的国王（前560—前546在位）。征服小亚细亚夸耀巨富，后来被波斯王丘罗斯二世打败。

⑤ 货币的总称。“黄白青”是金银铜。

人罢了，若是形容得更奇特一点，他不过是活动纸钞。活动纸钞的女儿顶多也只是活动支票吧。反观寒月君又如何？他光荣地以第一名的成绩自最高学府毕业，毫不倦怠地耷拉着长州征伐时代的外褂带子，不分日夜研究橡实的安定性，即便如此仍不满足，最近不是还将发表压倒开尔文勋爵[①]的伟大论文吗？只不过偶然行经吾妻桥差点发生跳水闹剧，但这也是热血青年往往会有的发作性作为，丝毫不影响他在学问方面的成绩。若以迷亭风格的比喻评论寒月君，他堪称活动图书馆，是用智慧捏塑出来的二八口径炮弹。这枚炮弹一旦得到时机就会在学界爆炸——如果爆炸了，等着瞧吧——应该会爆炸吧……”迷亭说到这里一下子想不出他自称的迷亭风格的形容词，因此多少有点俗话说的虎头蛇尾之感，但他立刻又说：“活动支票就算有几千万张也会粉碎！所以，总之寒月绝对不能娶那么不相配的女人。我不同意。那就等于百兽之中最聪明的大象，与最贪婪的小猪结婚。你说对吧，苦沙弥君？”他说完之后，主人又开始默默敲盘子。铃木君有点沮丧。

“不至于那样吧。”他无奈地回答。之前他讲了那么多迷亭的坏话，这时如果随便发言，主人这种无法无天的人还不知会对迷亭揭穿什么秘密。这时还是尽可能避开迷亭的锋芒稳住局面方为上策。铃木君是个机灵人。这年头任何抵抗都要尽可能避免，无谓的口角已是封建时代的遗物，人生的目的不在于口舌之争而是实行。只要照自己的计划步步推进，就能达成人生的目的。不须辛苦、担忧与争论，只要事情有进展，人生的目的便可以极乐方式达成。铃木君毕业后借由这种极乐主义获得成功，借由这种极乐主义挂上金链子，也因这种极乐主义接受金田夫妇的委托，同样是靠着极乐主义成功说服苦沙弥君，让这桩婚事已有八九成的成功希望。这时迷亭这种不按常理出牌，令人怀疑是否有正常人以外的心理作用的疯子半途插入，自然令铃木有点错愕。发明极乐主义的是明治的绅士，实行极乐主义的是铃木藤十郎君，现在被这极乐主义困住的也同样是铃木藤十郎君。

“你什么都不知道才会故作无辜地说什么‘不至于那样’，难得如此寡言地保持优雅，但你如果目睹之前那位鼻子夫人来访时的样子，就算你再支持企业家肯定也会退避三舍，对吧，苦沙弥君？你不是还奋起抵抗？”

“不过你得到的评价好像还是不如我。”

---

① 开尔文勋爵（Lord Kelvin，1824—1907），威廉·汤姆森（William Thomson）的称号，英国物理学家，格拉斯哥大学教授。

“啊哈哈哈！你倒是挺有自信的。难怪你被学生和老师拿 savage tea 当话柄嘲笑还敢去学校。我自认意志力不比人差，但也做不到你那么厚脸皮，我甘拜下风。”

“被学生与教师讲几句风凉话有什么好怕的。圣伯夫①虽是独步古今的评论家，在巴黎大学讲课时却评价极差，因为怕遭到学生攻击，他外出时必定会在袖内暗藏匕首作为防身工具。布鲁尼提耶②同样在巴黎的大学攻击左拉③的小说时……”

“可你又不是什么大学教师。区区一个教授《英语读本》的老师引用那种大师的例子，就像小杂鱼以鲸鱼来比喻自身，讲那种话更会惹人耻笑喔。”

“你闭嘴。圣伯夫和我一样都是学者。”

“这真是了不起的见解。不过随身携带刀子很危险，你最好不要模仿。大学教师如果暗藏匕首，《英文读本》的教师大概带把小刀片吧。不过话说回来，刀子太危险，还是去庙前商店街买把玩具枪回来扛着走好了。那样也比较可爱。对吧，铃木君？”铃木君听到话题脱离金田事件总算松了一口气。

“你们还是一样天真无邪又愉快。阔别十年后与你们重逢，感觉就好似自狭仄的小路来到广阔的原野。看来我们老朋友之间的谈话也不可小觑呢。在外面不管跟人说什么都得留心，弄得自己提心吊胆又憋闷实在很痛苦，说话无罪真好。而且与昔日学生时代的友人说话最不用顾忌最舒服。啊呀，今天意外遇到迷亭君真是太愉快了。我还有点事就此告辞了。”铃木君说着站起来，迷亭也说：“我也该走了，我现在得去日本桥的演艺矫风会④，可以与你同行一段路。”“那正好，好久没有这种机会，我们一起去散步吧。”于是二人携手同归。

---

① 圣伯夫（Charles Augustin Sainte-Beuve，1804—1869），法国诗人、小说家、批评家。被称为近代批评之父。以《周一的讨论》等作而知名。

② 布鲁尼提耶（Ferdinard Brunetière，1849—1960），法国文艺批评家。主张古典主义，以《法国文学史的批评研究》等而知名。

③ 左拉（Émile Zola，1840—1902），法国自然主义作家。以小说《酒馆》《娜娜》等而知名。

④ 该团体以改良戏剧为目的，创设于明治二十一年，翌年改称为日本演艺协会。

Chapter 5

巨细靡遗写出二十四小时发生的事，再巨细靡遗阅读至少得花二十四小时，就算是大力鼓吹写生文的我也不得不承认这不是猫族能够企及的本领。因此我家主人虽然随时随地都有值得详细描写的奇言奇行，我也没有能力与耐心一一向读者报告，诚感遗憾。虽然遗憾却是不得已，猫族也一样需要休养。铃木君与迷亭君走后，安静得就像冷风暂息、大雪纷飞的深夜。主人照例又躲进书房。小朋友在六张榻榻米大的房间并排放着枕头睡觉。隔着纸门，女主人正在面南的房间给算来已有三岁的小女儿喂奶哄她睡觉。花荫深处日暮西沉的日光骤落，就连行经门口的木屐声都能清楚传至起居室。邻街的宿舍吹奏笛的声音断断续续，不时刺激昏昏欲睡的耳底。外面想必已夜色朦胧。晚餐以鱼板高汤将猫饭一扫而空后，肚子非常需要休养。

我曾隐约听说世间有所谓猫恋的俳谐[1]趣味，这种现象说什么每到初春时节的夜晚区内同族便会兴奋得四处上蹿下跳令人睡不安枕，但我尚未遭逢这种心理上的变化。本来爱情就是宇宙性的活力。上至天神朱庇特[2]，下至土中鸣叫的蚯蚓、蝼蛄，碰上此道皆会为之伤神憔悴乃是万物之常，所以我等猫族会有懵懂的风流之气亦是在所难免。回顾起来我也曾暗自仰慕三毛子。即便是三不主义的祸首金田君的掌上明珠，那位爱吃阿倍川饼的富子也有爱慕寒月君的传言。所以我绝对无意讥嘲天底下为千金春宵虚度而发狂徘徊的雌猫雄猫是自寻烦恼，但我自己就算被诱惑也没那

---

① 俳谐是江户时代盛行的日本文学的一种形态。正确说法应称为“俳谐连歌”。与正统连歌不同，注重游戏性。是俳文、和诗等俳谐味（俳味）文学的总称。

② 罗马神话的神 Jupiter 的英文念法。罗马人最重要的神，与希腊的宙斯相对应。

种心思，所以无能为力。我眼下的状态只想休养。这么想睡觉根本无法恋爱。还是慢吞吞绕到小孩的棉被边舒服睡个大头觉吧……

不经意间睁眼，只见主人不知何时已自书房来到寝室钻进女主人身旁的被窝中。主人有个癖好，睡觉时一定会从书房携来小本的洋文书。但躺下之后这本书通常看不到两页。有时甚至拿来就往枕畔一扔，完全没碰过。既然一行也没读过似乎没必要特别拎过来，但那正是主人之所以是主人之处，纵使女主人笑话他、劝阻他，他也绝不妥协。每晚还是照样辛辛苦苦把不看的书拿到寝室。有时也会贪心地一次抱着三四本来。之前甚至每晚抱韦伯斯特[①]大字典过来。想来这是主人的一种病，就像奢侈的人不听龙文堂的松风声[②]就睡不安稳，主人大概也是不把书本放在枕边就睡不着，如此看来，对主人而言书本不是用来阅读而是催眠用的工具。这是铅字版的安眠药。

今晚他八成也拿了什么书吧，我定睛一看，红色的小本子卡在主人小胡子前方半是摊开。主人左手的大拇指还夹在书中，可见今晚特意看了五六行。与红色书本并排的那个镍银怀表正散发出不似春天的冷光。

女主人把幼儿扔在一尺之外自己张着大嘴打呼，连枕头都睡掉了。说到人类什么最难看，我想莫过于张嘴酣睡的丑态。猫族终其一生也不会丢这种脸。本来嘴巴是用来发音，鼻子是用于吞吐空气的工具。不过若去寒冷的北方，人类会变得无精打采尽量不张口，结果有时也会用鼻子说话似的不停窸窸窣窣，但我认为鼻子堵塞时光用嘴呼吸比鼻子不停吸气更难看。首先老鼠屎从天花板掉落时就很危险。

至于小孩，也以不逊于母亲的姿势大剌剌睡着。姐姐团子像要强调这是当姐姐的权利，把右手伸长放在妹妹的耳朵上。妹妹寸子为了报复，也把一只脚丫放在姐姐的肚子上傲然仰身。比双方一起入睡时的姿势已经整整旋转了九十度，而且两姐妹还保持这种不自然的姿势毫无不适地安然熟睡。

春天的灯火果然不同。在这天真烂漫却毫不风流的光景背后，地板仿佛珍惜良宵般看似格外闪亮。现在不知几点了？我放眼环视室内，四下悄然无声，只闻墙上的时钟嘀嗒声与女主人的鼾声，还有远处女佣的磨牙声。这个女佣每次听到人家说

---

① 韦伯斯特（Noah Webster，1758—1843），美国字典编纂者。

② “龙文堂”是江户末期至明治初期的京都铸工。在此指铸有其铭文的铁瓶。“松风声”是茶人们形容开水沸腾的声音。

她磨牙总是矢口否认，她倔强地主张自己有生以来从未磨牙，绝对不会说什么我今后会改或对不起吵到您了这种话，只是一味坚持没那回事。的确，那是睡着时做的事自然不可能记得。但事实即便不记得依然存在所以才困扰。世间有人做了坏事还认定自己是个大好人。这种人自信无罪，因此可以天真无邪，但别人受到困扰的事实不可能因为他的天真无邪而磨灭。说这种话的绅士淑女想必都属于这个女佣一类。——夜色更深了。

有人咚咚轻敲厨房的遮雨板两下。奇怪，这时候不可能有人来，八成又是老鼠作祟。若是老鼠我已决定不捉所以任它去闹即可。——这时咚咚又响了两下。看来不是老鼠，若真是老鼠也是非常谨慎的老鼠。主人家的老鼠，就像主人学校的学生不分日夜只顾着练习如何胡闹使坏，把如何将可怜的主人自梦中惊醒视为天职，所以绝对不可能如此客气。刚才敲门的的确不是老鼠。家中的老鼠之前甚至闯入主人的寝室咬伤主人不高的鼻头后高奏凯歌而返，所以不可能做出如此胆小的举动。肯定不是老鼠。这次又吱的一声响起遮雨板自下方向上抬起的声音，同时纸拉门也尽可能徐缓地、顺着沟槽慢慢滑动。绝对不是老鼠，是人类。这深更半夜，若有人未开口喊人通报却自己卸下门板悄悄进来的话，肯定不是迷亭老师或铃木君。说不定是我早已久仰大名的小偷隐士。若真是那种隐士，我很想尽快一睹尊容。隐士现在站在后门口抬起两只肮脏的大脚似乎只前进了两步。走到第三步时不知是否绊到了地板上的活动拉板，咔嗒，在静夜响了一声。霎时之间我背上的毛就像被鞋刷逆向擦过。接下来那一阵子，连脚步声也没有了。我朝女主人一看，她依旧张着大嘴在梦中吞吐太平的空气，主人八成也正做着大拇指夹在红皮书里的梦。之后厨房传来擦火柴的声音。看来这位隐士不像我有这么好的夜视本领。看不清四下环境一定很不方便吧。

这时我蹲着思考。隐士会从后门往起居室的方向出现呢，还是会左转经过玄关去书房？脚步声伴随拉动纸门的声音朝檐廊那边去了。隐士进了书房。之后再也没有任何动静。

我终于醒悟应该赶紧把主人夫妇叫起来，但是该怎么叫醒他们，我实在没主意，唯有思绪如水车在脑中不停旋转，怎么也想不出个名堂。我咬住被子边缘甩一甩，但试了两三次之后一点也不管用。我想把冰冷的鼻子往主人的脸上贴，才刚凑近主人的脸，熟睡的主人忽然伸长手，二话不说就一掌拍开我的鼻子。鼻子对猫族而言也是要害。我痛得要命。这下子没办法，我只好试图喵喵叫两声来叫醒他，但不知何故，偏偏此时喉头却像卡了东西似的发不出声音。好不容易勉强挤出低沉的声音却把自己吓了一跳。主人没有醒，隐士的脚步声倒是突然响起。对方正缓缓沿着檐廊走近。他快要过来了，到此地步我只好死心，躲在纸门与藤编箱笼之间偷窥动静。

隐士的脚步声来到寝室的门前便倏然停止。我屏气凝神，拼命思考接下来要做什么。事后想想，捉老鼠时若能有这种心境肯定手到擒来。灵魂都快从双眼蹦出来了。拜这位隐士所赐，我得到此生难再的开悟实在不胜感激。这时纸门的第三格仿佛被雨淋湿般唯有正中央变色。我正觉得上面隐约有浅红之物逐渐变深，白纸不知几时已破了，露出红色的舌头。舌头转眼便消失在黑暗中，取而代之的是一只可怕的发光物，自破洞的那头出现。那显然是隐士的眼睛。古怪的是，那只眼睛不看屋内的任何东西，偏偏好像只盯着躲在藤箱后面的我。虽然不到一分钟的时间，但我甚至觉得被这样盯着肯定会折寿。正当我再也忍受不住，决心从箱子后面冲出来时，寝室的纸门倏然拉开，等候多时的隐士终于现身在我眼前。

按照叙述的顺序，接下来我有幸将这位意外的稀客小偷隐士介绍给诸位，但在那之前我想先稍微陈述一点鄙见。古代的神明被尊为全知全能，尤其是耶稣教的上帝直到二十世纪的今天依然戴着这个全知全能的面具。然而俗人想的全知全能，有时亦可解释为无知无能。这句话明显是自相矛盾，但能够一语道破这个矛盾悖论的，开天辟地以来恐怕只有我，这么一想，连我自己都不免有点虚荣心，所以我很想在此陈述理由，让高傲的人类诸君也好好记住猫族不可小觑。据说天地万物乃是神所创造，如此看来人类应也是神的作品，就像所谓的《圣经》上听说便是如此明文记载。话说，关于人类，人类自身累积数千年来的观察，在大感玄妙不可思议的同时，的确越来越倾向于俯首承认神的全知全能。先不说别的，人类数量如此众多却无一人是同样面貌。脸上的配件当然是固定的，可以说大同小异。换言之，他们都是以同样的材料制造出来的。虽是以同样的材料制造出来却没有一人出现同样的结果。想到居然能以如此简单的材料造出如此不同的脸孔，不得不对制造者的技术深感叹服。没有独创的想象力绝对想不出这么多种变化。即便一代画师穷其毕生精力力求变化，也只能画出十二三种脸孔，以此推知，神一手包办制造人类的本领不得不令人惊叹。这是在人类社会绝对看不到的技术，所以称之为全能之技想必亦不为过。人类在这点上似乎非常敬畏神，的确，若就人类的观点而言如此敬畏诚属应当。但是若就猫族的立场而言，同样的事实也可视为神无能的证明。就算不是完全无能，想必也可断定它绝对不比人类高明到哪里去。据说神是按照人类的数量制造出那么多种脸孔，但这是它当初胸有成竹才展现如此多样的变化？还是本来打算管他阿猫阿狗通通做一样的脸孔，结果做了之后终究不成功，于是成果有好有坏陷入如此杂乱的状态？这点无人能够断定。他们的脸部构造看似天神成功的证据，可谁又能确定那不是失败的痕迹？虽可誉为全能，但是评为无能亦无不可。他们人类的眼睛在平面上两只并列，因此无法同时看到左右两方，视野之内只有事物的半面真是太可怜了。如果换个立场看，这么单纯的事实在他们的社会不分日夜一再发生，但当事人昏了头，被神吃得死死的，似乎毫无觉悟。制作时要出现千变万化的成果若是困难，彻头彻尾的模仿同样也是困难。向拉斐尔①订购两幅分毫不差的圣母像，就和要求两幅全然不同的玛丹娜②一样，对拉斐尔而言恐怕都会很为难，不，要他画两幅同样的画或许更困难。要求弘法大师③以昨日同样的笔法书写空海二字，说不定会比要求他换个字体书写更痛苦。人类用的母语是完全依模仿主义传习而来。他们人类自母亲、自奶妈、自他人身上学习实用性的语言时，除了按照耳朵听到的依样重述别无其他野心，只是尽其所能地模仿他人。根据这种模仿而来的母语经过十几二十年后，发音自然会产生变化，这足以证明他们并没有完全模仿的能力。纯粹的模仿如斯艰难。因此神若是能把他们人类制造得难以区别，宛如一个模子生产出来的丑女面具，想必益发能够表明神的全能，同时，把今日这般各有不同的脸孔暴露于天日之下，出现令人眼花缭乱的变化反而可以由此推知神的无能。

我已忘了自己有何必要做出以上论述。连人类都会忘本，对猫来说自是当然，还请宽容见谅。总之，我瞥见拉开寝室的门倏然出现在门口的小偷隐士时，心中自然涌现以上的感想。为何涌现？——若问我为何，那我现在必须好好思考一下——呃，原因是这样子的：

当我看到倏然出现在我眼前的隐士脸孔时，那张脸——平日我一直在怀疑神的制作成果或许是无能所致，但此人的特征足以令我暂时打消那个念头。所谓的特征很简单，他的眉眼与我亲爱的美男子水岛寒月君一模一样。我当然没有许多小偷知己，但从其行为之粗暴想象，我在心里多少已描绘出一张脸孔。我武断地认定对方一定是鼻翼左右翕张，眼如一分钱铜币，还顶着刺猬头，但看与想有天壤之别，想象力一点也不可靠。这个小偷身材修长，肤色浅黑，有着一字眉，是个意气风发的英

① 拉斐尔（Raffaello Sanzio da Urbino，1483—1520），意大利文艺复兴时期的画家、建筑家。
② 玛丹娜（Madonna），基督教的圣母马利亚。拉斐尔以多件圣母子像而闻名。
③ 弘法大师（774—835），平安初期的高僧空海的谥号。在书法方面，号称日本三大名笔之一。

俊小偷。年龄二十六七岁，连这点都与寒月君一模一样。神既有手段制造出两个这么肖似的脸孔，那就绝对不可以无能视之。不，老实说，乍看之下我甚至怀疑是寒月君自己发疯在三更半夜跑来，可见二人有多像。但是此人的鼻子底下没有浅黑色的胡碴，令我察觉这是另一个人。寒月君是个颇有沧桑魅力的俊俏男子，足以轻易吸引被迷亭戏称为活动支票的金田富子小姐，可见他是上帝精心制造的产物。而这个小偷单就外貌观察，在吸引女性的作用上丝毫不比寒月君差。如果金田小姐是被寒月君的眼睛与嘴巴迷住，那她不以同样的热情爱上这个小偷先生简直没道理。撇开道理不谈，也不合逻辑。像那样有才气、事事都一点就通的性子，这种程度的事就算别人不说肯定也懂。如此看来，若把这个小偷代替寒月君送出去，她肯定也会献出满腔爱情从此琴瑟和鸣。就算万一寒月君被迷亭说动，毁了这桩千古良缘，只要有这位隐士健在便可保无事。我将事情未来发展预想到如此地步后，为了富子小姐，总算暗自安心。这个小偷先生存在于天地之间实乃富子小姐生活幸福的一大要件。

小偷的腋下夹着东西。一看之下是之前主人扔进书房的那条旧毯子。他身穿唐栈[①]大褂，御纳户[②]博多腰带绑在屁股上方，膝部以下裸露白生生的小腿，现在正抬起一只脚踩在榻榻米上。方才还梦到被红皮书咬手指的主人，此时翻个身大声说“是寒月啊”。小偷将毯子往地上一扔，跨出的脚急忙缩回。只见纸门的背后立着两条细长的小腿微微颤动。主人嘴里嗯了一声咕哝着扔开那本红皮书，像有皮癣病般在自己黝黑的手臂上抓来抓去。之后又安静了，头歪在枕头旁边就这么沉沉睡去。看来他喊的那声寒月完全是不自觉的梦话。小偷在檐廊站了一会儿窥视室内动静，见主人夫妇确实熟睡后再次抬起一只脚踩在榻榻米上。这次连喊寒月的声音也没响起。之后他把另一只脚也跨进来。一盏春灯照亮室内，小偷的影子被明显一分为二，从藤箱越过我头顶的墙壁一半是漆黑的。转头一看，小偷脸部的影子正好在墙壁三分之二的高度隐约蠕动。即便是美男子，如果光看影子也会像八头妖怪般形状怪诞。小偷自上方窥视女主人的睡颜，不知怎的露出奸笑。他连笑法都与寒月君如出一辙，把我吓了一大跳。

女主人的枕边慎重放着四寸方角一尺五六寸长的钉箱。这是住在肥前[③]的唐津人多多良三平君日前返乡带回来的土产山药。把山药放在枕边睡觉是少见的例子，

---

① 唐栈是一种棉织条纹布，颇受行家与匠人喜爱。漱石的作品中也一再出现。

② 御纳户色的简称。灰蓝色。

③ 佐贺县西北部的旧地名。现在的唐津市西部地区。

但我家这位女主人会把红烧菜用的三盆[1]放进西式收纳柜，本来就是对场所适宜与否毫无概念的女人，所以对她而言，别说是山药，就算把黄萝卜干放在寝室或许也不当一回事。但小偷不是神，自然不可能知道世间还有这种女人。也难怪他会以为如此郑重贴身摆放的一定是贵重物品。小偷稍微拿起山药箱，那个重量很符合小偷的预估显然颇有分量，所以他非常满意。想到他竟然要偷走山药，而且是这样的俊俏男子偷山药，我忽然觉得很好笑。不过随便出声会有危险，所以我硬是忍住了。

之后这位隐士喜滋滋地用旧毯子裹起山药箱。他四下张望有无东西可以捆绑。这时，他幸运地发现主人睡觉时解下的绉绸男用腰带。小偷用这条腰带将山药箱牢牢绑紧，轻松地扛在背上。这副德性看起来实在不讨女人喜欢。之后他把两件小孩的无袖棉袍塞进一条主人的大内裤，大内裤的股间顿时隆起一团，就像菜花蛇吞下青蛙——或者称之为菜花蛇临盆更贴切。总之看起来很奇怪。如果诸位不相信可以试试看。小偷把大内裤绑在脖子上。我正好奇他接下来要做什么，只见他已把主人的外套像大包袱巾一样摊开，然后把女主人的腰带与主人的棉袍和内衣以及其他各种杂物整齐折叠好后顺手一裹，那种熟练与灵巧的手法令我有点佩服。之后他把女主人的腰绳与系带接在一起用来捆绑这个包裹再一手拎起。最后他四下检视还有什么可拿的，在主人的头顶前方发现朝日[2]的烟袋，于是顺手扔进袖里。又从袋中取出一根烟转身背着灯点燃。津津有味地深吸一口后，吐出的青烟留下的乳白色烟雾缭绕尚未消散时，小偷的脚步声已逐渐远离檐廊再也听不见了。主人夫妇依然熟睡。看来人类意外地糊涂。

我也需要暂时休养。一口气讲了太多话，身体实在吃不消。等我睡了一觉醒来时，三月的天空晴朗无云，主人夫妇正在后门口与警察谈话。

“那么，应该是从这里闯入绕去寝室那边。你们在睡觉时完全没有察觉？”

“对。”主人好像有点尴尬。

“那么是几点左右遭窃的呢？”警察问了一个强人所难的问题。若是知道时间也不会被偷了。主人夫妇倒是没发现这点，还在频频针对这个问题讨论。

“大概是几点？”

---

① 三盆糖，结晶细致的上等白砂糖。

② 明治三十七年七月专卖局发售的有滤嘴纸卷烟。

“这个嘛……”女主人思考。她似乎认为想一想就会知道。

“你昨晚是几点睡的？”

“我睡得比你晚。”

“对，我睡得比你早。”

“那你是几点醒的？”

“七点半吧。”

“如此说来盗贼潜入会是几点呢？”

“总之是半夜吧。”

“我当然知道是半夜，我问的是几点。”

“详情得再好好想想才知道。”女主人还打算继续思考。警察只是形式上随便问问，对于到底是几点潜入丝毫不关心。管他是谎话还是怎样，只要随便给他一个答复就好，可是主人夫妇却在那儿不得要领地一问一答，所以警察看起来有点焦躁。

“那么，遭窃时间不明啰？”他这么一说，主人照例以那种口吻回答：“哎，就是啊。”

警察面无笑容。

“那么，明治三十八年某月某日府上关门睡觉时，盗贼卸下某处的遮雨门偷偷潜入盗走数件物品——请按上述宗旨提出书面文件。这不是通知是告诉。不用写上收件人的名字。”

“失窃物品要一一写出吗？”

“对，棉袍几件价值多少，就像这样写出来。——我进府上看也没用，反正都已经被偷了。”警察泰然自若地交代完就走了。

主人把纸笔砚墨拿到和室中央，把女主人叫到面前。“我现在要写失窃告诉书，你把被偷的东西一一道来。说吧。”他用像要吵架的语气说。

“哎呀，讨厌，什么说吧，你那么蛮横的语气谁要说啊。”女主人绑着细腰带一屁股重重坐下。

“你那是什么态度，简直像不成气候的旅馆陪宿女子。为什么不把腰带扎好！”

“嫌弃这个就给我买新的。就算是陪宿女子，碰上东西被偷也没办法吧？”

“你的腰带也被偷了吗？真是过分的家伙。那就从腰带开始写起。是什么样的腰带？”

“还能是什么样的腰带，你以为我有那么多腰带吗？就是黑色平织与绉绸内衬的腰带。”

“黑色平织与绉绸内衬的腰带一条——价值多少钱？”

“六元左右吧。”

“你也不看看自己是什么德性还用那么贵的腰带。下次用一元五角钱的就好。”

“哪有那样的腰带？你就是这样所以我才说你不通人情。随便老婆穿得怎么破破烂烂，只要你自己穿得好就无所谓是吧？”

“算了，还有什么？”

“丝织的外套。那是河野叔母留给我当纪念的遗物，虽然同样是丝织品，但和现在的丝织品可不一样。”

“用不着讲解那么多。多少钱？”

“十五元。”

“你穿十五元的外套和你的身份太不相称了。”

“有什么关系，又不是叫你买给我。”

“还有什么？”

“一双黑色分趾袜。”

“是你的吗？”

“是你的啦。代价是二角七分钱。”

“还有呢？”

“一箱山药。”

“连山药都偷走了吗？他打算煮来吃，还是磨成泥？”

“谁知道他要怎么吃。你自己去问小偷。”

“多少钱？”

“山药的价钱我不知道。”

“那就当作十二元五角钱吧。”

“太可笑了，就算是从唐津挖来的山药，也不可能要价十二元五角钱。”

“你不是说不知道价钱吗？”

“我的确不知道。虽然不知道但十二元五角钱也太夸张了。”

“什么叫作虽然不知道但十二元五角钱太夸张？简直不合逻辑。你就是这样才会说你是呆瓜帕里奥洛格斯[①]。”

“你说什么？”

---

① 江户俗语称笨蛋为 Otanchin，与东罗马帝国最后的皇帝君士坦丁·帕里奥洛格斯（Constantinus XI Palaeologus）谐音的双关语。

"呆瓜帕里奥洛格斯。"

"你说的待括怕雷殴打死是什么东西？"

"是什么都不重要。还有呢？——我的衣服怎么都没提到？"

"还有的不重要。你先告诉我待括怕雷殴打死是什么意思。"

"没什么意思。"

"告诉我有什么关系，你也太瞧不起我了吧。你一定是看我不懂英文就趁机说我坏话。"

"别说傻话了，快点说还有什么失窃物品。不赶紧提出告诉，东西可拿不回来哟。"

"反正就算现在提出告诉也来不及了。先不谈那个，你告诉我待括怕雷欧打死到底是什么意思。"

"你这女人真啰唆，就跟你说没有什么意思。"

"那好，我也没什么其他的失窃物品可说了。"

"你真顽固。那就随便你好了。我也不写失窃告诉书了。"

"那我也不告诉你还有什么东西被偷。反正是你自己要提出告诉，你写不写对我而言都无所谓。"

"那就算了！"主人照例站起来就进书房。女主人又回到起居室在针线盒前坐下。两人就这样啥也没做，默默瞪着纸门长达十分钟之久。

这时玄关门猛然拉开，山药赠送者多多良三平君进来了。多多良三平君本来是在这家寄宿的书生，现在已自法科大学毕业任职于某公司的矿产部。这位也是企业家预备军，算是铃木藤十郎君的学弟。三平君基于以前的关系不时造访昔日恩师的草庐，碰上星期日甚至会玩上一整天才走，和一家人都是亲密无间的关系。

"夫人。今天天气真好哩。"他满口唐津腔，在女主人面前穿着西式长裤就屈起单膝坐下。

"哎哟，是多多良先生。"

"老师出门了吗？"

"没有，他在书房。"

"夫人，老师整天用功对身体不好啊。偶尔星期天也要放个假，您说是吧。"

"跟我说也没有用，还是你自己劝他吧。"

"是这样没错啦……"三平君说到一半放眼环视屋内，"今天怎么没看到令千金？”女主人还没把话听完，团子与寸子已从隔壁房间跑出来。

“多多良叔叔，今天你带寿司来了吗？”姐姐团子还记得之前的约定，一看到三平君就开口催促。多多良抓抓脑袋：“你的记性可真好，下次我保证一定带。今天我忘了。”他老实招认。

“讨厌啦。”姐姐这么一说，妹妹也立刻有样学样跟着说：“讨厌啦。”女主人总算心情好转稍微露出笑容。

“寿司是没带，山药倒是送过喔。小姑娘吃了吗？”

“山药是什么？”姐姐问，妹妹再次有样学样也跟着问三平君：“山药是什么？”

“你们还没吃吗？那赶快请妈妈煮来吃呗。唐津的山药和东京的不一样，很好吃喔。”三平君颇为故乡自豪。

女主人这才想到：“多多良先生，谢谢你上次送的东西。”

“怎么样？尝过了吗？我怕山药被折断，特意紧紧塞在箱子里，应该可以保存很久吧。”

“不巧你特意赠送的山药昨晚被小偷拿走了。”

“被偷了？真是荒唐的家伙。原来还有那么爱吃山药的男人啊？”三平君深深感叹。

“妈妈，昨晚家里遭小偷了吗？”姐姐问。

“对。”女主人随口回答。

“小偷进来了——那——小偷进来了——他是什么表情进来的？”这次是妹妹发问。对于这个奇妙的问题，女主人不知该如何回答才好。

“表情凶巴巴地进来。”女主人说完看着多多良君。

“凶巴巴的表情就是像多多良叔叔这个样子吗？”姐姐毫无同情心地紧接着又问。

“胡说。怎么可以这么失礼。”

“哈哈哈，我的脸有那么凶巴巴吗？伤脑筋。”他抓抓头。多多良君的后脑有一块直径一寸的秃斑。是一个月前出现的，找医生看过，但似乎不容易痊愈。第一个发现这块秃斑的就是姐姐团子。

“多多良叔叔的头像妈妈一样发亮喔。”

“我叫你闭嘴！”

“妈妈，昨晚的小偷头上也光光的吗？”这是妹妹发问。女主人与多多良君不禁扑嗤一笑，小孩子太烦人害得大人都不能好好讲话，于是说："好了，你们两个去院子里玩一下。妈妈待会儿给你们点心吃。"女主人好不容易赶走小孩。

"多多良先生的头是怎么了？"她一本正经地问道。

"被虫咬了呗，一直没好。夫人也是吗？"

"拜托，什么被虫咬，我们女人家把头发扎起绑发髻多多少少都会有点秃。"

"秃头都是细菌造成的呗。"

"我的才不是细菌。"

"那是夫人嘴硬呗。"

"绝对不是细菌。不过英文是怎么说秃头的？"

"秃头叫作 bald。"

"不对，不是那个，应该有个更长的名称。"

"您问老师，不就马上知道了？"

"就是因为你那个老师不肯告诉我，我才来问你。"

"我只知道 bald。您说的更长，到底是多长？"

"说是什么待括怕雷殴打死。待括应该是指秃，怕雷殴打死是头吧？"

"也许吧。我待会就去老师的书房翻阅韦伯斯特大字典查一下。不过老师也真奇怪，这么好的天气，偏偏要窝在家里——夫人，那样子可治不好胃病喔。您应该劝老师没事去上野赏赏花也好啊。"

"还是请你带他出门吧。你们老师向来不会听女人的话。"

"最近他还是嗜吃果酱吗？"

"对，还是老样子。"

"之前，老师还在抱怨：内人说我吃果酱吃太凶很困扰，我自认没吃那么多，一定是哪里搞错了。当然令千金与夫人您肯定也一起吃了——"

"哎哟，多多良先生，你真是的，干什么说那种话。"

"可是夫人您明明露出吃了的表情啊。"

"看脸哪能知道那种事。"

"谁说不能啊——如此说来夫人一点也没有吃吗？"

"我当然也吃了一点。就算吃了又有什么关系，那本来就是我家的东西。"

"哈哈哈哈！我就知道是这样——不过说真的，遭小偷真是天外飞来横祸。只有山药被偷吗？"

“若只是山药我也不用这么发愁了，家居服全都被拿走了。”

“那可麻烦了。又得借钱了吗？这只猫若是狗就好了——真是可惜。夫人您还是养一只大狗吧。——猫不管用的，光会吃饭——它会捉老鼠吗？”

“一只也没捉过，真是只厚颜无耻的懒猫。”

“哎呀，这可不行。还是赶快扔掉吧。不然送给我拿去煮来吃好了。”

“哎哟，多多良先生你还吃猫啊？”

“我吃过，猫肉很好吃。”

“你还真是豪迈。”

我早就辗转耳闻下等书生之中也有吃猫的野蛮人，但直到这一刻之前我做梦也没想到，平日颇为照顾的多多良君竟然也是这种人。况且该君已非书生，虽然毕业不久好歹也是一名堂堂法学士、六井物产公司的职员，所以我的惊愕非同小可。有句格言说，看到人就要当成小偷切勿轻信，关于这点寒月二世的行为已做出证明，但看到人就要当成吃猫者却是拜多多良君所赐让我头一次发现的真理。

俗话说入世方知事，知事懂事是很好，但每天危险多多，一天都不能大意。狡猾与卑鄙乃至穿着表里不一的护身服这也都是大家懂事后的结果，懂事就是成长之罪。至于我，或许趁现在就去多多良君的锅中与洋葱一同早点往生西天极乐方为上策，正当我这么想着在角落缩成小小一团时，之前与女主人发生口角后转身躲回书房的主人，听见多多良的声音，慢吞吞来到起居室。

“老师，听说您遭小偷了。真是太蠢了。”多多良劈头便如此慰问。

“闯进来的家伙的确很蠢。”主人彻底以贤人自居。

“闯进来的方式固然愚蠢，偷东西的方式也不太聪明呢。”

“没东西可偷的多多良先生想必最聪明。”女主人这次倒是站在良人这边说话。

“不过最蠢的还是这只猫。真不知它到底是什么意思。也不捉老鼠，小偷来了也故作不知。——老师您把这只猫给我好吗？反正留在这里也派不上任何用场。”

“给你也可以，不过你要做什么？”

“煮来吃掉。”

主人听到这么凶恶的发言，发出恶心的胃弱性笑声，但他也没回答，所以多多良君也就没再坚持非要吃我不可，这对我来说倒是意外之福。之后主人话题一转：

“猫不重要，倒是我的衣服被偷了冷得要命。”说着看似极为消沉。原来如此，想必的确很冷。昨天还裹着两件棉袍，今天却只有短袖衬衫，一早到现在又没运动一直枯坐，不充分的血液自然悉数流到胃部，一点也没有流向手脚。

“看来老师当什么教师终究不行啊。稍微遭到小偷光顾，立刻就捉襟见肘——不如趁现在换个想法改行当企业家吧？”

“你们老师讨厌企业家，你跟他讲那种话也没用。”

女主人在一旁回答多多良君。她当然是希望丈夫成为企业家。

“老师自学校毕业已有几年了？”

“到今年是第九年吧。”女主人回头看主人。主人没说对或不对。

“过了九年都没涨过月薪。就算再怎么用功钻研也无人褒奖，郎君独寂寞[①]啊。”他把中学时代学过的诗句念给女主人听，女主人有点听不懂所以没回话。

“教师固然讨厌，但企业家更讨厌。”主人似乎正在心底思考自己喜欢什么。

“你们老师什么都讨厌……”

“老师不讨厌的只有夫人吗？”多多良君开起不似他平日作风的玩笑。

“最讨厌。”主人的回答简单明了。女主人把脸一撇故作不知，旋即再次看向主人。

“活着也很讨厌吧？”她抱着气死主人的打算说。

“的确不怎么喜欢。”主人回以意外悠哉的答复。这下子女主人也没辙了。

“老师如果不稍微活动一下出去散散步，会把身体弄坏的。——您还是当企业家吧。那样要赚钱真的是轻而易举。”

“你自己还不是没有赚到钱。”

“那是因为我去年才刚进公司。即便如此也比老师的存款多。”

“你存了多少？”女主人热心打听。

“已有五十元了。”

“你的月薪到底有多少？”这也是女主人问的问题。

“三十元。其中每个月要交给公司五元存起来，以备不时之需。——夫人您不妨拿零用钱买一点外壕线[②]的股票，过三四个月就会赚一倍。真的只要一点点钱，便可立刻翻倍甚至赚回三倍。”

“那么有钱的话纵使家里遭小偷也不用愁了。”

“所以我才说一定要当企业家。老师如果当初也攻读法科去公司或银行上班，

---

① 良人一个人感到寂寞之意。

② 东京电气铁道株式会社经营绕行皇居外壕沟一圈的路线。当时刚开通。

现在应该一个月有三四百元的收入，真是太可惜了。——老师，那个叫作铃木藤十郎的工学士您认识吗？”

“嗯，他昨天才来过。”

“这样子啊，之前在某个宴会遇到时谈起老师，他说：原来你在苦沙弥君那里做过书生啊，我与苦沙弥君以前在小石川的寺庙一起搭过伙，下次你去见他时替我问候一声，改天我也会亲自去拜访他。”

“最近他好像来东京了。”

“对，他以前在九州的煤矿坑，最近一直待在东京。他挺有手腕的。对我这种人也像朋友似的聊得很热络。——老师，您猜他拿多少钱？”

“不知道。”

“月薪二百五十元，一年三节还有奖金，平均算下来他每个月应可领到四五百元。那样的男人，都能领这么多的薪水，老师专教读本却十年一狐裘[①]的话未免太荒谬了。”

“的确很荒谬。”即便是像主人这样超然主义的人，在金钱观念上也与普通人无异。不，或许穷困令他比旁人加倍渴求金钱。因为多多良君大力吹嘘企业家的好处也不见他再开口反驳。

“夫人，老师这里有个水岛寒月来拜访吗？”

“对，他常来。”

“他是什么样的人物？”

“据说学问很好。”

“是个英俊男子吗？”

“呵呵呵呵，与多多良先生差不多吧。”

“真的吗？与我差不多吗？”多多良君很认真。

“你怎么会知道寒月的名字？”主人问。

“是之前某人拜托我。他真有那样的价值让人打听吗？”

多多良君还没打听就已先把姿态摆得比寒月高。

“他比你厉害多了。”

“是吗，比我厉害啊？”他不笑也不生气地说。这是多多良君的特色。

“他最近会拿到博士吗？”

---

① 狐裘为狐皮大衣。《礼记·檀弓》提到齐国宰相晏平仲一件狐裘穿了三十年。

“听说现在正在写论文。”

“果然愚蠢。居然在写博士论文，我还以为此人可以稍微谈得来。”

“你的见识还是这么不同凡响。”女主人笑着说。

“说什么他成了博士就要把某某人的女儿嫁给他，未免太荒唐了吧，怎么可以为了娶妻而拿博士学位，我告诉对方说与其嫁给那种人还不如嫁给我。”

“告诉谁？”

“就是委托我打听水岛的男人。”

“不是铃木吗？”

“不是，对那个人，我还不敢讲那种话。因为对方是大头目。”

“多多良先生原来是纸老虎啊。来我家这么耀武扬威，可是到了铃木先生面前一定变得畏畏缩缩吧？”

“对。不那样的话，会很危险。”

“多多良，我们去散步吧。”主人突然说。从刚才就只穿一件夹衣委实太冷了，运动一下或许可以暖暖身子——主人基于这种想法主动做出这史无前例的提议。适逢其会的多多良君当然没理由迟疑。

“走吧。去上野吗？去芋坂[①]吃糯米团子吧。老师吃过那里的糯米团子吗？夫人也一起去吃吃看呗，又软又便宜，还可以喝酒。”他照例挥洒那天马行空毫无章法的口才时，主人已经戴上帽子走下脱鞋口。

我再一次需要略作休养。主人与多多良君在上野公园做了些什么，在芋坂又吃了几盘糯米团子，这方面的逸事我不必侦察，也没那个勇气跟踪，所以就此略过，趁机好好休养才是。休养生息是万物理当向天要求的权利。在这世上有义务生存的蠢动者，为了达成生存的义务不得不休养。如果有神说：汝为工作而生，非为睡眠而生，我一定会回答：如您所言为工作而生，因此也要为工作请求休养。就连我家主人这种只能对着器械发泄不平的硬汉，不也时常在周日以外自行休养吗？多愁善感日夜劳神如我者，就算是猫当然也比主人更需要休养。只是之前多多良君骂我是除了吃饭睡觉外毫无用处的废物令我有点耿耿于怀。只会受外界物象役使的俗人，除了五感刺激外别无活动，所以评价他人时也不出形骸之外真是伤脑筋。好像没有撅起屁股出点汗就不算在工作似的。

① 下谷区（现台东区）谷中天王寺街的坡道。坡下的羽二重团子很有名。

据说达摩大师坐禅坐到脚都烂了，但是哪怕藤蔓从墙缝钻进来堵塞大师的眼口仍不为所动，也不代表他是在睡觉或死掉了。他的大脑一直在活动，思考廓然无圣[①]之类的大道理。儒家据说也讲求静坐的功夫。即便如此，也不是闭居一室之中安闲地跪着修行。他们脑中的活力其实比常人加倍炽烈地燃烧，只是外表看起来极为沉静肃穆罢了，所以天下的凡夫俗子将这等知识巨匠视为昏睡假死的庸人，竟以无用废物或浪费粮食这些不当字眼诽谤。这些凡夫俗子都是只看形不看心，是视觉天生有缺陷的人——而且他们多半像多多良君一样是见形不见心的人，所以这位多多良三平君把我当成干屎橛[②]也是理所当然，可恨的是就连稍微涉猎过古今书籍对事物真相略有了解的主人，竟也二话不说地赞同浅薄的三平君，对猫肉火锅之说毫无异议。不过退一步想，他们如此瞧不起我，也是在所难免。因为自古以来便有大声不入于俚耳，阳春白雪、曲高和寡[③]的譬喻。若要强迫看不见形体之外活动的庸人看见自己的光辉，就像逼和尚绑头发，叫鲔鱼演讲，要求电车脱轨，劝告主人辞职，叫三平不要满脑子金钱，终究是强人所难。我虽是猫，毕竟也是社会性的动物。既是社会性的动物，纵使再怎么自视清高，在某种程度上也得与社会配合。主人与女主人，乃至女佣、三平不能对我做出正当评价，我虽感遗憾但姑且还能叹一声无可奈何；可是不明不白就被剥皮卖给做三弦琴的琴匠，把肉剁碎送上多多良君的餐桌这种无差别待遇可就事关重大了。我既然承受天命以脑袋活动现身在这世间，身为古往今来第一名猫，身体自然非常重要。俗谚有云，千金之子不坐堂陲[④]。若一心只求超迈[⑤]众人，肆意追求自身的危险，那不只是祸及自身，也大大违背了天意。猛虎入了动物园也只能与粪豚为邻，鸿雁一旦被鸟店生擒亦与雏鸡同为俎上肉。既与庸人为伍自然不得不降低格调化为庸猫。若要做庸猫就必须捉老鼠。——我终于决定捕鼠。

据说日本不久之前与俄罗斯展开大战。我是日本猫当然支持日本，我甚至很想组

---

① 禅的奥义广大无边，没有圣凡之别。《碧岩录》中达摩被问到何为“圣谛第一义”，他的回答是“廓然无圣”。

② 秽物直接干掉之意。用来骂人之语。禅宗认为只要睁开活眼，秽物也是真理。

③ 普通人难以理解崇高的境界。“大声”指堂皇正论。“阳春白雪”在楚国被视为最高尚的曲子。

④ “堂陲”是堂的边缘。《史记》提到“千金之子，坐不垂堂”。意指有钱人家的孩子很谨慎，不会坐在危险的堂边。

⑤ 优于众人。

织一个混编猫旅团[1]去挠伤俄国士兵。像我这样元气十足的猫，只要愿意，捉一两只老鼠，就算躺着也能手到擒来。以前有人问当时著名的禅师：如何才能开悟？据说禅师回答要像猫捉老鼠一样。所谓像猫捉老鼠，意思是说只要盯上了就不可能落空。有句俗谚说女人太聪明反而吃亏，但我想应该还没有猫太聪明反而捉不到老鼠这种格言。如此看来即便聪明如我也不可能捉不到老鼠。不仅不可能捉不到，也不可能失手。过去我不捉，只是因为不想捉罢了。春阳如昨日渐暗，花瓣不时在好风吹拂下自厨房纸门的破洞飞进，漂浮在小水桶中的影子，白花花的就像后门昏暗的门灯光晕。今晚我下定决心要立下大功，让全家吃惊，因此有必要先巡视战场记住地形。战斗范围当然不可能太大。若以榻榻米的张数而言，大约四张吧，其中一张被区隔成一半是流理台，一半是酒铺或蔬果店的店员来送货时用的土间。炉灶与寒酸的厨房很不搭调，看起来很气派，赤铜水壶亮晶晶，后方剩下两尺百叶板的隔间就是我的饭碗所在地。靠近起居室的空间是放碗盘的柜子，把小厨房隔得更小。它与旁边裸露的架子高度几乎一致。下方放着磨钵，磨钵中，小桶的屁股对着我。磨泥板、磨杵并排悬挂，一旁悄然放着灭火罐。漆黑的梁木交叉，中央垂下一根铁钩，前端挂着扁平的大篮子。那个篮子不时随风摇晃傲然摆动。为何要挂这个篮子，刚来到这个家时我本来还不懂，后来才知道这是用来装食物以免被猫碰触，我深深感到人类的坏心眼。

接下来要拟定作战计划。说到要在何处与老鼠开战，当然得选老鼠出没的地方。此处的地形就算再方便，自己一个人干等着可不算战争。所以我有必要研究一下老鼠的出入口。我站在厨房中央环视四方，猜想老鼠会从哪一边过来。心情颇有几分类似东乡大将[2]。女佣刚才去澡堂还没回来。小孩早已就寝。主人吃了芋坂的糯米团子回来照旧窝进书房。至于女主人——我不知道女主人在做什么，八成正在打瞌睡梦见山药吧。门前不时有人力车经过，人力车经过后更添寂寥。无论是我的决心、我的斗志，乃至厨房的情景、四周的寂寞，整体感觉一律显得悲壮，总觉得自己就是猫中的东乡大将。一旦进入这种境界，内心会产生一种惊人的愉快，这点人人皆同，但我发现在这愉快的底层横亘着一大忧心。我已有与鼠背水一战的觉悟，所以不管来多少只我都不怕，但是敌军出现的方向不明会很麻烦。我将周密观察得来的材料综合判断之后发

---

① 混成旅团是以步兵旅团为主加上炮兵等其他必要兵种组成的独立部队。以下将“我”的捕鼠行动视为日俄战争。

② 东乡平八郎（1848—1934），日俄战争时联合舰队司令长官。于日本海海战大胜。

现鼠贼出没的路线有三条。他们若是沟鼠，肯定是沿着土管自流理台绕经炉灶的后方。那我到时候就躲在灭火罐后面，断绝他们的归路。或者他们会从把洗澡水倒进水沟用的石灰洞迂回行经浴室突然跑进厨房。那我就守在锅盖上等他们来到眼下时跳下去一把攫住。然后我又四下一看，发现柜子门的右下角被咬破一个半月形的小洞，疑似他们的出入口。我把鼻子凑近闻了一下，有点老鼠味。老鼠若从这里呐喊着出来，我就以柱子为盾来应战，从旁猛然伸出爪子。老鼠如果从天花板过来——我仰头一看，漆黑的煤灰在灯光下发亮，宛如倒挂的地狱，以我的本领恐怕上不去也下不来。不过对方应该不至于从那么高的地方落下，所以这方面可以解除警戒。不过话说回来我还是担心对方展开三面攻击。若只有一只老鼠，我闭着一只眼也能打退。若是两只，我自信还是可以勉强退敌。但若是三只，就算是预期中应该可以凭本能捉到老鼠的我也束手无策。话说回来，去找车夫家的黑子之流求助也有碍我的威严。该如何是好？想了半天还是没有主意，认定不会发生那种事显然是最能够安心的捷径。心态上当然也希望不要有无法对付的意外发生。不妨放眼看看世间。昨日娶的新娘说不定今天就会死，但新郎还是玉椿千代八千代[①]，满嘴贺词毫不忧心。不忧心，并不是因为没有忧心的价值，而是因为再怎么忧心也无能为力。以我的情况也没有把握可以断言一定不会出现三面攻击，但是认定不会发生让自己安心会比较方便。安心对万物都是必要的。我也想要安心，因此我认定不会发生三面攻击。

但是这样还是有点不放心，我想了半天是怎么回事，最后终于明了。对于三个计策之中选哪个最明智的这个问题找不到明确答案，所以才会烦闷。老鼠从柜子里出来时我有这个对策，从浴室现身时我也有计策，从流理台爬上来时也想好了该怎么应付，但若是一定要从中选择一个，这下子可伤脑筋了。东乡大将对于俄国波罗的海舰队[②]会走对马海峡还是津轻海峡，或者绕远路走宗谷海峡，据说非常忧心，如今我以自身的遭遇试想，当时的他肯定非常困扰。我不仅是整体状况与东乡阁下相似，处在这特殊的地位也与东乡阁下一样费尽苦心。

我如此努力绞尽脑汁之际，突然间破掉的纸门开启，露出女主人的脸。说她露脸，当然不是没有手脚，而是晚上看不清其他部位，只有脸的颜色特别明显，清楚地落进眼底。厨娘平时本就红润的脸颊变得更红，从澡堂一回来，也许是记取昨晚

① 此句的出处不明。“玉椿”是椿的美称，“千代”“八千代”意味永远，皆为祝颂时常出现的词。
② 波罗的海防卫战的俄国主力舰队。日本海海战时被东乡大将的联合舰队击败。

的教训，她早早便把厨房的门窗关紧。书房传来主人嚷着“把我的拐杖放到枕边”的声音。为何要在枕边放拐杖我实在不明白。总不可能是以易水壮士[①]自居，疯癫得想听龙鸣[②]。昨天是山药，今天是拐杖，明天不知又会是什么。

夜色尚浅，迟迟不见老鼠出现。大战之前我需要先养精蓄锐。

主人的厨房没有天窗。相当于和室门框上方挖空了一尺左右，冬夏通风代替了天窗。春风诱惑壮烈凋落的彼岸樱，飒然自窗口吹入，令我猛然惊醒，这才发现朦胧的月光不知几时洒落，炉灶的影子斜挂在地板的活动拉板上。我该不会睡过头了吧？我抖了两三下耳朵窥视屋内情况，四下鸦雀无声，一如昨夜只闻时钟嘀嗒声。已到了老鼠出没的时刻。不知敌人会从哪儿出现。

柜子里响起窸窣的声音。好像是用脚压着小碟子边缘翻动里面的东西。从这里出来吗？我躲在洞旁静候。迟迟不见出来的动静。碟子的声音停了，这次好像又爬到大碗之类的上面。不时响起钝重的声响，而且隔着柜子门已来到我附近，与我的鼻子相距不到三寸，不时还有脚步声悄悄接近洞口，随即又远离，一只也没露面。柜子门的彼端现在就有敌人在逞凶，我却不得不盯着洞口默默等待，还真是需要有耐心。老鼠在旅顺碗[③]中大开舞会。厨娘要是把这柜子留个缝让我钻得进去就好了，真是太不灵光了。

这时炉灶后面我的饭碗铿然响了一声。敌人也从这个方向过来了吗？我悄悄蹑足走去，瞥见水桶之间有尾巴出现随即消失在流理台下。过了一会儿浴室那边的漱口杯撞到脸盆。这次是后方吗？我一转身，只见将近五寸的大家伙倏然推落牙膏奔向檐廊下方。别想逃！我跟着跳下去可惜已不见敌人的踪影。捕鼠比我预想中更困难，或许我天生就没有捕鼠能力。

我绕到浴室，敌人就从柜子里跑出来；我戒备柜子，敌人就从流理台上跳上去；我守在厨房中央，敌人便自三方面一同作乱。该说是可恼，还是卑鄙呢？他们终究不是谨守君子之风的敌人。我劳心费神地来回奔走了十五六趟，一次也没成功。虽然遗憾，但与小人为敌，即便是东乡大将也束手无策。起先有勇气也有敌忾之心甚至还有悲壮的崇高美感，但最后只剩下麻烦与荒谬，还有睡意与疲倦，于是我坐在

---

① 中国战国时的刺客荆轲。易水是中国河北省的河川名。荆轲应燕太子丹之请去刺杀秦始皇，在易水与太子丹告别时吟咏“风萧萧兮易水寒”。

② 名剑宛如龙鸣的剑吟声。

③ 旅顺湾的谐音。旅顺港乃甲午战争、日俄战争的重要军事据点。

厨房中央再也不动了。但我就算不动，只要眼观八方，像敌人这种卑鄙小人不可能有什么作为。本以为对方是劲敌，原来这么小家子气啊，这场战争关系到名誉问题的感觉已消失，只剩下憎恶。憎恶的念头过去后，斗志也随之消退，不禁一阵茫然。茫然之后只觉得管他的，反正对方也做不出机灵的举动，于是我在轻蔑之下昏昏欲睡。经过以上的过程，我终于困了。我要睡觉，即便对敌时也需要休养。

横向对着窗沿打开的窗口，又飘进一团花瓣，我正感到强风环绕吾身，敌人忽然从柜子口迅如弹丸地冲出，我无暇闪避，它已破风而来咬上我的左耳。接着出现的黑影我还来不及思索它是否要绕到我身后便已挂在我的尾巴上。那是瞬间发生的事，我无目的地机械式跳起，全身力量灌注毛孔试图抖落怪物。咬我耳朵的家伙失去重心软趴趴地垂在我的侧脸，柔软如橡皮管的尾巴尖不经意钻进我的嘴里。我逮住这有力的把柄，像要咬碎般叼着这尾巴左右摇晃，结果只有尾巴留在门牙之间，它的身体撞上贴了旧报纸的墙壁，反弹到地上的活动拉板上。我趁着它爬起来时迅速扑上去，它像球一样弹起，掠过我的鼻头把脚缩在墙上的装饰架边缘站起来。它自架子上居高临下看着我，我从木地板上仰望它。距离是五尺。中间有月光，如大幅布幕悬挂空中似的斜射进来。我的前脚用力，试图跳到架子上。前脚顺利搭在架子边缘，后脚却悬在半空中挣扎。之前挂在我尾巴上的那只黑家伙，还以死不松口的架势紧咬不放。我面临危机！我重新将前脚抓住架子边缘试图抓得更深。每次换姿势，尾巴上的重量就拖着我向下滑，若再滑落两三分就得掉下去了。我越来越危险。架子层板响起爪子刮过的刺耳声音。这样不妙！我抬起左前脚换姿势时，爪子没抓好，于是我变成以一只右前脚挂在架子上。我自己以及咬在我尾巴上的重量令我的身体不停晃动。之前纹丝不动躲在架子上窥伺机会的怪物，看准这个时机自架子一跃而下，如石子般冲向我的额头。我的爪子失去了最后一丝依靠。三只合而为一，笔直划破月光向下坠落。放在下一层的磨钵，与磨钵中的小桶和果酱空瓶滚到一处，带动底下的灭火罐，一半在水缸中，一半滚落在木头地板上。所有的东西都在深夜发出非同小可的动静，连拼命的我都为之胆寒。

“小偷！”主人大吼一声自寝室冲出来。一看之下他一手提灯，一手拿着拐杖，惺忪睡眼射出与身份相应的炯炯光芒。我乖乖蹲在自己的饭碗旁，两只怪物已躲入柜中。主人手足无措，只能愤怒地对着空气质问：“到底是谁！谁发出那么大的声音！”月已西斜，使得那道白光只剩下一半的宽度。

Chapter 6

这么热连猫都受不了。英国的席德尼·史密斯[1]据说饱受夏日之苦，曾经喟叹好想脱皮去肉只剩骨头凉快一下。但是不能只剩骨头，没关系，至少把我这身浅灰色斑纹毛衣浆洗一下也好，或者暂时拿去典当算了。在人类看来或许以为猫一年到头顶着同样的脸，春夏秋冬都以同样造型度过，极为单纯省事又省钱地过完一辈子，但就算是猫也会随季节感到寒暖。偶尔也会想泡泡水，最主要的是隔着这身毛衣即使泡过澡也不容易干，所以我只好忍受汗臭味，到这个年纪还没去过澡堂。有时当然也想用扇子，但我的爪子握不住扇子所以没办法。这么一想人类真是奢侈。明明可以生吃的东西他们非要特意又煮，又烤，又用醋浸渍或者蘸味噌吃，大费周章地取悦彼此。穿衣服也是。若要他们像猫这样终年穿着同样的衣服，对于天生就有缺陷的他们而言，或许有点强人所难，但也犯不着非得在皮肤上面放上那么繁杂多样的东西吧。一下子麻烦羊，一下子骚扰蚕，甚至还得靠棉花田帮忙，几乎可以断言奢侈是无能的结果。就算衣食方面姑且先不谈，把这种行事作风发展到与生存没有直接利害关系之处未免太不合理。比如，头发本是自然生长，所以放任不管才是最简便也最有利于当事人的行为，他们却多事地设计出种种烦琐造型还扬扬得意。自称和尚的人无论几时都露出青头皮。天气一热就在头上打开阳伞，天冷时就拿头巾包裹。如此看来究竟为何非要剃光头顶着青色头皮岂非莫名其妙。转头一想还有人会拿梳子这种无意义的锯齿形工具把头发左右均分，为之沾沾自喜。如果不是中分就以七三分的比例在头盖骨上做出人工区划，其中也有人将这区划通过头顶直达脑

① 席德尼·史密斯（Sydney Smith，1771—1845），英国牧师、作家。

后，简直像仿造的芭蕉叶。还有将头顶剃平，左右两侧笔直削落，把圆形头颅镶上方形外框，简直就像是园丁修剪过的杉树树篱。另外甚至还有五分头、三分头、一分头，弄到最后说不定会有连脑袋里面都剃光的负一分头、负三分头这种新奇造型流行也未可知。总之我真不懂人类如此自寻烦恼是何用意。先不谈别的，明明有四条腿却只用两条就很奢侈。有四条腿本来可以任意行走，每次却只用两条，剩下的两条就像别人赠送的鳕鱼干无所事事地挂在那里简直太可笑。看到这里便可理解，人类比猫更闲才会在无聊之下想出那些举动找乐子。但可笑的是这样的闲人却动不动就到处宣扬自己好忙好忙，而且脸色也显得极为忙碌，紧张得让人怀疑弄得不好甚至会被忙碌害死。他们之中有些人看到我就会说要是能够像我一样该多轻松，但想轻松就去轻松不就得了，又没有人拜托他们那么忙碌。自己非要制造出难以应付的事情嚷着好痛苦，就像是自己起火还要猛喊好热。如果到了猫也会想出二十种剃头方式的那一天，猫也不可能这样轻松。想轻松就该像我一样夏天也穿毛衣好好修行。

——不过话说回来，的确有点热。穿毛衣实在太热了。

这样下去连作为我个人专利的午睡都做不到。难道没有什么好办法吗？长久怠于观察人类社会，今天不如参观一下他们奇特怪诞的龌龊样子好了，但是不巧主人在这点上与猫颇为近似，午睡睡得和我一样多，尤其放暑假之后更是没做过一件像人该做的工作，不管再怎么观察他都没有观察的价值可言。这种时候迷亭如果来了，胃弱性皮肤八成也会出现几分反应，暂时对猫敬而远之——我正想着老师也该出现时，不知几时浴室那边竟有人哗啦啦地戏水。不只是戏水声，不时还大声咋呼："哎呀，真好。""太舒服了。""再来一点。"声音响彻屋内。来到主人家还这样小呼小叫，一点礼貌也没有的只有一个人，肯定是迷亭。

他终于来了，我心想这下子可以打发今天半日时光了，老师已挥汗照例大摇大摆走进和室。"嫂子，苦沙弥君怎么了？"他一边打招呼一边把帽子往榻榻米上一扔。女主人在邻室趴在针线箱旁睡得正舒服，忽然响起嗡嗡巨响震动耳膜当下大吃一惊，睁着惺忪睡眼出来一看，迷亭穿着萨摩布[①]大剌剌地坐着正在猛摇扇子。

"哎呀，您来了。"她说着有点狼狈，"我一点都不知道。"女主人的鼻头挂着汗

① 产自萨摩，以细线织成的上等麻布。用于夏服。

水打招呼。“没事，我刚来。刚刚在浴室让女佣替我冲水，总算起死回生——实在热得要命。”“这两三天，坐着不动都会出汗，真是热死人了。——不过您还是一样精神抖擞。”女主人依然没抹去鼻头的汗水。“啊，谢谢。这点暑热怎么可能改变我。不过这么热可不寻常，弄得人浑身无力。”“我也是，以前都不用睡什么午觉，可是实在太热了忍不住就——”“会想睡觉是吧？那很好呀。白天能睡，夜里也能睡的话，没有比这更好的了。”他还是照旧说话悠哉，但光是这样好像还不够，“哪像我，一点也不想睡，这是天生的。每次来看到苦沙弥这样老是睡觉的人我都很羡慕，尤其胃弱更受不了这种酷热。健康的人都懒得在今天这种天气把脑袋安在肩上，可是脑袋已经装上去了又不能摘下来。”迷亭今天似乎格外困扰该如何安置脑袋。“嫂子的头上还挂了东西，自然更坐不住。光是发髻的重量就让人想躺下了。”他这么一说，女主人心想是头发暴露了自己刚才还在睡觉，于是一边说“呵呵呵，您嘴巴可真坏”一边摸头。

迷亭才不在乎那种事。“嫂子，昨天啊，我在屋顶上试着煎蛋喔。”他口出妙言。“要怎么煎？”“屋顶的瓦片被晒得很烫，所以我觉得不利用一下太浪费，就把奶油融化打个蛋。”“天啊。”“结果太阳果然不听使唤。煎不成半熟蛋。我只好下来看报纸，后来有客人来我就忘了这回事，今早才忽然想起，我心想应该熟了，上去一看——”“结果怎样？”“别说是半熟了，蛋黄都流出来了。”“哎呀呀。”女主人皱着八字眉感叹。

“不过立秋前还那么凉快，这时候变热真不可思议。”“就是说啊。之前穿单衣都嫌冷了，前天却突然变热。”“本来是螃蟹横行的时候，但以今年的气候来看恐怕要倒退吧。说不定是老天爷在暗示不可倒行逆施[①]。”“你在说什么？”“不，没什么。总觉得这种气候逆行的现象就像赫拉克勒斯[②]之牛。”他得意忘形越发胡言乱语，女主人听得一头雾水。不过之前的倒行逆施已令她多少学到教训，所以这次只“噢”了一声没有反问。她没有反问就枉费迷亭特意提起了。“嫂子，你知道赫拉克勒斯之牛的典故吗？”“没听说过那样的牛。”“你不知道吗？那我讲解一下吧。”他都这样开口了，女主人也不好意思说用不着，只好说声“好”。“以前赫拉克勒斯牵了一头牛来。”“那个赫拉克勒斯是养

---

① 出自《史记》，在此指事物不按顺序反而倒着来。

② 指希腊神话中的英雄赫拉克勒斯（Hercules）。

牛的吗？”“他不是养牛的。也不是伊吕波牛肉店[1]的老板。当时希腊还没有任何牛肉店。”“哎哟，这是希腊的故事？那你早说不就好了。”女主人只听说过希腊这个国名。“我不是一开始就说了是赫拉克勒斯吗？”“赫拉克勒斯就是希腊的吗？”“对，赫拉克勒斯是希腊的大英雄。”“难怪我不知道。然后那个男人怎样了——”“那个男人像嫂子你一样困了呼呼大睡——”“哎哟，讨厌。”“趁他睡着时，伍尔坎[2]的儿子来了。”“伍尔坎又是什么？”“伍尔坎是铁匠。这个铁匠的儿子偷走了那只牛。问题就出在这里，他拽着牛尾巴拉走了牛，结果赫拉克勒斯醒来到处找牛也找不到。他当然找不到，因为他就算追寻牛的脚印，小偷也不是牵着牛往前走，而是拽着尾巴不停向后拉着走。就铁匠的儿子而言算是很聪明。”迷亭老师这时早已忘记天气的话题。

“对了，你家先生呢？还是在睡午觉吗？午睡在中国人的诗句中也会出现，是很风雅的行为，但是像苦沙弥这样当成例行功课就有点俗气了。啥事也没做，好像每天一点一点死掉似的。嫂子，麻烦你去叫他起来一下。”他这么一催促，女主人似乎也有同感：“好，他那样真的很伤脑筋。首先对身体就没好处。明明才刚吃饱饭。”她刚要站起来，“嫂子，说到吃饭，我还没吃饭呢。”人家也没问他就坦然自若地说。“哎呀，都这个时候了我一点也没注意到——家里也没啥好招待的，要不要吃点茶泡饭？”“不，用不着特意准备茶泡饭。”“那怎么行，不过，反正我家也没有合您胃口的好东西。”女主人有点讥刺地说。迷亭一听就懂：“不，茶泡饭或汤泡饭都不需要。刚才我在路上买了吃的，我直接在这里吃那个就行了。”他说出一般人绝对开不了口的话。女主人只喊了一声“哎哟！”，那声哎哟之中融合了惊讶的哎哟，还有气愤的哎哟，以及谢谢你好心替我省事的哎哟。

这时主人发现家里特别吵，抱着好梦被吵醒的心情，飘飘然从书房出来。“你这家伙还是这么吵，我本来正想舒舒服服睡一下。”他打着呵欠板起脸。“啊，你醒了吗。惊扰凤眠实在抱歉。不过偶尔一次应该没关系吧。来，请坐。”听这话简直搞不清谁才是客人。主人默默坐下，从拼木工艺做的烟盒里取出一根朝日开始吞云吐雾，不经意间看到迷亭扔在对面角落的帽子。“你买新帽子了？”他说。“怎么样？”迷亭立刻自豪地把帽子递到主人与女主人的面前。“哇，真好看。质地很细

---

① 当时有名的牛肉店。有许多分店。

② 罗马神话的火与锻冶之神。

致又很软。”女主人频频摸来摸去。“嫂子，这顶帽子可是宝贝喔，它可以随你的心意变幻自如。”说着握拳朝巴拿马草帽[①]的侧边一压，果然出现一个拳头大的凹洞。女主人还来不及惊呼，这次他又把拳头伸进帽子内侧一顶，帽顶就像釜顶般凸起。接着他又拿起帽子自两侧压帽檐，压扁的帽子宛如被擀面杖擀过的荞麦面般扁平，然后从边上像草席般卷起。“怎样，看到了吧？”他把卷起的帽子往怀里一塞。“真不可思议。”女主人就像观赏归天斋正一[②]变魔术般感叹。迷亭似乎也以此自居，故意把收进右边怀里的帽子又自左边的袖口扯出。“完好无伤。”迷亭说着把帽子恢复原状，以食指尖撑着帽底不停旋转。本以为他已经玩完了，结果他把帽子往后一扔，大摇大摆地往上面一坐。“这样没事吗？”连主人都面露忧心。女主人当然也很担心，特意提醒他：“好好的帽子万一压坏就糟糕了，你也该适可而止。”扬扬得意的只有帽子的主人。“可它就是不会坏，很妙吧？”他把压扁的帽子自屁股底下取出直接戴到头上，不可思议的是，帽子一下子就恢复原状。“真是坚固耐用的帽子，怎么会这样？”女主人越发感叹。“这不算什么，这种帽子本来就是这样。”迷亭戴着帽子回答女主人。

“老公，你何不也买一顶那种帽子？”过了一会儿女主人建议主人。“苦沙弥不是已有很好的草帽了？”“别提了，之前被小孩给踩扁了。”“哎呀呀，那真是太可惜了。”“所以下次不如也买一顶你这种耐用又好看的帽子。”女主人不知巴拿马草帽的价钱，还频频劝告主人：“就买这个吧，好吗？老公？”

迷亭君这次自右边袖里取出装在红盒子里的剪刀给女主人看：“嫂子，帽子就先不提了，你看这把剪刀，这也是个宝贝喔，这个有十四种用法。”如果没拿出这把剪刀，主人可能正要因为女主人的提议而攻击巴拿马，幸好女主人天生就有女人的好奇心，这才得以免除这个厄运，与其说是迷亭机智我倒认为是侥幸。“那把剪刀为什么有十四种用法？”这么一问，迷亭立刻大为得意：“我现在一一道来，两位听好。注意听好喔。这里有个新月形的缺口对吧？可以把雪茄放在这里切封口。然后你们看这个根部有点小设计吧？这可以把铁丝弄成一段一段。接着平放在纸上横着可以当成画线用的定规。还有刀背有刻度可以当尺用。这边的表面有锉刀所以可以磨指甲。看清楚了吗？这尖端如果插进螺丝头旋转也可以当螺丝起子用。用力

① 原产南美，以巴拿马草编织的夏帽。当时漱石也会戴。

② 前名林屋正乐。明治十年左右改名归天斋正一，以西洋魔术赢得欢迎。

插进去撬起，一般钉箱的盖子都能撬开。还有，这边的刀尖可以当锥子。这里可以削去写坏的字，拆开之后，可以当刀子。最后——嫂子，这最后一种用途可有意思了，这里不是有个苍蝇眼大小的珠子吗？你过来看一下。”“我不要，你一定又想耍我。”“你怎么这么不相信我。那你就当是受骗吃个亏，稍微看一眼嘛。啊？不要吗？真的只要一下子就好。”他把剪刀交给女主人。女主人笨拙地拿起剪刀，把自己的眼珠贴近那颗苍蝇眼珠仔细打量。“怎么样？”“好像黑漆漆的。”“不是黑漆漆的。你稍微对着纸门的方向，别把剪刀放平——对对对，那样应该看见了吧？”“哎呀，是照片。上面怎会贴着这么小的照片？”“这就是它有意思的地方了。”女主人与迷亭一问一答。一直保持沉默的主人这时似乎突然很想看照片，“喂，让我也瞧一下。”主人这么一说，女主人把剪刀贴在脸上：“真漂亮，是裸体美人耶。”就是不肯放手。“喂，我叫你给我看一下！”“你等一下嘛。头发好漂亮喔，长发及腰呢。这个女人有点昂首，身材高得可怕，不过是个美人儿。”“喂，我叫你给我看，你直接给我看就好。”主人急着催促女主人。“好啦，让你久等了，请观赏。”女主人把剪刀交给主人时，女佣自厨房那边说客人订的餐点送来了，然后端着两笼荞麦凉面到和室来。

“嫂子，这是我自己准备的餐点。不好意思，我要在这里开动了。”他彬彬有礼地行礼致意，一本正经做出戏谑的动作令女主人不知如何应付。“好，您请吃。”女主人随口回了一句就默默旁观。主人终于把眼睛自照片移开。“这么热的天吃荞麦凉面对身体不好喔。”他说。“没事，吃爱吃的东西不大可能食物中毒。”迷亭说着掀开蒸笼盖子。“刚擀好的面条很新鲜喔。荞麦面放久了，就和人类的笨蛋一样都是靠不住的。”说着把调味料放进酱汁中胡乱搅拌。“你放那么多山葵泥会很辣喔。”主人担心地提醒他。“荞麦面就要配酱汁与山葵吃。你一定讨厌吃荞麦面吧？”“我比较爱吃乌龙面。”“乌龙面是搬运工那种粗人吃的东西，不懂荞麦滋味的人是天下最可怜的人。”他边说边把杉木筷子插进去，尽可能捞起大量面条举到两寸的高度。“嫂子，吃荞麦面有种种规矩。初学者总是蘸太多酱汁，然后乱七八糟塞进嘴里。那样根本吃不出荞麦的味道。一定要这样捞起一筷子。”说着他举起筷子，长长的面条整齐地悬在空中足有一尺长。迷亭老师觉得应该够了，低头一看，还有十二三根面条的尾巴没离开蒸笼底部仍在盘子上纠缠。“这玩意很长喔，如何，嫂子，你看这个长度？”他再次向女主人征求意见。女主人极为佩服地回答：“真的很长耶。”“把这么长的面条三分之一浸入酱汁，然后一口吞下。不能嚼，嚼的话会失去荞麦面的风味。稀里呼噜地滑下咽喉才过瘾。”他猛然举高筷子，荞麦面条终于离地。筷子稍微沉向左手拿着的碗中，面条的尾端渐渐浸入酱汁后，按照阿基米德[①]的理论，荞麦面浸泡的分量会增加酱汁的高度。但杯中本来就装了八分满的酱汁，所以迷亭夹起的面条还没浸入四分之一，杯中的酱汁已满。迷亭的筷子在距离杯子五寸的上方停住不动了。也难怪他不动。因为只要稍微放下，杯中的酱汁就会溢出。迷亭这时似乎也有点踌躇，但他忽然以脱兔之势，把嘴巴凑近筷子，旋即响起一阵稀里呼噜的声音，只见他的喉结勉强上下蠕动一两下，筷子尖上挂的面条已消失无踪。一看之下迷亭君的双眼有一两滴泪水自眼角滑落脸颊。是山葵太辣，还是吞咽太困难，至今无从确定。“真厉害。亏你能一次吃那么多。”主人很佩服。“太厉害了。”女主人也很赞赏迷亭的本领。迷亭不发一语放下筷子，敲了两三下胸口。“嫂子，一笼凉面大抵三口半或四口就能吃完。如果费了更多口才吃完，吃起来就不香了。”说着拿手帕擦嘴稍微喘口气。

这时寒月君不知是怎么想的，这么热的天气他却不辞辛苦地戴着冬帽，两脚满是尘土地来访。“哎呀，美男子驾到，我正在吃东西，不好意思喔。”迷亭坐在众人后方，大剌剌地吃光剩下的面条。这次不像刚才那样显眼的吃法，也没有用上手帕中途喘气这样失礼，轻易解决了两笼凉面。

“寒月君，你的博士论文已经写完了吗？”主人问。迷亭也自后方说：“金田小姐正翘首以待，你要赶快交。”寒月君照例露出诡异的奸笑。“真是罪过，我也想尽快交稿让对方安心，可是毕竟这是论文题目，需要格外费力做研究。”他一本正经说出不像正经的话。“对呀，题目就是题目，怎么能全听鼻子女士的意思。不过那个鼻子倒是有充分的价值让人仰其鼻息。”迷亭也以寒月的方式打哈哈。比较正经的只有主人。“你的论文题目叫什么来着？”“《紫外线对青蛙眼球的电动作用之影响》。”“那倒稀奇。不愧是寒月老师，青蛙的眼球会颤动哟。你看如何，苦沙弥君，在论文脱稿之前起码该把那个题目告知金田家吧？”主人不理睬迷亭的意见。“那是很麻烦的研究吗？”他问寒月君。“对，这是相当复杂的问题。首先青蛙眼球晶体的构造就没那么简单，所以必须做种种实验，我打算先做玻璃球然后再实验。”“玻璃球只要去玻璃店买不就有了？”“怎么可以——怎么可以！”寒月老师稍微昂首挺胸。“圆与直线本是几何学上的东西，符合那个定义的理想的圆与直线

① 阿基米德（Archimedes，约前287—前212），古希腊科学家。发现将固体浸入液体中会产生与排除的液体重量相等的浮力。

在现实世界根本不存在。”“既然没有，那就算了吧。”迷亭插嘴。“所以我想先做出不影响实验的球体。之前就已开始着手了。”“成功了吗？”主人轻松地问。“怎么可能！”寒月君说，他随即发现这样有点矛盾，“总之很困难。要慢慢打磨，觉得这头的半径过长要配合那头，糟糕这次又变成那头太长。好不容易辛辛苦苦磨好结果整体的形状又歪了。总算把歪掉的调整回来又发现直径出问题。起先像苹果那么大，最后越变越小只剩草莓那么大。但我还是有耐心地继续磨，结果变成黄豆大。到了黄豆大小还是磨不出完美的圆形。我已经很勤快地打磨了——这个正月就已磨坏大大小小共六颗玻璃珠。”他喋喋不休说着不知是真是假的话。“你在哪儿磨那些珠子？”“还是学校的实验室。早上开始磨，午餐时稍微休息，然后继续磨到天黑，相当辛苦。”“那你最近嚷着好忙好忙，星期天也去学校报到，就是为了磨珠子吗？”“没错，眼下我等于从早到晚都在磨珠子。”“成为制珠博士混入[①]——真想这么说一句。不过听了你的热心钻研，鼻子女士好歹会稍微感动一下吧。对了，前几天我有事去图书馆，后来要走的时候在门口偶然遇见老梅君。那家伙毕业后还会上图书馆实在太不可思议了，于是我说他的用功精神真令人佩服，结果他脸色古怪地说，不是来看书，是正好经过门前想小便，所以进来借厕所，说完一阵大笑。老梅君与你是正好相反的例子，真想放进《新撰蒙求》[②]。”迷亭君照例加上长长的注解。主人的态度变得比较严肃：“你每天这样磨珠子无所谓，不过你本来打算几时完成？”“照这样看来大概要十年。”寒月君看起来反倒比主人悠哉。“十年——还是早点磨完比较好吧？”“十年还算快的了，弄得不好可能要二十年。”“那可麻烦了，那岂不是难以成为博士？”“对，我也想让对方尽早安心，但是不磨好珠子就无法完成重要的实验……”

寒月君说到这里有点停顿。“放心，不用那么紧张啦。金田也很清楚我整天在磨珠子，其实两三天前去时我也说清楚了。”他神色自得地叙述。于是之前虽然听不懂三人的谈话还是专心倾听的女主人狐疑地问：“可是金田全家不是上个月就去大矶了吗？”寒月君对此也有点回避。“那就奇怪了，不知是怎么回事。”他装糊涂说。这种时候就得靠迷亭君了，话题中断时、尴尬时、困倦时、困扰时，任何时

---

① 仿自净琉璃《本朝二十四孝》（近松半二等人作）的台词“成为园丁混入……”的戏谑之词。

② 《蒙求》是将古人发人深省的言辞编集而成的唐书。《新撰蒙求》意指现代版，是漱石虚拟的书名。

候他都会从旁横插一脚。“上个月去大矶的人却在两三天前与你在东京见面，这可真是神秘。这是所谓的心灵交流，相思情切时经常发生这种现象。仔细一听像是做梦，但就算真的是梦也是远比现实更真切的梦。像嫂子这样没经历过谁爱谁那种问题就直接嫁给苦沙弥的人，一辈子都无法理解情为何物，也难怪会怀疑……”“哎哟，您有何证据讲那种话？也太瞧不起人了吧。”女主人不等迷亭说完就半途顶回去。“你自己看起来应该也没有恋爱的烦恼吧？”主人也开口正面声援女主人。“我的绯闻就算再多也全都超过七十五天，所以你们或许已经不记得了——其实我现在这样也是失恋的结果，所以才会这把年纪还单身。”他公平地依序环视在座的每张脸孔。“呵呵呵呵，真有趣。”说这句话的是女主人。“又在糊弄人了。”说着把脸撇向院子的是主人。唯有寒月君，只说了一句“你这番怀旧谈我很想洗耳恭听以做参考”，依旧笑嘻嘻。

“我的故事也很神秘，若告诉已故的小泉八云①老师肯定大受欢迎，可惜他已长眠地下，所以我一直懒得说，不过今天难得有这机会我就和盘托出吧。但你们可得乖乖听到最后喔。”他又强调一下才切入正题。“回想起来已是往事——呃——那是几年前来着——太麻烦了姑且就当是十五六年前吧。”“开什么玩笑！”主人嗤鼻冷哼一声。“您的记性也太差了。”女主人也调侃道。唯有寒月君坚守承诺不发一语，摆出一副急着想听下文的姿态。“那是某年冬天的事，当时我从越后经过蒲原郡笋谷、蛸壶岭、会津藩领地的时候。”“真是古怪的地方。”主人再次插嘴。“你安静听人家说啦，很有意思的。”女主人制止他。“这时天黑了，我也不认识路，肚子很饿，无奈之下只好去那山路中央的屋子敲门，向对方说明种种原委，恳请收留。对方说这不过是小事一桩，欢迎我进去。这时看到拿蜡烛照着我脸孔的姑娘，我当下一阵悸动。那一刻我切身感到恋爱这种难缠的魔力。”“哎呀天啊，那种深山野岭也有美人儿吗？”“不管是深山或大海，嫂子，我真想让你看一眼那位姑娘，人家可是梳着传统的文金高岛田发髻。”“噢！”女主人大吃一惊。“我进屋一看，八张榻榻米大的室内中央有个巨大的地炉，周围坐着姑娘和她的爷爷奶奶，再加上我，一共四人。对方问我一定饿了吧，我恳求对方什么都行，请快点给我一点吃的。于是老爷爷说，难得有贵客上门那就煮个蛇饭吧。这可是我失恋的关键，你们要听好喔。”“老

---

① 小泉八云，明治作家拉夫卡迪奥·赫恩（Lafcadio Hearn，1850—1904）归化日本后的名字。在漱石到任前，于东大教授英国文学。以取材自鬼怪传说的作品《怪谈》而闻名。

师，我们当然会注意听，但越后那种地方，冬天没有蛇吧？”“嗯，这个问题很正当。不过这么诗意的故事就不要拘泥于那种理性的常识了。镜花的小说里，不也在雪中出现螃蟹[①]吗？”他这么一说，寒月君说声“有道理”又恢复洗耳恭听的态度。

“当时我也带头吃过不少恶心的东西，什么蝗虫、蛞蝓、赤蛙都已经吃得不想再吃了，所以蛇饭根本不算什么。我立刻回答老爷爷说，就吃那个吧。于是老爷爷在地炉上方架上锅子，在锅里放了米咕噜咕噜烹煮。不可思议的是，一看那锅子的盖子，有大大小小十个洞，蒸汽从那些洞里冒出，我心想还真会设计。就乡下来说很厉害了，正在看时，老爷爷蓦然起身不知去哪儿了，过了一会儿，他身侧夹着大竹笼回来，不当一回事地随手往地炉旁边一放，我探头往里瞧——嘿，还真的有。那些长虫，因为天气寒冷，互相盘旋缠绕纠结成一团。”“不要再说那种故事了，真恶心。”女主人皱起八字眉。“这可是我失恋的主因所以不能不说。老爷爷左手拎起锅盖，右手不当回事地抓起那团长虫，一下子通通扔进锅中，立刻盖上盖子，就连我在那一刻都吓得喘不过气。”“不要再说啦，太恶心了。”女主人被吓坏了。“马上就要说到失恋了，请暂时忍耐一下。之后不到一分钟就有蛇从盖子上的洞里冒出头，吓了我一跳。我心想：哎呀，蛇跑出来了！这时旁边的洞也冒出蛇头。我叫着‘又出来了’时，另一个头也冒出来。这个头也冒出来。最后锅中蛇的蛇头全出来了。”“为什么会冒出那么多蛇头？”“锅中热了，蛇受不了想钻出来。这时老爷爷说，应该可以了，赶紧拽吧云云，老奶奶应了一声。姑娘也说了一声好，各自抓着蛇头用力一扯。于是蛇肉留在锅中，唯有骨头彻底分离，一拉蛇头就把长长的骨头全都拔出来了。”“那是替蛇拔骨啊？”寒月君笑着问。“的确是拔骨，手段可灵巧了。然后掀开盖子，拿勺子把饭与肉搅拌在一起，就可以开动了。”“你吃了吗？”主人冷淡地问。女主人苦着脸。“不要再说啦，我恶心得吃不下饭了。”女主人如此抱怨。“嫂子是没吃过蛇饭，才会这么说，有机会你自己吃吃看，肯定一辈子都忘不了那个滋味。”“拜托，我才不要，谁要吃那种东西！”“我在那里填饱肚子，也忘了寒冷，毫不客气地看着姑娘的俏脸，正当我觉得已了无遗憾时，对方请我去休息，我旅行本就累了，于是听话地躺下，很不好意思地就这样睡着了。”“后来怎样了？”这次是女主人主动催促。“后来到了隔天早上我醒来就失恋了。”“发生了什么事？”“哎，其实也没什么啦。早上起来我一边抽烟一边从后窗向外看，只见对面的水管旁，有

① 泉镜花（1873—1939）的小说《银短册》（明治三十四年）有雪与蟹的故事。

个光头在洗脸。”“是老爷爷或老奶奶吗？”主人问。“别提了，我一下子难以辨认，于是观望了一会儿，等那个光头把脸转向我这边时，我大吃一惊。那竟是我的初恋，昨夜的俏姑娘。”“可是你刚才不是说姑娘梳着岛田髻？”“前晚是岛田髻没错，而且是漂亮的岛田髻。问题是到了隔天早上就变成光头了。”“又在糊弄人了。”主人照例把视线移向天花板。“我也感到很不可思议，内心有点惊恐，于是继续躲在一旁观望，光头终于洗完脸，随手把放在旁边石头上的高岛田假发戴到头上，若无其事地走进屋里，我这才恍然大悟。虽然恍然大悟，但自那一刻起，我已背负失恋的悲惨命运。”“还有这么无聊的失恋。寒月君，你听到了吧？就是因为这样，即便失恋，也要这么开朗快活才好。”主人对着寒月君评论迷亭君的失恋，寒月君说：“不过那个姑娘如果不是光头，美满地带回东京，老师说不定会更开朗快活。总之，好好的姑娘家却秃头实为千秋恨事。不过话说回来，那么年轻的女孩子，怎么会秃头呢？”“我也针对这个问题想了很久，我猜肯定是因为蛇饭吃太多，蛇饭会让人脑充血。”“不过，幸好你倒是好端端的没事。”“我是幸好没秃头，但打从那时起，如各位所见，我成了近视眼。”他摘下金框眼镜用手帕仔细擦拭。过了一会儿，主人像是忽然想起：“这故事到底有哪一点神秘？”为求谨慎，主人还是开口向他确认。“那顶假发是从哪儿买的？还是捡来的？我怎么想都不明白，所以这点很神秘。”迷亭君说着把眼镜又挂回鼻梁上。“简直像在听相声大师说段子。”女主人如此评论。

迷亭的饶舌到此也告一段落，本以为就此结束了，但他似乎是那种只要没被堵住嘴巴就无法沉默到底的性子，马上又说出这样的话：

“我的失恋固然是苦涩的经验，但那时如果不知她是光头娶了她，肯定会碍眼一辈子，所以事情不考虑清楚实在很危险。像结婚这种事，有人就是到了紧要关头，才发现对方在意外之处暗藏缺陷。寒月君也不要抱着那么大的憧憬或一个人想得太复杂，还是好好定下心来磨珠子吧。”他说出这样显然带有异见的发言后，寒月君说：“好，我也想尽量专心磨珠子，但对方不肯让我这样，真是伤脑筋。”说着还故意做出退避三舍的表情。“对了，你是因为对方把事情闹大，不过也有很滑稽的哟。例如那个去图书馆小便的老梅君，他的故事就很离奇。”“他做了什么事？”主人顺着他的话接腔。“没什么，故事是这样的。他以前在静冈的东西馆住过。——只有一晚喔——结果那晚他立刻向那里的女佣求婚了。我虽然也很随性，却还没有进化到他那种地步。不过，当时那间旅馆有个名叫阿夏的美人，去老梅君房间服务的正好就是那个阿夏，也难怪他会那样。”“岂止是难怪，他和你的某某岭遭遇根本就一样嘛。”“是有一点相似，老实说，我与老梅本就没有那么大的差异。总而言之，他向那个阿夏求婚，还没得到对方的答复忽然想吃西瓜。”“你说什么？”主人面露不可思议之色。不只是主人，女主人与寒月也不约而同歪头思考了一下。迷亭不管大家的反应继续往下说：“他把阿夏叫来，问她静冈县有没有西瓜。阿夏说，就算是静冈起码也有西瓜，然后用托盘盛了一堆西瓜来。于是老梅君就吃了，把堆积如山的西瓜都吃光，正在等候阿夏的答复时，他肚子先痛了，他呜呜呻吟但一点也不管用，于是又把阿夏叫来，这次是问她静冈县有没有医生。阿夏又说，即使是静冈起码也有医生，然后带了一个名字很像从《千字文》那什么天地玄黄①剽窃而来的医生过来。到了隔天早上，他的肚子总算不痛了，临要出发的十五分钟前，他把阿夏叫来，问对方是否答应他昨日的求婚，阿夏笑着说，静冈县有西瓜也有医生，但是没有一夜速成的新娘喔，说完掉头就走，据说再也不见踪影。从此老梅君与我一样失恋了，除了借厕所再也不去图书馆，仔细想想女人真是祸水啊。”他这么一说，主人也跟着接腔：“就是说嘛。之前我看缪塞②的剧本，其中有个人物引用罗马诗人的作品说了这么一段话——比羽毛轻的是尘土。比尘土轻的是风。比风轻的是女人。比女人轻的是无有——说得很精辟吧。说到女人你就是拿她没办法。”他异常用力地说。女主人听了可不同意。“你说女人轻巧是不对的，但男人沉重也不是好事吧？”“你所谓的重是指什么？”“重当然就是指重，就像你这样。”“我哪里重了？”“你还不重吗？”夫妻俩开始奇妙的口角。迷亭听得津津有味，最后开口了：“你们这样面红耳赤相互攻击的样子大概才是所谓的夫妇真相吧。昔日的夫妇之道那种东西肯定是毫无意义。”他的语意暧昧不知是在讽刺还是赞扬，本来话题到此也就可以结束了，但他偏偏又用那个调调扩大说明，做出如下陈述：

“以前敢对老公回嘴的女人，据说一个也没有，那岂不等于娶个哑巴当老婆，所以我一向不敢苟同。还是像嫂子这样直接顶撞丈夫说‘你还不重吗’比较好。既然都是夫妻，偶尔也该吵个架，否则岂不是太无聊了。说到我母亲，在我老爹面前只会说‘是’和‘好’。她嫁给我爹二十年，除了去庙里拜拜就没出过门，简直太悲惨了。不过她也因此把祖先代代的法名全都倒背如流。男女之间的交往也是如此，

---

①《千字文》是六世纪中国编纂汉字四字成句集成的千字韵文。被当作启蒙教科书。“天地玄黄”是该书第一句。

② 缪塞（Alfred Louis Charles de Musset-Pathay，1810—1857），法国诗人、小说家、剧作家。文中所指的“剧本”是*Barberine*（1835），其中引用了“比羽毛轻……”等句。

在我小时候那个年代绝对不可能像寒月君这样与意中人合奏，或是心灵交流以朦胧体[①]相遇。”“真可怜。”寒月君低头行礼。“的确可怜。而且那时的女人不见得比现在的女人品行更好。嫂子，最近不也常说这年头的女学生都堕落了云云。其实以前比现在更糟糕。”“不会吧？”女主人很认真。“就是这样，这可不是瞎说的，我有证据所以千真万确。苦沙弥君，你或许也记得，我们直到五六岁时还有人把女孩子像南瓜一样装在篮子里用扁担扛着到处叫卖，对吧？”“我不记得有那种事。”“在你的故乡如何我不清楚，但在静冈的确是这样。”“不会吧？”女主人小声说。“是真的吗？”寒月君也不可置信地问。

“真的。我老爹就开过价。当时我大概六岁吧，与老爹一起自油街去通街散步，对面来人大声喊着要不要买女孩、要不要买女孩。我们正好走到二丁目的转角，在伊势源这间和服店的门前遇到那个男人。伊势源是静冈县第一等的和服名店。各位下次有机会去的话不妨参观一下，那间店还在，而且格局气派。那里的掌柜叫作甚兵卫，每次都哭丧着脸活像是三天前刚死了亲娘似的守在账房。甚兵卫的旁边坐着阿初这个二十四五岁的年轻手下。这个阿初的脸色惨白，就像是皈依云照律师[②]三七二十一天光喝面汤过活。阿初的隔壁是阿长，此人则像是昨天家里刚失火般愁眉苦脸地拨算盘。与阿长并排的……”“你到底是要说和服店的故事还是人口贩子的故事？”“对对对，刚才讲到人口贩子。其实关于这个伊势源也颇有奇谈，不过在此忍痛割爱，今天就专门讲人口贩子。”“人口贩子干脆也别讲算了。”“为什么？这可是比较二十世纪的今天与明治初年女子品行的重要参考材料，怎么能如此轻易搁下不谈——刚才讲到我与老爹走到伊势源的门前，那个人口贩子看到我老爹就说，老爷，有卖剩的女孩要不要？我算您便宜点，您买下吧。说着放下扁担擦汗。一看之下，前后篮子各装了一个两岁的小女孩。老爹对那个人说，便宜的话可以考虑买，但是就只剩这两个货色吗？是的老爷，不巧今天全卖光了只剩下这两个。随便哪个都行，您就买去吧。说着双手抓着女孩像卖南瓜似的递到我老爹的鼻头前。老爹砰砰拍打女孩的头说，原来如此，声音挺清脆的。之后双方开始谈判，经过一番讨价还价后，老爹说，买下也不是不行，但货色没问题吧[③]？是的，前面的丫头我一直

---

① 朦胧体乃当时的批评用语，指意义暧昧不清的文艺，轮廓不明确的绘画。

② 云照律师（1827—1909），真言宗僧侣。仁和寺第三十三代住持。建立目白僧园（后为云照寺）。

③ 漱石于明治三十七八年的作品《断片》有类似的一节。小说中“货色没问题吧”这句话在《断片》中的说法是“她是 Virgin 吗”。

盯着所以保证没问题，但是后面的这个，毕竟我背后没长眼，说不定不小心在哪儿有了瑕疵。若是这丫头的话可以再给您打个折。我至今记得这段问答，但当时幼小的心灵只觉得对付女人果然不可大意。——明治三十八年的今天，已无人做出这种荒谬的举动四处兜售女孩，也听不到有谁说眼睛看不到后面的货色比较不保险。所以，以我的想法，还是该断定拜西方文明所赐女人的品行也跟着进步不少，你说呢，寒月君？”

寒月君回答之前先高傲地咳了一声，然后刻意以镇定低沉的声音如此陈述他的观察：“这年头的女人等于是在上下学的路上，或是合奏会、慈善会、园游会上自己兜售自己，问人家：‘要不要买一下，咦？不要吗？’所以没必要雇用那种青果店淘汰的废物，下作地沿路叫卖女孩子。人类一旦独立心发达，自然就会变成这样。老一辈的或许会说这是自找麻烦不如顺其自然，但老实说，这是文明的趋势，我更是认为这是可喜的现象，私下表达庆贺之意。买方也没有人会做出敲打脑袋确认货色好坏的粗鲁举动，所以这方面可以安心。在这复杂的世间，费那种工夫的日子可是没完没了。就算到了五十岁，甚至六十岁也不见得能找到老公或老婆。”寒月君不愧是二十世纪的青年，坦然说出当世的想法，把敷岛香烟的青烟呼地朝迷亭老师的脸上吹去。迷亭可不是会被这区区烟雾吓退的男人。“如你所言，方今的女学生、千金小姐们是本着自尊自信的念头造骨生肉，什么都不输给男孩，令人佩服之至。我家附近的女校学生更厉害，穿着筒袖劳作服吊单杠，令人敬佩。我每次从二楼窗口看到她们做体操就会缅怀古代的希腊妇女。”“又是希腊吗？”主人冷笑地顶回来。“让人感到美的事物大抵源自希腊，我也没办法。美学家与希腊是不可分割的。——尤其是看到肤色黝黑的女学生专心做体操，我每每总是会想起Agnodice的逸话[①]。”他一脸博学地说。“又冒出艰深的名词了。”寒月君依然笑嘻嘻。“Agnodice是个了不起的女人，我很佩服她。当时雅典[②]法律禁止女人当产婆，很不方便。Agnodice应该也是感到那种不便吧。”“那个啥来着，你说的那个——阿什么丝的是啥玩意儿？”“是女人啦，那是女人的名字。这个女人深深感到，女人不能当产婆未免太窝囊，太不方便。她很想当产婆，难道没办法当产婆吗？于是

① 伊奇努斯（Caius Julius Hyginus）创作的《寓话》中的插话。明治三十七八年的《断片》有英文摘录。

② 指古希腊的都市雅典。

当胸交抱双臂整整思考了三天三夜。就在第三天的破晓，听到邻居家的婴儿哇哇大哭，她这才恍然大悟，然后立刻剪去长发换上男装，去听 Hierophilus[①] 的授课。顺利听完课，自觉已经没问题了，于是她终于开业做产婆。没想到，嫂子你知道吗，她居然带动潮流。这边也有婴儿呱呱坠地那边也有婴儿呱呱坠地，全都要靠她一个人去接生，所以她大捞一笔赚翻了。但人间事事都是塞翁失马，七转八起[②]，这个秘密终于曝光，有人指控她破坏公家的法规，要对她处以重刑。”“简直像说书的。”“相当精彩吧？没想到雅典的女人一同联署请愿，当时的行政长官也无法置之不理，最后将她无罪释放，后来甚至还颁布法令，即便是女人也可以当产婆了，故事就此圆满收场。”“你知道得真多耶，佩服佩服。”“对，大概的事我都知道。不知道的只有自己的愚蠢。不过那方面其实也稍有所知啦。”“呵呵呵，你讲话真有趣……”女主人笑得花枝乱颤，这时格子门又发出同样的声音。“咦，又有客人来了。”女主人退避到起居室。她前脚刚走，后脚紧接着就进来的是谁？原来是老熟人越智东风。

这时候东风君一到，平日出入主人家的怪人虽不至于悉数登场，至少人数已足够慰藉我的无聊。这样若还不满意就太奢侈了。如果当初我运气不好被别家收养就完了，说不定老师他们一个人都没认识就这么死了。幸好我成为苦沙弥老师门下的猫儿，朝夕随侍在贵人的虎皮前[③]，所以我家苦沙弥老师自不待言，就连迷亭、寒月，乃至东风这些即便在辽阔的东京也难得一见、可以一骑当千的英雄豪杰的言行举止，我都能躺着得见，对我而言实为千载难逢的光荣。也因此让我连这么热的天气还得穿毛衣的痛苦都忘了，得以度过有趣的半日时光，所以我非常感谢。反正这么多人齐聚一堂绝非小事。一定会说出什么大消息吧？我躲在纸门的后面恭谨旁观。

“好久不见，久违了。”东风君如此打招呼，一看他的头，还是像之前一样发光。光评论他的头好像把他当成缎帐演员[④]，但他下半身穿着厚重的白色裤子，还不辞辛苦地穿得郑重其事简直像是榊原健吉[⑤]的内门弟子。因此东风君的身体看似普通人

---

① 前面提到的 Agnodice 的老师，也是医师。

② 一再失败仍奋勇再起，不屈不挠之意。

③ 随侍在贵人身边。虎皮为贵人铺地之物，写信时在署名最后也会用“虎皮下”。参见《我是猫》第九章。

④ 缎帐是舞台用的布幕，指在那种剧场演出的演员。布幕可左右开合的剧场较高级，被称为大戏；相较之下小戏、缎帐戏、缎帐演员带有轻蔑之意。

⑤ 榊原健吉（1830—1894），江户末期的剑客。在幕府的讲武所当老师，维新以后也在下谷（现台东区）开设道馆推广剑道。

之处只有肩膀至腰部这一段。“唉，这么热，亏你还出门。欢迎常来这里。”迷亭老师把这儿当成自己家般招呼他。“老师也好久不见了。”“是啊。记得自从今年春天的朗读会后就没见过。说到朗读会，最近还是一样热闹吗？之后你没再表演阿宫？那次很精彩喔。我还热烈鼓掌呢，你注意到了没有？”“是的，托你的福，令我勇气倍增，终于撑到最后。”“下次什么时候再举行朗读会？”主人插嘴问。“七、八月休息，九月我想盛大办一场。有什么有趣的主题吗？”“这样啊。”主人兴趣缺乏地回答。“东风君，要不要选我的创作？”这次是寒月君接话。“你的创作一定很有意思，是什么样的作品？”“是剧本。”寒月君尽可能强硬地说。果然，三人目瞪口呆，不约而同看着他的脸。“能写出剧本倒是厉害。不知是喜剧还是悲剧？”东风君进一步追问，寒月老师仍一本正经：“不是喜剧也不是悲剧。最近什么旧剧新剧[①]大多很吵，所以我另起炉灶，试作了所谓的俳剧。”“俳剧是什么东西？”“就是俳句趣味的戏剧，简称俳剧。”他这么一说，主人与迷亭都有点摸不着头脑。“那么，它的主题是什么？”这么问的还是东风君。“起源来自俳句趣味，所以我觉得拖太长不好，只写了一幕剧。”“原来如此。”“先从布景说起吧，这个也是越简单越好。在舞台中央种一棵大柳树，然后柳树的主干有一根枝子向右伸出，枝上停了一只乌鸦。”“但愿乌鸦停着不会乱动就好。”主人忧心地喃喃自语。“说穿了不值一提，乌鸦的脚其实是用线绑在树枝上固定。然后下面放个水盆。美人侧身使用手巾。”“那倒是有点 Decadent[②]。先不说别的，谁来演那个女人？”迷亭问。“放心，这个马上就能解决。我会雇用美术学校的模特儿。”“警视厅恐怕会说你有伤风化喔。”主人再次担心。“只要不售票公演就没关系啦。为这种事计较的话就连在学校都不能画裸体画了。”“画裸体画是为了练习，和光是坐着看略有不同。”“就是因为你们这么说，所以日本到现在还是不行。无论是绘画还是戏剧，都一样是艺术。”寒月君气焰高涨。“算了，这些议论不重要，接下来要怎么做？”东风君问，看情况他似乎真的有意采用所以急着听下文。“这时俳人高滨虚子[③]自舞台旁边的花道，拿着拐杖，

---

① 旧剧指歌舞伎剧，新剧指明治二十年代开始壮士戏的高田实与喜多村绿郎等人的新派剧。不是今日深受西方戏剧影响的新剧。

② 法文。意为“颓废的”。批判用语。

③ 高滨虚子（1874—1959），俳人、小说家。继子规之后编辑经营《不如归》杂志，促成《我是猫》的诞生。

头戴白色灯芯绒帽子，穿着透绫[1]外褂、萨摩棉布的打折靴出来。穿着虽然像是陆军的御用商人但扮演的是俳人，所以必须尽量悠然漫步，像是正在专心推敲俳句才行。然后当虚子走完花道来到舞台时，不经意间抬起推敲俳句的双眼向前一看，只见巨大的柳树，柳树背后有肤色雪白的女人在洗澡，他吃了一惊向上看，长长的柳枝上停了一只乌鸦，乌鸦正在俯视女人戏水。于是虚子老师为这种俳味深深感动，沉思了五十秒后，大声吟出一句“迷恋戏水女子岂是乌鸦乎”[2]，这时拍子木一响，就此落幕。——如何？这样的主旨，你不喜欢吗？与其扮演阿宫，你不如扮演虚子更好。”东风君的表情似乎有点不满：“太平淡了，最好是较有人情味的剧情。”他认真回答。到目前为止还算比较安分的迷亭自然不可能永远保持沉默。“光是那样，俳剧就已很惊人了。根据上田敏[3]的说法，俳味或滑稽这种东西太消极，是亡国之音，不愧是上田敏，说得太好了。那么无聊的东西你表演看看。那才真的会被上田敏嘲笑。那到底是戏剧还是闹剧，太消极分辨不清。恕我直言，寒月君还是老实待在实验室磨珠子比较好。俳剧那种东西就算创作一百件甚至二百件，亡国之音终究不可取。”寒月君听了有点愤怒：“真有那么消极吗？我倒是自认相当积极。”他开始为无关紧要的事辩解。“说到虚子，虚子老师吟出‘迷恋戏水女子岂是乌鸦乎’，抓住乌鸦迷恋女子之处我认为非常积极。”“这倒是新说法。我可要洗耳恭听。”“站在理学士的角度想，乌鸦迷恋女子本就不合理吧？”“的确。”“随意说出这么不合理的事，听起来却一点也不觉牵强。”“会吗？”主人语带怀疑地插嘴，但寒月不以为意。“为什么听起来不觉牵强呢？这如果从心理方面说明就很清楚了。老实说，迷不迷恋这种事是俳人本身的情感，与乌鸦根本不相干。之所以感到那只乌鸦迷恋女子，换言之并非乌鸦本身如何，其实是俳人自己迷恋女子。虚子自己看到美人戏水为之惊艳，肯定是一见钟情。他以迷恋的眼光看到乌鸦停在枝上纹丝不动凝视下方，于是认定那家伙也跟他一样拜倒在石榴裙下。这虽是一种误认，但那正是充满文学性且积极之处。把自己的感想，自行扩大到乌鸦身上还故作不知，这岂不正是明显的积极主义吗？老师你说是不是？”“原来如此，果然是高见，虚子听了肯定也会吃惊。这番说明的确很积极，但实际演出那出戏时，观众恐怕只会很消极。对

---

① 极薄的丝织品，夏季衣料。

② 虚子的俳句（明治三十八年作）。

③ 上田敏（1874—1916），诗人、英国文学家。翻译诗集《海潮音》而闻名。漱石在东大英文科的同事。号柳村。

吧东风君？”“对，我也认为太消极。”东风正经地回答。

主人似乎想稍微打开谈话的局面。“如何，东风兄，最近有杰作吗？”他问道。东风君说：“不，没什么值得给您过目的作品，不过近日我打算出版诗集——我把稿子也带来了，能否请您拨冗指教？”说着从怀中取出紫色包袱，从里面取出五六十张稿纸，放在主人的面前。主人理所当然地道声“那我拜读大作”，便开始看。第一页有两行字：

与众不同貌似弱
谨献给富子小姐

主人露出略显神秘的表情默默看了一会儿，于是迷亭在旁边嚷嚷：“是什么新体诗吗？”一边把头凑近。“哇！献给某人。东风君，你敢鼓起勇气献给富子小姐真了不起。”他大力赞美。主人仍感不可思议：“东风兄，这位富子，是真有其人吗？”“对，是之前与迷亭老师一起邀请出席朗读会的女性之一。就住在这附近。其实刚才我本来想给她看诗集，顺道去找她，不巧她自上个月就去大矶避暑不在家。”他认真地说。“苦沙弥君，现在可是二十世纪。你不要板着脸，快点朗读杰作吧。不过东风君这个献诗的方式有点不妥。开头‘貌似弱’这句雅言到底是什么意思？”“我认为是脆弱或孱弱之意。”“原来如此，的确也可这样解释，但本来的字义其实是危惧。所以若是我的话绝不会这么写。”“那该怎么写才会更有诗意呢？”“若是我，会这么写：与众不同看似弱谨献给富子小姐的鼻下。虽只多了三个字，但有没有鼻下差别可大了。”“原来如此。”东风君看似不懂强装懂。

主人默默翻过一页，终于来到卷头第一章。

倦倦熏香里
相思青烟袅袅似君魂
噢噢吾人，啊啊吾人，这辛酸人世
只有甜蜜之吻

“这个我就有点看不懂了。”主人叹气递给迷亭。“这有点太过头了。”迷亭说着递给寒月。寒月说：“原来如此。”又还给东风君。

"你们看不懂也是在所难免，今日的诗界已是日新月异，与十年前的诗界截然不同。现在的诗躺着读或在火车站读是绝对看不懂的，就连作者本人被问到时也经常答不上来。完全是靠灵感创作，所以诗人不负任何责任。钻研注释与训义是老学究才做的事，我们是完全不碰的。之前我的友人有一个名叫送籍[①]的男人写了《一夜》这个短篇[②]，不管谁看了都觉得朦胧不清难以捉摸，碰到他本人时还试着向他确认主旨，但他本人居然也说不知道。我想那大概就是诗人的特色。""他或许算是诗人但未免也太古怪了。"主人说。迷亭简单以一句"脑子有病"直接打发送籍君。东风君光是这样还嫌不够。"送籍君在我们朋友之间也是例外，但我的诗还请用心一读。尤其要请各位注意的是'辛酸'人世与'甜蜜'之吻成对，这可是我的苦心之作。""的确看得出来你苦心孤诣的痕迹。""用'甜蜜'与'辛酸'来反照感觉很像十七味辣椒粉的调调[③]很有意思。东风君独特的伎俩实在令人佩服。"他们频频打趣老实人来取乐。

主人不知怎么想的，忽然起身去书房拿着一张草纸出来。"既然拜读了东风君的大作，这次由我朗读短文请诸位指教吧。"他似乎有点认真。"若是天然居士的墓志铭，我已经听过两三次了。""哎，你先别说话。东风先生，这绝非我得意之作，纯属余兴，请你听一下。""那我就洗耳恭听。""寒月君也顺便听一下。""不用顺便我也会听。内容应该不长吧？""仅有六十几个字。"苦沙弥老师开始朗读亲手撰写的名文。

"大和魂！如此高叫的日本人像罹患肺病般咳嗽。"

"开头够突兀。"寒月君赞美。

"大和魂！报社说。大和魂！扒手说。大和魂一跃渡过大海。在英国发表大和魂的演说。在德国演出大和魂的戏剧。"

"原来如此，这比天然居士更精彩。"这次是迷亭老师挺身而出。

"东乡大将拥有大和魂。鱼店的阿银也有大和魂。骗子、投机者、杀人凶手皆有大和魂。"

"老师，请在那儿加上'寒月也有'。"

---

① "送籍"（souseki）应是取自"漱石"（souseki）的谐音。

② 漱石也在明治三十八年九月的《中央公论》发表过《一夜》。就在《我是猫》第六章发表的前一个月。

③ 仿照七味辣椒粉的戏称，十七味暗指俳句十七字。

“若问大和魂是什么，回答‘就是大和魂’径自走过。走了五六间[1]后传来一声嗯哼。”

“这一句很棒。你挺有文采嘛。下一句呢？”

“三角形是大和魂？或者四角形是大和魂？大和魂如字面所示是魂。既然是魂所以随时飘来飘去。”

“老师，内容的确很精彩，但大和魂好像有点太多了吧？”东风君提醒道。“我赞成！”说这句话的当然是迷亭。

“人人说过，但无人见过。人人听过，但无人遇过。大和魂一如传说中的天狗吗？”

主人抱着一结杳然[2]的打算念完了，但这篇名文实在太短，让人搞不清主题到底是什么，三人都以为还有下文继续在那里等着。等了又等，都没听见一个字，于是最后寒月问：“就这样没了吗？”主人轻轻回答：“嗯。”嗯得有点太轻松了。

不可思议的是，对于这篇名文，迷亭并未像往常那样大发议论，之后他转头问：“你不妨也把短篇集成一卷，献给某人吧？”主人若无其事地问：“献给你吗？”迷亭说：“敬谢不敏。”然后就咔嚓咔嚓拿刚才给女主人看的剪刀剪指甲。寒月君问东风君：“你认识那个金田家的小姐吗？”“今年春天邀她参加朗读会后，我们就认识了，后来始终保持来往。我在那位小姐的面前，总会萌生一种感觉，好像无论是作诗还是咏歌都能特别愉快地尽情发挥。这本诗集中的情诗特别多，我想也是因为有那种异性朋友带给我灵感。所以我必须对那位小姐表达真挚的感谢，特别利用这个机会，献上我的诗集。以前大概就是因为没有交过异性好友所以才写不出好诗。”“是这样吗？”寒月君的神色深处带着笑意回答。就算是闲谈家的聚会似乎也不可能持续太久，话题已渐渐熄火。我也没有义务终日倾听他们一成不变的清谈，于是失陪去院子里找螳螂。梧桐的绿意之间，西斜的日光斑驳落下，树干上有寒蝉拼命嘶鸣。晚间说不定会下一场雨。

---

① 一间约等于1.8米。

② 文章完结后仍有余韵缭绕之意。

Chapter 7

我最近开始运动了。有些家伙冷嘲热讽说猫也配谈什么运动真是装模作样，但这种人直到近年之前也一样不懂运动为何物，将吃饭睡觉视为天职。他们应该还记得自己美其名曰无事是贵人[1]，双手缩在袖子里不肯将快要腐烂的屁股离开坐垫，还做作地宣称那是老爷的名誉。叫人家要运动、喝牛奶、洗冷水澡、跳进海里，到了夏天还得窝在山中饮晨露食晚霞，发出这一连串无聊指令的，是西方传染给神国日本的晚近疾病，直可视为鼠疫、肺病、神经衰弱一族。不过我去年才出生，如今只有一岁，所以不记得人类当初罹患这种病的样子。不仅如此，当时我肯定还飘在浮世风中根本不在人间，不过猫族一年抵得上人类十年。我等的寿命虽比人类短了四分之三，但一只猫在那短暂岁月中便已充分发育，可见将人类的岁月与猫族星霜以同样的比例计算是大错特错。光看一岁数个月的我能有如此见识便可想见。主人的第三个女儿算来已有三岁，但论及智力，至今仍很迟钝。她除了哭泣、尿床、吃奶外啥也不懂。与忧世愤时的我相较，简直弱爆了。所以我就算在方寸之间积蓄运动、海水浴、易地疗养的历史也不足为奇。这点小事若有谁会大惊小怪，那肯定是人类这种少了两条腿的笨蛋。人类从以前就是笨蛋，所以近年来才会大肆鼓吹运动的功能，宣扬海水浴的好处，视为一大发明。哪像我还没出生就已懂得那点小事。关于海水为何能当作药物，这只要自己去一下海边不就马上知道了。那么辽阔的地方有多少鱼我不知道，但那些鱼一尾也没有生病看过医生。大家都健健康康地悠游水中。如果生病了，身体自然不听使唤。死了必然浮现水面。所以才会把鱼的往生叫作浮

① 禅语。进入无念无为之境的人才是可贵之人。参见《临济录》。

尸，鸟的死亡叫作坠落，人类的寂灭叫作挂掉[①]。诸位不妨去问问曾经出国横渡印度洋的人见过鱼死掉没有，肯定人人都会回答没有。那是当然的。就算来往多少次也没见过一尾在水上停止呼吸——不能称为呼吸，鱼应该说是停止逐浪——没人见过鱼停止逐浪浮现水面。即便在那渺渺茫茫、漫漫无际的大海不分日夜烧炭点火搜寻，古往今来也看不到一尾鱼浮尸水面，若由此推论，可以立刻得出“鱼肯定特别身强体壮”的结论。那么鱼为何如此健康强壮呢？这也是只有人类才不懂，其实很简单，一下子就能理解——因为鱼吞没潮水始终在做海水浴。海水浴的功能在鱼的身上效果显著。既然对鱼的效果显著，对人类当然也应效果显著。像一七五〇年的理查德·罗素医生[②]那样大张旗鼓推出跳进布莱顿[③]的海里即可百病全消的广告只会让人嘲笑太落伍。我族虽是猫，只要适当的时机一到，大家也准备一同前往镰仓海边。但现在不行，万物皆有时机。一如明治维新前的日本人没体会到海水浴的功能就死了，今日的猫族还没有机会裸体跳入海中。欲速则不达，在今日这般临时跑去筑地的猫无法平安归宅的当下绝对不能随便跳水。在我等猫族的机能依照进化法则对狂澜怒涛产生适当的抵抗力之前——换言之，在猫“死掉”这个说法还没普遍被猫“浮尸”这个说法取代之前——绝对不能随便做海水浴。

海水浴暂且留待他日实行，运动倒是可以积极进行。二十世纪的今天如果不运动听起来就像贫民一样。如果不运动，会被鉴定为不是不运动，而是不能运动，没时间运动，没有多余的时间心力去运动。以前做运动的人会被讥笑为折助[④]，现在轮到不运动的人被视为下等人。世人的评价因时因地如同我们猫族的眼珠一样变化。我的眼珠不过忽大忽小，而人类的评说却会在瞬间颠倒黑白。颠倒也无妨。事物皆有两面，有两端。敲打两端让同一事物身上发生黑白颠倒的变化，正是人类懂得变通的地方。若把“方寸”颠倒来看变成“寸方”亦有可爱之处。弯腰低头自股间看天桥立[⑤]的景色别有一种趣味。莎士比亚[⑥]若千古万古都是莎士比亚未免无趣。若无人偶尔自股间倒着看《哈姆雷特》，说一句“你这样不行”，文学界恐怕也不会进步。所以以前批判运

① 死亡的俗称。

② 理查德·罗素（Richard Russell，1687—1759），英国医生。关于海水浴的话题也出现在漱石的《文学评论》中。

③ Brighton，英国萨塞克斯州的都市，面临英国海峡。

④ 武家仆人的俗称。

⑤ 将京都府宫津市的宫津湾与内海的阿苏海南北分隔的沙洲。日本三大名景之一。

⑥ 莎士比亚（William Shakespeare，1564—1616），英国戏剧家，诗人。

动的人现在忽然想运动，连女人都抱着球拍在路上走来走去也不足为奇。只要不嘲笑猫族运动很做作就好。话说或许有人怀疑我的运动是何种运动，所以基本上我还是说明一下吧。如诸位所知，猫很不幸地无法拿工具。所以球和拍子都无法应付。其次猫也没钱，所以不能去买。基于这两大原因，我选择的运动是不花一毛钱也不用道具的种类。那么，或许有人猜想是慢吞吞走路或叼着鲔鱼片拔腿就跑，但在力学上让四条腿运动，依循地球的引力横行大地实在太简单了，这种运动我没兴趣。就算顶着运动之名，但是像主人经常做的那样，读读书如字面所示的纸上运动恐怕有损运动的神圣。当然即便是那些一般运动，在某种刺激下我不见得不会做。只是抢柴鱼、找鲑鱼虽好，却得有关键的对象才能做，除去这种刺激后会变得索然无趣。若无奖品充当兴奋剂，那我比较想做点有技巧的运动。我想了又想。从厨房的屋檐跳到屋顶上，四脚站在屋顶顶端的梅花形瓦片上，高空走晒衣杆——这个终究不成功，竹竿太滑爪子抓不住；出其不意从背后向小孩扑去——这是颇有趣味的运动之一，但即便是偶尔为之也会倒大霉，所以一个月顶多试三次；被人把纸袋套到头上——这只有痛苦甚无趣味，尤其是没有人类在场就无法成功所以不行；还有用爪子抓书籍封面——这个不仅得冒着被主人看到会遭到斥骂的危险，而且只要求手部灵活，全身的肌肉并未发挥作用。以上这些都是我所谓的旧式运动。新式运动之中有些颇为有趣。首先是捉螳螂。捉螳螂不是捉老鼠那样的大型运动，但相对的也没那么大的危险。作为夏半至秋初的游戏尤为上乘。至于方法，先要去院子里找一只螳螂。运气好的时候找个一两只不成问题。找到之后就破风疾奔到螳螂君身旁。这时对方昂首摆出戒备的架势。螳螂算是相当强悍，不知敌人的力量就敢抵抗倒是很有意思。我用右前脚朝它高举的头部拍出一掌，它仰起的头很软所以立刻软趴趴往旁边歪倒。此刻螳螂君的表情颇有趣：充满惊讶。这时我抢先绕到它的身后自背面轻抓它的翅膀，它的翅膀平时小心折起，但被我用力一抓，骤然自混乱中出现吉野纸[①]般的淡色内衣。它连夏天也得这么辛苦地穿两件衣服真可怜。这时它的长脖子肯定会向后扭。虽然有时会转过来，不过多半只有脖子倏然挺立，看似在等我这厢出手。对方一直保持这个态度的话我就不能运动了，所以我看僵持久了又出手给它一掌。到此地步若是识相的螳螂必然会逃走，还敢对着我猛冲过来显然是没教养的野蛮螳螂。如果对方采取这种野蛮的举动，那我就趁它冲过来时狠狠教训它，大概会把它拍飞两三尺。敌人若是乖乖转身逃走，我反而心生同情，沿着院中树

① 和纸的一种。大和国（现奈良县）吉野地区生产的和纸统称，以楮皮制成，纸质极薄。

木如飞鸟绕行两三次。螳螂君只逃了五六寸。得知我的威力后已无勇气再攻击，只是拼命左逃右窜。但我也忽左忽右地紧追不舍，最后它在痛苦之下展开翅膀试图用力一跃。本来螳螂的翅膀与脖子配合，形状颇为修长，但据我所知那纯属装饰，就像人类的英语、法语、德语一样不实用。所以它利用那种无用的赘物试图跳跃，对我自然不可能管用。名为跳跃实际上只不过是在地面拖行。到此地步我虽有点同情它，但为了运动别无他法。我不得不立刻奔向前方。它因惯性作用无法临时回转所以只好继续前进，被我一掌打中鼻子，这时螳螂君必然会张着翅膀倒下。然后我以前脚按住它稍事休息，之后再放开，放开后又按住它。依照孔明七擒七纵的战略[①]进攻。反复进行这项程序约三十分钟，看清它动弹不得后稍微叼在嘴里甩甩看。然后再把它吐出来。这次它躺在地上纹丝不动，我以脚一推，它顺势跳起又被我按住。这招玩腻之后，最后的手段就是大口吃掉它。顺便告诉没吃过螳螂的人，螳螂并不怎么好吃，而且营养成分似乎意外稀少。其次是捉蝉。虽然名义上都叫捉蝉但其实分成很多种。正如人类也有油腻的家伙、叽叽喳喳的家伙、执拗的家伙，蝉也分油蝉、叽叽蝉、寒蝉等。油蝉很烦很吵，鸣蝉傲慢霸道，捉来有趣的唯有寒蝉。这种蝉要到夏末才会出现。等到秋风不断从衣袖下方的缝隙抚过肌肤引发感冒时，它正热烈摇尾嘶鸣。它很会叫，在我看来甚至觉得它除了鸣叫与被猫捉外再无其他天职。秋初就捉这玩意儿，这叫作捉蝉运动。我得先向诸位声明，它既冠上蝉的名号，就不能躺在地上，掉在地上的一定会招蚂蚁。我要捉的可不是躺在蚂蚁地盘上的家伙，是停在高高的树枝上不停嘶鸣的家伙。在此我也要顺便请教博学的人类，它的叫声听起来到底是可惜深深叫，还是深深叫可惜？我认为那个解释与蝉的研究有重大关系。人类优于猫族的地方就在此处，人类自夸之处也在这方面，所以如果一时答不出来不妨仔细想想。不过那对于我的捉蝉运动倒是毫无影响。我只要循声爬到树上，趁对方专心鸣叫时一抓就到手。这看似简单的运动其实相当费劲。我有四条腿，所以在行走大地这方面自认不输其他动物，至少依两条腿与四条腿的数学常识判断，我自认不会比人类差。但是论及爬树，比我厉害的族类倒是多得很。撇开专干这行的猴子不谈，人类身为猴子的末裔，手段也不可小觑。本来这是违反地心引力的勉强之举，就算做不到也不丢脸，但在从事捉蝉运动时会造成极大的不便。幸好我还有爪子这项利器，总算勉强爬上去了，不过并没有旁观者以为的那么轻松，而且蝉会飞，与螳螂君不同，一旦飞走就没戏唱了，好不容易

---

① 孔明把敌将七纵七擒玩弄自如的战略。

爬上树，难保不会碰上无处施为等同没有爬树的厄运。最后，还有不时被蝉尿到的危险，它的小便稍有不慎便会瞄准眼睛喷来。它要逃走是没办法，但可千万别喷尿。飞走之际还要撒尿这到底是何种心理状态对生理零件造成的影响？或许是因为太心酸了？或者是为了出其不意，方便逃走的策略也未可知。如此说来，就像乌贼吐墨，小混混拿刀出来，主人卖弄拉丁语，都该归纳为同一纲目。这在蝉学上也是不容忽视的问题。如果做个充分研究，光是这样便有博士论文的价值。这是题外话，到此为止还是言归正传。蝉最集中的——集中这词若嫌古怪那就用集合吧，集合太陈腐还是用集中吧——是青桐树。汉名据说叫作梧桐。这种青桐的叶子非常茂密，而且叶片皆有团扇那么大，所以长在一起时简直看不见树枝。这对捉蝉运动造成很大的妨碍。只闻其声不见其人这句俗谚，简直就像是特意为我出现的。我无可奈何只好循声找去。从下方数来几米之处，梧桐恰好分成两股，所以我在此稍事休息，从叶子背后侦察蝉的下落。不过到了这里，忽闻沙沙声响，已有家伙沉不住气飞出，只要有一只飞出后就完蛋了。在模仿这一方面，蝉和人类一样傻。顿时不停有蝉飞出。有时等我爬到分叉处已是满树寂然无声。之前有一次我爬到这里，不管怎么看、怎么抖耳朵都找不到蝉，我也懒得改天再来，于是暂时休息，守在分叉的树枝上等待第二次机会，不知不觉困了，忍不住漫游黑甜乡里[①]。等我觉得不对劲醒来一看，已自树枝的黑甜乡跌落院子的石板上。不过通常我每次爬树都能捉到一只。无趣的是，在树上必须把蝉叼在嘴里。所以等我下了树吐出来时，蝉多半已死了。就算再怎么扒拉它也没反应。捕蝉的乐趣，就在于悄悄潜行，趁蝉拼命将尾巴伸缩时猛然以前脚按住它。这时它会放声悲鸣，拼命挥动轻薄透明的翅膀。这种迅速、美丽乃言语无法形容，实为蝉界一大奇观。我每次按住蝉，都会请求它让我观赏这场美术性的表演。如果看腻了就一口咬进嘴里。有些蝉即便到了嘴里还能继续表演。再次是滑松。这个也不必冗长叙述，我稍微讲一下就好。说到滑松各位或许会以为是滑松树，但并非如此，它也是爬树的一种。只是捉蝉运动是为了捉到蝉而爬树，滑松却是为了爬树而爬树。这是二者的区别所在。本来松树在常盘自最明寺的飨宴[②]以来，直到今日都格外崎岖不平。因此松树的树干是最不平滑的。没有比它更好抓之处，没有比它更好下脚之地。——换言之，也是我的

---

① 午睡世界内。《诗人玉屑》一书提到“北人以昼寝为黑甜”。

② 出自谣曲《钵木》的一节。佐野源左卫门常世因无柴火只好焚烧珍藏的钵木（盆栽），以便款待最明寺僧人北条时赖。

爪子最好抓之处。现在要一气呵成冲上那好抓的树干，冲上去再跑下来。跑下来有两种方法：一种是头下脚上往地面落下；一种是保持上去时的姿势，慢吞吞以尾巴在下的姿势下去。我要问人类：你们知道何者更困难吗？以人类的浅薄见识，八成以为反正都是要下去，头朝下冲下去更轻松。那就错了。你们只知道义经下鹎越[①]的故事，所以或许以为就连义经都是头向下冲下山路，猫当然也是头朝下就够了。你们不该如此心存轻蔑。你们以为猫的爪子是朝哪边生长？全都是向内折。所以可以像铁锹那样钩住东西拉过来，反之却无力推出。现在假设我猛然爬上松树。我本来是在地上活动，所以就自然倾向而言我不可能在松树上停留太久，只要待久了必然会落下。但是直接放手落下未免太快。所以必须以某种手段让这自然倾向稍微放慢，也就是走下去。落下与走下看似大不相同，其实区别没那么大。落得慢了就是走下，走下的速度快了就成了落下。落下与走下，仅一字之差。我不愿自松树落下，所以必须放慢速度下去。换言之必须凭借某物抵抗落下的速度。我的爪子如前所述全都向内折，如果头朝上竖起爪子的话，这爪子的力量可以悉数反过来利用落下之势，因此落下可以变成走下。这是显而易见的道理。反之，若头下脚上以义经的方式走松树鹎越你试试看，就算有爪子也派不上用场。我会不停滑落，无法撑住自己的体重。于是本来想走下只好变成落下。可见义经下鹎越之法有多困难。在猫族之中能做到的恐怕只有我了。所以我才把这个运动称为滑松。最后，关于走围墙我想说几句话。主人的院子以竹篱围起四角，与檐廊平行的那一片有五六丈长，左右不过两丈五。我现在说的走围墙运动就是在这墙上绕行一周不跌落。有时当然也会失败，但顺利做到时会很欣慰，而且到处都有末端烧黑的原木竖立，可以稍作休息。今天状况极佳所以从早上到中午我已走了三遍，每次都很成功，越成功就越有趣。最后我又走了第四遍，第四遍走到一半时，邻家屋顶飞来三只乌鸦，在六尺之外并排停留。这是不速之客。妨碍人家运动，甚至不知是哪里的乌鸦，凭什么停在别人的墙上？于是我出声说我要经过叫他们让开。第一只乌鸦看着我奸笑，第二只望着主人的院子，第三只拿竹篱的竹子擦嘴，肯定刚吃过什么东西。我在等候答复，给他们三分钟的时间考虑，就这么站在墙上。乌鸦俗称勘左卫门，果然是愚蠢的勘左卫门。我等了又等，他们既不打招呼，也没飞走。无奈之下，我只好缓缓迈步。于

① 鹎越是从神户市区越过六甲山地西部往北走的山路。一之谷大战时源义经在此率领部下冲下鹎越山坡发动奇袭因而知名。

是第一只勘左卫门倏然展翅。我以为他终于被我的凛凛威风吓得要逃走，没想到他只是从向右的姿势换成向左。浑蛋！若在地面上我三两下就能甩开他，可惜，走围墙本就费事，实在没有多余的心力应付什么勘左卫门。可是话说回来，我也不想等这三只挡路的乌鸦自动让开。光这么等着脚下就撑不住。对方有翅膀，可以停在这种地方，因此或许爱留多久都不成问题。但我这可是第四趟了，本就已经疲惫不堪。更何况还要进行不逊于高空走钢索的杂耍兼运动。即便没有任何障碍物都无法保证不会跌落，现在被这种黑衣浑蛋——而且是三只——挡住去路简直糟透了。看来除了自己中止运动下墙好像别无他法。我不想找麻烦，干脆就这么办吧，敌人人多势众，而且是这一带少见的陌生来客。嘴巴又尖，像是天狗的孩子，反正肯定不是什么好东西。还是撤退比较安全吧，如果太过深入敌阵，万一掉下去更丢脸。我正在这么思忖时，面向左方的乌鸦叫了一声笨蛋，第二只也有样学样喊笨蛋，最后一只更是周到地连喊两声笨蛋。纵使个性温厚如我也无法忍耐。在自己的家里被乌鸦侮辱，有碍我的名声。若说我还没名字影响不到我的名声，那么至少也有碍我的面子。我绝不能退让！俗话说乌合之众，三只乌鸦说不定意外弱小。我决定勇往直前，于是慢慢迈步走出。三只乌鸦佯装不知正在互相交谈，我更生气了。墙宽如果再多个五六寸，我一定要让他们好看，可惜就算我再怎么生气，也只能小心翼翼地慢慢走。好不容易走到距离先锋只剩五六寸的地方，正想着只要再加把劲就好，不料勘左卫门就像约好似的突然拍翅飞起一两尺。那阵风突然扫到我脸上时，我大吃一惊，不慎失足，重重跌落。这太丢脸了，我从墙下抬头一看，三只乌鸦都停在原来的地方一齐俯视我的脸。真是厚颜无耻！我瞪视他们，却毫不管用。我弓起背吼了一下，但更不管用。正如俗人不懂得欣赏灵妙的象征诗，我对他们施展的愤怒记号也得不到任何回应。仔细想想也难怪。之前我一直把他们当成猫对待，这是我的错。若是猫的话，做到这个地步的确会见效，可惜对方是乌鸦。碰上乌鸦还真是没辙。就像企业家急着想压倒我家主人苦沙弥老师，就像把银制的我献给西行[①]，就像乌鸦在西乡隆盛的铜像[②]上拉屎。善于见机行事的我发现终究无法，于是断然退回檐廊。已到了晚餐时间。运动虽好，但运动过度也不行，总觉得全身酸软无力。不仅如此，虽还是初秋，运动时被太阳照到的毛皮似乎充分吸收了西斜的日光，导致浑身发热。

① 源赖朝送了银制的猫给歌人西行，但西行转手送给在外玩耍的孩童后就走了。出自《东镜》。
② 位于上野公园，明治三十一年落成。高村光云制作，冈崎雪声铸造。

毛孔渗出的汗水若能流走该多好，偏偏毛发根部附着油脂。背上好痒，被汗水弄得发痒与跳蚤爬过的痒可以清楚区别。若是嘴巴碰得到的地方还可以咬，脚碰得到的地方还可以挠一挠，但是背脊中央就无能为力了。这种时候只能找人类蹭蹭，或是用松树皮充分摩擦，如果不二选一会难受得无法安眠。人类很愚蠢，只要用“猫哄声”①——猫哄声是我对人类发出的声音。若以我为标准来看待，那不是猫哄声，应该是被哄声——算了，总之人类很愚蠢，所以我只要那样细声细气凑到人类的膝旁，通常他们就会误以为我很爱他们，不仅任我为所欲为，甚至不时还会摸我的头。但最近我的毛中出现一种叫作跳蚤的寄生虫，只要我偶尔靠近人类，一定会被拎着后颈扔出去。他们似乎只为了那种肉眼难辨、不足为取的小虫子就对我失去兴趣。翻手为雨，覆手为云②就是指这种情形。只为了区区一两千只跳蚤，亏他们做得出。人类世界通行的爱的法则第一条据说是这样的——对自己有利时，才需要去爱人。——人类翻脸如翻书，所以现在我就算身上痒死了也无法利用人力。只能采取第二种方法，松皮摩擦法。于是我又从檐廊跳下来准备去蹭一下，但我立刻发现这也是得不偿失的愚策。理由很简单。松树有松脂，这种松脂相当执拗，一旦沾到毛上，管他是打雷还是波罗的海舰队全灭也绝不离开。而且只要一沾到五根毛，很快就会蔓延到十根。等你发现沾到十根时，已变成三十根遭殃。我可是生性淡泊的风雅名士猫。最讨厌这种执拗、恶毒、黏答答、纠缠不清的家伙。哪怕是天下第一的美猫我也敬谢不敏，更何况是松脂。就凭它那与车夫家的黑子两眼迎着北风流出的眼屎无异的身份，也敢糟蹋我这身淡灰色毛衣，简直不像话。它最好考虑一下，但那家伙死不肯考虑，只要朝那块毛皮爬去到了背上就一定会紧巴不放。有这么不懂事的笨蛋当对手简直有损我的颜面，而且也关系到我的毛皮。看来就算再痒也只能忍耐。但这两种方法都不能用，令我甚感忧心惶恐。如果不趁现在赶紧设法，说不定最后会罹患痒兮兮、黏糊糊的疾病。难道没有什么好办法吗？我屈起后脚思忖，不经意间想起一件事。我家主人经常拿着毛巾与肥皂飘然出门，过了三四十分钟回来后，只见他原本蒙胧的脸色多了几分活力，看起来格外开朗。能够对主人这么阴郁的男人造成如此明显的影响，那么对我肯定也会有点效果。我本来就生得这么好看，实在没必要再锦上添花变成大帅猫，但万一生病，年仅一岁数个月便夭折未免

① 猫哄声（猫なで声）是形容猫被人抚摸时温顺讨好的叫声。此处配合文意姑且译为猫哄声。

② 指人心易变。出自杜甫的《贫交行》“翻手作云覆手雨”。

对不起天下苍生。打听之后发现这好像是人类为了打发时间想出来的洗澡方式。反正人类做出来的肯定不是好玩意儿，但事已至此勉强去试试应也无妨。就算试过之后无效也不会少块肉。不过人类为自己打造的澡堂有这个雅量容许异类的猫族进入吗？这是个疑问。那是主人一本正经进入的地方，应该不至于拒绝我，但万一遭到婉拒，传出去就太难听了。最好还是先去侦察一下状况。看过之后确定没问题，再叼着毛巾冲进去洗澡吧。想到这里我缓缓出发前往澡堂。

在横街左转后对面屹立高高看似竹子的东西，顶端冒出淡淡白烟。这就是所谓的澡堂。我悄悄自后门潜入。自后门潜入或许有人会说太卑鄙或不成熟，但那是只能自正门造访的人半带嫉妒恶意起哄的说法。自古以来聪明人总是自后门出其不意来个奇袭。《绅士养成方法》第二卷第一章第五页据说就有提到，它下一页甚至写到后门就绅士的遗书而言乃是自身修得德行之门。我是二十世纪的猫所以起码还有这点教养。最好不要太小看我。话说，等我潜入一看，只见左边劈成八寸长的松木堆积如山，旁边堆满煤炭如冈。或许有人要问为何是木柴如山，煤炭如冈，其实并无他意，我只是想分别用一下山与冈罢了。人类吃米、吃鸟、吃鱼、吃兽肉，吃了那么多恶心的东西最后堕落到连木炭都吃真是太可悲了。走到尽头一看，六尺宽的入口敞着门，往里探头一瞧，空荡荡的悄无声息。另一头频频传来人声。我断定所谓的澡堂肯定就在声音来源之处，于是钻过木柴与煤炭之间形成的小山谷向左转，往前走后右边有玻璃窗，外面有小圆桶堆成三角形也就是金字塔的形状。圆形物体被堆成三角形想必不情愿，我暗自体谅小桶诸君之意。小桶南边有四五尺的隔板，看起来显然在欢迎我。板子高度离地约一米，所以正好方便我跳上去。我说声“很好”一边纵身一跃，所谓的澡堂顿时呈现在我的鼻头、眼下、脸前。说到天底下什么最有趣，再没有比吃未吃过的食物、看未见过的东西更有趣的。诸位若也像我家主人一样每周三次来这澡堂待个三十分钟乃至四十分钟的话还好，如果像我一样从未见过澡堂这种东西，最好尽快一览。没有替父母送终没关系，然而这玩意儿一定要亲眼见识一下。世界虽大但这种奇观绝不多见。

哪一点是奇观？说到奇观，甚至令我不敢亲口说出。这玻璃窗内咋咋呼呼的人类竟然全都光着身子。他们是二十世纪的亚当。本来若追溯衣装的历史——这个说来话长，就礼让给托尔夫斯德吕克[①]君，在此不再多谈——人类一贯拥有服装。

① 托尔夫斯德吕克（Teufelsdrockh），卡莱尔《拼凑的裁缝》中的虚拟人物。

十八世纪时在英国巴斯[1]的温泉地，奈许[2]制定严格规定时，浴场内的男女甚至必须从头到脚都以衣物紧紧包住。距今六十年前，同样也是在英国的某个城市，曾设立美术设计学校。既然是美术设计学校，当然应该买进大量的裸体画、裸体像的摹本与模型到处陈列，可是到了举行开校典礼时学校职员却碰上大麻烦。若要举行开校典礼，就得邀请市内淑女到场观礼。但当时的贵妇人认为人类是服装的动物，不是一身皮的猴子的手下。身为人类不穿衣服就像大象没有鼻子、学校没有学生、士兵没有勇气，完全丧失了本体。既然失去本体自然不能视为人类，那是兽类。哪怕那只是摹本与模型，与兽类人为伍终究有损贵妇人的品位。所以女士们拒绝出席。学校职员也认为无法和她们沟通，但是毕竟女人不分东西两地皆是一种装饰品。她们虽然不能舂米也当不了志愿兵，却是开校典礼不可或缺的化妆道具。于是没办法，学校职员只好去布料行买了三十五反[3]八分七的黑布回来，悉数罩在那些兽类人身上。为了怕失礼，甚至连脸都穿上衣服。据说是这样才勉强顺利完成典礼。可见衣服对人类有多么重要。近来也有老师频频提到裸体画主张裸体，但那是错的。在有生以来从未有一天裸体的我看来，简直大错特错。裸体是希腊、罗马的遗风受文艺复兴时代的淫靡之风诱使才兴起的，希腊人与罗马人平时就已见惯裸体，所以想必丝毫不认为这与教化风俗有何利害关系，但北欧是寒冷的地方。就连日本都不可能裸体走在路上，如果在德国与英国裸体八成会活活冻死。死掉太无趣所以要穿衣。大家都穿衣于是人类变成服装的动物。一旦成了服装的动物后，突然遇到裸体动物自然觉得那不是人，是兽类。所以欧洲人，尤其是北方的欧洲人才会把裸体画、裸体像当成兽类处理，才会认定那是比猫更下等的兽类。美丽？美丽也不打紧，当成美丽的野兽看待即可。我这么说，或许会有人质疑我看过西洋妇女的礼服没有，我是猫自然没见过西洋妇女的礼服。但据我所闻，她们袒胸、露肩、露胳臂，还把这称为礼服，真是奇也怪哉。到十四世纪为止他们的服装并不滑稽，穿的就是普通人的衣服。为何后来会转向如此下作的杂耍艺人风格我懒得麻烦就不多说了。知道的人就知道，不知道的人就装不知道亦无不可。撇开历史不谈，他们展现此等异样姿

---

① 巴斯（Bath），罗马时代便以温泉出名的英格兰西部城市。

② 奈许（Richard Nash，1674—1762），从赌徒摇身变成巴斯的仪典长。端正风俗在社交场名噪一时，也是著名的流行先驱，被称为帅哥奈许（Beau Nash）。漱石的《文学评论》也有介绍。

③ 布料的面积单位。长二尺八寸、宽九寸为一反。和服布料一反通常是成人一件和服所需布料大小。

态虽然夜间扬扬得意但内心似乎还是有点人性，等到天一亮，便缩肩藏胸、包紧手臂，全身上下都包起来，不仅如此，就连脚指甲给人看见都视为奇耻大辱。这么一想便知道他们的礼服也是透过一种愚蠢的作用，由傻瓜与傻瓜商量形成的。如果不服气不妨白天也袒胸露臂试试看。就连裸体信徒亦然。如果裸体真有那么好，那他们应该让女儿裸体，顺便自己也光溜溜地去上野公园散步才对，做不到？不是做不到，是西洋人不做，所以自己也不肯做吧？他们不是还穿着这种极不合理的礼服趾高气扬地去帝国饭店[①]吗？若问原因，很简单，恐怕只是因为西洋人穿所以就跟着穿。西洋人很强所以即便再勉强、再荒谬也得模仿到底。难道就不曾想过长的就把它卷起、强的就把它折断、重的就把它压垮吗？若说没办法就是想不到，那我拜托各位，别以为日本人有多了不起。学问固然也是如此，不过这与服装无关，所以就此略过不提。

衣服就是这般对人类极为重要。它重要得足以令人怀疑到底是人穿衣还是衣穿人。我甚至很想说人类的历史不是肉的历史，不是骨的历史，也不是血的历史，纯粹是衣服的历史。所以看到不穿衣的人就觉得不像人，简直像撞见怪物。怪物若整体统一都变成怪物，所谓的怪物自然会消失所以倒是没关系，但人类自身却会平添无数困扰。很久以前大自然平等制造人类抛到世间。所以任何人出生时都是赤裸裸的。如果人类的本性就是安于平等，想必会这么赤裸裸地成长。但在赤裸的其中一人看来，人人都与他一样就没有努力的价值了，费尽心力也不见结果。一定要想办法让任何人一看到就知道是我。于是想要在身上佩挂点令人惊艳之物以便供人识别。该想什么方法好呢？想了十年终于发明男用大四角裤于是立刻穿上，怎样？怕了吧？他耀武扬威地穿着到处走。此人就是今日车夫的祖先。光是发明简单的四角裤就费了十年的漫长岁月多少令人感到有点奇异，但那是自今日回溯古代置身于蒙昧世界得出的结论，在当时可没有这么大的发明。笛卡儿[②]想出“我思故我在”这个三岁稚儿都懂的真理据说也费了十几年光阴。一切事物在发想时都很费事，所以四角裤的发明虽然费时十年，但就车夫的智慧而言不得不说已经很厉害了。四角裤问世后在世间常用的只有车夫，车夫穿着四角裤一副天下大

---

① 帝国饭店是明治二十三年建设的道地西式旅馆，目前仍在营业。

② 笛卡儿（René Descartes，1596—1650），法国哲学家、数学家。被视为近代理性主义哲学的始祖。“我思故我在”出自他的《方法论》（1637）。

道唯我横行的表情昂首阔步令人看不顺眼，于是不服输的怪物历时六年又发明外褂这种无用的废物。四角裤的势力顿时衰退，进入外褂全盛期。蔬果店、生药店、和服店皆为这个大发明家的末流。继四角裤期、外褂期之后来临的是和服大褂期。这是看不顺眼外褂的怪物想出的东西，昔日的武士与今日的官员皆属于此类。就这样，怪物们争先恐后各出新意，最后甚至出现模仿燕子尾巴的畸形[①]，但回头想想它们的由来，绝非勉强、胡乱、偶然、漫不经心出现的事实，全都是基于好胜的勇猛心形成的种种新貌，人们穿戴上身到处走，借以表明“我可不像你”。如此看来，此乃出自心理的一大发现。除此之外别无其他。一如大自然忌讳真空，人类讨厌平等。在这讨厌平等不得不将衣服如骨肉一样缠裹在身上的今天，衣服已是人类本质的一部分，把这些通通打发，回归原本木阿弥[②]的公平时代是狂人之举。好吧，就算甘于狂人之名也终究不可能回归。回归原始的人在开明人看来是怪物。纵使将世界亿万人口拉进怪物之域自以为这下子公平了，大家都是怪物就不怕丢脸了可以安心了，终究还是不行。全世界都成了怪物，自翌日起又得开始怪物的竞争。穿衣不能竞争那就变成怪物来竞争。赤裸归赤裸，但其中自然还是会出现差别。就这点看来衣服到底还是不能脱掉。

而现在我眼下俯视的这群人，把不该脱掉的四角裤与外褂乃至和服大褂全都脱下放在架子上，毫无顾忌地在众目环视下露出本来的狂态，居然还能坦然谈笑。我之前所说的一大奇观就是这个。为了文明的诸君子，请容我在此稍做一般介绍。

场面太混乱我不知从何记述才好。怪物做的事本就没有规律，所以要有秩序地证明很麻烦。还是让我先从浴池说起吧。是浴池还是什么我不懂，总之我想大概就是所谓的浴池吧。宽三尺，长九尺，隔成两个池子，一个里面是白色的热水。据说是某某药浴，颜色就像石灰溶在水中那般混浊，但那不是一般的混浊，是油腻、凝重的混浊。仔细一闻就像馊掉了，这倒也不奇怪，因为据说一周才换一次水。旁边是普通的热水，但这池水也绝对不算透明、清澈。它的色泽已充分表明它顶多只有被搅浑的储水桶的价值。接下来是关于怪物的记述。这可辛苦了。储水桶那边，站了两个年轻人。站着面对面把热水浇到肚子上，很享受。双方在肤色黝黑这点上都无可挑剔地发达。我正

---

① 燕尾服。男士的西式礼服。

② 意指本已好转，又退回原来的状态。战国时的武将筒井顺昭病死时，刻意隐瞒死讯，在其子顺庆长大前，命与他酷似的盲僧木阿弥当替身欺骗世人。木阿弥因此过着奢华生活，等到顺庆成人，木阿弥又回去当清苦的僧人。

觉得这怪物看起来很强壮，这时其中一人拿手巾来回擦拭胸口一边问道："阿金，我老觉得这里痛是怎么回事？"阿金热心给予忠告："那是胃，胃痛可是会要命的。不小心点会很危险喔。""可是是这左边耶。"他说着指向左肺。"那里就是胃。左边是胃，右边是肺。""真的吗？我以为胃在这里。"这次他又拍拍腰部给对方看。阿金说："那是疝气。"这时一个年纪二十五六岁蓄着小胡子的男人扑通跳进水中。顿时，身上的肥皂与污垢一同浮现水面，就像透过含铁的池水观看时那样闪闪发光。一旁的秃头老爷爷抓着五分头正在讲话。双方都只有脑袋浮在水面上。"哎，到了这把年纪已经不行了。年老体衰比不上年轻人啰。不过唯有热水至今如果不泡烫一点的就不舒服。""老爷子你还很健康呢，这么有精神绝对没问题。""没精神啰，只不过没生病罢了，人只要不做坏事可以活到一百二十岁呢。""噢？可以活那么久吗？""当然可以，保证活到一百二。明治维新前牛込[①]有个将军侍卫叫作曲渊，他家的男佣就活到一百三十岁。""那可真是长寿。""是啊，活得太久，连自己的年龄都忘了。他说到一百岁为止还记得，之后就忘了。所以我知道的时候他就已是一百三十岁，而且还没死呢。后来怎样我就不晓得了，说不定至今还活着。"老人说着自浴池起身。小胡子男一边在自己周遭散播云母片状污垢一边一个人嘻嘻笑。紧接着跳进水里的与一般怪物不同，背后有图画。看似岩见重太郎[②]挥舞大刀吓退蟒蛇之图，可惜未完工，怎么找也找不到蟒蛇。因此重太郎看起来也有点失落。那人一边下水一边说："水怎么温温的不热。"于是又有一人下水："这还真是……应该再热一点才对。"说着皱起脸忍受热度，与重太郎先生面面相觑。"嗨，师傅你好。"他打招呼。重太郎也说了一声"嗨"，之后问道："阿民怎么样了？""不知怎的，就是喜欢闹得轰轰烈烈。""不只是闹得轰轰烈烈……""是吗，他也是一肚子坏水的人。——不知怎的就是不受欢迎，不知为何，总是让人不信任。工匠不该是那样子的。""对呀，阿民就是不肯放低姿态，太高傲了。所以才得不到信任。""就是啊，他还自以为手艺高明——说穿了还是自己吃亏。""白银街的老人也都过世了，现在顶多只剩下桶店的阿元与红砖屋的老板与师傅。我好歹是在这里出生长大的，哪像阿民，不知是打哪儿跑来的。""是啊。不过亏他能混到那样。""嗯。不知怎的就是不讨人喜欢。因为他不肯与人来往。"此人彻头彻尾地攻击阿民。

---

① 牛込（现新宿区）有同名的白银街。

② 岩见重太郎是传说中的武者。也有人说是在大阪夏之阵战死的薄田隼人的旧名。在说书及传奇小说中有各种武勇传说。

储水桶就写到这里为止，再往白色浴池一看，这里也客满，与其说是水中有人不如说人中有水更适当。而且他们的态度颇为闲适，从刚才就只见人下水，不见人出水。这么多人挤在一起泡澡，水还存放一个星期难怪会混浊，我感叹着继续放眼环视浴池，苦沙弥老师被挤到左边角落红彤彤地缩着不动。真可怜，要是有人肯让个路就好了，偏偏无人肯动，主人也没有要出来的意思，只是动也不动满面通红。这还真辛苦。他八成是基于尽可能利用二钱五厘洗澡费的精神，才会那样泡得红彤彤吧，但爱护主人的我怕他不赶快上来会头晕，不免蹲在窗口有点担心。这时与主人隔了一个位置的男人踩着八字凑过来："这药浴太有效了。我总觉得背上有热气不停涌现。"暗自向列席的怪物寻求同情。"哪里，这样刚刚好。药浴如果不这么热就无效。在我的故乡，水比这里还要热一倍。"有人自豪地如此说道。"这种水到底可以治什么？"把手巾叠起遮掩凹凸头的男人问大家。"有很多功效喔。好像治什么都管用。很豪气。"说这话的是个脸色与外形都像干扁黄瓜的人。若真的那么有效，他泡了应该会比较强壮才对。"在水里放药之后，第三天或第四天恰恰好。今天正是最适合泡澡的时候。"有人博学地说，一看之下是个身形臃肿的男人。这八成是污垢堆积太厚。"喝了也有效吗？"不知从哪里冒出一个年轻稚嫩的声音。"冷却后喝一杯睡觉，会很奇异地不想小便，不信你试试看。"这么回答的，不知又是哪张脸孔。

浴池就记述到这儿，接着我环视木头地板的房间。到处都有不像样的亚当摆出各种姿势，在洗各种部位。其中尤其惊人的是仰卧望着高处的天窗，与趴着窥视沟中的二位亚当。这二人看起来特别闲。有个光头面向石壁蹲着，小光头在后面猛捶背。这二人大概是师徒关系顺便代理澡堂服务员的工作吧。真正的服务员也在，似乎感冒了，这么热的地方还穿棉袍，拎着小桶往老爷肩头浇热水。一看右脚，大拇指根还夹着滚圆的搓澡棉。这边有个男人贪心地拿了三个桶，一边叫旁边的人用肥皂一边大发议论。我仔细一听他是这么说的："枪炮是外国传来的，以前都是拿刀对砍。外国人很卑鄙，所以才会发明那种东西。好像不是中国人发明的，应该还是外国人吧。和唐内[①]的时候可没有。和唐内果然就是清和源氏[②]。据说源义经自虾

① 近松门左卫门《国性爷合战》的主角"和藤内"，多半写作"和唐内"。以明末遗臣郑成功为原型，父亲为郑芝龙，母亲为日本人，立志反清复明，但未成功便病死。文中澡堂客人的说法与此并不一致。

② 清和天皇赐予源姓的一族。源赖朝等皆属于此族。也有许多武士自称其末裔。《少爷》的主角也如此主张。

夷[1]前往中国东北时，有个很有学问的虾夷男跟着一起去。后来源义经的儿子攻打大明，大明伤透脑筋，就派人去三代将军[2]那里要求借兵三千，三代将军留下那人不让他回去。——那叫什么来着的？——好像叫什么使。——然后那个什么使被扣留两年，最后在长崎送了妓女给他。他与那个妓女生的孩子就是和唐内。之后回国一看大明已被国贼灭亡……”他在说什么我完全听不懂。后方那个二十五六岁的阴郁男子，茫然将白汤往股间泼[3]，看起来似乎为肿瘤还是什么疙瘩所苦。一旁年纪十七八岁傲慢地喋喋不休说什么你怎样我如何的，大概是住在这附近的书生吧。再过去又是一个古怪的背影，从屁股中间像是插了寒竹似的脊椎骨节节分明突出。左右两边各有四个形似十六武藏[4]的图案排得整整齐齐。那个十六武藏红肿溃烂周围还化脓。如此依序写来，可写的太多，以我的本事就连其中一斑都难以形容。看来我这是自找麻烦，正当我有点想打退堂鼓之际，入口忽然出现一个身穿浅黄色棉衣年约七十的光头。光头恭敬地对这些裸体怪物行以一礼。“各位客人，感谢每日惠顾。今天有点冷，还请多泡泡——请尽量利用白汤药浴，好好休息。——掌柜的，注意水温。”他流利地说。掌柜应了一声“好勒——”。和唐内说：“真殷勤。不那样怎么做生意。”非常赞赏老人。我突然见到这古怪的老头有点吃惊，所以这方面的记述到此为止，我决定暂时专心观察老头。老头随即看着刚洗完澡年仅四岁的小男孩：“小弟弟，过来。”说着伸出手。小孩看着脸孔仿佛被踩扁的麻糬的老头子，大概觉得事情不妙，“哇——”地放声大哭。老头有点意外。“哎呀，哭了啊，你哭什么？你怕老爷爷？哎，这真是不好意思。”他感叹道。因为束手无策他只好机锋一转，改对小孩的父亲发话。“哎，这不是阿源吗。今天有点冷呢。昨晚潜入近江屋的小偷真傻，把潜入那家的地方割了一个方形的洞。而且你知道吗？他居然啥也没偷走。八成是被巡警或守夜人撞见了。”他大肆嘲笑小偷的莽撞无谋，然后又逮住一个人说：“哎哎哎，很冷吧。你现在还年轻，可能还没感觉。”说了半天只有老人一个人叫冷。

好一阵子，我的注意力全放在老头身上，压根忘了其他怪物，甚至就连痛苦缩成一团的主人都自记忆中消失。突然冲水区与木头地板房间的中间有人大叫，一看

① 虾夷是北海道的旧称。
② 江户幕府的第三代将军德川家光。
③ 以药汤浇疼痛与红肿处。
④ 游戏道具之一。在盘上画线放一颗母石与十六颗子石。

之下正是苦沙弥老师。主人的声音特别大，他的大嗓门与声音的沙哑难听并非始自今日，但毕竟地点不同，令我大吃一惊。这肯定是因为在热水中长时间忍耐泡太久所以抓狂了，我当下如此鉴定。这若纯粹是生病造成的当然不能怪他，但他一边抓狂一边还能充分保持清醒，这点只要我一说他为何发出这么大的吼声诸位立刻就会明白。原来他正对着不足为取的自大书生展开幼稚的争吵。“你退后一点，别把热水泼到我的小桶里！”如此怒吼的当然是我家主人。世间的事情全看你从什么角度去想，这个怒吼没必要判断为纯属抓狂的结果。一万人之中或许会有一个人解释为就像高山彦九郎①斥退山贼。主人自己说不定也是抱着这个打算在演戏，但对方既然不以山贼自居自然不可能出现预期的结果。书生扭头看他：“我本来就在这里。”如此老实回答。这个答复很寻常，只是表明他不会离开那里也不会顺从主人的意思，所以无论是就态度还是言辞来看，都不足以回骂人家是山贼，这点即便主人再怎么抓狂应该也很清楚。但主人的怒吼并不是针对书生的位置本身有所不满，而是因为打从刚才这二人就不像少年应有的作风，过于傲慢自大，老是说得自己好像多懂似的，所以主人从头听到尾才会对这点如此气愤。即便对方的态度温和他也不肯默默离开浴池，紧接着他甚至大喝：“什么浑蛋东西，有谁会把脏水一直泼到别人的桶中！”我对这个小毛头也有点看不顺眼，所以此时心中不免大呼快哉，但主人身为学校教员做出如此言行终究不妥。主人本来就是个死脑筋，就像烧过的煤炭渣一样干巴巴、硬邦邦。昔日汉尼拔②越过阿尔卑斯山时，路中央有块大岩石挡住军队的去路。于是汉尼拔拿醋浇这块大岩石再拿火烧，等它变软了，再拿锯子像切割软绵绵的鱼板一样切开大岩石，终于得以通行无阻。像主人这种即便浸泡如此有效的药浴也毫无功效的男人，我觉得恐怕只有泼醋再拿火烧才管用。否则，这样的书生纵使出现几百人，耗个几十年，也治不好主人顽固的毛病。这个浴池里泡的以及在冲洗区坐满的，是一群脱下文明人必备服装的怪物，所以当然不能以常规常理来要求。他们怎么做都不打紧。胃跑到肺的地方、和唐内变成清和源氏、阿民不可信任都没关系。但是他们一旦出了冲洗区回到更衣间，就不再是怪物了。他们又回到普通人类生存的婆娑世界，所以要穿上文明必要的衣物。因此也不得不采取人类应有的行

① 高山彦九郎（1747—1793），江户后期的勤皇派。周游列国，以激烈的尊王论与奇行而闻名。

② 汉尼拔（Hannibal，前 247—前 183），古代迦太基名将。在第二次布匿战争时越过阿尔卑斯山入侵意大利，大胜罗马军。

动。现在主人踩的地方是门口。他站在冲洗区与更衣间之间的门口，当事人接下来正要重回欢言愉色、圆转滑脱的文明世界。主人就连这个节骨眼都如此顽固，可见这种顽固已牢牢扎根在他身上，是拔也拔不走的顽疾了。若是疾病自然无法轻易矫治。要治疗这种顽疾，依在下愚见只有一个办法：立刻请求校长将他免职。一旦免职，以我家主人食古不化的个性肯定会走投无路。走投无路的结果必然是饿死街头。换言之，免职对主人而言将是死亡的远因。主人虽然喜欢生病，却讨厌死亡。他想保持在不至于死掉的生病这种奢侈状态。所以只要吓唬他再犯那种病会害死他，胆小的主人肯定会吓得发抖。我认为在他吓得发抖时顽疾自然也会被清除干净。如果这样还治不好那就到时再说。

即便再怎么愚蠢或生病，主人毕竟还是主人。诗人有云一饭君恩重[①]，所以我虽然是猫，也不可能不关心主人。我的心中充满同情，忍不住把注意力都放在那边，疏于观察冲洗区，不料白色药浴池那边突然传来七嘴八舌的叫骂声。这边也有人吵架吗？我转头一看，狭小的石榴口[②]被怪物挤得毫无余地，只见毛毛的小腿与无毛的大腿乱七八糟动来动去。正值初秋的日光渐暗，冲洗区上方直至天花板是整片氤氲蒸汽。从那之间朦胧可见怪物拥挤之态。喊热的声音贯穿我的耳朵穿过左右在脑中混合。那个声音有黄、有蓝、有红、有黑，交互重叠在澡堂内形成一种难以名状的音响。只能以混杂与迷乱来形容，除此之外那个声音毫无作用。我茫然盯着这种情景呆立原地。之后叫声达到混乱之极，升高到再也无法更进一步时，突然间你推我挤的混乱人群中有一名大汉起立。他的身高比起其他人高出三寸。而且分不清是脸上有胡子还是胡子与脸同居，他仰起那张红脸，发出正午敲破钟般的声音大吼："加水加水！好烫好烫！"唯有这个声音与这张脸孔，高于其他纷乱群众之上，霎时令人感到整个澡堂好像变成只有这一个人。他是超人，是尼采[③]所谓的超人，是魔中大王，是怪物首领。再一看浴池后方，还有人应了一声"好——"。我暗自称奇，定睛再仔细一瞧，暗淡不清中，那个穿棉袍的服务员正把一块煤炭往炉中扔。当那块煤炭穿过炉灶的盖子，噼啪作响时，服务员的侧脸顿时一亮，同时服务员身后的红砖墙也明亮如火。我有点害怕，于是匆匆跳下窗子回家。回家的路上还在想：脱下外褂，脱下四角内裤，脱下日式裤裙，力求平等的这些赤裸人类当中，

---

① 他人请吃一顿饭的微小恩义称为"一饭之恩""一饭之德"。例如"一饭之德必偿"（《史记》）。

② 江户时代澡堂自洗浴场去浴池的出入口。

③ 尼采（Friedrich Wilhelm Nietzsche，1844—1900），德国哲学家。基于肯定一切生命的立场，将体现其理想的人物称为"超人"，在《查拉图斯特拉如是说》有详尽描述。

又会出现赤裸的豪杰压倒其他群小，可见就算脱得再光溜溜也得不到平等。

回家一看天下太平，主人泡过澡满面红光正在吃晚餐。见我从檐廊进去，还说这猫真悠哉，刚才也不知去哪儿闲逛了。我看看餐桌，明明没钱却摆了两三道菜，其中有一条烤鱼。我不知那是什么鱼，但肯定是昨天在御台场[①]附近捞到的。我曾说过鱼很健康强壮，但再强壮也禁不起这样又烤又煮。多病保残喘方为上策。我暗自这么想着，在餐桌旁坐下，打算找机会捞点吃的，表面上装作视而不见。必须有这种觉悟，不这么装蒜就吃不到美味的鱼。主人戳了一下鱼，露出不好吃的表情放下筷子。我热心研究坐在正对面的女主人默默上下舞动筷子的样子，以及主人的两颚开开合合的情况。

"喂，打一下那只猫的头。"主人突然要求女主人。

"打它做什么？"

"反正你打就是了。"

"像这样吗？"女主人说着朝我的脑袋拍了一掌。不痛不痒。

"它没叫吗？"

"对。"

"那你再打一下试试。"

"再打几下也一样吧？"女主人又挥掌打我。还是不痛不痒，所以我凝然端坐。但深思熟虑的我实在无法理解这是要做什么。如果能了解，或许还有法子解决，但主人只说打打看，所以打猫的女主人固然困扰，被打的我也很困扰。主人见两次都不管用，有点急了。"喂，你打它让它叫一下。"他说。

女主人一脸不耐烦。"让它叫干什么？"她一边问，一边又拍来一掌。只要知道对方的目的就简单了，原来只要叫了就可以满足主人。主人就是如此愚蠢才惹人厌。若想让我叫，只要早点说出目的，根本用不着一而再、再而三地多费手脚，我也可以一次就脱身不至于连挨两三下。只叫妻子打猫的命令，除了以打这个动作本身为目的的场合都不该用。打是对方的事，叫不叫却是我的事。从一开始就预期我叫，在"打"的命令中，甚至包含本该属于我个人自由的"叫"，这种想法真是太没礼貌了。这等于是不尊重他人的人格。太瞧不起猫了。这是主人避如蛇蝎的金田

① 御台场是江户幕府在品川海边建的炮台。

君会做的事，夸耀裸体的主人做来却显得卑鄙。不过其实主人没这么小家子气，所以主人的这个命令不是出于狡猾之极的心机，换言之，是从欠缺智慧的出发点涌现宛如孑孓的思维。吃了饭肚子当然会胀，拿刀割肉当然会出血，杀人当然会死，所以他才会武断认定只要打我当然会叫。但是很遗憾，那一点也不合逻辑。照他那个论调的话，掉到河里一定会死，吃天妇罗一定会拉肚子，领到薪水一定会去上班，看书一定会出人头地。一定会有人为此困扰。如果挨打就非叫不可那我会很困扰。被当成目白时钟[①]那我身为一只猫活着还有什么意义。我先在内心如此鄙视主人后，这才乖乖照他的要求喵了一声。

于是主人立刻向女主人问道："它叫了，你知道'喵'是感叹词还是副词吗？"

这个问题太突兀，所以女主人毫无反应。老实说，我甚至认为这八成是主人泡澡造成脑充血尚未恢复清醒。本来我家主人在附近这一带就是出名的怪人，甚至被某人断定为神经病。但主人对自己极有自信，一口咬定：我不是神经病，世上的人才是神经病。附近邻居还喊主人狗，主人美其名曰为了维持公平也喊他们猪。实际上主人似乎打算彻底维持公平。真是伤脑筋。他就是这种人，所以向女主人问出这样的怪问题，对他而言或许只是小事一桩简单得很，但对听者而言，讲出这种话的人的确有点近似神经病。因此女主人才会一头雾水啥也不说。我当然也不可能回答。于是主人忽然扯高嗓门"喂"了一声。

女主人大吃一惊回答"是"。

"那个'是'是感叹词还是副词？"

"不管是哪个，那么可笑的事应该不重要吧？"

"怎会不重要，这是支配国语专家头脑的大问题。"

"哎哟，你说猫的叫声吗？拜托。你也不想想看，猫的叫声根本不是国语。"

"所以我才说那是困难的问题。这叫作比较研究。"

"噢？"女主人很机灵，才不理会这种傻问题。"那么，你知道是属于什么词了吗？"

"这是重要问题，不可能一下子就弄懂。"他对着那条鱼狼吞虎咽。顺便也吃了一旁的猪肉烧芋头。"这是猪肉吧？""对，是猪肉。""哼！"他以极为轻蔑的语气吞下。"酒再来一杯。"他说着递出杯子。

---

① 目白时钟是小石川区（现文京区）的目白不动堂（新长谷寺）的报时钟。

“今晚你好像很激动。脸都红了。”

“我就要喝！——你知道世界上最长的字是什么吗？”

“知道，是以前的关白太政大臣[①]吧。”

“那是名字。你知道最长的字吗？”

“你是说洋文？”

“嗯。”

“不知道，酒不喝了吧，那就吃饭吧，啊？”

“不要，我还要喝。我告诉你最长的字是什么吧？”

“好啊。然后你就要吃饭哟。”

“是 archaiomelesidonophrunicherata[②] 这个字。”

“这是你胡扯的吧。”

“谁跟你胡扯，这是希腊文。”

“翻译成日文是什么意思？”

“我不知道意思，只知道拼法。写出来足有六寸三分长。”

换作他人该在酒席上说的事，他却清醒时说，实在是奇观。不过今晚他倒是喝了不少酒。平日只喝两小杯，今天却已喝了四杯。两杯就会满脸通红，现在喝了双倍自然脸红得像火筷，看起来很痛苦。但他还不肯停。“再来一杯。”他递出杯子。女主人看他太夸张。

“你就别喝了吧。这样只会自己难受。”说着皱起脸。

“小事，就算难受也得趁现在练习一下。是大街桂月[③]叫我喝的。”

“桂月是谁？”鼎鼎大名的桂月碰上我家女主人也一文不值。

“桂月是当今第一流的批评家。他叫我喝，那肯定就是对的。”

“说什么傻话。管他是桂月还是梅月，明知难受还叫人喝酒，简直是多管闲事。”

---

① 藤原忠通（1097—1164），平安后期的歌人、书法家。小仓百人一首有法性寺入道前关白太政大臣，被称为自古以来最长的名字。

② 出自阿里斯托芬（Aristophanes，约前446—前386）的喜剧《蜂》第二二〇行。意思是“古老心爱的孚里尼库的西顿之歌”。

③ 大街桂月（1869—1925），诗人、随笔家、评论家。明治三十八年十二月《太阳》刊载《杂言录》（长谷川天溪，大街桂月的笔名）提到漱石“深谙果酱之味，不解酒趣”“不要光吃果酱，也要喝酒”“不要老待在书房，要去社会，也要跋涉山川；不要老陪猫，也要陪女人，拓展兴趣”等。《我是猫》第七、八两章就在这篇批评的翌月发表。

“不只是酒。他还叫我要交际，要玩乐，要去旅行。”

“那就更可恶了。那种人居然是第一流的批评家？受不了，居然叫家有妻小的人去花天酒地……”

“花天酒地有何不可。就算桂月没有建议，如果有钱我说不定也会这么做。”

“幸好家里没钱。你要是现在开始花天酒地就麻烦了。”

“既然你说麻烦那就算了，不过你得稍微重视一下丈夫，而且，晚餐要让我吃得更好一点。”

“这我已是竭尽所能了。”

“不见得吧。那么花天酒地就留待他日我有钱时再说，今晚姑且到此为止吧。”主人说着递出饭碗。他好像一口气吃了三碗茶泡饭，当晚我也吃了三片猪肉与盐烤鱼头。

Chapter 8

之前说明走围墙这项运动时，我自认已对环绕主人家院子的竹篱稍作叙述，若以为这个竹篱外面就是邻居——也就是南邻的小次郎家，那是天大的误解。房租虽便宜，但那可是苦沙弥老师家。和小阿与或小次郎这种“小”字辈，不可能隔着一片薄薄的围墙建立邻居之间的亲密交往。这片围墙之外是三四丈的空地，尽头有五六棵苍郁的桧树并立。从檐廊看去，对面是茂密的森林，住在这里的老师仿佛是在荒郊野外的独门独院与无名猫为友共度岁月的江湖处士①。但桧树枝条并未如一般吹嘘的那么茂密，从枝叶之间，可以清楚看见群鹤馆这间只有名字气派的廉价旅馆的廉价屋顶，因此如果真要如上述那样想象老师当然很困难。不过这间旅馆若是群鹤馆，那么老师的住处就有卧龙窟的价值。反正名字又不扣税，随便彼此想取个多了不起的名字都行。话说这三四丈宽的空间添上竹篱东西横向约有十余丈，之后，忽然在转角弯曲，围绕卧龙窟的北面。这个北面正是骚动的来源。本来空地尽头又是荒地，大剌剌地包围这房子的两侧，但卧龙窟的主人自不待言，就连窟内的灵猫区区在下我都对这块荒地感到很棘手。一如南侧有整片桧树林，北侧也有七八棵桐树。树已长到一尺粗，所以如果带木屐店的人来肯定可以谈个好价钱，但租房子的可悲之处，就在于不管怎么心动也无法行动。我对主人也很同情。之前学校的工友过来砍了一根树枝，下次再来时已穿上崭新的桐木屐，也没人问就自己宣扬是用上次砍的树枝做的。真是狡猾的家伙。虽有桐树，对我及主人一家而言却是不值半毛

① 江湖指世间，处士是在民间未任官者。指不求名利甘于平凡生活的人。

钱的桐树。古语有云怀璧其罪[①]，而我家则是种着桐树不生钱，堪称怀宝无用。愚蠢的不是主人，也不是我，是房东传兵卫。明明在桐树那边一再抱怨怎么没有卖木屐的出现，转过身却佯装无事只顾着来讨房租。我并不恨传兵卫，所以他的坏话就说到这里为止，还是言归正传，介绍这块空地引起骚动的奇闻。但绝不能告诉主人。咱们就在这儿讲悄悄话。本来关于这块空地最不便的就是没有围墙。是一块空荡荡、一览无余、头上毫无遮蔽、可以通行无阻的空地。用现在式的语法好像在骗人不太好。其实应该说原本“有过”这么一块空地。但话题不溯及过去就无法了解原因，不了解原因，连医生都会不知如何开药方。所以我要从当初刚搬来这里的时候开始慢慢道来。四面通风的话，夏天当然是很舒服，就算不够安全，反正这么穷也不可能被偷。所以主人的家里，不需要任何围墙、篱笆，乃至于木桩、树篱。不过我认为这是取决于住在空地对面的人类或动物种类的问题。因此要解决这个问题，就必须先了解驻守在对面那头的君子是何种性质。还不知对方是人还是动物就先称之为君子或许太草率，但大抵称之为君子不会有错。毕竟这年头就连小偷都美其名曰梁上君子[②]了。不过在我接下来要讲的故事里的君子绝非会惊动警察的那种梁上君子。不仅不会惊动警察，倒是以数量取胜，多得数不清。那是一所名为落云馆的私立中学——为了把八百君子养成更上一层楼的君子，学校每月要收两元费用。既然名叫落云馆，所以我本以为校内都是风流君子，但那根本就错了。这不可信任的事实就像群鹤馆没有鹤，卧龙窟只有猫。徒有学士或教师之名却如我家主人苦沙弥君这么疯狂，发现这点后自然就明白落云馆的君子也不见得是风流汉。如果这样还坚称不明白，可以先来我的主人家住三天试试。

前面也提到过，刚搬来此地时，那块空地没有围墙，所以落云馆的君子就像车夫家的黑子，偷偷钻进桐树林，聊天、吃便当、在竹叶上睡觉——做尽各种勾当。之后便当的尸骸（也就是竹皮）、旧报纸，或旧草鞋、旧木屐，凡是以旧为名的东西大概都扔在这里。粗枝大叶的主人意外地不在乎，也没提出任何抗议，是因为不知情还是知道也不打算追究，这我不清楚。但他们诸君子接受学校教育后，似乎渐渐像个君子，逐渐自北方朝南侧蚕食而来。蚕食这个字眼若不适合君子那亦可不用。

---

① 出自《春秋左氏传》的“匹夫无罪，怀璧其罪”。拥有璧玉那种贵重物品，本来无罪者也会招来灾祸。

② 陈实对躲在梁上的小偷之称。见《后汉书》。

但除此之外别无形容词。他们就像逐水草而居的游牧民族，离开桐树朝桧树接近。桧树所在之处是和室的正对面，除非特别大胆，否则应该做不出这种举动。一两天后他们的大胆变本加厉，成了大大胆。教育的成果真是太可怕了。他们不仅逼近和室的正面，还在这正面大声唱歌。唱什么歌我已忘了，但绝非三十一个字的正统诗歌，而是更活泼、更容易取悦俗耳的流行歌。吃惊的不只是主人，连我都为他们的才艺叹服，忍不住竖耳倾听。但读者想必也知道，叹服与麻烦有时会并存。这二者不经意间合而为一，如今回想仍感到万分遗憾。主人应该也很遗憾，只好冲出书房说，这里不是你们该来的地方，滚出去！好像连赶了两三次。但那些人可是受过教育的君子，自然不可能这样就老实听话，被赶出去后又立刻进来。进来就活泼地唱歌、高声谈话。而且这些君子的谈话与众不同，满嘴都是“你这臭家伙”或“关老子屁事”那种字眼。在明治维新前，据说那本来属于小厮、挑夫、服务员这些贩夫走卒的专业知识，但在进入二十世纪后，好像成了受过教育的君子学会的唯一一种语言。有人说，那与遭到一般人轻视的运动今日如此受到欢迎是同样的现象。主人再次自书房冲出，逮住一个满嘴这种君子语言的人，质问对方为何闯入这里，君子当下忘记“你这臭家伙、关老子屁事”的上等语言，以非常下等的语言说：“我以为这里是学校的植物园。”主人训诫他不可再犯就放了他。用“放了”形容就像放生小乌龟一样有点可笑，实际上主人是抓着君子的袖子谈判。主人似乎以为这样啰唆半天应该够了。但实际情形自女娲[①]时代就与预期不符，主人再次失败。这次他们是从北侧横越宅邸，自大门溜出，大门响起开门声还以为有客人来，结果桐树那边传来笑声。形势越发险峻。教育的成果日益显著。可怜的主人眼见事态不妙，立刻钻进书房，恭敬修书一封给落云馆校长，恳求对方稍作约束。校长也郑重回函给主人，表明会修筑围墙敬请耐心等候。过了一阵子，果真有两三名工匠过来，半日时间就在主人家与落云馆之间建起高达三尺的四眼墙[②]。主人很高兴，以为这下子总算安心了。主人真是笨蛋。君子的举动不可能因为这点小事就改变。

戏耍他人是很有趣的事。就连我这样的猫，都会不时戏耍家中的小女孩取乐，落云馆的君子戏耍笨拙的苦沙弥老师自是理所当然，为此不平的，恐怕只有被耍的当事人。如果剖析戏耍的心理，有两大要素：第一，被耍的人不能不当回事；第二，

① 古代中国传说中，人头蛇身的女神。修补天地，创造人类。
② 将竹片纵横交织，空隙形成方孔的围墙。

戏耍者在势力或人数上必须比对方强。上次主人自动物园归来，曾经频频感叹。一听之下原来是他看到骆驼与小狗吵架。小狗绕着骆驼迅如疾风不停吠叫，骆驼不以为意，依然扛着背上的驼峰站在原地。即便小狗再怎么吠叫抓狂，骆驼也不理不睬，最后小狗也不闹了。主人嘲笑骆驼太没神经，但我认为用在这个场合是很好的例子。即便再怎么擅长耍人，如果对方是骆驼就无法成立。可是如果对方像狮子或老虎那么强大也不行。否则一耍弄对方立刻就会被大卸八块。戏耍之下对方龇牙发怒，发怒归发怒，却不能拿自己怎样——像这种安心的时候倒是很愉快。为何说这种事有趣呢？理由有很多。首先，很适合消磨时间。有人无聊时连胡子都想一根一根数。以前有一个坐牢的人因为太无聊，据说在牢房墙上不断画三角形来度日。世间没有比无聊更难忍受的东西，活在世上如果没有什么事件来刺激活力未免太痛苦。戏耍，换言之也就是制造这种刺激好玩的娱乐。但是如果不稍微激怒对方，令对方烦躁、示弱就不构成刺激，所以自古以来沉溺于戏耍人这种娱乐的，多半是不懂别人心情像是战国时代那种傻瓜王侯的无聊人士，或者除了自己好过之外无暇他顾，智力发育很幼稚而且无处发泄活力的少年。其次，这是实地证明自己优势最简便的方法。当然靠杀人、伤人、陷害人也能够证明自己的优势，但这些是以杀人、伤人、陷害人为目的时该用的手段，自己的优势只不过是实行这种手段后必然产生的结果。所以单方面想展现自己的优势，而且不太想害人时，“戏耍”是最好的方式。如果不伤人就难以在事实上证明自己的“厉害”。如果不能成为事实，即便安心，得到的快乐也意外地少。人类往往自视甚高，即便难以自恃的场合也想这么做。所以如果不对人实地应用一下“自己有恃无恐、这样便可安心”的事实就不甘心。而且不懂道理的俗物，以及不太有自信、忐忑不安的人，更会利用各种机会，试图胜券在握。这就和柔道家不时想把人摔出去是同样的道理。柔道本领半吊子的人，哪怕是一次也好，只想遇上比自己弱小的家伙，就算对方是外行人也想把人家摔出去，他们抱着这种极度危险的想法在区内走来走去的原因也在于此。其他还有种种理由，但说来话长在此就略过不提了。如果还想听，可以带一节柴鱼来找我学习，我随时可以开班授课。参考以上的推论后，我认为戏耍奥山猴子[①]与学校教师最容易。拿学校教师与奥山猴子相提并论是抬举了。——不是太抬举猴子，是太抬举教师。但二者的确很像我也没办法。众所周知，奥山猴子被链子锁着。就算它再怎么龇牙、哇哇

① 奥山位于浅草公园北侧，江户时代有杂戏小屋，当时该处的花屋敷也设有动物园。

大叫也不用怕会被它抓伤。教师虽未被链子锁住却被月薪束缚，就算再怎么戏耍也不用怕，教师不可能愤而辞职把学生打一顿。若有辞职的勇气，一开始就不会去当教师做学生的保姆了。我家主人是教师。虽非落云馆的教师，但还是教师。是个戏耍起来极为适当、极为容易、极为安全的男人。落云馆的学生是少年。戏弄别人可以让自己更高傲，就教育成果而言他们甚至认为这是他们理所当然的权利。不仅如此，如果不戏弄别人一下，他们充满活力的五体与头脑本该充分发挥却在休闲中无处可使正感困扰。具备了这么多条件，主人自然会被戏弄，学生自然要去戏弄他，这不管叫谁说都是顺理成章的。为此生气的主人简直太不懂事，太愚蠢了。后来落云馆的学生是怎么戏弄主人，主人对此又是如何不识相，还请逐一看下去。

诸君知道四眼墙是什么吧？是很通风的简易围墙。像我就可以从缝隙之间自由穿梭，有没有这面墙对我而言其实都一样。但落云馆的校长不是为猫打造这面墙，是为了不让自己培养的君子潜入，特意请工匠来编织的。的确，四眼墙就算通风再好，人类也钻不过去。要钻过这面以竹子编成的四寸方孔，哪怕是清国的奇术师张世尊[①]都很困难。所以它对于人类肯定能够充分发挥围墙的阻挡功用。也难怪主人看到建好的围墙会大喜过望，觉得这下子没问题了。但主人的论调有很大的漏洞，比这面墙上的洞更大，是吞舟之鱼[②]也能穿过的大漏洞。首先，他是从“墙不可攀越”这个假定出发。他假定对方既然身为学校学生，即便是再粗制滥造的墙，一旦有了围墙之名，清楚划分界线后，对方便绝对不会擅自闯入。其次，他断定就算有人暂时打破那个假定，企图闯入也没关系。纵使是厉害的小毛头也不可能钻过四眼墙，所以他断定绝无被闯入之虞。的确，他们不是猫，自然不可能钻过这个四方洞，想做也做不到，但要攀越、跳过却不难，反而可以视为一种有趣的运动。

围墙盖好的翌日起，他们和之前没有墙时一样自北侧空地纷纷跳入。但是不再深入和室的正面。为了让自己万一被追赶时来得及逃跑，需要一点缓冲时间，于是他们事先将逃跑的时间也计算在内，在不怕被抓的地方玩耍。他们在做什么，待在东边偏屋的主人当然看不到。他们在北边空地游玩的状态，必须打开院子的小门从反方向绕过拐角看，或是从厕所的窗口隔着围篱眺望才看得见。从窗口远眺时，无论在哪儿有什么皆可一目了然，却不可能因为发现几个敌人就去逮捕。只能从窗户

① 在浅草表演的中国魔术师，后归化日本籍。

② 足以吞舟的大鱼。参见《庄子》。

栅栏内斥骂。如果自院子的小门迂回深入敌境，对方听到脚步声，不等被抓就会退到对面那头。就像海狗晒太阳时碰上偷猎船。主人当然不可能守在厕所监视。但是也不可能敞着院子的小门，一有动静就立刻冲出去。如果要做那种事，除非当天立刻辞去教职专门对付他们才抓得到人。说到主人的不利，那就是他从书房只听得见敌人声音却看不到人，以及从厕所窗口看得见人却无法出手。敌人也是看穿他的不利才会采取这种策略。发现主人窝在书房时，他们就尽量大吵大闹。其中也有故意嘲笑主人的言辞。而且声音的来源很不确定。一听之下难以判定是在墙内吵闹，还是在墙外胡闹。如果主人追出来，他们就开溜，或者装出打从一开始就在墙外的模样。看到主人去厕所——我一再使用厕所这个肮脏的字眼并不感到光荣，其实非常为难，但在记述这场战争时有其必要，实在是情非得已，——也就是看到主人蹲厕所时，他们一定会在桐树附近徘徊故意让主人发现。主人如果从厕所发出响彻四邻的怒吼，敌人就不慌不忙地悠然退回根据地。这招令主人极为困扰。明明觉得对方闯入，拿着拐杖一冲出去却又四下寂然不见人影。以为他们不在时，从窗口一看必然又有一两人闯入。主人一下子绕到后院看，一下子从厕所窗口看，一下子从厕所看，一下子又绕到后院看，说多少遍还是一样，说多少遍还是一再故技重演。疲于奔命就是指这种情形。最后他究竟是把教师当成正职，还是把战争当成本业都已气得有点搞不清楚了。当他气昏头达到顶点时，终于发生以下的事件。

事件通常是气昏头之下发生的。所谓昏头自然是体液逆行导致头脑不清醒。在这点上，盖伦[①]与帕拉赛尔苏斯[②]乃至扁鹊[③]都没有异议。不过往哪儿逆行是问题所在，是什么东西逆行也是议论焦点。根据古代欧洲人的传说，吾人体内有四种液体[④]循环：第一种是所谓的怒液，这个如果逆行上脑会令人暴怒；第二种名为钝液，如果逆行上脑会令神经迟钝；第三种是忧液，它会令人忧郁；第四种是血液，会令四肢壮大。之后随着人文的进步，钝液、怒液、忧液曾几何时都消失了，如今只有血液依旧如昔日那样循环不已。所以若有逆行上脑的东西，除了血液应该别无他物。而且每个人的血

① 盖伦（Galen，约 129—119），希腊医生。罗马皇帝马尔库斯·奥勒里乌斯的御医。

② 帕拉赛尔苏斯（Philippus Aureolus Paracelsus，1493—1541），瑞士医学家、科学家。文艺复兴时期的代表性医师。

③ 中国古代传说中的名医。

④ 怒液是（黄）胆汁，钝液是黏液，忧液是黑胆汁。当时人们深信这与血液的配合会决定体质与气质。

液分量都是固定的，虽然多少会随个人的性格不同略有增减，但大抵是一个人五升五合的分量。因此，这五升五合的血液若逆行上脑，流经之处会剧烈活动，其他部位却会缺血发冷。就像火烧派出所[①]时，派出所的巡查都跑去警署集合，区内一个人也不剩的情景。那若从医学上做诊断也等于是警察的逆行上脑，至于如何治疗这种逆行上脑，就得让血液像原先一样平均分配到体内各个部位。如此一来逆行上脑的家伙就不得不向下流回去。关于那方面也有种种窍门。已故的主人父亲据说就会拿湿毛巾放在头上，以暖桌取暖。《伤寒论》[②]也提到头冷脚热乃延命息灾之征，湿毛巾对长寿法是一日不可欠缺之物。要不然也可以试用和尚的惯用手法。一所不住的沙门云水行脚的衲僧[③]必然在树下石上过夜。选择树下石上并非为了刻意苦行。这是六祖[④]一边舂米一边想出的冷却头脑的秘法。不信各位在石上坐坐看，屁股会冷是理所当然。屁股一冷，血液就会从头脑往下流，这在自然的顺序上也毫无疑问。如此这般，人们发明了种种方法让头脑冷静，却至今没想出引发头脑充血的良方实在遗憾。若照一般思考，脑充血是有害无益的现象，但有时不能如此武断。对某些职业而言，血液逆行上脑格外重要，不逆行上脑就啥也办不成。其中尤其注重这个的是诗人。诗人需要头脑充血就像汽船少不了煤炭，这项供给只要一天断货，他们就会成为除了拱手吃饭外毫无本领的凡人。不过头脑充血是发疯的异名，不发疯就无法出人头地这传出去太难听，于是在他们的同好之间不以头脑充血来称呼头脑充血。他们不约而同煞有介事地称之为灵感。这是他们为了欺瞒世间而制造的名字，其实真面目就是头脑充血。柏拉图[⑤]替他们撑腰，把这种头脑充血称为神圣的疯狂，但就算再怎么神圣，一旦发疯还是无人敢接近。还是取个“灵感”这种宛如新发明的药物名称对他们更好。不过这就像鱼板是山药做的，观音像来自一寸八分的朽木[⑥]，大葱鸭肉面用的材料是乌鸦肉，廉价旅舍的牛肉锅放的是马肉，灵感其实也就是头脑充血。头脑充血后就等于是临时的疯子。之所以不

---

① 日俄战争结束后，双方签订朴次茅斯和约，为此不满的民众，于明治三十八年九月五日在日比谷公园举行反讲和的国民大会，为反抗当局的干涉而暴动，烧毁许多派出所。

② 《伤寒论》乃中国古代医书。成于后汉建安年间。晋代修补。

③ “一所不住的沙门”指居无定所的流浪僧，“云水行脚的衲僧”也是如行云流水游历诸国的僧人。“衲僧”特指禅僧。

④ 自达摩数来第六代的祖师慧能（638—713）。

⑤ 希腊哲学家柏拉图（Plato，前 427—前 347）。著有《苏格拉底的辩明》《会饮篇》《理想国》等。弟子众多。

⑥ 被尊为秘佛的浅草寺本尊，据说是“一寸八分”的观音像。

用去巢鸭[1]住院是因为那是“临时”发疯。但要制造这种临时发疯很困难。一辈子当狂人反而容易，只有执笔写作时才发疯，即便是万能的神明也得大费周章，所以极为少见。神明不制造那就只好靠自己。所以从古至今要激发头脑充血也与防止头脑充血一样令学者伤透脑筋。有人为了得到灵感每天吃十二个涩柿子。这是源自“吃了涩柿子会便秘，便秘就会压迫血管导致脑充血”的理论。也有人拿着酒瓶跳进铁炮澡盆[2]。认定在热水中喝酒就会脑充血。根据此人的说法，这下子如果不成功就烧热葡萄酒泡澡一定会奏效。可惜他没钱，终究未能实行就含恨而死真是太可怜了。最后也有人想到只要模仿古人应该就有灵感。这是应用“只要模仿某人的态度动作，心灵状态也会肖似对方”的学说。像酒鬼一样发牢骚，不知不觉就会有喝酒的心情。坐禅忍耐一炷香的时间，就会有和尚的心情。所以只要模仿古往今来激发灵感的名家所作，一定会脑充血。据说雨果[3]是躺在快艇上思考文章意趣，所以只要乘船凝视晴空一定会脑充血。斯蒂文森[4]据说是趴着写小说，所以只要趴着执笔一定会脑充血。就这样，大家各出奇招想尽种种办法，但是还没人成功。在今日，人为的脑充血已是不可能。虽然遗憾但无可奈何。只能早晚等待灵感可能出现的时机到来已是毋庸置疑，为了人文发展，我殷切期望这个时机早日来临。

脑充血的说明到此应已足够，接下来我要描述事件本身。不过一切大事件发生之前总有小事件发生。只叙述大事件，却忽略小事件，是自古以来历史家常犯的弊病。主人的脑充血也因小事件的发生气得更加严重，终于引发大事件，所以如果不按照发展顺序一一道来，很难理解主人是如何气昏头为之抓狂。如果不理解，主人的抓狂就徒有虚名，在世人看来或许会轻蔑地以为不至于那么严重。既然气昏头抓狂了，如果没被人大肆宣扬一下未免太没劲了。我接下来要描述的事件无论大小对主人而言都不算光荣。我必须先声明，事件本身并不光荣，做出斥责气得脑充血，也是真正的脑充血，绝不比任何人差。主人在其他方面并没有那种特别值得夸耀的特质。如果再不炫耀一下脑充血，就没有其他特别值得一提的事迹了。

---

① 指当时位于小石川区（现文京区）驾笼街，专收精神病患的东京府巢鸭医院。

② 在桶中装置铁制或铜制圆筒的澡盆。

③ 雨果（Victor Marie Hugo, 1802—1885），法国诗人、小说家、剧作家。以《悲惨世界》等作知名。

④ 斯蒂文森（Robert Louis Balfour Stevenson, 1850—1894），英国小说家、诗人。以《金银岛》《化身博士》等作知名。漱石也给予高度评价。

群集落云馆的敌军近日发明了一种达姆弹[1]，利用十分钟的下课时间或放学后，频频对着北边空地开火。这种达姆弹俗称为球，拿着大型磨杵随意对敌人发射。这玩意儿就算真的是达姆弹也是从落云馆的运动场发射的，所以不可能打中待在书房的主人。敌人当然也不可能不清楚弹道太远，但那正是策略所在。旅顺战争时据说海军也曾以间接射击取得伟大战绩，滚落空地的球当然也可以收到相当大的功效。况且每击出一发，敌人就会集体发出威吓性的吼叫，把主人吓得手脚血管收缩。烦闷至极之下，汇集该处的血液当然会逆行上脑。敌人的计策相当巧妙。昔日希腊据说有位作家叫作埃斯库罗斯[2]。此人的脑袋一如其他学者作家。我所谓一如其他学者作家的脑袋是指秃头。为何会秃头呢？当然是脑袋的营养不足，缺乏活力让头发生长。学者作家尤其用脑过度，通常极度欠缺养分。所以学者作家的脑袋一律营养不良，全都是秃头。话说埃斯库罗斯也是作家自然不得不秃头，他也有一颗光溜溜的金橘头。就在某日，他照例顶着那颗头——头没有外出服，也没有家居服，所以就只有那颗头——顶着那颗头晃呀晃的，在太阳照耀下走在路上。这是错误之始。秃头在日光下从远处看来，会非常亮。木秀于林风必摧之，特别光亮的头自然也会遇上什么摧残。这时埃斯库罗斯的头上飞来一只老鹰，一看之下爪子上还抓着不知从哪儿逮到的一只乌龟。乌龟与鳖这种东西是很美味没错，可惜早自希腊时代便有一身坚硬的甲壳。即使再美味，披着一身甲壳也拿它没办法。世间有虾子的鬼壳烧[3]，却至今没听说过乌龟的甲壳煮，当时自然更没辙。老鹰也有点束手无策，这时遥远的下方有东西发亮。于是老鹰灵机一动，如果把乌龟丢到那发光的物体上，肯定可以把龟壳砸碎。砸碎之后再飞下去吃龟肉就轻而易举了。没错，就这么办！于是看准目标后，老鹰便把乌龟自高处突然扔到那发亮的头上。不巧作家的脑袋远比龟壳软，所以秃头被砸得粉碎，有名的埃斯库罗斯就这样无辜惨死。这倒不提，费解的是老鹰的想法。它是明知那颗头是作家的头才把乌龟丢下去，还是误以为是秃岩？全看你怎么去解释，便可以拿落云馆的敌人与这只鹰比较，也可能无法比较。主人的头并未像埃斯库罗斯或许多学者专家那样光秃发亮。不过虽只有六铺席子好歹也有自己的书房，既然一边打瞌睡一边埋首于艰深书籍，便得将他视为学者作家的同

---

① 子弹的一种。命中人体后会在内部爆裂扩大伤口，因此在一八九九年的海牙和平会议遭到禁用。

② 埃斯库罗斯（Aischylos，前 525—前 456），希腊悲剧诗人。以《被缚的普罗米修斯》等作知名。

③ 将大虾自背部剖开，连壳蘸酱烧烤。

类。如此一来主人的头不秃，是因为目前还不具备秃头的资格，将来迟早会秃——这应该就是这颗头上很快会降临的命运。如此看来落云馆的学生以这颗头为目标发动子弹攻击堪称极为因时制宜的妙计。如果敌人这项行动再持续个两周，主人的头八成会因畏惧与烦闷产生营养不良，变成金橘或药罐或铜壶那样光秃秃的。而且在连续两周的炮火攻击下，金橘肯定会破烂，药罐肯定会漏水，铜壶肯定会出现裂痕。没有预想到这明显的结果，还打算继续与敌人战斗下去的，只有当事人苦沙弥老师自己。

某天下午，我照例在檐廊睡午觉，梦见自己变成老虎。我命主人拿鸡肉来，主人应声诚惶诚恐地送来鸡肉。后来迷亭来了，我对迷亭说我想吃雁，叫他去雁锅[①]弄一份回来，他说配上腌菜头与盐煎饼一起吃更能尝到雁肉风味，照例又胡说八道，于是我张开大嘴咆哮吓唬他，迷亭当下脸色苍白说山下的雁锅已关门大吉该怎么办。我说那就拿牛肉凑合也行，快去西川弄一斤上等肉来，否则我就把你吃掉！迷亭吓得撅起屁股拔腿就跑。我的身体忽然变大，躺在檐廊占满整个空间，正在等待迷亭归来之际，家中忽有巨响，我还来不及吃牛肉就从美梦中惊醒。只见刚才还惶恐趴伏在我面前的主人，突然自厕所冲出来，甚至在仓促中狠狠踢到我的侧腹，我正感到奇怪，他已匆匆套上院子里用的木屐自院子的小门绕过去，往落云馆的方向跑。我一下子又从老虎变回猫多少有点不自在，也有点好笑，但主人这暴怒的样子与侧腹被踢的疼痛，令我一下子就忘了老虎的事。同时主人终于要出马与敌人交战好像很有趣，于是我忍住疼痛，跟在他后面去后门。这时我听见主人大骂小偷的声音。一看之下有个戴制服帽年纪十八九岁看似倔强的家伙，正翻越四眼墙往对面爬。我心想哎呀晚了一步，那个制服帽小子已拔腿朝根据地像飞毛腿一样逃走了。主人眼见大吼小偷这招成功，立刻又一边大喊小偷一边追去。但要想追上敌人，主人也得翻墙。如果深入敌阵，主人自己反而会被当成小偷。前面也提到过，主人是标准的脑充血。既然气得这样趁势追小偷，看来即便夫子自身成了小偷也打算继续追，只见他毫无回头之意一路冲到墙脚下。就在他再走一步便要跨入小偷领域之际，敌军之中，慢吞吞走出一位蓄有稀疏胡子的将军。二人隔墙展开谈判，一听之下是很无聊的议论。

“那是本校的学生。”

---

① 位于上野公园东南口的知名鸡肉餐厅。明治三十九年结束营业。是《我是猫》第八章发表的翌年。

“该当学生的人，为何私闯他人住宅？”

“不，是球不小心飞过去了。”

“为什么不先征求我的同意再捡球？”

“今后我会提醒他们注意。”

“那就好。”

本来预期会有龙争虎斗之壮观的交涉，就这样在散文式的谈判下迅速了结。主人旺盛的只有斗志。一到紧要关头，每次总是这样草草了事。就像我从老虎之梦猝然变回小猫。我所说的小事件就是这个。记述完小事件后，接下来必须谈到大事件。

主人拉开和室的纸门趴着，正在思考。八成是在思索对敌之策。落云馆那边似乎正在上课，运动场格外安静。但在校舍的某一室，可以清楚听见正在上伦理课。朗朗声音论述得相当精彩，正是昨天敌军派出谈判的将军。

“……公德是非常重要的，去西方那边一看，无论是法国、德国或英国，不管是何处，没有一个国家不施行这种公德。即便是下等人也一律注重这种公德。可悲的是，在我们日本，这方面还无法与外国比肩。谈到公德，诸君或许以为是从外国传来的新鲜玩意儿，但那种想法大错特错，昔人有云，夫子之道一以贯之，忠恕而已矣[①]。这个恕字正是公德的出处。我也是人，自然偶尔也会想放声高歌。但我在看书时如果听到隔壁邻居在大声唱歌，就会静不下心。所以当自己感到高声吟诵《唐诗选》[②]一定很痛快时，想到隔壁如果也住了一个像我一样怕吵的人，不小心吵到对方未免抱歉，所以这种时候我总是尽量克制。希望你们也尽量遵守公德，千万不要去做妨害他人的事……”

主人竖耳倾听这段话，听到这里咧嘴一笑。这个咧嘴一笑的意义有必要说明一下。讽刺家看到这里想必会以为这一笑的背后带有冷酷的批判。但主人绝非那么恶劣的男人，与其说恶劣，应该说他还没有那么发达的智慧。主人为何会笑呢？完全是因为开心而笑。身为伦理教师的人做出如此痛切的告诫后，自家想必可以永久免于达姆弹的乱射。暂时也不用怕秃头，脑充血的问题就算一时无法根治，只要时机到了应该也会逐渐好转，从此不用顶着湿毛巾窝在暖桌上取暖，也不用在树下石上过夜了。就是因为这么判断，主人才会咧嘴笑嘻嘻。在二十世纪的今天仍诚实地以为借钱必还的主人，当然会认真看待伦理教师讲的这番话。

---

① 孔子之道以忠恕为中心贯彻到底之意。出自《论语》。

② 集合唐代诗人作品的诗选集。共七卷。江户初期传至日本，被广泛阅读。

之后似乎下课时间到了，教师的话语倏然停止。其他教室的授课也一齐终了。于是之前关在教室里的八百名学生一同发出叫嚣声冲出建筑物。说到那种声势，简直就像敲落一尺有余的蜂巢。嗡嗡叫的声音，自窗户，自门口，举凡有洞之处，一概毫不留情地冒出。这正是大事件的开端。

我先从蜂阵说明吧。若以为这种战争哪有什么阵势可言那就错了。普通人说到战争，除了沙河或奉天或旅顺[①]外好像就没有其他战争。至于比较有诗意的野蛮人，也只会联想到阿奇里斯拖着赫克托尔[②]的尸体绕行特洛伊城墙三圈，燕人张飞[③]在长坂桥使出丈八蛇矛睥睨曹操百万大军这种夸大的记载。联想是个人的自由，但是若以为没有其他战争就错了。甚至在太古蒙昧时代，说不定都发生过那种可笑的战争。但在太平时代的今日，在大日本国的帝都中心，如此野蛮的行动简直是不可能的奇迹。就算再怎么引起骚动也不可能比火烧派出所事件更严重。如此看来卧龙窟主人苦沙弥老师与落云馆八百健儿的战争，应该算是东京市有史以来的大战之一。左氏[④]记载鄢陵之战时也是先从敌军的阵势说起，自古以来擅长叙事者皆用这种笔法已成为通则，因此我在描述蜂阵时也不例外。先从蜂阵的阵形看起，在四眼墙外有一队呈纵列排成的队伍。这看来是负责引诱主人进入战线的人。“还没有投降吗？”“没有，没有。”“不行啦，不行啦！”“他不出来。”“他不上当。”“怎么可能不上当！”“叫叫看吧！”“汪汪！”“汪汪！”“汪汪汪！”然后整个纵队一起大声喊叫。离纵队稍远的右边运动场那里，炮兵队占据地形有利的要害处布下阵地。有一名将领面向卧龙窟手持磨杵形的大棍子，隔了三十多尺的距离有一人相向站立，磨杵后面又有一人，这人面朝卧龙窟站着。如此排成一直线面对面的是炮手。根据某人的说法这是棒球练习，绝非战斗准备。我这个文盲不懂棒球是啥，但听来似乎是美国传入的游戏，今日在中学以上的学校运动中据说特别流行。美国是个老是突发奇想的国家，所以把这种会被误认为炮队、骚扰邻居的游戏教给日本人或许真的

---

① 皆为中国东北地区的地名。日俄战争的激战区。

② 描写特洛伊战争的荷马叙事诗《伊利亚特》中的插话。这场战争是小亚细亚都市特洛伊与古希腊诸城之战，阿奇里斯是《伊利亚特》的主角阿喀琉斯，希腊这方的英雄。赫克托尔是特洛伊国王普利阿摩斯的长子。

③ 《三国演义》中的插话。燕人张飞是帮助蜀国刘备与魏国曹操对战的勇将。持一丈八的长矛，十分活跃。

④ 左氏是中国东周时的学者左丘明。孔子的《春秋》注释书《春秋左氏传》三十卷的作者。“鄢陵之战”在《春秋左氏传》中被誉为叙述最佳。漱石也在《文学论》中给予高度评价。

是出于好心。而美国人大概也真的把它视为一种运动游戏。但即便是纯粹的游戏，既有这样惊扰四邻的能力自然可以充分用于炮击。就我所观察到的，他们分明打算利用这种运动技巧收炮火之功。事情全看你怎么去解释。有人假借慈善之名行诈骗之实，也有人美其名曰灵感实为脑充血而沾沾自喜，所以棒球游戏背后不见得没有战争。在某人的说明中它或许是指世间一般的棒球。而我现在记述的棒球则是只限此种特殊场合的棒球，也就是攻城炮战。接下来我要介绍发射达姆弹的方法。以直线排列的炮阵中有一人，右手握达姆弹丢向拿磨杵的人。达姆弹是用什么制造的局外人绝对不知道，那是把坚硬的圆石仔细以皮包裹缝合而成。这样的子弹自一名炮手的手中丢出，破风飞去，站在对面的一人挥起手中的磨杵，敲向子弹。偶尔也有没被打中的子弹飞走，但通常都会发出"铿！"的一声巨响反弹回去。力道非常强劲，足以轻易打烂神经性胃弱的主人的脑袋。炮手光是做到这样就够了，在周围还有许多看热闹兼作援兵的人助阵。棒子一敲中子弹，立刻响起鼓掌、尖叫与加油的起哄声。有人说打中了吧，有人说这招还不管用吗，有人说这下子怕了吧，有人说该投降了吧。若只是这样也就算了，被打回来的子弹三次总有一次会飞进卧龙窟宅内。如果没飞进去就达不到攻击的目的了。达姆弹近来各地也有制造但是都很昂贵，所以即便在打仗时也不可能充分供应。通常一队炮手只能分到一两颗，不可能每次铿的一声就消耗掉一颗宝贵的子弹。于是他们成立了一支捡球部队来捡子弹。掉落的地点好的话捡球自然不费事，万一飞进草原或别人家里就无法轻易取回。所以平时为了尽可能节省劳力，应该会往比较容易捡球的地方打，但这时正好相反。目的不在于游戏，而在于战争，所以他们故意把子弹打进主人的家里。球既然掉进主人家的院子，就得进去捡。潜入院子最简便的方法就是翻越四眼墙，若在四眼墙内引起骚动，主人一定会动怒；否则就得卸甲求饶；在苦心伤神下一定会渐渐秃头。

敌军刚才击出的一发子弹，就准确无误地越过四眼墙扫落桐叶，命中第二城墙也就是竹篱，发出轰然巨响。根据牛顿运动定律①第一条，若加上他力，物体一旦启动，会以均一速度直线移动。如果光是照这个定律支配物体的运动，主人的头这时应该与埃斯库罗斯的命运相同。幸好牛顿定出第一条定律的同时也制造出第二条，这才让主人的头惊险保住一命。运动第二定律说，运动的变化，与被施加的力

① 英国物理学家牛顿（Isaac Newton，1642—1727）提出物体运动三原则。本文中没有的第三定律是"作用反作用的定律"，内容是"二物体相互作用，恒常为相等反向"。

成正比，发生在那施力作用的直线方向。这是什么意思我有点不懂，但是看到那颗子弹没有贯穿竹篱打破纸门砸烂主人的脑袋，肯定是拜牛顿所赐。过了一会儿，敌人果然潜入宅内。“这里吗？”“更左边吗？”一边讨论一边还拿棒子到处敲打竹叶。敌人每次潜入主人家捡子弹时总会弄出特别大的声音。悄悄潜入，悄悄捡球的话无法达到最重要的目的。子弹或许宝贵，但戏弄主人比子弹更重要。就像这时，他们老远就已看到子弹在哪里。他们听到打中竹篱的声音，也知道打中何处，知道掉落的地点。所以若要老实捡球，绝对可以老老实实捡球。根据莱布尼茨[①]定义，空间是可能同在现象的秩序[②]。“好花会谢香犹存”永远以同样的顺序出现。柳下必定有泥鳅，蝙蝠总是伴随夕月出现。墙脚或许与球不搭，但每天都把球扔进别人家的人眼中所见的空间，的确早已习惯这样的排列。一看就知道。所以他们这样吵吵闹闹地到处找球其实是对主人宣战的一种策略。

到此地步即便是消极的主人也不得不出面应战了。之前还在和室倾听伦理课咧嘴傻笑的主人当下愤然起身，猛然冲到屋外，当下活逮到一名敌人。就主人的水准而言已算是大有斩获了。虽是大有斩获，一看之下不过是个十四五岁的小鬼。对于蓄胡子的主人而言还不够资格充当敌人，但主人或许认为已经够了，硬把道歉的对方拉到檐廊前。在此必须稍微说一下敌人的策略，敌人看到主人昨天发飙判断他今天一定会亲自出马。届时万一来不及逃走被逮到会很麻烦。这时最好派一年级或二年级的小毛头来捡球才能避开危险。好吧，就算主人逮到小毛头啰啰唆唆得理不饶人，反正也不会影响落云馆的名誉，和这么小的孩子幼稚斗气只会让主人自己丢脸。敌人的想法就是这样。这就普通人的想法而言理所当然，但是敌人显然忘了考虑对手并非普通人，主人若有这样的常识昨天就不会冲出去了。抓狂发飙会把普通人提升到普通人以上的程度，把有常识的人变成没常识。什么女人、小孩、车夫、挑夫，脑子还有那样的区分时，无法以抓狂傲人。如果没有像主人这样把不够格当对手的中学一年级孩子逮来当战争人质的打算，就无法加入抓狂者的行列。可怜的是俘虏。只不过是听从高年级学生的命令充当捡球的小兵，就倒霉地被没有常识的敌将、抓狂天才追捕，来不及翻墙就被拽到院子前面。如此一来敌军也无法安闲地看着自家

① 莱布尼茨（Gottfried Wilhelm Leibniz，1646—1716），德国哲学家、数学家。以《单子论》等知名。

② 莱布尼茨回答贝尔的批评。原文为 l'ordre des coexistences possibles（可能同时存在的秩序）。在此是夸张形容家里的空间关系保持一定状态，带有滑稽感。

人受辱，他们争相翻越四眼墙，自院子的小门闯入。人数约有一打，并排站在主人的面前，而且多半都没有穿外套或背心。有人卷起白衬衫的袖子，当胸交抱双臂，有人把洗得泛白的棉绒衫随意搭在背上，也有人时髦地穿着镶黑边的白色帆布，胸口中央以同色绣上花体字。各个看来都是以一敌千的猛将，像是来自遥远的丹波国笹山[①]昨晚才刚抵达此地，皮肤黝黑肌肉发达。让这些人进入中学做学问简直太可惜。如果去做渔夫或船夫想必会对国家更有贡献。他们不约而同光着脚，把紧身裤卷起，看起来像是正要去附近帮忙灭火。他们成排站在主人面前不发一语。主人也没开口。双方互相瞪视之际隐约有种杀气。

“你们是小偷吗？”主人质问，气焰高涨，臼齿紧咬，怒火化为火焰自鼻孔喷出，因此鼻翼看似特别扩张。越后狮子[②]的鼻子八成就是仿照人类发怒时的样子做的。否则不可能那么吓人。

“不，我们不是小偷。是落云馆的学生。”

“少骗人了，落云馆的学生怎么会擅自侵入别人的院子。”

“但你也看到了，我们戴着有学校徽章的帽子。”

“那是假的吧，落云馆的学生怎会随便闯入民宅？”

“是球飞进来了。”

“球怎会飞进来？”

“不小心就飞进来了。”

“太不像话了。”

“以后我们会注意，这次还请原谅。”

“身份不明的家伙翻墙闯入自家，你们认为有那么容易得到原谅吗？”

“但我们真的是落云馆的学生。”

“若是落云馆的学生，那你们几年级？”

“三年级。”

“真的吗？”

“是的。”

主人回头朝里张望，大喊：“喂！来人啊！来人啊！”

---

① 意指来自遥远的山村。

② 越后（现新潟县）西蒲原郡月潟地区的狮子舞，由孩童扮演。在此是指头上戴的小狮头。

生于埼玉的女佣拉开纸门，应声探头。

“你去落云馆找个人过来。”

“要找谁过来？”

“找谁都行，总之找个人过来就对了。”

女佣回答“是”，但院子的光景太诡异，加上不知这趟任务的用意何在，事情的发展又太可笑，令她坐也不是站也不是地嘻嘻笑。主人自以为这是一场大战，自以为正在盛大发挥抓狂的霹雳手段，所以自己派出去的使者当然该支持自己，结果女佣不仅未以严肃的态度看待，还边听任务边嬉皮笑脸。这让主人不得不更加抓狂。

“管他是谁你去叫人就对了，听不懂吗！随便找校长或训导主任或教务主任……”

“那个校长先生……”女佣只知道校长这个名词。

“我说找校长或训导主任或教务主任都行，听不懂吗！”

“如果都不在，找工友也可以吗？”

“胡说八道！工友懂什么？”

到此地步女佣或许也明白不得不去了，说声“是”就出门，她还是没搞懂跑腿的用意。我正担心她把工友找来之际，不料那位伦理老师已自正门进来，与坦然就座等候的主人立刻展开谈判。

“方才寒舍有这些不明人物闯入……”主人刻意使用忠臣藏式的古典语词，“真的是贵校的学生吗？”语尾略带讽刺。

伦理老师倒是毫不吃惊，坦然自若地扫视院子里站成一排的勇士后，视线又回到主人身上，做出以下的答复：“是的，全都是敝校的学生。我们一再告诫学生不得做出这种行为……真是伤脑筋……你们为何要翻墙？”

学生毕竟是学生，对着伦理老师看似一句话也没有就是不吭声，乖乖挤在院子角落仿佛羊群碰上大雪般安分。

“偶尔闯入那或许没办法。既然住在学校隔壁，想必有时球也会飞过来。但是……他们实在太胡闹了。就算要翻墙也该不声不响悄悄捡了球就走，那样的话我还能勉强原谅……”

“您说得是，我已再三提醒他们了，但毕竟人数太多……今后你们一定要好好注意。如果球飞进来，就从正门征求同意后再进来捡球。知道吗？——学校太大实在照顾不到没办法。不过运动是教育必要的一环，我们也不可能禁止。所以才会不慎造成您的困扰，这点还请见谅。今后我一定让学生从正门征得同意后再进来捡球。”

“不，那件事知道了就好。球再怎么丢都没关系，只要在正门打声招呼就好。那么这些学生就交给你了，请你带回去吧。不好意思，还特意让你过来一趟。”主人照例又虎头蛇尾地说起客套话。伦理老师带着这些丹波笹山好汉从正门回落云馆去了。我所谓的大事件就此暂时告一段落。若有人讥笑这算哪门子大事件，那就笑吧。这只不过表示对那种人不算大事件。我写的是“主人”的大事件，不是“那种人”的大事件。若有人批评他这是有头无尾强弩之末，我想请各位记住，这正是我家主人的特色。也请各位记住，主人之所以成为滑稽文的材料就在于这种特色。若说对付十四五岁的小鬼还这样未免太蠢，那我也同意他的确很蠢。所以大街桂月才会逮着主人说他至今不脱稚气[①]。

我说完了小事件，又说完了大事件，接下来要描述大事件的余波，作为全篇的结尾。我写的一切，或许有读者认为都是随口瞎掰的，但我绝非那么轻率的猫。一字一句的背后皆蕴含宇宙大哲理这点自然不消说，而且一字一句层层相连首尾呼应前后对照，本以为是琐碎闲谈不经意一看却忽然变成了艰深难懂的法语[②]，所以绝对不能躺着看或跷着腿一次浏览五行那样失礼。柳宗元[③]每次看韩退之[④]的文章据说都要先拿蔷薇水净手[⑤]，所以对于我的文章至少应该自掏腰包买杂志[⑥]，不要向友人借来随便凑合。我接下来要说的，虽然我自称是余波，但若各位认定余波通常很无聊不用看也行，那你一定会后悔。请各位一定要仔细看到最后。

大事件的翌日，我想稍微散一下步于是出了门。就在要拐进对面横街的转角时，金田老爷与铃木藤十郎站在那里正在起劲交谈。金田君开车要返家，铃木君去金田家造访不遇正要离开，二人就在路上不期而遇。近来金田家也没啥稀奇的事了，所以我很少再去那个方向，不过现在看到他，忽然还真有点怀念。铃木也同样好久不见，所以虽然在外头还是去看他一下吧。我下定决心慢慢朝二人站的地方走近，自然听到二人的对话。这不是我的错，是对方自己要讲话。金田君是个有良心到甚至找侦探打听主人动静的男人，所以我就算偶尔听一下他讲话他应该也不至于生气。

---

① 大街桂月的批评刊载于前面提到的《太阳》。漱石于明治三十八年十二月四日写给高滨虚子的信上，提到“天下没有比桂月更会写稚气俗文之人”。

② 祖师或高僧解说佛教真理的文章。

③ 柳宗元（773—819），中唐诗人。唐宋八大家之一。字子厚。

④ 韩退之（768—824），中唐诗人韩愈。唐宋八大家之一。与柳宗元并称“韩柳”。

⑤ 唐代《云仙杂记》的插话。蔷薇水是玫瑰花萃取的香水。

⑥ 刊载《我是猫》的《不如归》杂志。

如果他生气了那表示他不懂公平是什么意思。总之我旁听了二人的对话，不是想听才听，我明明不想听但对话却自动蹿入我的耳中。

“我刚才去过府上，幸好在这里遇到您。”藤十郎郑重鞠躬。

“嗯，这样啊。其实最近我也想见你一面，这下子正好。”

“是，那倒是刚好。您找我有事吗？”

“不，也没什么大事啦。不算重要，却非你不可。”

“只要是我能做的您尽管吩咐。是什么事？”

“噢，这个……”金田沉思不语。

“不然，改天等您方便时我再来吧。您几时有空？”

“没事，也不是那么严重。——难得有这机会就拜托你吧。”

“您千万别客气……”

“就是那个怪人啦。你那个老朋友，不是叫作什么苦沙弥吗？”

“对，苦沙弥怎么了？”

“不是，也没怎么。只是自那起事件后我心里一直不舒坦。”

“的确，苦沙弥就是那么傲慢……起码该稍微考虑一下自己的社会地位嘛，简直是目中无人。”

“你说对了。说什么不能为钱低头，企业家又如何云云——老是讲那种自大的话，那我倒要让他瞧瞧企业家的手腕。所以打从之前我就在整他，但他还是硬撑。果然够倔，我都吓到了。”

“那家伙缺乏利害得失的观念所以一定是在拼命忍耐吧。他从以前就有那种毛病，换言之他不会察觉对自己有害的事所以无药可救。”

“哈哈哈！的确无药可救。我用了各种方法与手段，最后连学校的学生都派去了。”

“那倒是妙计，管用吗？”

“这个嘛，他好像很困扰。肯定在不久的将来就会投降。”

“那就好，他就算再倔强也寡不敌众。”

“没错，他一个人有什么本领。所以他好像已经快不行了，我就是想请你帮我去打探一下情况。”

“噢，这样子啊，小事一桩。我马上去看他，回程再顺便向您报告情况。一定很有趣，看那个顽固家伙意气消沉，一定很有看头。”

“好，那你回程过来一下，我等你。”

“那我就先走了。”

咦，原来金田这次是打这个主意，企业家的势力果然惊人，把硬如煤炭渣的主人气得抓狂，苦闷之下让主人的头变成秃头，脑袋陷入与埃斯库罗斯同样的命运，原来都是企业家的势力所致。我不知地球绕地轴旋转是什么作用，但操纵世界的的确是金钱。懂得这种金钱的威力，自由发挥金钱神威的，除了企业家外再无他人。太阳顺利自东升起，平安向西落下，也全拜企业家所赐。过去我住在不懂事的穷措大[①]家不知企业家的神威，连我自己都觉得失策。不过话说回来，冥顽不灵的主人这次也得稍微醒悟了。如果到这个地步他还打算坚持冥顽不灵会很危险。主人最宝贵的性命会有危险。他见到铃木君会说什么我不知道。看那模样他的醒悟程度已经不证自明。我不能再磨蹭下去了，就算是猫也一样会担心主人，我得抢在铃木君的前头先赶回家。

铃木君依然是个很会逢迎的男人。今天他没有劈头就说出金田的事，频频说些无关紧要的闲聊话题。

“你的脸色好像有点糟，是不是出事了？”

“没什么。”

“可是很苍白喔，你得小心点。这个时节不好。晚上睡得好吗？”

“嗯。”

“是不是有什么心事？若有我能做的我一定帮忙。尽管说别客气。”

“心事？你是指什么？”

“不是，没事就好，我只是说如果有的话。忧心对身体不好，还是笑着开心过日子更划算。我总觉得你太抑郁了。”

“笑也对身体有害，有人就是一直笑才笑死的。”

“别开玩笑了，俗话说一笑福满门。”

“以前希腊有位哲学家克里西波斯[②]，你不知道吗？”

“不知道。他怎么了？”

“他就是笑死的。”

“噢？那真是不可思议。不过那已是古时候的事……”

---

① “措大”乃举措大事。指书生。贫穷的书生，穷酸学者。

② 克里西波斯（Chrysippus，约前280—前207），斯多葛学派的哲学家。

“无论古今都一样。他看到驴子吃银碗里的无花果，觉得太好笑了就一直笑。结果怎样也停不下来，最后终于笑死了。”

“哈哈哈，不过用不着那样没限度地大笑嘛。笑一下——适度地——这样就会很舒服。”

铃木君频频研究主人的动静之际，正门咔啦啦地拉开，本以为有客人来了，结果不是。

“我的球飞进来了，请让我捡一下。”

女佣自厨房回答“好”。学生绕到后面。铃木一脸古怪地问那是怎么回事。

“后面的学生把球扔进院子了。”

“后面的学生？后面有学生吗？”

“是落云馆这所学校的。”

“噢，学校啊，那一定很吵吧？”

“何止是吵，根本不能好好看书。我要是教育部长一定立刻下令关闭学校。”

“哈哈哈，看来你气坏了。该不会是发生什么事惹恼了你吧？”

“别提了，从早到晚一直在惹我。”

“既然那么生气不如搬家算了。”

“谁要搬家啊，没礼貌。”

“你对我发脾气也没用。只不过是小鬼头，揍一顿就好。”

“你好我可不好，昨天我还把学校老师叫来谈判。”

“那倒有意思。对方一定很惶恐吧？”

“嗯。”

这时门又开了。“球飞进来了请让我捡一下。”声音如此说。

“哎，怎么一直跑来，又是捡球的耶。”

“嗯，我们约定要从正门进来捡球。”

“原来如此，所以才一直上门啊。这样啊，我懂了。”

“你懂了什么？”

“没事，我是说来捡球的原因。”

“今天这已是第十六次了。”

“你不嫌烦吗？叫他们别来不就好了。”

“就算叫他们别来，他们非要来也没办法。”

“若说没办法那就谈不下去了，你也犯不着这么顽固吧。人如果有棱有角行走世间只会伤筋动骨自找苦吃。圆滑的到处滚动行走自如，有棱有角的滚动起来只会吃亏，每次一滚动撞到角多痛啊。这世上不是只有你一个人，人家不可能都照你的意思做。该怎么说呢。总之跟有钱人作对是自己吃亏，只会折磨神经，对身体不好，人家也不会夸奖你。对方照样活得好好的，只要坐着差遣人就行了。俗话说寡不敌众，你肯定打不过对方。顽固无所谓，但在你自以为可以贯彻到底的时候，已经影响到自己念书，打扰到每日的工作，最后累得人仰马翻。”

“对不起。球飞进来了，我可以绕到后面捡一下吗？”

“看吧，又来了。”铃木君说着笑了起来。

“没礼貌。”主人面红耳赤。

铃木君觉得已尽到访问之意，说声那我告辞了就走了。

紧接着进来的是甘木医生。抓狂者自称抓狂者从以前就不多见，等你发觉这有点不对劲时他已越过抓狂的高峰。主人的抓狂在昨天那起大事件达到最高峰，虽然谈判虎头蛇尾，总算告一段落，所以当晚在书房仔细思考才发觉有点不对劲。不过是落云馆不对劲还是自己不对劲还有充分存疑的余地，总之就是不对劲。就算住在中学的隔壁，这样一年到头大动肝火也会察觉异样了。既然有古怪就得设法解决。可是怎么做都没用，到头来除了吃医生的药安抚肝火的源头别无他法。这么发现后主人终于起意让平时看诊的甘木医生来做个诊察。主人究竟是聪明还是愚蠢这个问题先不谈，总之光是能够发觉自己的抓狂不得不说已经很不简单，是很奇特的发现了。甘木医生照例面带笑容一派从容。“怎么样？”他说。医生大抵都会说怎么样。我就无法信任不说“怎么样”的医生。

“医生，我好像不行了。”

“啊？有那么严重吗？”

“医生的药真的管用吗？”

甘木医生也吃了一惊，但他本是性情温厚的长者，倒也没有特别激动。

“不可能不管用。”他沉稳地回答。

“就像我的胃病，不管吃多少药都一样。”

“绝对没那种事。”

“真的吗？会稍微改善吗？”主人拿自己的胃问别人。

“不可能一下子就治好，会慢慢发挥效用。现在就已比原先好很多了。”

“是吗？”

“还是会暴怒吗？”

“当然，连梦里都会动怒。”

“做点运动应该会比较好吧。”

“运动之后更生气。”

甘木医生似乎也被打败了。

“那我先替你看看吧。”说着开始诊察。主人等不及诊察结束，突然大声问：

“医生，之前我看一本写催眠术的书，书上说，应用催眠术可以矫治坏毛病及各种疾病，是真的吗？”

“对，是有这样的疗法。”

“现在也有人这样做吗？”

“对。”

“施展催眠术很困难吗？”

“简单得很，我就经常这么做。”

“医生也会吗？”

“对，要试一下吗？理论上任何人都可以被催眠。只要你愿意，我可以试试。”

“那倒是有意思，请你试试吧。我早就想被催眠看看了。只怕催眠之后醒不过来就糟了。”

“放心，不会有事的。那我就替你催眠。”

二人当下谈定，主人决定接受催眠。我以前没见过这种事所以暗自窃喜，自和室角落旁观那个结果。医生先从主人的眼睛开始。一看他用的方法，原来是从上至下抚摸双眼的上眼皮，即使主人已闭上眼，还是频频以同样的方向抚摸。过了一会儿，医生问主人：“这样摸你的眼皮，眼皮越来越沉重了吧？”主人回答：“的确越来越沉重。”医生又继续抚摸，然后说：“越来越沉重了吧，可以吗？”主人似乎也那样觉得，保持沉默。同样的摩擦法又持续了三四分钟。最后甘木医生说：“已经睁不开啰。”可怜主人的眼睛终于闭上了。“已经睁不开了吗？”“对，已经睁不开了。”主人默然闭眼。我还以为主人已经瞎了。过了一会儿，医生说：“睁得开的话就睁开试试。应该睁不开。”“是吗？”说完主人已正常地睁开双眼。主人得意地笑着说：“我没中招。”甘木医生也同样笑着说：“对，你没被催眠。”催眠终究未成功。甘木医生也走了。

接着又来一位。主人家还没来过这么多客人，对于交际稀少的主人而言简直像在做梦。但的确是来了，而且来的还是稀客。我要记述这位稀客并不只是因为对方是稀客。我是在继续描述之前那起大事件的余波，而这位稀客是描述余波时必不可少的材料。叫什么名字我不知道，就只说他是个脸很长，还蓄着山羊胡，年约四十的男人吧。相较于迷亭这位美学家，我打算称呼此人为哲学家。为何喊他哲学家呢？他并未像迷亭那样自我吹嘘，只是我看他与主人对话的样子总觉得他像个哲学家。这位似乎也是主人的老同学，二人的相处方式看起来毫不拘束。

“嗯，迷亭吗，他就像浮在池水上的金鱼饲料轻飘飘的。之前带友人经过根本不认识的贵族门前时，听说他居然拽着人家说进去坐一下喝杯茶，真是够悠哉的。”

“结果呢？”

“后来怎样我没听说——对了，他应该算是天赋异禀的奇人，是啥也没想的金鱼饲料。你说铃木吗——他来过吗？噢？他虽不懂道理，在社会上倒是混得很好。还喜欢挂着金怀表。但他没内涵所以毛毛躁躁没出息。整天说什么圆滑、圆滑，但他根本不懂圆滑的意思。迷亭若是金鱼饲料，那他就是稻草包裹的蒟蒻，只会恶心地滑不溜秋抖来抖去。”

主人听到这奇特的比喻，似乎深有同感，难得地哈哈大笑。

“那你自己是什么？”

“我吗，我这种人——当然顶多是自然薯[①]，长长地埋在泥土中。”

“你好像始终泰然自若，真令人羡慕。”

“其实我跟普通人没两样，没什么好羡慕的。只不过我也不会羡慕他人，就只有这点好处。”

“看来最近你格外富裕。”

“哪里，都一样。有时够有时不够。不过还吃得饱所以没问题。不用怕。”

“我倒是很不愉快，肝火大动。不管往哪儿看都愤愤不平。”

“不平没关系。想发脾气就发，这样会比较舒坦。世上什么样的人都有，就算劝别人效法自己，也不可能做到。筷子如果不像别人一样拿就难以吃饭，但自己的面包还是自己切最合适。请高明的裁缝做衣服，会送来一穿上就很合身的衣服，但是如果请笨拙的裁缝就得忍耐一阵子。不过世间自有运作规则，衣服穿久了，自然会逐渐配合你的体形。只要投对胎有一对符合当今世间标准的理想父母，那就是幸福了。但是如果没投好胎与社会格格不入，只能将就，或者忍到能够迎合

① 自然薯指野生的山药。

社会为止。”

“但我这种人，永远不可能迎合社会，我很忧心。”

“勉强穿着不合身的西装肯定会露出破绽，会吵架、自杀引起骚动。但你只是抱怨无聊，自杀当然是不可能，就连吵架也没发生过。算是还不错了。”

“其实我每天都在吵架。即便没有对象，只要很生气，就算是吵架了吧？”

“原来如此，是一人吵架啊。有意思，那吵再多都行。”

“但我已受够了。”

“那就算了。”

“在你面前我就直说了，自己的心不可能那么自由。”

“噢？你到底是为什么那么愤愤不平？”

主人这时从落云馆事件开始，把今户烧狸猫、瓶助、喜舍吾以及其他种种不平一一举出，在哲学家面前滔滔不绝。哲学家先生默默倾听，最后终于开口，如此劝说主人：

“不管瓶助说什么你都只要充耳不闻就好嘛。反正很无聊。中学生哪里值得你去理会。他们又能有什么妨碍？就算你去谈判、吵架不也没能解决那个妨碍吗？在这一点上，我认为以前的日本人比西洋人更了不起。这年头大家都说西洋人的做法积极，非常流行，但那其实有一个很大的缺点：说到积极那根本没完没了。即使事事积极到底，也不可能到达满足之域或完全的境界。你看对面不是有桧树吗？你觉得那个很碍眼于是把树铲除了。之后看对面的旅馆也碍眼。让旅馆搬走后，又会看更远处的房子不顺眼。总之不管做到哪个地步都没完没了。西洋人的做法全都是这样。无论是拿破仑[①]还是亚历山大[②]，没有一个人是赢了就能满足的。看别人不顺眼，发生争吵，对方不肯闭嘴，于是告上法院，在法庭胜诉，若以为这样就能了结就错了。心情到死都会焦灼，怎么可能了结。寡人政治[③]不行，就采用代议政体。代议政体不行，又想改用别的。嫌河川太自大就架设桥梁，嫌高山不顺眼就挖隧道，说马路太麻烦就铺铁道。那样永久不可能满足。可是话说回来，人类又能够积极坚持自我到什么地步？西洋文明或许积极进取，但其实是一辈子不满足的人创造出来的文明。日本的文明不是改变

---

① 拿破仑（Napoléon Bonaparte，1769—1821），法国皇帝。曾率军席卷欧洲，后因远征俄国失败而没落。

② 亚历山大（Aléxandros Ⅲ，前356—前323），即位后建设领土广及希腊、波斯、印度的大帝国。

③ “寡”为少。少数支配通常称为寡头政治。“寡人”为寡德之人，是王侯用来自谦之词。

自身以外的状态来求满足，与西洋文明最大的不同，就是根本上是在周围境遇不可动这个假定下发达的。纵使亲子关系不佳，日本人也不会像欧洲人那样试图改善这种关系来解决。日本人将亲子关系视为本来状态不可动摇，讲求的是如何在那种关系下寻求安心的手段。夫妇君臣的关系亦复如此，武士与平民的区别亦然，观察大自然本身更是如此。——如果有高山阻挡无法去邻国，不是考虑如何把山炸平而是要设法让自己不去邻国也不受影响。要养成不必翻山越岭亦可满足的心态。所以你看，禅家与儒家一定都是在根本上抓住这个问题。纵使自己再伟大，世事也不可能尽如己意。我们无法让落日回头①，也无法让加茂川倒流②。唯一能掌握的只有自己的心态，只要好好修行让心灵自由，即使落云馆的学生再怎么吵闹不也照样能够不以为意？别人笑你是今户烧狸猫也能置之不理。瓶助那种人如果说什么蠢话，只要骂声浑蛋不就没事了。据说昔日的和尚被人砍时还会风雅地说什么电光影里斩春风③呢。心灵的修行达到消极至极时或许就能产生如此灵活的作用。我虽然不懂那么复杂的问题，但至少我认为一味吹捧西洋式的积极主义显然有点谬误。就像你现在再怎么发挥积极主义，学生来戏弄你的时候，你不也无可奈何吗？你的权力若能关闭那所学校或者报警控告对方的话当然另当别论，但你既然做不到，纵使再怎么积极也赢不了对方。如果积极出手只会演变成金钱问题，会遇上以寡击众的问题。换言之，届时你不得不对有钱人低头，不得不对人多势众的小鬼退避三舍。像你这样的穷人而且单枪匹马却想跟人家积极吵架，归根结底这正是你愤懑不平的起源。如何，你懂了吗？”

主人没说懂不懂，只是默默倾听。稀客走后，他又钻进书房，也没看书，不知在想什么。

铃木藤十郎告诉主人要顺从金钱与大众。甘木医生建议他用催眠术镇定神经。最后一位稀客劝他以消极的修行让自己安心。主人要选哪一个是他的自由。但是保持现状肯定行不通。

---

① 夸耀权势的平清盛据说曾以扇子招回夕阳。

② 《平家物语》中，形容权势滔天的白河院（1053—1129）也无法事事称心如意，举出“贺茂河（加茂川）之水、双六的骰子、武僧”为例。

③ 昔日的和尚是指明代的无学祖元（1226—1286）。他应北条时宗之请赴日，创建圆觉寺，奠定临济宗的基础。元军侵入寺庙时，他曾吟咏“电光影里斩春风”（即便出刀砍我，也像斩春风般，无法斩断悟道僧人的生命）。参见泽庵禅师的《不动智神妙录》。

Chapter 9

主人有张麻子脸[1]。明治维新前据说天花很流行，但在英日同盟[2]的今天看来，这样的脸孔已经有点落伍。天花的衰退与人口的增加成反比，根据医学上的统计做出精密计算后得到的结论是：它在不久的将来恐怕会完全绝迹。即便是我这样的猫，对这个高论也毫无置疑的余地。现在地球上还有麻子脸的人我不知剩下多少，但在我平日来往的区域内算算，猫一只也没有，人则仅有一个。那硕果仅存的一个就是我家主人，实在很可怜。

每次看到主人的脸我就会想，是什么因果宿命让他顶着这么古怪的脸孔毫不羞愧地呼吸二十世纪的空气。以前或许还有点吃得开，但在一切痘疤皆已自胳臂撤退的当今，依然据守在鼻头与脸颊上不肯动摇的现象不仅不值得自豪，甚至反而有损痘疤的体面。可以的话应该趁现在消除才对。痘疤自己肯定也很彷徨无助。但它或许下定决心立誓要在势力不振之际挽回落日于中天，所以才那样霸道地占领整张脸孔。如此一来对这种痘疤绝不可轻视。它是对抗滔滔俗流万古不灭的小洞集合体，堪称值得吾人尊敬的凹凸。唯一的缺点就是脏兮兮的不好看。

主人小时候，在牛込的山伏街有位知名的中医叫作浅田宗伯[3]，这位老人每次去病人家出诊时据说总是坐轿子慢慢晃过去。但是宗伯过世轮到他的养子那一代后，

---

① 罹患天花脸上留下痕迹。后文中的“痘疤皆已自胳臂撤退”是指种牛痘。牛痘有时也会导致天花发病。漱石自己就是如此。

② 明治三十五年（1902）签订，大正十年（1921）废止的英日同盟条约，目的是钳制南下的俄国在远东发展。

③ 浅田宗伯（1815—1894），中医。江户幕府的医官。明治维新后任职宫内省，成为东宫御医。

轿子顿时变成人力车。所以等养子死后由养子的养子继承衣钵时，葛根汤说不定已变成安替比林[①]。乘轿走在东京市内的情景即便在宗伯老当时都已不多见了。能够坦然自若做出这种举动的只有因循旧习的亡者，火车上堆积的猪崽，以及宗伯老而已。

主人的痘疤在衰颓不振这方面也与宗伯老的轿子一样，在旁人看来甚为可怜，但顽固不逊于老中医的主人依然将孤城落日的痘疤曝露于天下，每日去学校讲授《英语读本》。

如此这般将二十世纪的纪念品刻满脸上的他，站在讲台上肯定也不断对学生做出正常授课以外的重大训诫。比起一再重复“猴子有手”[②]他更喜欢轻松解释“天花对颜面造成的影响”这个大问题，在潜移默化之中给予学生答案。如果主人这样的教师不再存在，他们这些学生若想研究这个问题只能奔赴图书馆或博物馆，就像吾人对于木乃伊不得不付出与埃及人同等的劳力。就这点看来，主人的麻子脸也在冥冥之中布施了奇妙的功德。

不过主人并非为了布施这种功德才在整张脸上种满疱疮。这其实是种的牛痘。不幸的是本来种在手臂上，不知几时却传染到脸上。他当时还是小孩子也不像现在这么注重外貌，只知道喊着好痒好痒拼命挠脸。仿佛火山爆发熔浆流过脸上，把父母给的脸蛋全毁了。主人不时对女主人说他没有罹患天花之前曾是玉面帅哥，甚至自豪当时俊美得在浅草观音寺赢得西洋人频频回顾。原来如此，或许的确是吧。可惜无人可以替他做证。

就算有天大的功德还可教化学生，脏兮兮的东西毕竟还是脏兮兮的，所以主人懂事后就对脸上的痘疤非常担心，使尽各种手段企图消灭这种丑态。但痘疤与宗伯老的轿子不同，不可能因为不喜欢就突然消失，至今仍清楚留着痕迹。主人对这清楚的痕迹似乎有点在意，每次走在路上都会计算麻子脸。今天遇到几个麻子脸，是男的还是女的，地点是在小川街的劝工场[③]还是上野公园……悉数记录在他的日记里。他确信自己关于痘疤的知识不逊于任何人。之前某位留洋归国的友人来访时，他甚至问对方：“西洋人可有麻子脸？”那位友人说：“这个嘛……”歪着头想了半

---

① 葛根汤是中药，作为感冒药不仅有名且应用范围极广。安替比林（Antipyrine），是当时使用的镇痛解热剂。

② The Ape has hands（猴子有手）是当时英语教科书的初级篇经常出现的英文例句。

③ 当时位于神田区（现千代田区）里神保街一丁目的小川街街东明馆。劝工场是今天的百货公司的前身，专门贩售各种日用品与杂货。

天之后回答："很少见耶。"主人还不放心，再次反问："虽然很少见，但还是有啰？"友人不以为意地回答："就算有也都是乞丐或者站坡的[①]。受过教育的人当中好像没有。"主人说："是这样吗？和日本不太一样啊。"

主人依照哲学家的意见与落云馆学生暂时休战，之后就待在书房频频思考。或许是采纳了对方的忠告，打算在静坐之中消极地修行灵活的精神，但主人本来就胆小，偏偏老是阴郁地袖着手，这样怎么可能会有好结果。我甚至觉得他还不如把英文书拿去典当，向艺伎学学喇叭歌[②]更有用，但那么偏执的男人终究不可能听从猫的忠告，只好随便他了，于是我有五六天都没接近他。

今天算来正好是第七天。禅宗有人在七日之内大彻大悟以惊人之势结跏[③]，不知我家主人如何，是死是活总之都该有个了结了，于是我悄悄自檐廊走到书房门口侦察室内的动静。

书房是向南的十二平方米的房间，光线明亮之处放了一张大桌子[④]。光说大桌子诸位可能不懂。这是一张长六尺、宽三尺、高度应有八寸的大桌子。当然不是市售的成品。这是去附近的建材行谈判请对方特意打造兼作床铺的罕见桌子。为何要定做这么大的桌子，又为何会起意躺在上面，我没问过当事人所以不知道。也许只是心血来潮，结果自找麻烦，或者一如某种精神病患常见的毛病，将吾人屡屡所见、两个不相干的观念联想到一起，擅自将桌子与床铺联结。总之是奇想天外，可惜想法虽奇特却毫无用处。我曾见过主人躺在这桌上睡午觉结果一翻身就跌下去滚向檐廊，从此这张桌子就再也没被当成床铺使用。

桌前有一个扁平的薄毛呢坐垫，上面有三个香烟烧出来的洞，可以看见里面的棉花微黑。在这坐垫上向后端坐的正是主人。他的腰上绑着鼠灰色的肮脏腰带，腰带的左右两端软趴趴地垂向脚底。之前我玩弄这腰带，脑袋还狠狠挨了一巴掌。那不是我该轻易接近的腰带。

他还在思考吗？有句比喻说拙劣的思考云云[⑤]，我从后方探头一看，桌上有东西闪

---

① 明治至大正初期，站在坡下专门帮人推板车或人力车上坡来赚钱的人。

② 当时加上"嘟嘟嘟"这种模拟喇叭音的流行歌。

③ 结跏趺坐的简称。坐禅时双脚交叠的方式。左右脚背各自放在相反侧的大腿上。

④ 明治三十九年拍摄过漱石的书房照片，堆积多本书的桌子后面是背对书架身穿和服的漱石。矮桌约有成人的身高那么长，《漱石写真帐》(《漱石全集》二〇〇二年版第四卷附录）中，照片的解说引用了《我是猫》第九章的这一段文字。

⑤ 拙劣的思考，等同休息。这句谚语是调侃下棋时无益的长考。

闪发亮。我不禁连眨了两三下眼，这不对劲！我忍受刺眼的不适，盯着发亮的东西看去。于是我发现是从桌上移动的镜子里发出的亮光。但主人为何在书房挥舞镜子呢？谈到镜子，那玩意儿当然应该挂在浴室。我今早就在浴室见过这面镜子。我特别说“这面镜子”是因为主人家中除此之外没有其他镜子。主人每天早上洗脸之后梳头时也会用到这面镜子。——或许有人会问，主人这样的男人也要梳头吗？实际上他对别的事不在乎却唯独对那颗头特别仔细。自我来到这个家到现在，哪怕是再热的天气，主人都没有理过五分头[①]，一定保持两寸的长度，而且不仅煞有介事地将头发左分，还让右边的发尾稍微翘起故作不知。这或许也是精神病的征兆。这种矫揉造作的分发方式与这张桌子毫不搭调，但毕竟没有伤害到他人，所以谁也没有资格批评。当事人自己也很得意。撇开分发方式是否时髦洋派先不谈，如果怀疑他为何把头发留那么长，那其实是有原因的。他的痘疤不仅侵蚀他的颜面，似乎老早之前也已侵蚀头顶。所以他如果像普通人一样剃成五分头或三分头，短发的发根处会露出数十个痘疤。那些痘疤就算再怎么抚摸、摩挲，也不会一一脱落。看似枯草荒野中的萤火虫或许自有风流，但女主人当然很不满意。所以既然头发留长一点就不怕暴露，他当然不可能主动暴露自己的缺陷，甚至恨不得脸上也长毛把脸上的痘疤遮住，因此没必要把免费长出来的头发花钱剃掉，宣扬自己连头盖骨上都有一堆麻子。——这就是主人留长发的理由，头发长，是他把头发旁分的原因，基于那个原因才照镜子，因此将镜子放在浴室，而那个镜子只有一面。

该在浴室的镜子，而且是唯一一面镜子，现在既在书房出现肯定是镜子得了离魂病[②]，再不然就是主人从浴室拿来的。若是主人拿来的，又是为了什么呢？或许那是消极修行必备的工具。以前有学者[③]拜访传扬佛法的某智者，见和尚正在专心磨瓦片。学者问对方在做什么，和尚声称正想打造镜子所以拼命打磨。学者听了大吃一惊说，即便是名僧也不可能把瓦片磨成镜子，和尚咯咯大笑说，是吗，那就算了，看再多书籍也无法悟道的人想必也是如此。主人说不定就是听到那个故事才把镜子自浴室取来频频揽镜自照。好像越来越热闹了，且让我悄悄窥视。

不知情的主人看似热心地盯着那面镜子。镜子本来是诡异之物。深夜放上蜡烛，在宽敞的房间一个人照镜子颇需要勇气。例如我第一次被这家的小姑娘把镜子推到

---

① 五分等于零点九厘米。三分等于零点六厘米。理成三分头或五分头几近光头。

② 离魂病即梦游症。

③ 《江西马祖道一禅师语录》（亦称《马祖录》）及《正法眼藏》（古镜）中的插话。“某学者”是马祖道一，“智者”是南岳怀让。

脸前时，就被吓得绕着屋子跑了三圈。即使是白天，像主人这样拼命盯着看肯定也会被自己的脸吓到，光是看着都会觉得脸孔很诡异。过了一会儿主人自言自语说："原来如此，这张脸的确很丑。"他肯承认自己的丑陋倒是令人刮目相看。就举止而言虽是疯子的作为，但说的话倒是真理。这如果更进一步，会害怕自己的丑恶。人类如果没有彻头彻尾地感受到自己是可怕的恶棍这个事实，就算不上是吃过苦的人。如果不是吃过苦的人，终究无法解脱。主人到此地步本来可能也会说声"噢，好可怕"，但他就是不说。讲完"原来如此，这张脸的确很丑"之后，不知想起什么，他猛然把脸颊鼓起，然后伸掌朝鼓起的脸颊拍了两三下。我不知道这是什么咒语。这时我感到好像有种东西很像这张脸。仔细一想，那原来是女佣的脸。顺便介绍一下女佣的脸，那才真的是圆滚滚的。上次有人自穴守稻荷神社[①]提了河豚灯笼来当礼物，女佣的脸就像那盏河豚灯笼一样鼓胀。鼓胀的方式太残酷甚至失去了双眼。不过河豚的鼓胀是周身上下皆浑圆，而女佣由于本来的骨骼是多角形，鼓起脸时也是依照骨骼的形状，所以就像泡水肿胀的六角钟。女佣如果听见我这么讲一定会生气，所以对她的叙述就到此打住，还是回头说主人吧，这样猛吸一口空气鼓起脸颊的他依照前面所述伸手拍打脸颊，一边再次自言自语："皮肤这么紧绷时痘疤就不显眼了。"

接着他把脸侧过去，把被光线照到的半边脸对着镜子。"这么看起来很显眼，还是正面对着日光时看起来比较平滑，真是奇怪。"他似乎非常感叹。然后猛然伸长右手，尽可能把镜子拿远再静静打量。"离这么远看来也还好嘛，果然不能太靠近。——不只是脸，事事皆如此。"他大彻大悟似的说。然后忽然把镜子放倒，以鼻根为中心，将眼睛额头眉毛全都朝这中心挤成一团。我觉得他的容貌看起来变得很不愉快。"不，这不行。"他自己似乎也发现了，立刻作罢。"为何会这么丑呢？"他有点怀疑地把镜子拉到离眼睛三寸之处。右手食指轻抚鼻翼，然后将指头对着桌上的吸水纸用力一按。指上的鼻油被吸收，在纸上浮现圆形的油渍。把戏还真多。然后主人把抹过鼻油的指头一转，用力拉开右眼下眼皮，做出一般所谓的鬼脸。到底是在研究痘疤，还是在和镜子互瞪有点难以判定。以主人向来三心二意的作风，想必看久了自然会有种种表现。不仅如此。如果秉持善意做蒟蒻问答式的解释[②]，主

① 位于东京府荏原郡（现大田区）羽田村，俗称羽田稻荷。

② 穿凿附会地从佛教的角度解释。"蒟蒻问答"是真正的禅僧把假扮禅僧的蒟蒻贩子的动作视为体现了深远真理的落语故事。

人或许是基于见性自觉[1]的方便才对着镜子表演各种动作。人类一切的研究其实都是在研究自我。说什么天地山川日月星辰，其实都只不过是自我的别名。撇开自我不可能发现其他值得研究的事项。如果人类能够超脱自我，自我恐怕会在超脱的瞬间消失。而且自我的研究除了自己无人肯做。就算很想让人做，渴望请人做，终究办不到。所以自古以来的豪杰都是靠自己的力量变成豪杰。若是靠他人来了解自己，就等于请人代替自己吃牛肉来判断肉是硬是软。朝闻法，夕听道，梧前灯下[2]持书卷皆只不过是挑拨此种自证的方便手段[3]。别人的说法中，他人的讲道中，乃至堆满五车的蠹纸堆里，都不可能有自己存在。若有那也是自己的幽灵。不过在某些场合幽灵或许胜过无灵。追逐影子不见得不能遇见本体，许多影子大抵离不开本体。就这个角度而言，主人既然在摆弄镜子应该算是比较懂事的男人了，我认为远比他囫囵吸收什么爱比泰德斯的学说故作学者姿态要好得多了。

镜子是自恋的酿造器，同时也是自大的消毒器。如果抱着浮华虚荣的念头照镜子，它将是最能够煽动愚者的工具。自古以来抱着过大的自信害人害己的事迹有三分之二都是镜子所为。一如法国大革命时有个好奇的医生发明了改良式斩首器[4]造成天大的罪孽，造出镜子的人想必也会为此睡不安枕。不过对自己快要绝望时，在自我萎缩的当下照照镜子是最好的良药。美丑一目了然。肯定会发现自己顶着这张脸孔居然也好意思在人前昂首阔步活到今日。发现这点时，是人的一生中最可贵的一刻。自己明白自己的愚蠢是最可贵的。在这种自觉性笨蛋的面前，所有的自大者都得低头惶恐不已。就算当事人趾高气扬，自以为在轻蔑嘲笑吾人，但在我看来那种昂然其实已等于惶恐低头。主人不是那种照镜子便会醒悟己身愚蠢的贤人，但他至少可以公平看待自己脸上的痘疤痕迹。自认脸孔丑陋想必也是体察心境鄙贱的阶梯，他是个好男儿。这或许也是哲学家劝说的成果。

我一边这样想一边继续窥视，不知情的主人尽情做完鬼脸后说："好像充血很严重。果然是慢性结膜炎。"说着他拿食指的侧边开始用力搓揉充血的眼皮，可能是觉得很痒。但本就赤红的眼睛，自然禁不起他这样搓揉，不久以后肯定会像咸鲷

① 禅语。领悟自己的本性。

② 指书房。梧（桐）木桌前，灯火之下。

③ 指激发自力开悟的手段。

④ 断头台叫作 guillotine。是根据提案改良旧式断头台（不是发明者）的法国医师吉罗廷（Joseph-Ignace Guillotin，1738—1814）的名字命名。法国大革命时，许多人都是用这个处死。

鱼的眼珠一样溃烂。之后他睁眼朝镜子看去，果然像北国冬天的天空一样阴霾混浊。不过平日也不是什么明亮的眼睛。如果用夸大一点的形容词，甚至是混沌一片难辨眼白与黑眼珠。就像他的精神一贯朦胧不得要领，他的眼睛也暧暧然昧昧然长久游移在眼窝深处。有人说这是胎毒，也有人断定这是天花的后遗症，也可能是小时候经常受到柳虫[①]与赤蛙的照顾，枉费母亲精心养育，或许正因如此，至今仍如出生时一片朦胧。依我偷偷想来这种状态绝非胎毒或天花所为。他的眼珠如此彷徨在晦涩混浊的悲境，乃是因为他的脑袋由不透明的实质构成，是那个作用达到暗淡迷蒙之极，才会自然显现于形体，为不知情的母亲增添无谓的烦忧。见烟即知有火，眼睛混浊乃愚昧的证明。如此看来他的眼睛就是心灵的象征，他的心就像天保钱[②]一样空洞，所以他的眼也像天保钱一样，多半无法在世间通用。

之后他又开始捻须。他的胡须本来就不规矩，每根胡子各有姿态肆意生长。纵然这年头流行个人主义，这样任性恐怕还是会给主人惹麻烦，主人也有鉴于此最近大加训练，尽可能让胡子有系统地排列。他的热心没有白费，如今胡子的步调似乎总算逐渐统一。之前虽也“有”胡子，但最近已可为自己“蓄”胡子而自豪。热情通常会因应功效的程度受到鼓舞，所以我家主人眼见胡子的前途有望，遂不分朝夕只要手一闲下来必定对胡子大加鞭挞。他的志愿就是像德国皇帝陛下[③]一样，蓄起积极向上的胡子。所以不管毛孔是横向还是往下长，他只要稍微抓住一把胡子就往上扯。胡子也挺倒霉的，当然主人自己也不时感到疼痛。但那就是训练，不容分说都要把胡子倒着往上拉扯。在门外汉看来这或许像是一种乐趣，唯有当事者才知个中甘苦。这就像教育者随便扭曲学生的本性，还以此夸耀自己的本领。所以没有任何理由可以指责主人。

主人秉持满腔热忱训练胡子时，厨房里那位多角形的女佣见邮件送来，擦擦通红的手走进书房。右手捻须、左手持镜的主人，保持那个姿势转头看向门口。一看到他那尾端被迫倒立的八字胡须，女佣顿时冲回厨房，趴在锅盖上哈哈大笑。主人倒是不以为意，悠然放下镜子拿起邮件。第一封信是印刷品，上面郑重其事地印了

---

① 柳树上的虫子，据说与赤蛙皆为小儿痫症的妙药。

② 天保通宝的俗称。一枚等于百文钱，但明治之后等于八厘，不足一钱，因此常用来嘲讽愚人或落伍的人。

③ 威廉二世（Friedrich Wilhelm Viktor Albert von Hohenzollern，1859—1941，1888—1918 在位），左右两端翘起的八字胡很有名，被称为“皇帝胡”。

很多字。一看之下：

敬启者：谨颂祥祺。回顾往昔，日俄战争乘着连战皆捷之势宣告和平克复，吾国忠勇英烈之将士如今泰半在万岁声里奏起凯歌，国民之欢喜难以言喻。曩昔宣战之皇命诏令发布全国，义勇为国奉献的将士久处万里异域忍受寒暑苦难一心从事战斗，为国献身之至诚令人永记难忘，而军队凯旋至本月几乎已告终了，因此本会预定于二十五日，代表一般区民为本区内一千有余出征将校战士举办凯旋庆祝会兼慰藉军人遗族，以热诚欢迎聊表感谢之衷，如蒙诸位大力赞助得以举办盛典，实为本会之幸，尚祈阁下慷慨解囊义捐为荷。谨此敬具。

寄信人是贵族。主人默读一遍后立刻重新塞回信封佯装不知。什么义捐，太可怕了，绝对免谈！之前为东北歉收[①]乐捐了二元还三元后，主人从此每见到人就要抱怨一次自己被迫乐捐、被抢钱。既然是乐捐，当然是自愿乐于捐出，不是被迫的。又不是遭到抢劫，用抢来形容不太妥当。但是主人似乎认为自己就像遭到抢劫，即使叫他欢迎军队，即使那是贵族的劝说，若是强迫或许还有可能，现在只不过是一封印刷信就要叫他出钱那绝不可能。在主人看来欢迎军队之前应该先欢迎自己。欢迎自己之后或许大抵上的人都可以欢迎，但在自己为生活朝夕奔波时，他似乎打算把欢迎军队之事全权交给贵族处理。主人接着拿起第二封信，说：“啊，这也是印刷信。”

时值秋寒谨贺府上日益隆盛。关于敝校正如阁下所知自前年以来因二三野心家妨害一时窘困至极，凡此种种皆因不肖在下能力不足所致，为此深自警惕卧薪尝胆[②]，幸而辛苦终有结果，近日欲独力建造符合我等理想之新校舍，筹措校舍建设经费之际别无他法遂出版别册裁缝秘术纲要一书。本书乃不肖在下多年苦心研究师法工艺方面之原理原则，呕心沥血绞尽脑汁所作，为让本书普及一般家庭，在制作成本额仅添附少许利润以便诸位购求，一则可助弘扬斯道，再则亦可积蓄微薄利润充作校舍建设经费。近日窃思阁下当乐于赞助敝校建筑费用，故不揣冒昧恳请购读拙作秘术纲要一部或可分赠府上侍女使用。企盼阁下赞同。伏维拜鉴。匆匆敬上。

---

① 连载本文的明治三十八年，东北地区遭逢稻谷歉收之灾。

② 日本在甲午战争后，基于对俄、德、法出面干涉的反弹，广泛使用这句成语。

大日本女子裁缝最高等大学院

校长　缝田针作　九拜

主人冷淡地把这封严肃的书信揉成一团扔进垃圾桶。针作君的九拜与卧薪尝胆都没派上用场实在可怜。接着是第三封信。第三封信颇有异样光彩，信封是红白条纹[①]，就像棒棒糖的包装般华丽，正中央以八分体[②]大字写着珍野苦沙弥老师虎皮下[③]。虽不知信封内是否会冒出个阿太[④]，至少封面颇为光鲜体面。

> 若以我律天地便该一口吸尽西江水[⑤]，若以天地律我则我只是陌上尘[⑥]。须知，天地与我何涉……第一个吃海参者须佩服其胆识，第一个吃河豚者应敬重其勇气。吃海参者乃亲鸾再世，吃河豚者乃日莲[⑦]分身。至于苦沙弥老师只知瓠瓜干蘸醋味噌之味。食瓠瓜醋味噌而成天下之士者，吾至今未见……
>
> 好友会出卖汝。父母亦于汝有私。爱人也抛弃汝。富贵本就不可恃。爵禄一朝尽失。秘藏于汝脑中的学问只会发霉。汝尚有何可恃？天地之中有何可求？神乎？
>
> 神不过是人类为排遣痛苦而造的土偶。乃人类失禁脱粪凝结的臭皮囊。恃无可恃者岂曰安易。咄咄[⑧]，醉汉满口胡言，蹒跚走向坟墓。油尽灯自灭。业尽何物遗。苦沙弥老师多管闲事多喝茶多吃屁……
>
> 不把人当人就一无所畏。不把人当人的人，忧愤不把我当我之世间又如何。权贵荣达之士不把人当人而有所得。但他人不把我当我时却怫然变色。随你任意翻脸变色吧。浑蛋……

---

① 据今井淳武藏大学名誉教授表示，以前在历史学家斋藤阿具家见过这种“信封袋”。《我是猫》连载当时斋藤任教于仙台第二高等学校，漱石借住在斋藤家，随着斋藤调职一高，漱石也跟着搬了家。

② 汉字的书体之一，秦国王次仲以小篆二分加隶书八分而成的装饰书体。以前的隶书称为古隶，今日说到隶书通常是指这种八分体。

③ “虎皮下”是寄至虎皮地毯之意。书信收件人常用之语。

④ “阿太”是指丑女面具。糖中出来个阿太是卖糖的广告词，在此是指无法保证里面会出现什么。

⑤ 饮尽世界的气魄。西江是中国南部的大河。漱石于明治三十四年的《断片》提到“唐朝的庞居士说待汝吸尽西江水，若真能饮尽西江水，与其当和尚不如当豆藏《魔术师》”。

⑥ 意指一吹就飞走的渺小事物。

⑦ 亲鸾与日莲皆为镰仓时代的僧侣，亲鸾为净土真宗的祖师。日莲为日莲宗的祖师。

⑧ 禅语。严厉斥责之声。

我把人当人，他人却不把我当我时，不平之士会发作性地从天而降。这种发作性的活动名之为革命。革命非不平之士所为。乃权贵荣达之士主动促成。朝鲜多人参，先生何不服用。

写于巢鸭　天道公平　再拜

针作君是九拜，此人却只是再拜，显然是霸道地认为光是没有要求捐钱就抵得上七拜。这封信虽未要求捐钱，内容却晦涩难懂。无论投稿到哪家杂志绝对都会被退稿，所以我以为头脑不透明的主人肯定会把这封信撕得粉碎，没想到他居然一再从头细读。或许他认为这种信函有其意义，决心不厌其烦地探究那个意义。天地之间难解的事物众多，但没有哪一样是没有赋予意义的。哪怕是再艰深的文章，只要有心解释皆可轻易解释。说人类是笨蛋或说人类聪明皆可轻易理解。根本不用考虑。说人类是狗或是猪都不是特别艰难的命题。说山峦低矮也无所谓，说宇宙狭小也没关系。乌鸦是白的、西施是丑妇、苦沙弥老师是君子也行得通。所以即便是这么无意义的信，如果非要赋予道理绝对找得出意义。尤其像主人这样硬是把不懂的英语穿凿附会做解释的男人更喜欢赋予意义。被学生质问天气不好为何要说 Good morning 时他思考了七天，哥伦布这个名词用日语怎么说这个问题他花了三天三夜才答出来，对这样的男人而言，不管吃瓠瓜干蘸醋味噌可成天下之士，还是吃朝鲜人参发动革命，皆可涌现意义。主人似乎暂时以对待 Good morning 的方式囫囵咽下这些难解的词句。“这封信的意义相当深远。肯定是研究哲理的人。见解不凡。”他大为赞赏。光从这番话也可看出主人的愚昧，但是反过来想其实也不难理解。主人有个毛病就是对不懂的事物格外崇敬。这想必不只是主人才有的毛病。不懂之处往往潜伏不可小觑的奥秘，不可测之处总会显得特别崇高。所以俗人虽然不懂装懂，学者却把浅显易懂的事物讲解得让人听不懂。看大学的课堂也知道，饶舌讲解别人听不懂的事反而获得好评，说明易懂之事的人却不得人心。主人崇敬这封信不是因为意义明了，而是因为主旨不清几乎难以捉摸。因为信中没头没脑地冒出海参与失禁脱粪。所以主人尊敬这篇文章的唯一理由，与道家尊敬《道德经》，儒家尊敬《易经》，禅家尊敬《临济录》[①] 一样纯粹是因为不懂。但是完全不懂会很

---

① 中国临济宗的开山始祖临济义玄的言行录。漱石的藏书也有《首书增补临济慧照禅师录》(出云寺版)。

不甘心，所以好歹要自行加上注解装出很懂的样子。不懂装懂报以敬意自古以来就是愉快的事。主人恭敬地把这篇八分体的名文卷起，放在桌上，袖手陷入冥想。

这时玄关忽有人大声喊：“有人在家吗？”听声音似乎是迷亭，却很不像迷亭作风地在门口频频喊人。主人之前就在书房听到那个声音却袖手纹丝不动，或许是因他一贯主张出面应门不是主人的职责，所以他绝不会主动从书房出来打招呼。女佣刚才出门去买洗衣肥皂了。女主人在厕所，于是能出面的只有我，可我其实也不想去。结果客人自己从脱鞋口冲进屋内，拉开纸门大步闯入。主人固然不像话，客人也好不到哪里去。我以为客人去了和室那边，结果只闻纸门开关两三次，紧接着他已来到书房。

“喂，开什么玩笑。你在做什么？客人来了。”

“咦，是你啊。”

“你这是什么态度。既然在家起码说句话，搞得家里像没人似的。”

“嗯，我正好在思考一点事情。”

“就算在思考也能喊一句‘请进’吧。”

“的确可以。”

“你还是一样好胆量。”

“我之前就一直致力于精神修行。”

“你真无聊。忙着精神修行无暇回话，客人可倒霉了。你这么镇定我很伤脑筋耶。其实我不是一个人来的。我带了贵客来。你出来见一下人家。”

“你带了谁来？”

“是谁不重要，总之你出去见一下客人，人家坚持要见你。”

“到底是谁？”

“不管是谁你先起来就对了。”

主人袖着手倏然起立，一边说：“你又在唬人了吧。”来到檐廊不以为意地走进客厅。只见一名老人面对室内六尺壁龛肃然端坐，主人不禁将双手自袖中取出乖乖在纸拉门旁坐下。这下子等于与老人同样面朝西方，所以双方无法互相见礼。坚守古风的人在礼仪方面是很啰唆的。

“来，那边请。”他指着壁龛那边催促主人。主人在两三年前还认为坐在哪儿都无所谓，但之后听某人讲解壁龛，方知壁龛一带是由贵宾席演变而来，乃是上位者坐的席次，从此就再也不肯靠近壁龛。尤其现在有个陌生的长者稳坐不动，自然不可能自己去上座。连招呼都还没打，于是好歹低头行个礼。

“那边请。”他也重述对方的说辞。

“不，那样不好打招呼，还是您那边请。”

“不，那样不好……您那边请。”主人也潦草地模仿对方的说辞。

“不敢当，您这么谦逊真是令人惶恐，反而让我不安。还请别客气，请上坐。”

“是您谦逊……惶恐惶恐……请请请。”主人面红耳赤嘴里结结巴巴。看来精神修行也没啥效果。迷亭君躲在纸门后面笑着看热闹，这时觉得时机差不多了，从后面推主人的屁股：“你就过去吧。你这样挨着纸门害我都没地方坐了。别客气，往前坐吧。”迷亭硬生生插话，主人只好膝行滑向前方。

“苦沙弥君，这位就是我每次跟你说的静冈县的伯父。伯父，这就是苦沙弥。”

“哎，幸会，每次迷亭都来打扰您，我一直想找机会聆听您的高见，今天有幸经过附近，所以特来拜访，今后还请多多关照。”对方以老派作风流畅地客套，主人向来交际不多，沉默寡言，几乎没见过这么老古董的老先生，所以起初多少有点怯场看似退缩不前，但对方这么滔滔不绝一说，令他把朝鲜人参和棒棒糖的纸袋都忘了，只能在情急之下做出别扭的回答。

“我也……我也……应该去拜见您才对……还请指教。”说完他稍微自榻榻米抬头一看，老人还在伏身行礼，于是吓得又把头贴在榻榻米上。

老人计算呼吸一边抬头一边说：“我本来在这边也有房子，在膝元[①]居住多年，幕府瓦解后去了那边就没再回来。现在来了一看连方向都分不清了。如果没有迷亭陪伴，连事情都办不好。所谓沧海桑田，入国[②]三百年以来，将军家也……”他还没说完迷亭老师就不耐烦地说：“伯父，幕府将军家或许好，但明治时代也不错呀。以前可没有什么红十字会[③]吧？”

“那倒是没有。完全没有红十字这种名号。尤其是拜见皇族殿下御容这种事是到明治时代才有的。我也是活得久才能出席今日的总会，听见殿下的玉声，这下子已死而无憾。”

“您好久没回来了，就算只是参观东京也是收获。苦沙弥君，伯父这次是因红

---

① 将军的膝下，指江户。

② 指德川家康在江户成立幕府政权。

③ 日本红十字会成立于明治二十年(1887)。后面提到“殿下”，当时红十字会总裁是闲院宫载仁。

十字召开总会才专程从静冈过来，今天我们一起去了上野，现在正要回去，所以特意穿了我之前在白木屋定做的大礼服。”他提醒道。这位伯父的确穿了正式的大礼服。虽然穿着礼服却一点也不合身，袖子太长，前襟大敞而开，背后凹陷不平，腋下紧绷吊起。就算叫裁缝刻意做难看一点，恐怕也无法难看到如此地步。而且白衬衫与白领子各分东西，一仰头就能看到喉结。那个黑色领结究竟属于领子还是衬衫也不确定。礼服还能忍受，但白色发髻却是奇观。出名的铁扇又如何呢？我定睛一看，果然放在他的膝旁。主人这时终于回过神，把精神修行的成果充分应用在老人的服装上有点吃惊。本以为不至于像迷亭形容的那么夸张，见到本人才发现比迷亭叙述的更严重。如果自己的痘疤是历史研究的材料，那么这位老人的发髻与铁扇绝对有更大的研究价值。主人很想问一问那把铁扇的由来，却有点不好意思初次见面就质问人家，不过话题中断也很失礼，于是，他问了一个很寻常的问题：“一定很多人参加吧？”

“哎，人可多了，而且那些人都一直看我，看来这年头的人眼光都变高了。以前可没有这样。”

“对，是啊，以前可没有那样啊。”他说话的语气倒像老人。这并非主人故意不懂装懂，只要当作他那朦胧的脑袋随口说出的言语即可。

“而且，大家都在看我这把甲割[①]。”

“那把铁扇想必很重吧。”

“苦沙弥君，你拿拿看，相当重喔。伯父你拿给他试试。”

老人用力拿起，说声不好意思递给主人。就像去京都黑谷[②]参拜的香客拿起莲生和尚[③]的大刀，苦沙弥老师拿了一会儿后，说声“原来如此”就还给老人。

“大家都说这是铁扇，其实这叫作甲割，与铁扇是不同的东西……”

“噢，怎么说呢？”

“这可以把盔甲割开——趁敌人眼花之际攻击。据说早自楠正成[④]的时代就

---

① 经常被称为铁扇，笹间良彦的《图录日本甲胄武具事典》提到“形似十手（捕棍），附有木制柄鞘，俗称兜割，与十手一样皆为护身用具”。

② 京都市左京区黑谷街的金戒光明寺的俗称。

③ 熊谷直实（1141—1208），镰仓初期的源氏武将。后成为新黑谷（金戒光明寺）的法然弟子，法名莲生。金戒光明寺留有他的遗物。

④ 楠木正成，生卒年不详，镰仓时代末期至南北朝的知名武将。

使用……”

“伯父，那就是正成的甲胄吗？”

“不，这不知道是谁的。不过历史悠久，说不定是建武时代打造的。”

“或许是建武时代吧，不过寒月君可伤脑筋了。苦沙弥君，今天我们回程时正好有机会，于是趁着经过大学顺道去理科教室，参观了一下物理实验室。结果这个甲胄是铁做的，把有磁力的机器都搞得一阵大乱。”

“不，那不可能。这是建武时代的铁器，是上好材质的铁，绝对没那种问题。”

“就算是质地再好的铁也不管用。是寒月这么说的我也没办法。”

“你说的寒月，就是那个在磨玻璃珠的男人吗？年纪轻轻的真可怜，应该还有别的事可以做吧。”

“真可怜，他那其实也是一种研究。只要把玻璃珠磨好就能成为气派的学者。”

“磨珠子就能成为大学者的话，那谁都做得到，老头子我也可以，玻璃店的老板也可以。做那种事的人在中国叫作玉匠，身份很卑微。”说着把头转向主人暗求赞同。

“原来如此。”主人客气接腔。

“当今一切学问都是形而下学①，看起来好像不错，可是到了紧要关头却一点用处也没有。以前可不是这样，武士是拼命的买卖，所以必须致力于心境修行以免紧要关头狼狈失措，想必您也知道，那可不像磨珠子或扭铁丝那么容易。”

“原来如此。”主人还是客气附和。

“伯父说的心境修行是以袖手打坐来代替磨珠子吧。”

“就是有你这种想法才麻烦。其实并没有那么简单。孟子②甚至说过求放心，邵康节也说过心要放，还有佛家之中有个中峰和尚也说过具不退转。那并不容易理解。”

“果然听不懂。那到底该怎么办呢？”

“你看过泽庵禅师③的《不动智神妙录》④吗？”

“没有，听都没听过。”

---

① 相对于探究事物本质的形而上学，分析具体事物与现象的学问称为形而下学。在此带有批判意味。

② 以下三人的故事皆出自泽庵禅师的《不动智神妙录》。邵康节为北宋儒学家。中峰和尚为中国元代的禅僧。

③ 泽庵（1573—1645），临济宗僧人。后来接受水尾天皇与将军家光的皈依。

④ 以泽庵回答柳生但马守宗矩的问题，借剑道说明禅家奥妙真谛的言辞为主，编纂成一卷十三项的佛书。“心该放在何处……”也是该书的一节。

“书中说，要者乃心置于何处。若置于敌身之动作，则心为敌身之动作所夺。若置于敌人之大刀，则心为敌人之大刀所夺。若置于杀敌之念，则心为杀敌之念所夺。若置于吾刀，则心为吾刀所夺。若置于吾人不死之念，则心为吾人不死之念所夺。若置于他人之戒备，则心为他人之戒备所夺。故心无可置之处。”

“亏你能一字不漏地背下来。伯父的记忆力真好，这段很长耶。苦沙弥君你懂吗？”

“原来如此。”主人这次还是如此打发。

“你说是吧？要者乃心置于何处，若置于敌身之动作，则心为敌身之动作所夺。若置于敌人之大刀……”

“伯父，那种事苦沙弥君很明白啦。最近他天天都在书房修身养性。就算有客人来都不肯分心出面接待，所以他绝对没问题。”

“噢，那倒是奇事——那你不如也跟着一起修身养性。”

“嘿嘿嘿，我可没有那种闲工夫。伯父是自己过得轻松写意，就以为别人也在玩吧。”

“你实际上不就是在玩吗？”

“可我是闲中自有忙。”

“看吧，就是因为你粗心马虎我才说你必须修行，只有忙中自有闲这句话，我可没听过闲中自有忙这种说法。对吧，苦沙弥先生？”

“对，我也没听过。”

“哈哈哈哈，我说不过你们。对了伯父，你看怎样，好久没来了要不要吃东京的鳗鱼？我请你去竹叶[1]，现在搭电车过去的话一下子就到了。”

“鳗鱼固然好，但今天我已约好要去找三原，我也该告辞了。”

“噢，杉原啊，那位老先生也很硬朗。”

“不是杉原，是三原。你老是搞错，真是伤脑筋，把别人的姓名弄错很失礼，你应该好好注意。”

“可是他不是叫作杉原吗？”

“写成杉原但是念成三原。”

“真奇怪。”

“这有什么好奇怪的，自古以来就有所谓的名目读法[2]。蚯蚓的日文名字叫作眯

---

① 当时位于京桥区（现中央区）新富街的竹叶亭。尾张街新地也有分店。

② 约定俗成的读音方式。泽庵禅师的《结绳集》有同样的记述。

眯子。那就是眼睛看不见的名目读法。就跟蛤蟆叫作青蛙一样。”

“噢，这倒惊人。”

“打死蛤蟆它会仰面翻身（kaeru），所以名目读法称为青蛙（kairu）。透眼墙叫作空垣，菜薹叫作菜茎，都是同样的道理。把杉原念成杉原是乡下人的讲法，如果不注意会被人笑话。”

“那么，那个，伯父现在要去找三原吗？伤脑筋。”

“没关系，你不想去可以不去。我一个人去就好。”

“伯父一个人可以吗？”

“用走的可能有困难。帮我雇辆车，我从这里坐车过去吧。”

主人当下派女佣去找车夫。老人又说了一大串客套话道别才在发髻戴上礼帽走了。留下迷亭。

“那就是你的伯父啊。”

“那就是我的伯父。”

“原来如此。”主人再次在坐垫上坐下袖手思考。

“哈哈哈，是个豪杰吧？我能有那样的伯父很幸运。不管带他去哪儿都是那副调调。你一定也吓到了吧？”迷亭自以为吓到主人了所以很开心。

“哪里，我才没那么吃惊。”

“那样还不吃惊的话，胆子也太大了。”

“不过那位伯父的确很了不起。他主张精神修行这点值得大大尊敬。”

“值得尊敬吗？等你六十岁的时候说不定也会像那位伯父一样落伍，遭到时代淘汰。你可要好好撑住，如果轮到你被时代淘汰那就太不聪明了。”

“你这么担心被时代淘汰，但在某些时间与场合，落伍更了不起。现在的学问只顾着一味向前走，但不管走到哪里都没完没了，终究无法满足。相较之下东方的学问走消极路线更有味道，因为那是心灵本身的修行。”主人把之前从哲学家那里听来的现学现卖。

“这下子不得了，这番话听起来好像是在说八木独仙。”

听到八木独仙这个名字，主人大吃一惊。其实之前访问卧龙窟说服主人后悠然离去的哲学家正是这位八木独仙。刚才主人说的这番议论完全是从八木独仙那里现学现卖的，应该不知情的迷亭竟然间不容发便搬出这位老师的大名，等于狠狠挫伤了主人临时速成的假鼻子。

“你听过独仙的说法吗？”主人不安地求证。

“岂止是听过，那家伙的论调，十年前在学校时与现在一点也没变。”

“真理本就不可能轻易改变，不变说不定更可靠。”

“有你这样替他说好话，独仙也能继续宣扬他那一套了。首先八木（Yagi）这个名字就取得好，他那胡子完全就像山羊（yagi），而且他从寄宿时代就一直是那副德性。独仙这个名字也不赖。以前他来我这里过夜也会议论那套消极的修行云云。每次都讲同样那一套，我说你都不困吗，这位老兄可悠哉了，居然坚持他一点也不困，还是照样大谈他的消极论，把我烦死了。没办法，我只好说：你或许不困，但我可困死了，拜托你快睡觉吧。这样逼他睡觉还好——问题是那晚老鼠出来咬独仙的鼻头。三更半夜弄得鸡飞狗跳。别看他嘴上说得好像大彻大悟，其实依旧很爱惜性命。他非常担心，还责备我说老鼠的毒性万一扩散全身就糟了，叫我要负起责任，弄得我都傻眼了。结果没办法我只好去厨房拿饭粒粘在纸片上糊弄他。”

“怎么说？”

“我告诉他那是进口的膏药，是近来德国名医发明的，印度人被毒蛇咬伤时只要用这个就马上见效，所以贴上去就保证没事。”

“原来你打从那时起就特别会糊弄人。”

“……独仙是那样的老好人，所以信以为真，安心地呼呼大睡，隔天起来一看膏药下面挂着丝，原来是粘到他的山羊胡了，真滑稽。”

“不过他比起当时变得神气多了。”

“你最近见过他吗？”

“一周前他来过，聊了很久才走。”

“难怪你会说出独仙式的消极论。”

“其实当时我听得非常佩服，所以正打算也奋发图强好好修身养性。”

“奋发图强是很好，但是如果太把别人说的话当真会很像傻瓜喔。你这人的毛病就是只要是别人说的话你一律都会当真。独仙嘴上虽然讲得好听，到了紧要关头还不是半斤八两。你应该知道九年前的大地震[①]吧？当时从寄宿的二楼跳下来受伤的只有独仙一个人。”

“他自己对此不是大有说辞吗？”

---

① 明治二十七年六月二十日，东京一带发生大地震，造成严重死伤。

"没错，照他的说法还是难能可贵的经验呢。禅语的机锋峻峭[①]，所谓石火之机可以惊人的速度应付事物。他人嚷着地震了正在仓皇之际，唯有自己果断自二楼窗口跳下，可见修行的效果——他当时开心地这么说，跛着脚还沾沾自喜。他是个死不认错的男人，所以我说整天嚷着禅呀佛的才是最可疑的家伙。"

"会吗？"苦沙弥老师有点气弱。

"上次来时他一定讲了什么禅宗和尚的梦话吧？"

"嗯，他告诉我一句电光影里斩春风。"

"就是电光那句。那打从十年前就是他的口头禅所以才可笑。这位无觉禅师[②]的电光在宿舍里简直无人不知无人不晓。而且他有时一咳嗽还会错把电光影里说成春风影里斩电光，可有意思了。下次你不妨试试。当他从容不迫地说出那句时，你故意提出种种反驳。他一定会立刻颠倒过来说出奇怪的话。"

"碰上你这种促狭鬼只能投降。"

"还不知谁才是促狭鬼呢。我最讨厌什么禅宗和尚又什么开悟的。我家附近有南藏院这间寺庙，那里有位八十岁的隐居老人。之前下起午后雷阵雨时寺内落雷，把隐居老人院前的松树劈断了。但和尚泰然自若说不要紧，仔细一打听原来根本是聋子，难怪泰然自若。事情大抵都是那样的。独仙一个人悟道就够了，偏要动不动就诱惑别人。拜独仙所赐已经有两个人发疯了。"

"是谁？"

"还能有谁。一个是理野陶然。受到独仙的影响热衷禅学还跑去镰仓的禅寺，最后终于在外地发疯了。圆觉寺[③]前不是有火车平交道吗？他闯进平交道内在铁轨上坐禅，还气焰嚣张地说要让对面驶来的火车停下。最后是火车主动停下保住了他的命，但他接着又说自己的身体是水火不入的金刚不坏之身，跳进寺内的莲花池到处冒泡泡。"

"死了吗？"

"那次也是幸好道场的和尚经过救了他，但后来他回到东京，罹患腹膜炎死了。虽是因腹膜炎而死，但罹患腹膜炎却是因为在僧堂吃了麦饭与万年酱菜，所以说穿

---

① 机锋是形容心中气势的禅语。《碧岩录》有"机锋峭峻"一语。

② 无知无觉的禅僧。仿照前出的无学禅师之戏称。

③ 镰仓山内的临济宗圆觉寺派本山。漱石也曾去参禅。

了等于是被独仙间接杀死的。”

“太过热衷也有好有坏呢。”主人露出有点毛骨悚然的表情。

“的确。被独仙害惨的还有另一个老同学。”

“真危险。是谁？”

“立街老梅。他完全是被独仙怂恿才会说出鳗鱼上天那种话，结果最后成真了。”

“成真了是什么意思？”

“鳗鱼真的上天，猪成了仙人。”

“那又是怎么回事？”

“八木若是独仙，立街就是猪仙，没见过像他那么贪吃的家伙，他的贪吃与禅宗和尚的坏心眼并发所以无药可救。起先我们也没发觉，但现在回想起来当时怪事连连。他会跑来我家问是不是有炸肉排飞到那棵松树上了，还说在他的故乡都是把鱼板当成浮板游泳，一再发出惊人之语。光是这样胡言乱语还好，但最后他甚至催促我一起去门口的水沟挖栗子泥点心，连我都只好投降。过了两三天他终于变成猪仙被关进巢鸭精神病院。本来猪没资格发疯，完全是拜独仙所赐让他演变到那种地步。独仙的势力相当厉害喔。”

“噢？他现在还在巢鸭吗？”

“应该在吧。他是自大狂，气焰嚣张。最近宣称立街老梅这个名字太无趣，自号天道公平，自命为天道的化身。很疯狂喔，你去看一下就知道。”

“天道公平？”

“就是天道公平。虽然疯狂倒是挺会取名字的，有时也署名孔平。他说世人迷惘所以他一定要拯救世人，于是到处寄信给友人。我也收到四五封，其中也有内容太长害我被罚了两次邮资不足的费用。”

“那我收到的也是老梅寄来的啰？”

“你也收到了吗？那倒是有意思。也是红色的信封吧？”

“嗯，中央是红的左右是白的。很奇特的信封。”

“那个啊，据说是特意从中国弄来的。他说天道是白的，地道也是白的，人在中间是红的，这是猪仙的格言……”

“这个信封袋倒是颇有典故。”

“正因是疯子所以更讲究。而且即便已经疯了，贪吃的脾性似乎依然健在，每次必定会写到食物之事说来还真奇妙。他寄给你的信上想必也写了什么吧？”

“嗯，他写了海参的事。”

“那是因为老梅以前爱吃海参。理所当然。还有呢？”

“还写了河豚与朝鲜人参什么的。”

“河豚与朝鲜人参的搭配倒是绝妙。大概是打算叫你吃了河豚中毒的话就把朝鲜人参煎来服用吧。”

“好像也不是。”

“不是也无所谓，反正是疯子。就只有这些吗？”

“还有，还有一句苦沙弥老师多管闲事多喝茶多吃屁。”

“啊哈哈哈，说你多管闲事多喝茶多吃屁未免太刻薄了。他肯定以为这样就已把你批得哑口无言，干得好。天道公平君万岁。”迷亭老师越说越有趣，不禁哈哈大笑。主人得知他满怀尊敬反复诵读的信件寄信人竟是如假包换的疯子后，之前的热诚与苦心似乎是白费力气，不由得心生怒气，同时想到自己竟对疯子的文章如此费心玩味也不免有点羞愧，最后甚至怀疑对疯子之作如此佩服的自己是否多少也有点精神问题，于是在气愤、惭愧、忧心合并的状态下露出忐忑不安的神色。

这时大门咔啦啦开启，只听见沉重的鞋音在脱鞋口响了两步，紧接着已有人大声说：“不好意思，打扰一下。”与主人的懒于动弹相反，迷亭是个颇为急躁的人，因此不等女佣出面，他已嚷嚷着“进来！”，两步跃过相隔的房间冲向玄关门口。他每次不等别人应门就自行进屋的毛病的确令人困扰，但既已进了别人的屋子他就会担当起书生的职责所以倒也挺方便的。其实迷亭自己也是客人。客人都去玄关应门了，身为主人的苦沙弥老师自然没有待在和室不动的道理。若是一般人这时候应该尾随其后出面应付客人，但这正是苦沙弥老师与众不同之处，他坦然坐在坐垫上让屁股安稳不动。不过让屁股安稳不动，与自身安稳不动，看似相仿，实质上却差异甚大。

冲到玄关的迷亭讲了一堆话，之后朝里屋大声说：“喂，劳驾屋主出来一下。你若不出面，无法应付。”

主人只好袖手慢吞吞出来。一看之下迷亭握着一张名片弓身打招呼，是极无威严的低姿态。名片上印着警视厅刑事巡查吉田虎藏。与虎藏并立的是个二十五六岁、身材高挑、穿着一身外国衣料的男人。奇妙的是此人与主人一样袖着手，默默伫立。我觉得他看起来有点眼熟，仔细观察之下岂止是眼熟，分明就是上次深夜来访拿走山药的小偷先生。这次居然在大白天公然现身玄关。“喂，这位是刑事巡查，逮到之前那个小偷，要叫你出面结案，所以特意上门。”主人看似终于明白刑警登门的理由，低头朝小偷那边郑重行礼。小偷比虎藏看起来更有男子气概，所以主人大概误以为这位是刑警。小偷想必也大吃一惊，但他总不可能自称是小偷，于是一脸无辜地站着不吭气，双手还是藏在袖中。不过他挂着手铐，就算叫他把手伸出来也伸不出来。若是一般人看这情形应该就已大致明白了，可惜我家主人不像一般人，他对公务员与警察格外尊敬。遇上官方的公权力总觉得那是很可怕的东西。不过就理论而言，他也知道巡查其实只是老百姓出钱雇用的警卫，但是实际见到时还是忍不住鞠躬哈腰。主人的父亲是昔日三流地区的名主①，对上面的大人物点头哈腰的习惯或许因果循环如此回报在儿子身上。说来真是太可怜了。

巡查似乎觉得很好笑，笑嘻嘻说："明天上午九点之前请到日本堤②的分局来。您失窃的物品有哪些？"

"失窃的物品……"他说到一半才发现，已经不幸将那些东西大半忘记。只记得多多良三平送的山药。山药如何其实不重要，但说到"失窃的物品……"就讲不下去很像与太郎③太丢人了。别人遭小偷也就算了，自家遭小偷却无法做出明确的回答，证明自己太不成器，于是他只好鼓起勇气接着说："失窃的物品……是一箱山药。"

小偷这时似乎也觉得很好笑，低头把下巴埋进衣服领子。迷亭哈哈大笑说："看来你特别舍不得山药。"唯有巡查格外正经。

"山药没找到，不过其他物件大致都找回来了。总之你来看了就知道。另外，归还物品时需要填写单据，请不要忘记带印章。一定要在九点之前到，是日本堤分局。浅草警署管辖内的日本堤分局。那我走了，告辞。"巡查自行交代完就走了。小偷先生也跟着离开。他的手伸不出来，无法关门，所以任由大门敞着就走了。主人看似既惶恐又不满，鼓着脸狠狠把门关上。

"哈哈哈！你可真尊敬刑警。平时要是一直保持那种谦恭态度就好了，问题是你偏偏只对巡查客气。"

"那是因为人家还专程来通知我。"

"就算他来通知，那也是他的工作职责所在。你以平常心应付他就够了。"

---

① 名主等于江户时代的村长。漱石之父夏目小兵卫直克也曾是牛込一带（现新宿区）的名主。

② 通往吉原红灯区的道路，也称为吉原堤防。

③ 作为愚蠢年轻人的名字，经常出现在落语故事中。

“但那不是普通工作。”

“当然不是普通工作，是侦探这种不受欢迎的工作，比一般工作更下等。”

“你讲这种话，小心倒大霉。”

“哈哈哈！那我不说刑警的坏话了。不过你尊敬刑警也就算了，连小偷都尊敬就不得不令人吃惊了。”

“谁尊敬小偷了？”

“你明明就有。”

“我怎么可能接近小偷。”

“但你不是还向小偷行礼了？”

“什么时候？”

“你刚刚不就低头鞠躬了？”

“胡说八道，那是刑警。”

“刑警会那副打扮吗？”

“就是因为是刑警才那副打扮吧。”

“你真顽固。”

“你才顽固。”

“刑警去别人家怎么可能那样袖手伫立？”

“刑警不见得就不会袖着手。”

“你的态度这么强硬倒是令我敬畏。你鞠躬的时候那家伙始终就那样站着哟。”

“人家是刑警，所以说不定会那样做。”

“你真有自信，看来我说破嘴皮子你也不肯听。”

“我当然不听。你只会嘴上说小偷、小偷，但你又没亲眼看到小偷闯进来。你只是这么自以为是还死鸭子嘴硬。”

迷亭到此地步似乎也灰心地明白这是个不受教的男人，于是难得地沉默下来。主人自以为好久没这样挫挫迷亭的锐气很是得意。在迷亭看来，主人的价值因为倔强而贬值，但照主人说来只要倔强就比迷亭更厉害。世间还有很多这种傻瓜。当他以为只要坚持倔强到底就赢得胜利时，他本身的价值已经大幅贬低了。不可思议的是顽固的当事人到死还以为自己很有面子，做梦也想不到以后人家只会轻蔑他、懒得理他。无知者是幸福的，这种幸福据说被命名为猪的幸福。

“总之你明天打算去一趟吗？”

“当然要去，叫我九点之前去，那我八点出门。”

“学校怎么办？”

“请假。学校算什么！”他说得掷地有声很是理直气壮。

“你倒是挺有气势的。请假真的没关系吗？”

“没关系，我们学校是给月薪，不可能扣钱。放心。”主人老实直说。说狡猾当然狡猾，说单纯也很单纯。

“你要去无所谓，但你认得路吗？”

“怎么可能认得，只要坐车去不就行了。”主人大言不惭。

“原来你是不逊于静冈伯父的东京通，失敬失敬。”

“你尽管佩服我好了。”

“哈哈哈！说到日本堤分局，我告诉你，那可不是普通地方，是吉原喔。”

“你说什么？”

“那是吉原。”

“你是说那个有红灯区的吉原？”

“对呀，说到吉原，东京只有那么一处。如何？你想去看看吗？”迷亭君又开始调侃他。

主人听到吉原，似乎有点迟疑，但立刻念头一转：“管他是吉原还是红灯区，既然说了要去就一定要去。”主人在无谓的地方格外用力。愚人总是在这种地方意气用事。

迷亭君只说：“想必会很有趣，你去看看就知道。”掀起波澜的刑警事件这下子姑且告一段落。迷亭之后依旧饶舌，到了傍晚，他说太晚回去会被伯父骂这才离去。

迷亭走后，主人匆匆用过晚饭又躲回书房，再次拱手做出以下思考：

“自己本来颇为佩服意欲效法的八木独仙，被迷亭这么一说，似乎也不是值得效法之人。而且他提倡的论调也很没常识，照迷亭的说法好像有点疯癫。更何况他已经有两个疯子手下了。实在很危险。如果随便接近他恐怕会被他拉进同一个疯子系统内。自己之前一见到文章便惊为天人，还以为对方肯定是有大见识的伟人，没想到那位天道公平其实是立街老梅这个标准的疯子，现在还住在巢鸭精神病院。即使迷亭的叙述有夸大之处，老梅在疯人坑中独享盛名自命为天道主宰一事恐怕也是事实。如此说来自己或许也有点危险。俗话说同气相求、物以类聚，我既对疯子的说法感到心悦诚服——至少对他的文章言辞深表同情——那我自己或许也离疯子不远了。好吧，即便不是被同一个模子铸造，但若与狂人比邻而居，一墙之隔说不定几时就被打穿，变成在同室之内促膝谈笑。这可不妙。的确，仔细想想自家大脑的作用连自己都要惊讶，堪称奇上加妙，变旁有珍[①]。脑浆的化学变化激发意志产生行为，进而化作言辞，不可思议的是往往有失中庸。即便舌上无龙泉，腋下不生清风，奈何齿根有狂气，筋头有疯癫味。越想越不妙。弄得不好说不定我已是标准的精神病患。幸好尚未伤人或造成世间困扰所以还没被赶出区内，得以继续做东京市民。这已经不是消极或积极的问题了。必须先从脉搏开始好好检查。但我的脉搏似乎并无异状。是脑袋发烧吗？这方面好像也没有脑充血的问题。但我还是不放心。

"如此把自己与疯子比较，细数相似之点后，自己委实无法脱离疯狂之域。这是方法不对。拿疯子当标准把自己往那边解释才会得出这样的结论。若以健康的人为例，把自己放在旁边比较或许会有相反的结果。为此该先从身边的人开始。第一个，今天来过的大礼服伯父如何？心该放在何处……他也有点怪怪的。第二个是寒月。他从早到晚带便当去学校磨珠子。这也半斤八两。第三是……迷亭？那家伙把嬉笑怒骂当成天职。分明是个快乐的疯子。第四是……金田太太。那种恶毒的脾性完全脱离常识。根本是个疯婆子。第五轮到金田。我没见过金田本人，但是看他恭敬奉承那种妻子，夫妻还能琴瑟和鸣，可见他也是个非凡人物。非凡是疯子的异名，所以视为同类不为过。还有——还有很多。落云馆的诸君子，就年龄而言才刚萌芽，但在狂躁这点却是足以目空一切的英豪。如此算来一般人大抵都是同类。这下子我安心多了。说不定社会就是一群疯子的集合体。疯子集合在一起针锋相对、互揭疮疤、互相谩骂、你争我夺，全体就像细胞一样瓦解又生成、生成又瓦解，这或许就是所谓的社会。其中多少懂点道理、明白是非的人反而被当成绊脚石，于是打造出疯人院这种地方，把绊脚石都关进去让他们出不来。如此说来关在疯人院的其实是普通人，在院外张狂的反而是疯子。疯子在孤立时只会被彻底当成疯子，但成为团体有了势力后，或许反而成了健全的人。大疯子滥用金钱与权力使唤许多小疯子胡闹还被人称为英雄好汉的例子并不少见。真是令人越想越糊涂。"

以上如实描写出我家主人当晚在孤灯下深思熟虑时的心理过程。他的头脑有多么不透明在此已表露无遗。他虽然留着像德国皇帝一样的八字胡，却是连疯子与常人都无法区分的笨蛋。而且他难得提出这个问题考究自己的思考力，却终究没有得出任何结论便草草作罢。他事事皆是这般没有脑力彻底思考的男人。他的结论之模

---

① 奇、妙、变、珍皆是强调非常奇妙的样子。

糊，一如自他鼻孔喷出的朝日青烟难以捕捉，这就是他的议论中唯一能够当成特色值得记忆的事实。

或许有人怀疑我既然是猫如何能够这般精密记述主人心中的想法，但这点小事对猫来说不算什么。我可是会读心术的，最好别多嘴问我是什么时候学会的。总之我就是会。趴在人类膝上睡觉时，我会把我这身柔软的毛衣悄悄贴在人类的腹间。于是一道电光闪过，他的腹中想法便清楚映现在我的心眼。之前也是，主人一边温柔抚摸我的头，突然冒出可怕的念头：如果剥了这只猫的皮做成皮背心一定很暖和。我当下惊觉浑身发冷。太可怕了。当晚主人脑中冒出的想法也因此有幸向诸君报道实在是我的莫大光荣。不过主人想到“越想越糊涂”之后就呼呼大睡见周公去了，到了明天肯定已忘记自己想过什么。之后如果主人还会思考疯子的问题，必然得从头重新思考。如此一来，谁也无法保证他还会按照这样的路线、如此这般做出“越想越糊涂”的结论。不过即使一再重新思考，试图走任何一条路线，最后的确也只能“越想越糊涂”。

Chapter 10

“老公，已经七点啰。”女主人隔着纸门喊道。主人不知是已经醒了还是仍在睡，只是把脸朝着另一边没吭气。不回话是此人的老毛病，非得开口不可时他就“嗯”一声，这个“嗯”也不是轻易出口的。人如果懒惰到连回话都嫌麻烦，倒也有趣，像这种人绝对不会受女人青睐，就连现在的女主人都不太重视他，其他的以此类推，想必虽不中亦不远矣。被父母手足嫌弃的人，陌生的美女自然更不可能青睐他，因此，主人甚至不受妻子喜爱，当然也不可能得到世间一般淑女的眷顾。我本来没必要在这时暴露主人没有异性缘之事，但他自己似乎想歪了，还强词夺理声称是因为流年不利才不受妻子喜爱，所以我是看他痰迷心窍，才好心多说几句想帮他自觉一二。

明明是他事先吩咐的时刻，但是时刻到了提醒他，他不仅充耳不闻，还把脸一撇，嗯都不嗯一声，女主人断定过错在丈夫不在自己，于是摆出“迟到了我可不管”的姿态，扛着扫帚与鸡毛掸子自行去书房了。不久书房响起啪嗒的声音，照例又开始打扫清洁。打扫的目的究竟是运动还是游戏，我不负责打扫所以无从得知，视若无睹当然也没关系，但我不得不说这家女主人的打扫方法实际毫无意义。为什么说毫无意义呢？因为这位女主人只是为打扫而打扫。把鸡毛掸子往纸拉门扫过一遍，扫帚在榻榻米上滑过，然后就视为打扫完毕。至于打扫的原因及结果，她不负丝毫责任。因此干净的地方每天都很干净，有纸屑或灰尘的地方永远都有纸屑灰尘。以前有个故事叫作告朔饩羊①，做了

① 在古代中国，诸侯将天子颁下的历法放进祖庙，每逢朔日供奉羊肉，告知祖历该日为朔日。后来这项仪式逐渐流于形式。

或许总比不做好。但就算做了也不是为了主人。在无谓之处每日劳心劳力正是女主人厉害之处。女主人打扫是多年的习惯，虽有机械式的联想顽强地绑在一起，但是论及打扫的实质内容，一如女主人出生之前，尚未发明掸子与扫帚的古代，丝毫没有进步。想来这二者的关系就如同形式逻辑学命题上的名词[①]，不管内容如何硬是结合在一起。

我与主人不同，本来就早起，这时候已经饿了。家人都还没用餐，我身为一只猫当然更不可能吃早餐，但这正是猫浅薄之处，想到冉冉冒烟的汤汁香气或许正从碗中香喷喷地飘出，我就再也坐不住。无望的事，明知无望还心存企盼时，只能在脑中勾勒那个愿望，按兵不动方为上策，但我做不到，我很想试试心愿与实际究竟能否吻合。虽知一试之下必然失望，但没有亲自在事实上接受最后的失望之前还是无法承认。我忍不住溜去厨房。先探头窥视炉灶后面的猫碗，果然如我所料还是保持昨晚舔干净的样子，阒然无声，在暧昧的光线自窗口射入的初秋日影中发亮。女佣把煮好的米饭移至饭锅中，现在正在搅动炭炉上的锅中物。锅子周围有沸腾溢出的米汁一条一条黏附，看似贴了薄纸。既然饭与汤都煮好了先让我吃一口应该也可以。这种时候还客气未免太没意思了，反正就算不如所愿也没损失，于是我鼓起勇气决定催促女佣给我吃早餐，纵使我只是寄居此地也一样会饿。拿定主意后我喵了一声，发出甜美的、如泣如诉的哀怨叫声。女佣压根没回头看我。她是天生的多角脸，所以我早就知道她不通人情，但是若能成功地以泣诉声激起她的同情那才显出我的本领。我再次喵呜喵呜叫，我相信那叫声带有悲壮音调足以令天涯游子生断肠之思。女佣还是没回头。这女人说不定是聋子。聋子不可能当女佣，或许她只有对猫叫声听不见。世上有所谓的色盲，当事人自以为视力健全，被医生一说才知有缺陷，这个女佣大概是音盲。音盲肯定也是一种缺陷。明明有缺陷还特别霸道。就像半夜，即便我要出去尿尿一再叫她开门她也绝对不肯帮我开门，偶尔让我出去了也不肯再放我进屋。即便是夏天，夜晚的露水也对身体有害。更何况有霜的时候，站在檐下枯等天明有多么辛苦，诸位绝对无法想象。上次我被关在门外时还遭到野狗攻击，千钧一发时，好不容易爬上仓库屋顶，整晚都在发抖。这全都是女佣不通人情造成的麻烦。就算对这种人喵喵叫，她也不可能被打动，但是，俗话说饥饿抱佛脚[②]，又

---

① 意指女主人打扫没有实质效果。

② 俗谚有云平日不求神，苦时抱佛脚。

说饥寒起盗心变爱写情书[①]，饿的时候什么事都肯做。于是我第三次喵呜呜喵呜呜喵呜呜，为了唤起她的注意刻意叫出更复杂的声音。我确信那美妙的声音不比贝多芬的交响曲逊色，可惜对女佣似乎毫无影响。女佣突然屈膝自地板搬开一块活动拉板，从中取出一根四寸长的硬炭。然后把那根长长的家伙在炭炉的边缘敲呀敲，敲成三段后周遭被炭粉弄得漆黑。好像也有一些粉尘飘进汤中，女佣才不在乎那种小事，立刻把敲碎的三块炭自锅子底下塞入炭炉中。她终究不曾倾听我的交响曲。无奈之下我只好悄然返回起居室，经过浴室旁边时，三个小姑娘正在洗脸，相当热闹。

说到洗脸，上面一个大的念幼儿园，老三还不到姐姐的屁股高，所以不可能正经地洗脸、手脚利落地化妆。只见老三自水桶扯出一块湿抹布频频在脸上抹来抹去，拿抹布洗脸肯定很恶心，但每次有地震时这孩子都嚷着好好玩，所以这点小事不足为奇。说不定她比八木独仙更有悟道的慧根。长女不愧是长女，以大姐姐自居，立刻把漱口杯乒乒乓乓一扔。“小宝，那是抹布。”把抹布扯过去。小宝也很有主见所以不肯轻易听姐姐的话。“不要，巴噗！”说着又把抹布拽回来。这个“巴噗”是什么意思，出自什么语源，无人知晓。总之小宝发脾气的时候经常冒出这个名词。抹布这时被大姐姐与小妹妹双方左拉右扯，吸饱水分的中央便滴滴答答滴下水，毫不留情地落在小宝的脚上。若只有脚还能忍受，但是连膝盖也湿了。小宝穿着元禄[②]花样的衣服。元禄是什么东西呢？我继续聆听之下，据说只要是不大不小的图案都叫作元禄。不知是谁传授的。“小宝，元禄都湿了，你别闹了。”姐姐说得很内行，但这个姐姐直到不久前还对元禄（genroku）与双六（sugoroku）游戏傻傻分不清楚。

说到元禄顺便饶舌一下，这孩子经常说错话，不时还会发生好像很瞧不起别人的口误。比方说城门失火殃及池鱼，御茶味噌（ochanomiso）女学校[③]，还把惠比寿（ebisu）与厨房（daidoko）[④]相提并论，有时还会说“我不是藁店[⑤]的孩子”，仔细纠正之下原来她把穷巷里屋（uradana）与藁店（waradana）混为一谈。主人每次听到

① 净琉璃《八百屋阿七》提到“饥寒起盗心，变爱常咏歌”。

② 元禄其实是大块图案的华丽花色。当时颇为流行。

③ 御茶水（Ochanomizu）女学校。当时位于本乡区（现文京区）的女子高等师范学校附属高等女学校。

④ 可能是误为七福神之中的惠比寿（ebisu）与大黑天（daikokuten）。

⑤ 藁店为牛込区（现新宿区）的地名。

她这种口误都会笑，但他自己去学校教英文时，恐怕会一本正经地说出更滑稽的口误给学生听。

小宝——她不会说小宝，每次都自称“小跑”——见元禄湿了，口齿不清地嚷着“元度撕了”哇哇大哭。元禄湿冷地贴在身上很难受，女佣从厨房跑出来，拿起抹布替她擦衣服。在这场骚动中比较安静的，是身为老二的寸子姑娘。寸子把脸一扭，打开架子上掉落的瓶装白粉，开始仔细化妆。她先伸出指头蘸了瓶中白粉往鼻头一按，然后竖着抹了一条白线，鼻子顿时形状分明。接着把指头一转摩擦脸颊后，往上一抹，形成白白的一团。可惜她好不容易盛装打扮，女佣进来擦小宝的衣服时，却顺手也替寸子抹了脸。寸子看起来有点不满。

我在一旁看着这幅情景，从起居间来到主人的寝室猜想他应该起床了，悄悄探头一看，找不到主人的脑袋。只见一只长十文半[①]的厚脚丫子从被脚伸出，大概是怕露出头被叫醒，所以他干脆把头埋在被子里，看起来就像只小乌龟。这时打扫书房的女主人又扛着扫帚与掸子过来了。像之前一样站在门口喊：“你还不起床吗？”她站了一会儿，凝视没有露出脑袋的被子。这次还是没回音。女主人从门口朝里走了两步，拿扫帚用力一戳，一边又说：“你还不起来吗？老公？”这时主人已经醒了。就是因为醒了，所以才事先把头蒙在被子里，以便躲避女主人的攻击。他以为只要不露出脑袋便可躲过一劫，抱着这种无聊的侥幸心态睡懒觉，但对方可不饶他。第一次声音是在门口，至少还有六尺的距离，所以他心里觉得尚可安心，等到戳来的扫帚已逼近三尺左右的距离他才吃了一惊。不仅如此，第二声“你还不起来吗，老公？”无论在距离还是音量上都比之前更增一倍以上的气势，连被子里都听得见，他终于死心发现这下子不行，于是小声嗯了一声。

“九点之前要到吧？你再不快点就来不及了。”

“不用你说我也要起来了。”从被子底下冒出回答实乃奇观。女主人每次都见他使出这招，正感安心以为他要起来了，却见他又睡回去，果然不可大意，于是催促：“快点，快起床！”人家都已经答应要起来了还厉声叱喝叫人起床未免令人气愤，像主人这样任性的人自然更不高兴，于是主人把之前还蒙着头的被子一下甩开，一看之下两只眼睛也瞪得很大。

“吵什么吵！我说要起来就会起来。”

---

① 十文半约等于二十五厘米。

“但你说要起来就是不肯起来呀。”

“什么时候？谁说过那种谎话了？”

“你每次都这样说。”

“说什么傻话。”

“不知道是谁傻。”女主人站在枕畔用力一戳扫帚的样子很英勇。这时后面车夫家的小孩小八忽然哇哇大哭。每次主人只要一发怒，小八就会大哭，这其实是车夫家的太太命令的。或许主人每次发怒时只要让小八哭，她就能赚到零用钱，但对小八而言却是无妄之灾。有个这样的母亲弄得自己从早到晚都得哭哭啼啼。如果主人能够对这方面的内情稍有所觉控制一下怒气的话，小八想必也能长寿一些，不过话说回来就算是受金田委托，会做这种蠢事的，几可断定是比天道公平君更夸张的人物。若只是主人每次发怒就让小孩哭也就算了，金田君每次雇用附近的小混混讥笑主人是丑陋的今户烧狸猫，小八就得哭。还没确定主人是不是发怒，已预想他必定会发怒，抢先一步让小八哭了。如此一来已分不清主人是小八，还是小八是主人。要收拾主人很简单，只要骂一下小八，便等于轻易甩了主人一耳光。昔日在西洋，犯罪者受刑时，如果本人已逃亡国外无法逮捕，据说就会打造塑像代替本人接受火刑，看来金田这些人之中似乎也有通晓西洋故事的军师，传授了这种妙计。无论是落云馆的学生，还是小八的母亲，笨拙的主人想必都无力招架。除此之外主人无力招架的还有很多。说不定他对整个街坊都不擅应付，只是现在无关紧要，等有机会我再慢慢介绍。

主人听到小八的哭声，似乎一大早就格外气恼，当下自被窝霍然起身。如此一来已顾不得什么精神修行或八木独仙了。他一边起身一边双手用力抓头，几乎把头皮扯下来。累积了一个月的头皮屑，毫不客气地飞往脖颈、睡衣领口，非常壮观。再看胡子又是一惊，居然根根直立。或许胡子觉得主人都已生气了自己也不好意思再心平气和，于是根根暴怒，肆意往各个方向猛烈伸展。这种景象颇为可观。昨日照镜子一事，本来已让胡子乖乖模仿德国皇帝陛下整齐列队，但睡了一晚之后已没啥训练可言，立刻回归本来面目，恢复原本自由奔放的外表。仿佛主人一夜速成的精神修行，到了隔天便被抹得干干净净，与生俱来的野猪本领立刻全面暴露。有这么乱七八糟的胡子，这么粗鲁的人，亏他至今还能保住教师职位没有被免职，这么一想，才明白日本之大。因为地大物博所以金田与金田的走狗才能被当成人到处吃得开，他们都能像模像样地当人了，主人似乎确信自己也没有被免职的道理。反正到了紧要关头写明信片去巢鸭问天道公平，就立刻分晓。

这时，主人把我昨日介绍过的混沌太古之眼努力睁大，定定看着对面的壁橱。高约六尺的壁橱横着区隔开，上下各有两扇拉门。下方的壁橱，与棉被的下角几乎相接，起床的主人只要一睁眼，视线自然会对着这边。一看之下有花纹的纸拉门已处处破裂看似肚破肠流。里面的肠子也分很多种。有的是铅字印刷品，有的是亲笔信。有的翻到反面，有的头下脚上。主人看到这些肠子的同时，忽然很想看看上面写了什么。之前主人还气得想把车夫家的太太抓来，把她的鼻头压在松树上，一下子突然又想看这些旧报纸，实在不可思议，不过对这种暴躁的人而言一点也不稀奇。就像小孩哭闹的时候只要塞给他一个点心立刻就会笑。主人以前寄宿某处的寺庙[①]时，隔着一扇门住了五六名尼姑。说到尼姑堪称坏心眼的女人当中最最坏心眼，这些尼姑似乎看穿主人的脾性，每每总是一边生火自炊一边打拍子唱歌，歌曰"又哭又笑乌鸦拉屎、又哭又笑乌鸦拉屎"。主人讨厌尼姑据说就是始自当时。但尼姑虽讨人厌，说的话却一点也不错。主人无论是哭、是笑、是喜、是悲都比旁人多一倍，相对地也无法长久持续。说得好听点是不偏执，心情转换得快，若翻译成俗话说得客气点就是缺心眼少根筋，是个只会气呼呼把鼻孔撑得特别大的别扭孩子。既是别扭孩子，本着吵架之势猛然起身的主人忽然念头一转跑去看壁橱里收藏的内容物自然也是理所当然。第一眼看到的是头下脚上的伊藤博文。往上一看日期是明治十一年九月二十八日。韩国统监[②]似乎早自这时起便已追着政府公告的尾巴走。大人在这个年代在做什么呢？勉强就着模糊难辨的字迹一看原来当时的职位是大藏卿[③]。果然位高权重。就算头下脚上也是大藏卿。稍微往左一看这次大藏卿躺着睡午觉。应该的，倒立不可能坚持太久。底下有大块木板只看到"汝为"二字，想看下文偏偏没露出。下一行只露出"快点"二字。这次也很想看却还是毫无线索。如果主人是警视厅的刑警，或许不管是谁的东西都会拉出来看。刑警没有受过高等教育所以为了查明事实不择手段，很难缠。如果可以真希望他们客气一点，不客气的话最好让他们永远无法查出事实真相。据说他们甚至会罗织虚构陷良民于罪。良民本是出钱雇用他们的人，陷雇主于罪简直又是一个标准的疯子。接着转眼一看中央，是翻筋

---

① 漱石自己自明治二十七年十月至翌年四月寄宿小石川区（现文京区）靠近传通院的法藏院。

② 明治三十八年日本于汉城（今首尔）设置统监府的长官。伊藤博文为首任统监。

③ 明治十一年时，伊藤博文兼任大藏少辅（次于卿、大辅的地位，明治二年任命）与内务卿（明治十一年任命）。

斗的大分县字样。连伊藤博文都倒立了，大分县翻筋斗自是当然。主人看到这里，双手握拳朝天花板高高举起。这是准备打呵欠。

这个呵欠如同鲸鱼的远吠，音调荒腔走板，打完呵欠后，主人这才慢吞吞更衣去浴室洗脸。等不及的女主人立刻掀起被子折叠，照例开始打扫。她的打扫依旧是那套做法，主人的洗脸方式也十年如一日。依然如我之前介绍过的嘎——嘎——呃——呃——大声漱口。之后头发也梳好了，他把西式毛巾搭在肩上去起居室，超然占据长火盆旁的位子。说到长火盆，诸位或许会想象那是榉木如轮木[1]，或者内侧的烟灰盒全部以黄铜打造，刚洗完头发的俏姐儿屈膝而坐，把细长的烟管往黑柿边缘[2]轻轻一敲的模样，但我家苦沙弥老师的长火盆绝对没有那么拉风招摇。它非常古朴，甚至令外行人看不出是什么做的。长火盆通常必须擦得晶亮才好，但此物究竟是榉木还是樱木或桐木做的本就不明了，而且几乎从未拿布擦拭过，所以非常阴森不起眼。若问这种东西是从哪儿买来的，根本不记得有人买过。那么是别人送的吗？好像也没人送过。再问难道是偷来的吗，似乎也暧昧不清。昔日亲戚之中有位隐居老者，老者死时，曾委托主人暂时看家。后来主人自己有了房子自立门户，自老者住处搬出时，据说不经意便把当成自家物品使用的火盆也一并搬来了。说来有点难堪。不过仔细想想虽然难堪但这种事在世间多得很。银行家每天保管别人的钱，不知不觉就把别人的钱当成自己的钱了。公务员本是人民的仆人，为了处理事务，等于人民授权委托的代理人。但是顶着被委任的权力每日处理事务，久而久之便以为这是自己拥有的权力，狂妄地以为人民对此没有理由置喙。世间既然到处都是这种人，自然不能以长火盆事件断定我家主人有小偷的癖性。如果主人有偷窃癖，天下的人全都有偷窃癖。

坐在长火盆旁，面对餐桌的主人，三面分别是之前拿抹布洗脸的小宝、说要去御茶“味噌”学校的团子、把手指伸进白粉瓶的寸子，这三个孩子早已到齐享用早餐。主人公平地环视这三个女儿的脸孔。团子的脸蛋轮廓像南蛮铁刀的刀锷。寸子身为妹妹多少也有点像姐姐，所以脸蛋轮廓至少有资格充当琉球朱漆盆。唯有小宝独放异彩，有张长脸。若是纵长形，世间这种例子倒也不少，问题是这孩子是横长形。就算流行趋势再怎么容易变化，恐怕也不会轮到横长形的脸蛋流行。虽是自家

① 形容木纹美丽如轮。
② 火盆上部的边框以黑柿木做成。与铜制烟灰盒皆为昂贵物品。

孩子，主人也忍不住要深思。但孩子还是照样会成长，岂止是会成长，成长之快速简直就像禅寺的笋子转眼长成嫩竹。主人每次感到孩子又长大了，就觉得被人在身后追赶不免冒冷汗。即便主人再怎么糊涂，好歹也知道这三位千金是女的。既然是女的当然迟早都得嫁出门。虽然知道，却也自觉没本领把女儿嫁出门，即便是自己的孩子也觉得有点棘手。既然觉得棘手当初就不该制造出来，但这就是人。说到人类的定义很简单，只要说他们是一种喜欢无事生非、自找苦吃的生物就足够了。

小孩果然了不起，做梦也没想到老爹正烦恼如何处置她们，只顾着开心吃饭。但麻烦的是小宝。小宝现年三岁，女主人很细心，用餐时，特意给她准备了三岁幼儿用的小筷子小碗，但小宝死不答应，总要抢姐姐的碗、扯姐姐的筷子，明明拿不好偏要拿。放眼世间，越是无能无才的小人，越想登上自己无望企及的官职，那种脾性就是从小宝这个时代萌芽的。起因如此久远，绝非教育或熏陶可矫正，最好趁早死心。

小宝从隔壁抢来大饭碗，独占长长的大筷子，频频逞威风。不擅使用偏要使用，所以不得不逞威风虚张声势。小宝先把两支筷子的根部握在一起用力往碗底戳。碗中装了八分满的米饭，上面盛满味噌汤。筷子一往碗中用力，之前勉强还能保持平衡，这下子突然遭受袭击立刻倾斜三十度，同时味噌汤也毫不客气地洒满胸口。小宝可不会因为这点小事就退缩，小宝是暴君。接着她又把戳进去的筷子用力自碗底挑起，同时把小嘴凑到碗边，把挑起的饭粒拨入口中。飞起的饭粒伴随黄色的汤汁猛然喷向她的鼻头与脸颊还有腮帮子，没沾到头脸直接洒落在榻榻米上的饭粒更是不计其数。这种吃饭方式太不讲究了。我谨此忠告有名的金田君与天下有力人士：诸公对待他人就如小宝对待碗筷，飞入诸公口中的饭粒寥寥无几。他们不是以必然之势飞入，是不小心飞入。还请再重新思量。这绝非老于世故的辣腕者应有的所为。

姐姐团子因自己的碗筷被小宝抢走，只好从刚才便将就着使用小碗小筷子，但那碗本来就太小，即便装满一碗饭，也顶多三口就没了。因此只好频频伸手去添饭，她已经吃了四碗，这次是第五碗。团子掀起饭锅盖子拿起大饭勺，看了半晌。似乎在迟疑该不该吃，最后终于下定决心，看准没锅巴的地方舀起一勺没问题，但她反手往碗上一扣，装不进小碗的米饭整坨全落到榻榻米上了。团子倒是不慌不忙，开始仔细捡拾掉落的饭粒。我正好奇她捡起来要怎么办，只见她已全数放回饭锅。好像有点不卫生。

小宝活跃地把筷子挑起时，正好团子盛完饭。不愧是当姐姐的，看不下去小宝那张小花脸，一边说：“哎呀，小宝，不得了，你满脸都是饭粒。”一边已动手打扫小宝的脸。她先拿开沾在小宝鼻头上的饭，拿开之后，立刻不假思索塞进自己的嘴里，令我大吃一惊。然后是脸颊上的饭，这边的饭粒也很多，两边脸颊合起来约有二十粒吧。姐姐仔细地一一取下吃掉，最后把妹妹脸上的饭一粒不剩地吃光了。这时一直安分嚼黄萝卜干的寸子，忽然自刚盛好的味噌汤中捞起一块地瓜，迅速丢进嘴里。诸君想必也知道，没有比汤中的地瓜更烫嘴的东西。就连大人，如果不注意也可能烫伤，更何况是寸子这种缺乏经验不懂如何处理地瓜的孩子，当然很狼狈。寸子哇地大叫一声把嘴里的地瓜吐到桌上，其中两三片不知怎么搞的滑到小宝的面前，在恰好的距离停住。小宝本来就爱吃地瓜，看到最爱的地瓜飞到眼前，立刻把筷子一抛，用手抓起狼吞虎咽。

打从刚才就目击这情景的主人不发一语，专心吃自己的饭，喝自己的汤，这时已经在忙着用牙签剔牙了。主人对女儿的教育似乎打算采取绝对的放任主义，哪怕三姐妹变成虾茶式部或鼠式部[①]，或者三姐妹不约而同与情夫携手私奔，他八成还是会照样吃自己的饭，喝自己的汤，若无其事地袖手旁观。他很没用。不过看看当今所谓有用的人，除了会说谎骗人、抢先占便宜、虚张声势吓唬人、设计陷害人外似乎啥也不知。连中学的少年都跟着有样学样，误以为不这么做就吃不开，本该羞愧脸红却扬扬得意地实行这一套还以为这样才是未来的绅士。这不叫作有用，应该叫作小混混。我也是日本猫，所以多少有点爱国心，每次看到这种“有用”的人就很想揍一顿。这种人每多出一个，国家就会相对地衰退一分。有这种学生的学校，是学校之耻；有这种人民的国家，是国家之耻，明明是耻辱还能混迹世间实在令人费解。日本人似乎比猫族还没气概，太窝囊了。和这种小混混比起来，不得不说我家主人远远更加上等。他的没出息更上等，他的无能更上等，他没有小聪明所以更上等。

以这种无用的吃饭方式平安结束早餐后，主人穿上西服，坐上车，前往日本堤分局报到。开门时，他问车夫知不知道日本堤这个地方，车夫嘿嘿笑。是那个有红灯区的吉原附近的日本堤喔——这样特意强调未免有点滑稽。

主人难得搭车自玄关出门后，女主人照常用餐完毕，催促道：“好了，快去上

---

① 当时一般女学生都流行穿虾茶色（暗紫红色）的日式裤裙，因此仿照才女紫式部之名戏称为虾茶式部。鼠式部是更滑稽化的说法。

学吧，否则要迟到了。”小孩倒是不当一回事：“哎呀，可是今天放假耶。”一点也不打算整装出门。“怎么可能放假，动作快点！”女主人这么骂道。“可是昨天老师宣布要放假。”姐姐死不肯动。女主人至此也觉得有点不对劲，从柜子找出月历翻开一看，红字分明写着是国定假日。主人大概不知是假日还向学校请假吧，女主人大概也是毫不知情地把假单丢进邮筒。但迷亭是真的不知道还是故作不知，这就有点疑问了。被这项发现吓了一跳的女主人说，好吧，那你们乖乖地一起玩。一如平时取出针线盒开始工作。

之后那三十分钟家里安稳无事，也没发生什么事件可供我报告，这时突然来了一位奇妙的客人。是个十七八岁的女学生，穿着鞋跟弯曲的鞋子，拖曳着日式紫色裤裙，头发像算盘珠一样鼓起，也没打招呼就从后门自己进来了。这是主人的侄女。据说是学校的学生，不时会在周日上门，经常与叔叔吵架后愤然离去，有个好听的名字叫作雪江。可惜脸蛋不如名字，是那种只要出门随便走走，一两条街之内必然会见到的大众脸。

“婶婶好。”她大步走进起居室，在针线盒旁坐下。

“咦，你怎么这么早就来了……”

“今天是大祭日[①]，我想趁早上来一下，所以八点半就急忙出门了。”

“这样啊，有什么事吗？”

“没有，只是好久不见了，所以过来坐一下。”

“那你不用急着走，多坐一会儿。你叔叔马上就回来了。”

“叔叔这么早已经出门了吗？真难得。”

“对，今天啊，去的是个特别的地方。他去警局了，够特别吧？”

“哎呀，为什么？”

“今年春天来咱们家偷东西的小偷抓到了。”

“所以被警察叫去对质？真倒霉。”

“不是，是去领回失物。昨天巡查特意上门通知，说失窃的东西找到了叫我们去领回来。”

“噢？难怪，要不然，叔叔也不可能这么早出门。平时这个时间他还在睡觉呢。”

“天底下再也找不出比你叔叔更爱睡懒觉的人……叫他起床他还不高兴。今天

① 皇室举行大祭的日子。其中也有一些成为日本国定假日。

早上也是，他叫我七点一定要叫他起床，我就叫他啦。结果他把头埋在被子里死不肯吭声。我不放心，又叫他第二次，他居然从被子底下含糊应声。真是败给他了。”

“叔叔怎么那么爱睡觉。一定是神经衰弱吧。”

“你说什么？”

“他真的很爱胡乱生气嘛。亏他那样还能教书。”

“没事，听说他在学校很安分。”

“那就更糟了。简直是蒟蒻阎魔[1]。”

“怎么说？”

“反正就是蒟蒻阎魔啦。他那样本来就跟蒟蒻阎魔一样。”

“他可不只是爱生气喔。人家说右他偏要往左，人家说左他就要往右，事事都要跟人唱反调——他可倔强了。”

“是天生反骨吧。叔叔把那个当成乐趣。所以想叫他做什么时，只要反着说，他就会照着做了。就像上次他买洋伞给我时也是，我故意一再说不需要、不需要，他就说怎么可能不需要，立刻掏钱买给我了。”

“呵呵呵，你真聪明。那我下次也用这一招试试。”

“婶婶你一定要用这招，不然就吃亏了。”

“上次保险公司的人来，劝我们投保——讲了一大堆，说什么有这种好处，又有那种好处，一讲就是一个小时，你叔叔就是不肯点头。咱们家也没存款，而且还有三个小孩，至少买个保险也会比较安心，但他压根不在乎那种事。”

“是啊，万一有个三长两短的确不安心。”十七八岁的小姑娘讲起话来却像个已经出嫁的妇人。

“我偷偷听他们谈判，真的很有意思。原来他也不是不认同保险的必要，因为必要所以才会有保险公司的存在。但他倔强地主张既然没死就没必要投保。”

“叔叔吗？”

“对，结果保险公司的男人说，如果没死当然用不着保险公司。但人命看似强韧其实脆弱，不知不觉中，谁也不知道危险几时逼近，你叔叔居然嘴硬说，不要紧，他已决心不死。”

---

① 小石川区初音街（现文京区）源觉寺内的阎魔堂。用蒟蒻当供品因此得名。但雪江的意思是指叔叔是个纸老虎，与这间阎魔堂的关系不大。

“就算下定决心，还是会死吧。就好像我决心一定要考试及格，最后还是落第。”

“保险公司的人也是这么讲。他说寿命不可能听凭自己决定。如果靠决心便能长寿，那还有谁会死。”

“保险公司的人言之有理。”

“有道理吧？可你叔叔就是不懂。他还神气地说：‘不，我绝对不死。我发誓不死。’”

“真古怪。”

“古怪吧？简直太古怪了。他一口咬定说与其花钱买保险还不如存到银行更好。”

“叔叔有存款？”

“怎么可能会有。他压根没想过自己死了以后怎么办。”

“真令人担心。他怎会那样呢？来府上拜访的人，也没有一个像叔叔那样。”

“怎么可能会有，他绝对是独一无二。”

“不如去找铃木先生征询一下意见。那个人很稳重，一定过得很轻松自在。”

“别提了，铃木先生在咱们家的风评可糟了。”

“怎么全都相反。那么，找那个人总行了吧——就是那个慢条斯理的——”

“你说八木先生？”

“对。”

“八木先生更是令人哑口无言。昨天迷亭先生来还说他的坏话，恐怕没有想象中那么管用。”

“人家有什么不好。那么意气风发又态度从容——上次他还在学校演讲呢。”

“八木先生吗？”

“对。”

“八木先生是你学校的老师吗？”

“不是，不是老师，他是应淑德妇女会的邀请专程来学校演讲。”

“讲得有趣吗？”

“这个嘛，也不算太有趣啦。不过，那位先生，脸不是很长吗？而且还留着像天神[①]一样的胡子，所以大家都听得心悦诚服。”

---

① 在日本说到天神通常是指菅原道真。菅原本为平安时代的贵族，死后被尊为学问之神。

“他去演讲是讲什么？”女主人正在发问时，三个小孩听到雪江的声音，已从檐廊那边一窝蜂地跑进起居室。之前大概在竹篱外的空地玩耍。

“哎呀，雪江姐姐来了。”两个姐姐开心地大声说。女主人说：“不要大呼小叫，大家安静坐好。雪江姐姐现在正要讲有趣的故事。”说着把针线活儿放到一旁。

“雪江姐姐要讲什么故事？我最爱听故事了。”说这话的是团子。“是咔嚓咔嚓山[①]的故事吗？”这么问的是寸子。“小跑也要故事。”老三说着从两个姐姐之间促膝向前。但她的意思不是要听故事，而是她也要讲故事。“哎呀，又要说小跑的故事了。”姐姐笑着说。女主人哄她：“小宝待会儿再说，先听雪江姐姐讲完。”小宝就是不肯听话。“不要，巴噗！”她大声说。“噢，好好好，那小宝先说。你要说什么故事？”雪江谦虚地礼让她。

“我跟你说喔。我要说的是，小跑，小跑，去哪里。”

“真有趣。然后呢？”

“我去田里割稻子。”

“真的啊，你懂得好多。”

“然后你兰阻止。”

“哎呀，不是‘兰’，是‘来’啦。”团子插嘴说。小宝还是大喝一声“巴噗”叫姐姐闭嘴。但被姐姐这么一打岔，她忘记接下来要讲什么，故事没有下文了。“小宝，就只有这样吗？”雪江问。

“我跟你说喔。然后就放屁喔。噗，噗噗。”

“呵呵呵，讨厌，这种话是谁教你的？”

“女佣。”

“女佣真坏，居然教这种事。”女主人也苦笑，“好了，接下来轮到雪江姐姐了。小宝要乖乖地听喔。”这下子小暴君似乎也满意了，暂时保持沉默。

“八木老师的演讲是这样的，”雪江终于开口，“据说以前在某个路口的中央有一尊很大的石头地藏菩萨。不巧那是车马来往穿梭非常热闹的场所因此非常碍事。区内的居民聚集讨论，打算把这尊地藏设法搬到角落去。”

---

① 日本的民间故事。大意是狸猫害死老婆婆，兔子以妙计惩治狸猫代替老公公报仇。“咔嚓山”这个名称的由来，是狸猫背上背着柴火，兔子想用打火石点火烧死它，摩擦打火石发出声音，狸猫起疑心时兔子哄骗它的回答。

“那是真有其事吗？”

“谁知道，他没提到这点。——于是大家商量之后，当地最强壮的男人说，那很简单，我一定可以搞定。于是他一个人走到那个路口，汗流浃背地用力拉扯，但是石头地藏纹丝不动。”

“看来那尊地藏特别重。”

“是啊，结果那个男的累得半死，回家就躺平了，当地居民只好再次商量。这次当地最聪明的男人说，交给我来解决吧，我会做给你们看。于是他在层层食盒里装满牡丹饼，来到地藏菩萨前。‘快过来。’他一边说着一边拿牡丹饼给地藏看，心想地藏也很贪吃应该会被牡丹饼吸引，不料地藏纹丝不动。聪明的男人心想这可不行。于是又在葫芦里装满酒，一手拎着葫芦，一手拿着酒杯，再次来到地藏的面前，说：‘你不想喝吗？想喝酒就过来。’这样耗了整整三个小时，但地藏还是不为所动。”

“雪江姐姐，地藏菩萨的肚子不饿吗？”团子问。“我好想吃牡丹饼。”寸子说。

“聪明人两次都失败了，接着他又弄来许多假钞说：‘想要吧？想要的话就过来。’把钞票当着地藏菩萨的面前一下子取出一下子收回，但是这招完全无效。这个地藏菩萨非常顽固。”

“是啊，有点像你叔叔。”

“对，简直跟叔叔一样顽固。最后聪明人也死心了只好放弃。之后，有个吹法螺的人出现，轻轻松松地打包票说：我一定可以解决，各位放心吧。”

“那个吹法螺的人做了什么？”

“那才有意思呢。他起初穿上巡查的制服，戴上假胡子，来到地藏菩萨的面前，耀武扬威地说：喂喂喂，你再不走是你自己吃亏喔，可别小看警察。不过这年头就算用警察的声调吓唬人也没人听从了。”

“就是啊。结果地藏菩萨动了吗？”

“怎么可能会动。它和叔叔一样。”

“但是你叔叔对警察可是毕恭毕敬。”

“真的？叔叔会那样？这么说来，他也没那么可怕嘛。但是地藏菩萨还是不动，稳如泰山。于是吹法螺的人大怒，脱下巡查制服，把假胡子扔进垃圾桶，这次又换上大财主的服装。若照当今的说法就是像岩崎男爵[①]那种长相了。真可笑。”

“岩崎的长相是什么样的？”

“就是脸特别大吧。然后他什么也不做，什么也不说，只是一边抽着大雪茄一边绕着地藏走来走去。”

“那样有什么用？”

“让地藏菩萨如坠五里烟雾中。”

“简直像是相声的搞笑段子。结果成功了吗？”

“没用，对方可是石头。糊弄人也该见好就收，之后他又伪装成皇族的殿下。真傻。”

“噢？那个时代也有皇族的殿下？”

“有吧。八木老师是这么叙述的。我记得他说那人胆大包天，居然敢伪装成殿下——此举首先就很不敬，凭他一个吹法螺的也配！”

“他说的殿下是哪个殿下？”

“不知是哪个殿下，总之不管是哪个殿下都很不敬。”

“也对。”

“殿下出马也不管用。吹法螺的也没辙了，只好投降说，以他的本领也没办法对付那个地藏。”

“活该。”

“是啊，应该顺便教训他一下。——不过居民们很苦恼，再次商量，但是已经没人愿意自告奋勇接下这差事，所以很伤脑筋。”

“这样就结束了？”

“还有下文呢。最后他们雇用了许多车夫与小混混，在地藏菩萨周围大吵大闹走来走去。说是只要欺负地藏菩萨让它待不下去就行了，于是日夜交替吵闹不休。”

“真是辛苦。”

“但地藏菩萨还是不买账，它也很倔强。”

“后来怎么办？”团子热心发问。

“后来啊，每天吵闹都不见效，大家也渐渐厌烦了，但是车夫与小混混每天都有日薪可领，倒是开心得很。”

---

① 岩崎弥之助（1851—1908），三菱会社社长。明治二十九年获得男爵的爵位。

“雪江姐姐，什么是日薪？”寸子发问。

“日薪啊，就是指钱。”

“领到钱要做什么？”

“领到钱啊。呵呵呵，寸子你真是的。——结果婶婶你知道吗，他们不是每日每夜不停吵闹吗？当地有一个人名叫傻瓜竹，是啥也不知，谁也不理睬他的傻瓜。傻瓜竹看到这场骚动就说你们干什么吵吵闹闹，耗了好几年都无法搬动一尊地藏吗，真可怜——”

“傻瓜虽傻倒是挺自大的。”

“的确是个相当自大的傻瓜。大家听到傻瓜竹说的话，心想不试不知道，反正死马当作活马医，就让阿竹去试试吧，于是委托阿竹，阿竹二话不说就应承了，他说你们不要那么吵，先安静下来。然后他把车夫与小混混都赶回来，飘然走到地藏菩萨的面前。”

“雪江姐姐，‘飘然’是傻瓜竹的朋友吗？”团子在紧要关头发出奇问，女主人与雪江忍不住笑了出来。

“不，不是朋友。”

“不然是什么？”

“飘然啊。——没办法解释。”

“飘然就是没办法解释？”

“不是啦，所谓的飘然啊——”

“嗯。”

“你知道多多良三平先生吧？”

“知道，他送给我们山药。”

“就像那位多多良先生一样。”

“多多良先生就是飘然？”

“对，没错。——于是傻瓜竹来到地藏菩萨面前把手袖在怀中说，地藏菩萨，这里的居民想请你换个地方，你动一下好吗？地藏菩萨当下说，这样啊，那你们早说不就没事了，于是缓缓动了起来。”

“真是奇妙的地藏菩萨。”

“然后就是演讲。”

“还有吗？”

“对，之后八木先生说，今天是妇女的聚会，我特意说这样的故事自然有点用意，这么说或许失礼，但妇女往往不肯走正面的捷径，反而喜欢兜圈子绕远路采取迂回的手段。不过这种现象不仅限于妇女。明治时代即便是男性，因文明之弊也变得有点女性化，经常浪费无谓的手段与劳力，许多人还误以为这是正道，是绅士应有的方针，但这其实是受到文明开化束缚的畸形产物。遑论其他。只希望各位女士尽量记住我刚才讲的小故事，到了紧要关头能够以傻瓜竹那种诚实的心态处理事物。各位若能成为傻瓜竹，夫妻之间、婆媳之间的纠纷肯定可以减少三分之一。人越有心计，那个心计反而越会带来不幸，妇女平均而言比男性更不幸，完全就是因为这种心计过多。请各位效法傻瓜竹。——以上就是他的演讲内容。"

"噢，所以你也决定成为傻瓜竹吗？"

"拜托，什么傻瓜竹，我才不要咧。金田富子小姐更是气呼呼地说他太没礼貌。"

"金田富子小姐？你是说那个住在对面横巷的？"

"对，就是那位洋派小姐[①]。"

"她也在你的学校？"

"不，她只是来旁听妇女会的活动。她真的很洋派。令人很惊讶。"

"不过听说她长得很漂亮。"

"普通而已，没有她自以为的那么美。只要像她那样化妆，一般人都会变漂亮。"

"那你如果像她一样化妆一定会比她漂亮两倍。"

"讨厌，少来了，人家不知道啦[②]。不过，她的确太做作了。就算家里有钱——"

"就算做作还是有钱比较好吧？"

"话是没错啦——我看她才该稍微效法傻瓜竹。她可嚣张了，上次她还向大家吹嘘，声称有某某诗人把新体诗集献给她咧。"

"是东风先生吧。"

"哎哟，是他献的诗？他的品位也太奇怪了。"

"不过东风先生非常认真喔，他自认为做那种事是应该的。"

"就是因为有那种人才会坏事。——还有更好玩的事呢。听说上次还有人写情书给她。"

"噢？真不要脸。是谁做出那种事？"

---

① 洋派（high collar，高领，指当时流行的西式男士衬衫，参照前文）从语源即可看出起初是指男性，但逐渐也用于形容女性。

② 这句是当时女学生的流行用语，被评为下流。漱石文中的人物也经常使用。

“听说不知道是谁。”

“没有名字吗？”

“名字倒是写了，但是好像从来没听说过这号人物，而且那封信很长很长，长达一两米。据说信中还写了很多奇奇怪怪的话。什么我爱你就像宗教家爱着神，为了你我愿变成祭坛上的羔羊，被屠宰是我的无上光荣，我的心脏是三角形，三角的中央插着丘比特的爱神之箭，若是吹箭肯定命中红心……”

“那是真的吗？”

“当然是真的，我的朋友之中就有三个人亲眼见过那封信。”

“她也真是的，居然把那种东西到处给人看。她既然打算嫁给寒月先生，那种事如果广为人知应该会很困扰才对。”

“她才不困扰咧，反而很得意。下次寒月先生来，婶婶不妨告诉他。寒月先生一定还被蒙在鼓里吧？”

“谁知道，他天天去学校磨珠子，八成不知情吧。”

“寒月先生真的打算娶她吗？太可怜了。”

“可怜什么？对方家里有钱，必要时又能出力，不是很好吗？”

“婶婶老是把钱挂在嘴上太没气质了，爱情应该比金钱更重要吧？如果没有爱情就无法建立夫妻关系。”

“是吗？那么雪江你要嫁给什么样的人？”

“那种事我怎么知道？我现在又没有对象。”

雪江与婶婶针对结婚大发议论时，打从刚才虽然听不懂却听得很专心的团子突然开口宣称：“我也想嫁人。”她这没头没脑的愿望，充满青春气息，就连本该寄予同情的雪江似乎也有点哑然，女主人倒是比较不以为意。“那你想嫁去哪里？”她笑着问。

“我啊，其实很想嫁去招魂社，但我讨厌过水道桥，所以正在烦恼该怎么办。”

女主人与雪江听到这个妙答，已经惊愕得没有勇气反问，只好哈哈大笑时，二女儿寸子对姐姐提出这样的问题：“姐姐你也喜欢招魂社？我也好喜欢，那我们一起嫁去招魂社吧，好吗？你不肯？你不肯就算了。我一个人坐车去。”

“小跑也要去！”最后连小宝也宣称要嫁去招魂社。如果三姐妹真的一起嫁去招魂社，主人想必会很轻松。

这时车声咔啦咔啦在门前停止，顿时传来响亮的一声“您回来了”。似乎是主人自日本堤分局回来了。女佣接下车夫递来的大包袱，主人悠然走进起居室。“啊，你来啦。”他一边对雪江打招呼，一边把手里拿的貌似酒瓶之物抛到那个有名的长火盆旁。说是貌似酒瓶当然不可能真的是酒瓶，但也不像是花瓶，只是一种怪异的陶器，所以只好暂时先这么称呼。

“好奇怪的酒瓶，那种东西是从警局拿到的吗？”雪江把倒下的瓶子扶起来，一边问叔叔。叔叔看着雪江的脸，自豪地说：“如何？形状很美吧？”

“形状很美？你说这个？我看不怎么样吧。这是什么油壶吗？”

“怎么会是油壶，说那么煞风景的话太无趣了。”

“不然是什么？”

“是花瓶。”

“若是用来插花，瓶口太小，肚子又太大了。”

“那才有意思呀。你也太不懂风雅了，简直跟你婶婶没两样。伤脑筋啊。”主人独自拿起油壶，对着纸门那边打量。

“反正我就是不懂风雅。我可做不出去警局领油壶的举动。对吧婶婶？”婶婶已经顾不得这个了，她正解开包袱瞪大双眼，仔细检查领回的失物。“咦，这倒是意外。小偷也进步了呢。衣服全都被拆开分别浆洗过了。你快来看，老公。”

“谁会去警局拿油壶啊！我是因为等得太无聊，在附近散步时发现这个意外的精品。你没眼光看不懂，但那可是稀有的精品喔。”

“稀有得过分了，叔叔你到底去哪儿散步了？”

“还能去哪儿，当然是日本堤一带。也去了吉原，那边相当热闹。那个铁门[1]你看过吗？一定没有吧？”

“谁要去看啊。吉原那种操贱业的妇人住的地方我怎么可能会去。叔叔身为教师，居然好意思去那种地方。我真的没想到。对吧，婶婶？婶婶？”

“对，是啊。找回来的东西好像件数不够。这些就是全部了吗？”

“找不回来的只有山药。本来叫我九点报到，怎么可以让我等到十一点，所以我才说日本警察不像话。”

“日本警察不像话？叔叔你去吉原散步更不像话。要是让别人知道了会被免职哟。对吧，婶婶？”

① 指吉原的大门。

“对，肯定会的。老公，我有一条腰带的单面不见了。我就说少了什么。”

“区区一条腰带的单面你就死心吧。我可是苦等了三个小时，浪费了半天宝贵时间。”主人换上和服坦然自若地倚着火盆打量油壶。女主人无可奈何只好死心，把找回的失物直接收进柜子就坐到位子上。

“婶婶，叔叔说这油壶是精品呢，明明就脏兮兮的。”

“那是从吉原买来的？天啊。”

“你咋呼什么啊，你根本不懂。”

“可是那种东西就算不去吉原，满街也多的是。”

“偏偏就是没有，这可是难得一见的精品。”

“叔叔也跟石头地藏一样顽固。”

“你小小年纪竟敢教训大人。这年头的女学生嘴巴太坏了。应该回去看一下《女大学》[①]。”

“叔叔你讨厌保险吧？女学生与保险哪一个更讨厌？”

“我不讨厌保险。那是必要的。只要考虑到未来，人人都会投保。但女学生是没用的废物。”

“没用的废物也无所谓。反正你又不投保。”

“我打算下个月就投保。”

“一定？”

“一定。”

“我看省省吧，投什么保啊。还不如用那笔钱去买点东西。对吧，婶婶？”婶婶窃笑。主人倒是一本正经：“你是自以为能活到一两百岁，才会说那么悠哉的话，如果稍微有点理性，自然会感到保险的必要。我决定下个月就投保。”

“是吗？那就没办法了。不过如果有钱像上次那样买洋伞给我，拿去买保险或许更好。人家明明一再强调不需要、不需要，还硬是要买给我。”

“你真的那么不需要？”

“对，我才不想要什么洋伞。”

“那你还给我好了。正好团子想要，你把洋伞给她吧。你今天带来了吗？”

“哎呀，那也太过分了。难道不是吗？都已经买来送给我了，又叫我归还。”

---

① 江户时代女子的修身书籍。是广泛流传的假名体书刊。

“是你自己说不需要，我才叫你归还的。这一点也不过分。”

“我的确是不需要，但太过分了。”

“你怎么讲话颠三倒四的。你说不需要我才叫你还给我，这样有哪里过分了？”

“可是！”

“可是什么？”

“可是就是很过分嘛。”

“笨蛋，翻来覆去只会讲同样的话。”

“叔叔自己还不是一直讲同样的话。”

“是你一再重复我只好配合你。你刚刚不是亲口说你不需要？”

“我是说了没错。我的确不需要，但我不想还给你。”

“这倒是惊人。你不仅不懂事，还倔强，简直没救了。你的学校没教逻辑学吗？”

“少来了，反正你就是想骂我没教养，随便你说吧。送人的东西还催人归还，就算是外人也不会讲这么不通人情的话。叔叔应该效法傻瓜竹才对。”

“效法什么？”

“我是说你应该学习一下诚实淡泊的态度。”

“你不但愚蠢还倔强。难怪会落第。”

“我就算落第也没叫叔叔替我出学费。”

雪江说到这里再也忍无可忍，潸然落泪打湿了紫色裤裙。主人很茫然，似乎想研究她的泪水究竟出于何种心理作用，紧盯着裤裙与垂头的雪江。这时女佣自厨房过来，红彤彤的双手在门口并拢行礼。“有客人来了。”她说。“是谁来了？”主人问。“是学校的学生。”女佣一边斜眼偷瞄满面泪痕的雪江一边回答。主人起身去了客厅。我为了研究人类兼取材，也悄悄尾随主人去檐廊。研究人类若不挑选起波澜时通常不会得到结果。平时普通的人就是普通，就算去看去问也平凡得令人提不起劲。但是到了紧要关头，这种平凡会忽然因灵妙的神秘作用冉冉升华，奇的、怪的、妙的、异的，一言以蔽之，在我等猫族看来颇堪后进参考的事件皆会霸道地出现。雪江的红颜泪正是那种现象之一。即便是如此不可思议、心态不可捉摸的雪江，与女主人说话之际还不觉得，等主人回来一抛出油壶，她顿时就像死龙身上注入蒸汽帮浦[①]，毫不吝惜地勃然发扬那深奥不可窥知的巧妙、美妙、奇妙、灵妙的天生丽质。那种

① 蒸汽帮浦是蒸汽式灭火帮浦。此处应是指濒死的龙被水柱一喷起死回生，现出真面目。

丽质是天下女性共通的丽质。只可惜它并不轻易出现。不，一天二十四小时都在不断出现，只是不会那么明显昭彰毫不客气地出现。幸好有主人这种动不动就喜欢倒着摸我毛的别扭古怪人士，所以我才能见到如此曲折的情节。只要跟在主人的后面，不管去哪儿肯定都能看到舞台演员情不自禁地随之起舞。有这么好玩的男人做我的主人，即使猫的生命短暂，也能得到许多宝贵经验。我实在太幸运了。不知这次的客人又会是谁。

一看之下此人年约十七八，是个与雪江年纪不相上下的书生。大脑袋剃得精光，脸蛋中央有个圆鼻子，规矩端坐在和室角落。虽然没有特别值得一提的特征，头盖骨倒是挺大的，就连剃成光头后看起来还那么大，可见他如果像主人那样留长发，大脑袋一定更惹人注目。偏偏越是这种大头越没有学问，这是主人向来的主张。事实或许果真如此，不过乍看之下倒像拿破仑，颇为壮观。他的衣着就像一般书生，是萨摩飞白布料还是久留米飞白或伊予飞白我分不清，总之是穿着那种蓝底白点的半袖夹衣，里面似乎没有穿衬衣或里衣。只穿一袭夹衣还打赤脚往往会给人风流不羁之感，但这个人却让人感到肮脏邋遢。尤其榻榻米上留下三个宛如小偷的大拇趾印显然是光脚造成的。他端坐在第四个脚印上，一脸穷酸地畏畏缩缩。规矩人如果这么拘谨地端坐倒是不会令人在意，但顶着光头衣衫短小的凶恶人物若是态度畏缩就难免显得不搭调了。平时在路上见到老师不屑行礼还引以为傲的人，即便只是短短三十分钟，要他像常人一样坐着肯定也会很痛苦。可是偏偏还得像生来就是谦恭君子、有德长者般端坐，不仅他自己受罪，在旁人看来也很可笑。在教室或运动场那么吵闹的人，现在为何有能力如此约束自己，想来不免既可怜又滑稽。这样一对一时，就算主人再怎么愚鲁，在学生的心目中似乎也有些许分量。主人想必也很得意。俗话说积沙成塔，渺小的学生一旦大批聚集便成了不可轻侮的团体，说不定会闹出抗争行动或游行示威。这大概就像胆小鬼喝了酒便会变得大胆。仗着人多势众闹事终究只是暂时被人气冲昏头的结果，视为不清醒的行为应该不会错。否则这个畏缩着垂头丧气自动紧贴纸门的萨摩飞白小子，不可能瞧不起就算再怎么老朽好歹也是有教师之名的主人。他没那个胆子小看我家主人。

主人把坐垫推过去说“请坐”，但光头小子浑身僵硬说声“是”却纹丝不动。眼前褪色破损的印花坐垫就这么大剌剌坐定，也没说一声“请坐在我身上”。那个大脑袋的小子却傻乎乎地坐在后方，实在奇怪。坐垫是用来给人坐的，女主人可不是为了供人欣赏才把它从劝工场买来。站在坐垫的立场，如果没人坐它就等于有损它身为坐垫的名誉，对于请客人坐的主人也有几分没面子。不惜让主人没面子也要与坐垫大眼瞪小眼的光头小子绝非讨厌坐垫。老实说，除了祖父的法事外他活到这么大还真没什么正式跪坐的机会，所以脚尖从刚才就已发麻正在叫苦连天，但他还是没有把坐垫拿来坐。虽然坐垫晾在那里无所事事但他还是没坐，主人请他坐但他硬是不肯坐上去。真是个麻烦的光头小鬼。这么客气的话当初众人聚集时也该客气一点才对，在学校也该客气一点才对，在宿舍也该客气一点才对。在不该客气时瞻前顾后，在该客气时却毫不谦逊。不，甚至搞得一片狼藉。真是麻烦的光头小鬼。

这时后方的纸门拉开，雪江恭敬地替光头小子送上一杯茶。若是平时，这个光头小子可能会揶揄一句“savage tea 来了”，但他现在单是面对主人一个人就够呛了，再加上妙龄女子凭着在学校刚学来的小笠原流[①]，以做作的手势送上茶杯，弄得光头小子似乎非常苦闷。雪江关上纸门时在背后暗自偷笑，如此看来女人在同龄者当中也相当厉害，和光头小子比起来远远更有胆量，尤其她刚刚才遗憾地洒下一滴红泪，所以现在的窃笑就更显眼了。

雪江退下后，双方默默无言，就这么僵持片刻，主人察觉这样不是办法终于开口。

“你叫作什么来着？”

“古井……”

“古井？你姓古井是吧。底下的名字呢？”

“古井武右卫门。”

“古井武右卫门——原来如此，好长的名字。不是这年头常见的名字，是老式的名字，我记得你四年级了吧？”

“不是。”

“那是三年级吗？”

“不是，二年级。”

“甲班吗？”

“是乙班。”

“乙班的话，归我管。这样啊。”主人感叹。其实这颗大头打从入学时就被主人盯上了，主人绝对没有忘记。不仅如此，不时还会梦到，可见对那颗大头有多么印

① 小笠原流本是武家礼式的一个流派。后传至民间，战前的女校也纳入礼仪教育中。

象深刻。但是温吞的主人无法把这颗大头与这古典的姓名联系起来，也无法把那个联系起来的印象与二年级乙班联系起来。所以听说这颗甚至在梦中出现过的大脑袋是自己督导的班级学生，不禁在心底两手一拍暗呼“我想起来了”。但这个有颗大头、姓名古典，而且归自己督导的学生为何这时上门来他还真猜不出来。主人本来就人缘很差，学校的学生不管是新年正月还是年底几乎都不会来拜访。古井武右卫门算是第一个上门的稀客。摸不透他来访的用意，主人似乎也很为难。应该不可能只是来这么无聊的人家里玩耍，若是来劝主人辞去教职，态度应该更昂然，话说回来武右卫门君也不可能是来商量他个人的私事，不管怎么想，主人都想不透。看武右卫门的样子，或许连他自己也不清楚为何会来到这里。无奈之下主人只好直接挑明了问他：

“你是来玩的吗？”

“不是的。”

“那是有事啰？”

“对。”

“是学校的事吗？”

“对，我想和您谈一下……”

“嗯。是什么事呢？你说说看。”说着面对武右卫门再也不吭气。本来武右卫门以中学二年级学生的标准而言算是口才很好，虽然他脑袋大，脑力却没那么发达，尽管如此，说话方面在乙班算是佼佼者。之前问 Columbus 的日文怎么翻译害主人非常困窘的正是这位武右卫门同学。现在这位向来发言铿锵有力的同学，居然从一开始就像口吃的公主那样吞吞吐吐扭扭捏捏，显然是有什么内情，不可能只是出于客气。主人也感到有点纳闷。

“如果有话想说，那你赶快说出来不就好了。”

“这件事有点难以启齿……”

“难以启齿？”主人说着看向武右卫门的脸孔，但对方依然低着头，所以啥也看不出来。主人只好稍微换个口气，“没关系。你想说什么都行。外面没有人偷听，我也不会告诉别人。”主人沉稳地补充。

“真的可以说吗？”武右卫门还在犹豫。

“当然可以。”主人擅自替他做出判断。

“那我就说了。”他一开口，猛然抬起光头朝主人这边似感刺眼地看着。他的眼是三角眼，主人鼓起脸喷出朝日香烟的烟雾同时把头往旁一撇。

“其实那个……出了一点困扰的事……”

“什么？”

“不管是什么，总之就是很困扰，所以我来了。”

“所以我问你到底在困扰什么？”

“那种事我本来不想做，都是因为滨田一直叫我借给他……”

“你说的滨田是滨田平助吗？”

“对。”

“你借住宿费给滨田吗？”

“我没借给他那种东西。”

“那你借了什么？”

“我把名字借给他。”

“滨田借用你的名字做什么？”

“寄情书。”

“寄什么？”

“我是说，借用名字，寄信出去。”

“我怎么听得一头雾水。到底是谁做了什么？”

“寄了情书。”

“寄情书？寄给谁？”

“所以我说难以启齿。”

“那么，是你寄了情书给某个女人吗？”

“不，不是我。”

“是滨田寄的吗？”

“也不是滨田。”

“那到底是谁寄的？”

“不知道该算是谁。”

“我越听越迷糊了。意思是说没有人寄情书吗？”

“只有名字是我的名字。”

“只有名字是你的名字？我怎么一点也听不懂。你最好讲得有条理一点，归根结底那封情书的收信人是谁？”

“是住在对面横巷一个姓金田的女子。”

“就是金田那个企业家吗？”

“是。”

“那么，只借名字是怎么回事？”

“那家的女儿很洋气又高傲，所以就寄了情书给她。——滨田说一定要有个寄信人的名字，所以要写我的名字，他说他的名字过于平庸乏味。古井武右卫门这个名字比较好——于是，最后就借用了我的名字。”

“那么，你认识那家的女孩吗？交往过吗？”

“根本没有交往，见都没见过。”

“真是胡来。没见过对方居然还寄情书，到底是出于何种心态做出那种事？”

“大家本来只是说那丫头太傲慢太嚣张，所以戏弄她一下。”

“这更胡闹，于是就公然写上你的名字寄信去吗？”

“对，文章是滨田写的。我出借名字，远藤趁夜寄信去她家。”

“那是你们三人一起做的啰？”

“对，可是，事后想想，万一东窗事发被退学就糟了，所以非常担心，连着两三天都睡不着，越想越茫然。”

“这简直是荒唐。所以信上写了是文明中学二年级学生古井武右卫门吗？”

“不，没有写上校名。”

“没有写上校名算是唯一值得庆幸的，要是闹出校名你试试，那可是攸关文明中学的名誉。”

“怎么办？我会被退学吗？”

“会吗？”

“老师，我父亲是个很啰唆的人，而且我母亲是继母，万一闹到退学，我真的会很麻烦。真的会被退学吗？”

“那你就不该胡来。”

“我不是故意要做的，只是一不小心。能不能别叫我退学？”武右卫门带着哭腔频频恳求。纸拉门的背后，女主人与雪江打从之前就一直哧哧偷笑。主人也吊他胃口一再说“会吗”。相当有趣。

我说有趣，或许有人要质问我这有什么地方有趣，会这么问也是应该的。不管是人类也好，动物也好，有自知之明是一辈子的大事。若有自知之明，人类作为人也可比猫更受尊敬。那时我也觉得幸灾乐祸地写这种恶作剧的描述太对不起人家，所以立刻打算作罢。但正如自己不知自己的鼻子有多高，人似乎也往往看不清自己到底有几两重，所以才会对着平日瞧不起的猫提出那种质问吧。人类看似自大，却还是有点昏庸。枉费人类不管去哪儿都要扛着万物之灵的名号行走，却连这点小小的事实都无法理解。而且恬然自若得令人有点发噱。他的肩上扛着万物之灵，却到处嚷嚷着我的鼻子在哪里、告诉我鼻子在哪里。既然如此要辞去万物之灵的名号吗？偏偏至死都不肯放手。如此公然矛盾还能坦然自若甚至显得有点可爱，若要可爱就得甘于做个笨蛋。

我在这时觉得武右卫门与主人、女主人、雪江姑娘有趣，不只是因为外在事件偶然撞在一起，将波纹扩散到奇妙之处，而且因为那个碰撞的回响在人心里分别产生不同的音色。主人对这起事件的态度是冷淡的。武右卫门的父亲如何啰唆，母亲又如何对待继子，他都不会太惊讶。他不可能惊讶。武右卫门退学，与自己被免职大不相同。近千名学生如果全都退学了，教师或许也会没饭吃，但古井武右卫门一个人的命运不管怎么变化，都与主人的朝夕生活几乎毫无关系。关系不深自然同情也不深。为了陌生人蹙眉、擤鼻、叹息绝非自然应有的倾向。我不相信人类是那么深情、懂得关怀他人的动物。他们只是把它当成生于世间必要的赋税，不时为了交际而流泪，或者做出同情的表情罢了。说穿了只是糊弄人的表情，老实说那是一门非常费事的艺术。这种糊弄如果做得好会被称为极有艺术良心的人，受到世人重视。所以像那种受到世人重视的人才是最可疑的。不信一试便知。在这点上，我家主人堪称笨拙的那一类。因为笨拙所以不受重视。因为不受重视，所以毫不掩饰内在的冷淡。从他对武右卫门一再重复“会吗”也可清楚窥知其中的消息。虽说冷淡，但诸君千万不可讨厌主人这种善人。冷淡是人类的本质，没有极力掩饰那种性质的才是老实人。如果诸君与之接触时还期望比冷淡更多的待遇，不得不说那是太高估人类了。在这已难觅诚实的世间若要期待更多，除非是从马琴的小说[①]拉出志乃或小文吾，把八犬传搬到对面的三户两邻，否则那是不可能实现的要求。关于主人我就先讲到这里，接下来我要描写躲在起居室偷笑的女人们，她们这边将主人的冷淡向前跨出一步跃入滑稽之域，倒是很开心。这两个女人对于武右卫门头痛的情书事件，

---

① 指《南总里见八犬传》。内容高潮迭起，文中主角志乃与小文吾等人也等于是仁义礼智等封建道德的化身。

当成《佛陀的福音》[①] 为之欣然。没有理由，就只是高兴。如果硬要剖析大概是看武右卫门头痛就高兴。诸君不妨问问女人："你看到他人有难会觉得有趣而笑吗？"被问的人大概会说问这问题的人是笨蛋，如果不骂笨蛋，可能也会说故意问这种问题是侮辱淑女的品格。当成侮辱或许是事实，但见人有难却取笑这也是事实。如此一来，就等于声明：接下来你会亲眼看到我做出侮辱我品格的事，但你不准批评我喔。我会偷窃，但你绝不能说我那样不道德，若你说我不道德就等于在我脸上抹泥巴，是侮辱了我——等于如此主张。女人相当聪明，想法有条有理。既然生而为人，践踏、踢开、被骂，而且别人不肯理会时，必然要有保持平静的觉悟，而且被吐口水、被泼粪甚至被大声嘲笑还得保持愉快。否则无法与这么聪明的女人交往。武右卫门也因一时不慎，做出天大的失误为之惶恐不已，或许有人认为这样偷笑别人很没礼貌，但那是年纪太轻太稚气，别人失礼时就发脾气反而可能被对方扣上小心眼的帽子，所以如果不想被这么批评最好安分一点。最后我要介绍一下武右卫门的心性。他是忧心的化身。他巨大的头脑就像拿破仑的脑子充满功利心，他的脑子也充满忧心几乎爆炸。那个圆鼻子之所以不时抽动，是因为忧心透过颜面神经如反射作用般无意识地活动。他就像吞下大颗弹丸，腹中抱着无可奈何的块垒，这两三天来都不知所措。由于太难过，又想不出好主意，他以为若是来挂着督导之名的老师家，老师或许会帮忙，于是只好低下那颗大头来到讨厌的人家中。他完全忘记自己平时在学校是如何戏弄我家主人、煽动同学、刁难主人。他似乎深信不管他曾如何戏弄刁难主人，只要主人身为班导师就一定会替他担心，他也太单纯了。班导师可不是主人自己想要当的，只是奉校长之命不得不当。说穿了就像迷亭那位伯父戴的西洋礼帽。徒有其名，光靠名号做不了任何事。名号若能在紧要关头派上用场，那雪江也能只凭名字相亲了。武右卫门不仅自私任性，还基于高估人类的假定，认为他人一定会亲切地对自己伸出援手。他大概做梦也没想到会遭到耻笑。武右卫门来到导师的家中，肯定会发现一个关于人类的真理。有了这个真理，他将来想必会成为真正的人类。他会对别人的担心冷淡以对，在他人有难时大笑。就这样，天下想必会充斥未来的武右卫门，想必会充斥金田及金田夫人这样的人。为了武右卫门着想，我很希望他能够早点自觉成为真正的人。不然即便他再怎么忧心，再怎么后悔，再

---

① 明治二十七年，保罗·卡卢斯博士（Dr.Paul Carus）著，铃木大拙译，释宗演序的《佛陀的福音》（*The Gospel of Buddha*）出版，受到当时佛教界注目。

怎么切实改过向善，终究不可能像金田那么成功。不，社会甚至会在不久的将来把他放逐到人类居住地以外。岂止是自文明中学退学而已！

我正在这么思忖暗觉有趣时，格子门咔啦啦开启，玄关的纸门后面露出半张脸。

“老师。”

主人正在对武右卫门一再重复“会吗”之际，忽闻有人在玄关门口喊老师，他心想这是谁，朝那边定睛一看，从纸门后面露出的那张脸正是寒月君。“喂，快进来。”主人说完坐着不动。

“你有客人吗？”寒月君还是只露出半张脸反问。

“没关系，你进来。”

“其实我是来邀请老师的。”

“要去哪里？又是赤坂吗？那里我可不想再去了。之前被你带着走了半天，腿都肿了。”

“今天不用担心。好久没出门了，一起去走走吧？”

“到底要去哪里？你先进来。”

“我想去上野听虎啸声。”

“那多无趣啊。你倒是先进来再说。”

寒月君大概觉得站在远处终究不方便谈判，于是脱了鞋慢吞吞进屋。他照例穿着鼠灰色、屁股有补丁的裤子，但这并非时代的潮流，或屁股太重把裤子撑破，据他本人的解释是最近开始学骑脚踏车导致局部经常摩擦。他做梦也没想到眼前人是写情书给他未来妻子的情敌，还“嗨”了一声，对武右卫门点头致意后才在靠近檐廊之处坐下。

“就算听虎啸也很无趣吧？”

“对，现在不行，先去各处散步，等到晚间十一点左右再去上野。”

“噢？”

“届时公园内的老树森然会很壮观喔。”

“会吗？大概是比白天稍微冷清些吧。”

“所以如果净挑树木茂密、白天也人迹罕至的地方走，不知不觉中肯定会忘记自己住在红尘万丈的都市，以为已误入深山之中。”

“有那种错觉又如何？”

“有那种错觉，再伫立片刻，忽闻动物园内传来虎啸。”

“会这么刚好吼叫吗？”

“放心，老虎一定会叫。那个叫声白天在理科大学都听得见，夜阑人静，四下无人，鬼气逼人，魑魅冲鼻时……”

“魑魅冲鼻是什么意思？”

“可怕的时候不是都这么形容吗？”

“会吗？我倒没怎么听说过。然后呢？”

“然后老虎会以悉数震落上野老杉树叶之势咆哮。很壮观喔。”

“那想必很壮观。”

“如何，要不要去冒险？我想一定会很愉快。老虎的叫声一定要在半夜听，否则我认为不算听过。”

“会吗？”主人一如对武右卫门的恳求报以冷淡，对寒月君的探险也报以冷淡。之前一直艳羡地默默聆听老虎这个话题的武右卫门，似乎因主人的“会吗”再次想起自己的遭遇。“老师，我很担心，我到底该如何是好？”他再次反问。寒月君狐疑地看着这颗大头。我倒是另有想法，暂时失陪绕道去起居室。

起居室里女主人正在哧哧笑，一边将京都烧制的廉价茶杯倒满粗茶，放在锑质茶托上。

“雪江，不好意思，请你帮我把茶端出去。”

“我不要。”

“为什么？”女主人有点惊讶，笑意顿时收住。

“反正就是不要。”雪江立即做出抱歉的神色，垂眼看一旁的《读卖新闻》。女主人开始和她商量。

“你还真奇怪，是寒月先生来了，有什么关系。”

“可是，我就是不想嘛。”她盯着《读卖新闻》不放。这种时候根本一个字也看不进去，但若是揭穿她根本没在看，恐怕她又会哭出来。

“这有什么好害羞的嘛。”这次女主人笑着说，故意把茶杯压在《读卖新闻》上。雪江说：“哎呀，婶婶好坏。”想把报纸从茶杯底下抽出，结果扯到茶托，茶水毫不客气地自报纸上流进榻榻米的缝隙。“你看吧。”女主人说。雪江嚷着：“哎呀，糟糕！”急忙跑去厨房，大概是要拿抹布。我看着这一幕觉得有点好玩。

寒月君还不知情，正在和室讲起不相干的古怪话题。

“老师，门上的纸重新贴过了耶。是谁贴的？”

“是女人贴的。贴得很好吧？”

“对，手艺相当高明。是那位常常来访的小姐贴的吗？”

“嗯，她也帮过忙。她还炫耀说，纸门贴得这么好有资格嫁人了。”

“噢？原来如此。”寒月君说着凝视纸门。

“这边倒是贴得很平，但右角的纸多出来了有点没贴平。”

“那边是刚开始贴的，是在最缺乏经验时的成果。”

“原来如此，难怪有点失误。那表面的超绝曲线①终究不是普通作用能够表现的。”不愧是理工学者，讲话总带有艰深的名词。主人草率地随口应了一声：“会吗？”

看这样子就算继续恳求也没希望，武右卫门突然把他那伟大的头盖骨贴在榻榻米上，在默默无言之中表达诀别之意。主人说：“你要走了吗？”武右卫门垂头丧气地拖着萨摩木屐②走出大门。真可怜。如果放任不管，他说不定会写出岩头吟③自华严瀑布跳下去自杀。归根结底都是金田小姐的洋派时髦与自大惹的祸。如果武右卫门死了，最好化为厉鬼去找金田小姐索命。那种祸水即便自世上消失一两个，男士们也不会困扰。寒月君也可以娶个更像大家闺秀的女人。

“老师，那是您的学生吗？”

“嗯。”

“他的头好大。学问好吗？”

“头虽大学问却不怎样，不时还会问些怪问题。上次还叫我翻译 Columbus 让我大伤脑筋。”

“都是因为头太大才会问那种无聊的问题吧。那老师是怎么回答他的？”

“啊？没事，我就随口敷衍过去了。”

“那么您还是翻译了吗？了不起。”

“如果不翻译一下小孩子不会相信。”

“原来老师也成了政治家。不过看他刚才的样子，好像无精打采，看不出他曾经刁难过老师。”

---

① Transcendental curve，以数学专用名词夸张形容纸门上的复杂皱纹。

② 鞋台较宽的杉木木屐。

③ 明治三十六年于日光的华严瀑布投水自杀的一高学生藤村操，写在岩头树上的绝笔。这种哲学式自杀轰动一时。藤村操也是漱石的学生。

“他今天是有点颓丧。那是个笨蛋。”

“到底怎么了？虽然我只看到他一下却也不免心生同情。他是怎么了？”

“他做了蠢事。寄情书给金田家的女儿。”

“啊？那个大头吗？这年头的书生真不简单。真是没想到。”

“你大概也很担心吧……”

“我一点也不担心。反而觉得有趣，就算寄再多情书也无所谓。”

“只要你安心就无所谓……”

“当然无所谓，我向来无所谓。不过那个大头会写情书，倒是令我有点惊讶。”

“重点就在这里。他们是开玩笑的，说是因为那个女孩洋气又自大，想戏弄她，所以三人联手……”

“三人合写一封信给金田小姐吗？那更是奇谈了。那岂不像是三人合吃一份西餐。”

“他们是分工合作。一个写文章，一个寄信，一个出借名字。刚才来的就是出借名字的那个。这是最蠢的。而且他说连金田家女儿长什么样子都没看过。你说他怎么会做出那么荒谬的事？”

“这可是近来的大事件，是杰作。那个大头，大概觉得写信给女人很有趣吧？”

“如果没出纰漏的话。”

“没事，就算出纰漏也没关系，反正对方是金田。”

“那是你可能会娶的女人耶。”

“就是因为可能会娶才无所谓。没事，不用管那什么金田。”

“就算你无所谓……”

“放心，金田也不会在乎，没问题。”

“那就好，不过他自己事后忽然受到良心谴责，知道害怕了，所以才慌慌张张来找我商量。”

“噢？所以他才那样垂头丧气吗？看起来胆子很小耶。老师是怎么打发他的？”

“他口口声声害怕会被退学，那是他最担心的。”

“为什么会被退学？”

“因为他做了那么恶劣、不道德的事。”

“谈不上不道德吧。没事，金田肯定会觉得很光荣到处吹嘘。”

“怎么可能！”

“总之他太可怜了。即便做那种事不对，但是让他害怕成那样，等于杀掉一个年轻男子。他的头虽大看起来倒不像是坏人，鼻子还不时抽动挺可爱的。”

“你也像迷亭一样说风凉话啊。”

“哪里，这是时代思潮。老师太老派了，所以什么事都喜欢解释得太复杂。”

“但他未免太愚蠢了吧，也不认识对方就那样恶作剧随便送情书，简直没常识。”

“恶作剧通常都很没常识，请救救他吧，这也算功德一桩，否则看他那样真的会去华严瀑布。”

“会吗？”

“请救他吧。更大、更懂事的大孩子可没这么单纯，他们做出恶作剧还死不认错佯装不知呢。与其让他这样的孩子退学，应该把那些家伙一个不留通通放逐，否则太不公平了。”

“说得也是。”

“那么怎么样，要去上野听虎啸吗？”

“老虎吗？”

“对，去听听吧。其实这两三天之内我有点事必须返乡一趟，暂时都不能跟您出去了，所以今天很想与您一同散步才来拜访。”

“是吗，你要返乡啊，有什么要事吗？”

“对，有点事情。——总之我们出去走走吧？”

“是吗？那就出去走走吧。”

“那就走吧。今天我请您吃晚餐——然后运动一下走路去上野，时间刚刚好。”寒月频频催促，于是主人也动心了，和他一起出门。之后只听见女主人与雪江毫不客气的声音咯咯咯哈哈哈地笑个不停。

Chapter 11

壁龛前，迷亭君与独仙君正隔着棋盘对坐。

“没赌注我不玩，输了的人要请客喔。可以吗？”迷亭君再次强调。

独仙君照例拉扯他的山羊胡子，如此说道：“如果那样做，好好的清高游戏都变得俗气了。若因赌注而专注在胜负上就不好玩了。把成败置之度外，以白云无心冉冉出岫的心情下完一局，才能体会个中滋味。”

“你又来了。碰上你这种仙风道骨还真麻烦，你简直是《列仙传》[①]中的人物。”

“弹无弦之素琴[②]啊。”

“发无线电吗？”

“总之，下棋吧。”

“你持白子吗？”

“我都无所谓。”

“不愧是仙人，果然潇洒。你若持白子，依照自然的顺序我就是黑子。好，来吧。尽管放马过来。”

“照规定是黑子先下。”

---

① 据说是汉朝的刘向撰写的，中国古代七十一位仙人的传记。

② “素琴”是没有装饰的琴。《陶靖节传》中提到诗人陶渊明每于喝醉后抚弄无弦素琴以寄意。据芥川龙之介表示，漱石的书房“有塞满洋书的书架，也有‘无弦琴’的匾额，还有漱石每日写稿的紫檀小桌”（《漱石山房之秋》）。

"原来如此。那我就谦让一下，定石[①]从这里开始。"

"定石没有这种下法。"

"没有也没关系，这是我新发明的定石。"

我的世界很小，所以直到最近才见识到棋盘这种东西，不过越想越觉得这玩意儿设计得很巧妙。把不大的四方形板子隔成狭小的方块，放上一堆黑白石子令人眼花缭乱。然后嚷着胜呀输呀死呀活的，流着虚汗大呼小叫。只不过是一尺见方的面积，即便猫拿前爪扒拉一下也能搞得乱七八糟。昔人有云，集结成草庵[②]，解开复归野。这是无谓的恶作剧，还是袖手观棋更轻松。起初的三四十目，石子的排列方式并不碍眼，到了决定胜负的关头再一看，哎呀呀真可怜。白子与黑子已放满棋盘几乎装不下，互相挤成一团。虽说拥挤，却又不可能推开隔壁的家伙叫它让位，嫌对方碍眼也无权命令面前的先生退下，只好死心视为天意，动也不动乖乖守着，除此之外别无他法。发明围棋的是人类，若说人类的喜好会形之于局面，拥挤的棋子命运堪称代表了人类狭隘短视的性质。人类的性质若是可以从棋子的命运推知，那么不得不断言，人类在海阔天空的世界画地自限，只喜欢拿小刀划分自己的地盘，弄得自己除了双脚立足之地外再也跨不出一步。简而言之，人类就是一种硬要自寻痛苦的生物。

悠哉的迷亭君与禅机十足的独仙君，不知抱着什么打算，今天偏偏从柜子里取出旧棋盘，开始玩起这沉闷的游戏。毕竟是两人一起做的事，起初两人各自行动，任由白子与黑子在棋盘上自由交错，但棋盘的面积有限，横竖交错的格子随着每一手被逐一填满，就算再悠哉，就算再有禅机，当然还是会越来越举步维艰。

"迷亭君，你下棋太粗鲁了。没有下在那种地方的规矩。"

"禅宗和尚的棋或许没这种规矩，但本因坊[③]有这种规矩所以没办法。"

"但这样会死。"

"臣死且不避，彘肩安足辞[④]，我看就走这步吧。"

---

① 定石又称定式，是围棋棋手们经过长期经验累积，形成的某些固定下法。通常是在开盘布局阶段。

② 《禅门法语集》收录的"梦窗假名法语"有"集结成柴庵，解开复归野"。

③ 围棋的流派之一。以安土桃山时代的本因坊算砂为开山始祖，由门人中棋艺卓越者继承这个名称。

④ 夸张形容棋子死了也无所谓。典出《史记·项羽本纪》有名的鸿门宴的故事。"臣死且不避"是项羽与刘邦会见时，刘邦的臣子樊哙闯入救刘邦，接受项羽给的酒食时回答的话，但"彘肩"（猪的肩肉）原文是"卮酒"。

“既然你要出这招，很好。熏风自南来，殿阁生微凉[①]。那我在这里补上一子就没问题了。”

“咦，你补上这一子，了不起。我还以为你不可能补强。既然要补强不如撞八幡钟[②]。这样子，你看如何？”

“没什么如不如何。一剑倚天寒[③]——唉，麻烦！干脆一刀砍了。”

“哎呀，糟了糟了。被你这么一刀砍下去就死定了。喂，别开玩笑。等一下。”

“就是因为这样，所以我不是从刚才就一直提醒你，变成这个局势后你不能走这里。”

“那我偏要走这里真是对不起喔。你把这枚白子拿开。”

“你又要悔棋吗？”

“顺便把旁边的也拿开。”

“你太厚脸皮了吧，喂。”

“Do you see the boy[④]吗？——你和我是什么关系，就不要那么见外了，快点给我拿开。这可是生死关头。就好像喊着刀下留人、刀下留人[⑤]，从舞台旁边冲出来。”

“那又不关我的事。”

“你不管也行，让开一下。”

“你从刚才已经悔了六次棋了。”

“你记忆力真好。之后我会加倍悔棋喔，所以我才劝你识相地让开一下，你也真倔强。既然坐禅，应该更懂分寸才对。”

“可是如果不杀这一子，我这边就快输了……”

“你不是从一开始就抱着‘输掉也无所谓’主义吗？”

“输掉是无所谓，但我不想让你赢。”

“这真是荒唐的悟道，你还是一样春风影里斩电光。”

“不是春风影里，是电光影里。你说颠倒了。”

---

① 《唐诗记事·四十》的唐朝柳公权联句。

② 围棋的“补强”棋子与“敲”钟同音的双关语。八幡钟是深川富冈八幡宫的报时钟。被视为离别钟，常盘津之类的歌词常见“别敲钟”这句话。

③ 无学祖元回答北条时宗的话。

④ 与上一行的“你太厚脸皮了吧，喂”的日文发音相近的双关语。

⑤ 歌舞伎十八番《暂》中的场面。

“哈哈哈哈！我还以为应该到了可以颠倒过来的时候，没想到你果然还很清醒。那就没办法只好放弃了。”

“生死事大，无常迅速[1]，你就死心认命吧。”

“阿门！”迷亭老师这次在不相干的地方啪地下了一子。

迷亭君与独仙君在壁龛前拼命争输赢时，和室门口这边，寒月君与东风君并排，主人在一旁脸色蜡黄地端坐。寒月君的面前有三条柴鱼光溜溜地在榻榻米上排队，诚为一大奇观。这些柴鱼出自寒月君的怀中，取出时手心还能感到那热气，所以柴鱼虽未穿衣倒是挺暖和。主人与东风君以奇妙的视线注视柴鱼，寒月君终于开口：

“其实四天前我刚从故乡回来，诸事缠身，到处奔走，所以未能及时来访。”

“用不着那么急着上门。”主人照例说话冷淡。

“不急着来访当然也行，但这礼物不早点给您我不放心。”

“不就是柴鱼吗？”

“对，是我家乡的名产。”

“这算当地名产？东京应该也有吧。”主人拿起最大的一条，放到鼻尖前闻味道。

“光是闻，闻不出柴鱼的好坏哟。”

“块头比较大所以是名产吗？”

“您吃吃看就知道。”

“吃当然是会吃，但这玩意儿好像前面少了一截。”

“所以我才说不赶紧送来我不放心。”

“为什么？”

“还能为什么，当然是被老鼠偷吃了。”

“那可危险。万一我随便吃下肚岂不是要得鼠疫。”

“放心，只被偷吃掉那么一点点不会有害。”

“到底是在哪儿被偷吃的？”

“在船中。”

“船中？怎么会？”

“因为没地方放，我把柴鱼与小提琴一起放进袋中，上船后，当晚就被偷吃了。

---

① 禅语。生死乃重要问题，无常的事实迅速逼近。漱石老家的纸门上据说也写了这句话。

若只有柴鱼也就算了，连我心爱的小提琴琴身都被当成柴鱼啃掉一小块。”

“这老鼠也太冒失了。在船上住久了，连是非好歹都分不清了吗？”主人说着谁也听不懂的话依然在打量柴鱼。

“那是老鼠，不管住在哪里都一样冒失吧。所以就算带回宿舍恐怕还是会被偷吃。我不放心，夜里只好把柴鱼放在床上睡觉。”

“那样好像有点不卫生。”

“所以吃的时候请清洗一下。”

“洗一下怎么洗得干净。”

“那就用草灰水浸泡，再搓洗搓洗总行了吧。”

“小提琴也是抱着睡觉吗？”

“小提琴太大无法抱着睡……”他说到一半。

“你说什么？抱着小提琴睡觉？那倒是风雅。有句诗说行到春重琵琶心[①]，但那已是久远往事。明治时代的秀才如果不抱着小提琴睡觉怎能凌驾古人。寝衣守长夜更添小提琴这句如何？东风君，新体诗可以那样说吗？”迷亭自对面大声加入这边的谈话。

东风君一本正经：“新体诗与俳句不同，无法那样急就章。但是吟就时会有更触动生灵机微的妙音出现。”

“真的吗，我还以为生灵是要烧麻秆[②]来迎接的，果然靠新体诗之力也会降临吗？”迷亭还是扔下棋子不管，出言调侃。

“你这样耍嘴皮子小心又要输了。”主人提醒迷亭，但迷亭不当一回事。

“无论想赢或想输，对方都已像锅中的章鱼束手无策，我就是因为下棋下得太无聊才加入小提琴的话题。”他这么一说，独仙君以略显激动的语气放话：“这次轮到你了。我在等你呢。”

“啊？你已经下了吗？”

“当然，早就下了。”

“下在哪里？”

“我把这颗白子斜着延伸出去。”

---

① 《五车反古》收录的与谢芜村的句子。

② 剥皮的麻茎。中元节时会焚烧这个来迎送死者之灵。

“原来如此。把这颗白子斜着延伸会输吧，那我就——那我就——那我也日薄西山，想不出什么好着了。我再让你下一子，你随便找地方下吧。”

“哪有这种棋！”

“不相信有这种棋的话就下下看。——就在这一角稍微转弯的地方放着吧。——寒月君，你的小提琴太便宜才会被老鼠瞧不起乱啃乱咬，你应该大手笔买好一点的琴，要我帮你从意大利弄一把三百年前的古董吗？”

“那就拜托你，最好顺便也帮我付钱。”

“那么旧的东西怎么派得上用场！”不知情的主人大喝一声斥责迷亭。

“那是你把人类的老古董与小提琴的古董一视同仁。即便是人类的老古董，像金田某这种人现在都很流行，所以小提琴当然也是越旧越好。——独仙君，拜托你快点。虽非庆政的台词但秋阳容易逝①喔。”

“跟你这么急躁的人下棋真痛苦，都没时间好好思考。算了，我就下在这里吧。”

“哎哟，你终于起死回生了。真可惜。我以为你不会下在那里，还费尽心思发挥口才转移焦点，结果还是没用吗？”

“废话。你那不是下棋，是在唬人。”

“那是本因坊流、金田流、当世绅士流。——喂，苦沙弥老师，独仙君不愧是去镰仓吃过万年酱菜的，不为所动呢。真是令人佩服。棋虽下得不好，胆量倒是挺大。”

“所以你这种没胆量的人，最好效法一下。”主人背对着他回答，迷亭立刻伸出红红的大舌头。独仙君仿佛事不关己，又催促对方：“轮到你了。”

“你什么时候开始学小提琴的？我也想学一下，不过听说好像很难。”东风君问寒月君。

“不，若只是普通演奏谁都学得会。”

“同样都是艺术，所以对诗歌有兴趣的人学起音乐来肯定也很快——我是私下这么自恃啦，你说呢？”

“很好啊。以你的本事一定会学得不错。”

“你是什么时候开始学的？”

---

① 出自义太夫节《恋女房染分手纲》中庆政的台词“天黑了吗，秋阳短暂啊”。

“念高等学校的时候。——老师，我跟您提过我学习小提琴的始末[①]吗？”

“没有，我没听说过。”

“念高等学校时有音乐老师教你吗？”

“没有，哪来的老师，是自己摸索。”

“那你是天才耶。”

“自学不见得就是天才吧。”寒月君反驳。被夸奖是天才还不高兴的恐怕只有寒月君。

“那倒不重要，你说说看是怎么自学的。我想做个参考。”

“告诉你也行。老师，我可以说吧？”

“好啊，你说吧。”

“现在经常看到年轻人拎着小提琴的琴盒走在路上，但在当时，高等学校的学生几乎无人学习西洋音乐，尤其我念的学校堪称乡下中的乡下，是个纯朴到号称没有麻底草鞋的地方，学校里当然没有任何学生会拉小提琴……”

“故事好像越来越有趣了。独仙君，我看我们的棋局就到此打住吧？”

“还有两三处没有解决。”

“没关系。大致上的地方，都奉送给你。”

“就算你这么说，我也不能收。”

“你这么一板一眼真不像禅学家。那就一气呵成赶紧解决吧，寒月君那边好像很有趣。——就是那个高等学校吧，学生打赤脚上学的……”

“没那种事。”

“可是，听说大家都赤脚做兵式体操，还要练习向后转，所以脚皮变得很厚。”

“怎么可能，是谁跟你这么说的？”

“是谁说的不重要。还听说便当只有一个大饭团，像橘子一样挂在腰上，学生就吃那个。说是吃其实应该是啃，啃到最后据说中央会出现一颗酸梅，听说学生就是为了这颗酸梅才一心一意地啃光周遭没有咸味的饭粒，果然是元气旺盛啊。独仙君，这个话题你应该喜欢。”

“质朴刚健是很好的风气。”

---

① 这是根据寒月的原型寺田寅彦在第五高等学校时的亲身体验。漱石在该校教过寅彦。

“还有更英勇的事迹呢，那里据说没有烟灰筒[1]。我的友人任职该地时，去买有吐月峰印记的烟灰筒，结果别说吐月峰了，连一个可以叫作烟灰筒的东西都找不到。他觉得不可思议，一问之下，据说对方一本正经地回答：烟灰筒只要去后面竹林砍一节竹筒谁都会做，没必要卖。这也是将质朴刚健的风气展露无遗的美谈，对吧，独仙君？”

“哎，那是很好，但这里我必须走一步空眼。”

“很好。空眼、空眼、空眼，这下子棋局结束了。——听了这个故事，我非常惊讶。你能在那种地方自学小提琴真令人佩服。《楚辞》说茕独不群，寒月君就是明治时代的屈原。”

“我才不要当屈原。”

“那就当本世纪的维特[2]。——怎么，你要算子了？你还真是一板一眼。即便不算子也知道我输了。”

“但是那样没有一个清楚的了结……”

“那你自己去算子吧，我可不奉陪。我得去听一代才子维特君学习小提琴的故事，否则太对不起祖先，失陪了。”他说着离席，朝寒月君这边靠过来。独仙君仔细拿起白子把白的格子填满，再拿起黑子把黑的格子填满，嘴里喃喃计算。

寒月君接着说道：“当地的风土如此，而我的故乡居民又非常顽固，若有人表现稍微柔弱，就说在别县学生面前没面子，予以严重制裁，所以很麻烦。”

“说到你们家乡的书生，真的无法沟通。先不说别的，干什么要穿深蓝色的素面和服裤裙。看那样子就很奇怪，而且或许是因为被海风吹的，好像肤色特别黑。男人那样还无所谓，若是女人那样可就麻烦了。”迷亭只要一加入，正题就被扯到十万八千里之外了。

“女人也一样肤色黝黑。”

“那样子居然还嫁得出去啊？”

“因为整个地方的人都很黑，所以没办法。”

“真是不幸的宿命啊。对吧，苦沙弥君？”

---

① 熊本没有烟灰筒是漱石于五校执教时期的亲身体验。“吐月峰”是静冈市的山名，因用此地的竹子做成烟灰筒，遂成烟灰筒的通称。

② 歌德的小说《少年维特之烦恼》的主角，失恋后自杀。

“黑一点比较好吧。如果生得白，每次照镜子都会自恋那多不好。女人本来就是很难缠的生物。”主人说着喟然长叹一口气。

“可是如果整个地区的人都很黑，肤色黑的人也一样会自恋吧？”东风君提出言之有理的疑问。

“总之女人是完全不必要的生物。”主人说。

“你讲这种话，嫂子又要在后面不高兴啰。”迷亭老师笑着提醒他。

“怕什么，没事。”

“她不在家吗？”

“她刚才带着小孩出门了。”

“我就说怎么这么安静，他们去哪里了？”

“我不知道，她没告诉我就自己出门了。”

“然后再不告而归吗？”

“没错，还是你单身好。”他这么一说，东风君略显不满。寒月君嘻嘻笑。

迷亭君说：“有了妻子后大家都会这么说。对了独仙君，你应该也有妻难吧？”

“啊？等一下。四六二十四，二十五，二十六，二十七。我说怎么就这么一小块，原来有四十六目啊。本以为赢得更多，这样看来，只差十八目。你刚才说什么？”

“我说你应该也有妻难吧。”

“啊哈哈哈，没什么好难的。我内人本来就很爱我。”

“那真是失敬失敬。不愧是独仙君。”

“不只是独仙君，那样的例子多得很。”寒月君代替天下的妻子稍做辩护。

“我也赞成寒月君。在我想来，人类要进入绝对之域，只有两种途径，那两种途径就是艺术与爱情。夫妇之爱代表其中之一，所以人类一定要结婚，完成这种幸福，否则就等于违背天意。——你说呢，老师？”东风君依旧一本正经地扭头看着迷亭。

“真是高论，像我这种人终究不可能进入绝对之域。”

“娶妻之后更不可能进入。”主人板着脸说。

“总之我们未婚青年如果不充满艺术的灵气一路开拓向上就不会了解人生的意义，所以我打算从小提琴学起，刚才就是在向寒月君请教经验之谈。”

“对对对，本来应该洗耳恭听维特的小提琴故事。你快说吧，我不会再插嘴了。”

迷亭君终于收敛锋芒。

“向上之路不是小提琴那种东西能够开拓的，就凭那样游戏三昧要发现宇宙真理很困难。若想知道个中消息就得有自悬崖撒手、气绝之后再苏醒[①]的气魄才行。”独仙君故弄玄虚，对东风君半是训诫的说教倒是无所谓，可惜东风君是个连禅宗的禅字该怎么写都不知道的男人，所以听了毫不动容。

“嘿，或许是那样吧，但艺术毕竟是人类渴望之极的表现，所以不可能就此舍弃。”

“不可能舍弃的话，就如你所愿聊聊我小提琴的经验吧。正如刚才讲的，我开始学小提琴之前也煞费苦心。光是买琴就很困扰呢，老师。”

“我猜也是，没有麻底草鞋的地方怎么可能会有小提琴。”

“不，琴倒是有，钱也早就存了一笔所以不成问题，但就是不能买。”

“为什么？”

“那是小地方，如果买了琴立刻会被人发现。他们发现了，一定会马上骂我不知天高地厚对我施加制裁。”

“天才自古以来总是会遭到迫害。”东风君说着大表同情。

“又是天才吗？拜托别喊我天才好吗？于是我每天散步经过有小提琴的店门口时，总会想：要是能买那个该多好，抱着那个的感觉不知如何。我没有一天不在想：啊啊，好想要，啊啊，好想要。”

“这是难免的。”如此评论的是迷亭。“你也太执着了。”难以理解的是主人。“你果然是天才。”如此佩服的是东风君。唯有独仙君态度超然地捻须。

“那种地方为何有小提琴？各位或许会先萌生疑问，但是仔细想想一点也不奇怪。因为当地也有女校，女校的学生每天都得练习小提琴当作课业，所以应该有琴。当然没有好琴，但勉强可称之为小提琴的货色还是有。所以店里也没把重心放在那方面，只是在店头吊了两三把琴。被风一吹，或是小孩的手碰到，就会发出琴音。结果，每当我散步经过店前时，听到那个声音顿时就像心脏快要破裂，简直是坐立不安。”

“真危险。癫痫也分水癫痫[②]、人癫痫等许多种，你是维特，所以是小提琴癫痫。”

---

① 禅语。出自《碧岩录》的一节。

② 有人认为癫痫发作是被鬼魂附身，所以表现出死亡时的状态。口吐白沫是溺死的水鬼附身，所以称为水癫痫。但也有人认为是饮水过多，水毒造成水癫痫。

迷亭君如此揶揄。

“哎，如果没有那么敏锐的感觉无法成为真正的艺术家，果然是天才的体质。”东风君越发佩服。

“对，实际上或许真的是癫痫，不过那个音色倒是很奇特，之后直到今天我也拉过很多次却拉不出那么优美的声音。该怎么形容才好呢？终究说不出来。”

“是琳琅谬锵鸣[①]吗？”说出这艰深词语的是独仙君，可惜无人理会，真是可怜。

“我每天去店头散步，三度听到这灵异的琴音。第三次我终于下定决心一定要买下这把琴。即便被乡人谴责，被外县的人轻蔑——好，哪怕是遭到铁拳制裁断了气——哪怕是不慎遭到退学处分——唯有这个我非买不可。”

“所以才说你是天才嘛。若非天才，绝对不可能那样一门心思地下决心。真令人羡慕。近年来我也努力想让自己产生那么强烈的感情，却就是没办法。我也去音乐会专心聆听过，但是好像就是没有那么大的触动。”东风君频频语带羡慕。

“没有那种触动才幸福。现在当然可以心平气和地谈论，但当时的痛苦是你完全无法想象的。——后来我终于牙一咬硬是买下来了。”

“嗯，为什么？”

“正好是十一月的天长节[②]前一晚。乡人全都一起去洗温泉顺便在那里过夜，这边一个人也不剩。我称病请假，那天也没去学校，躺在床上满脑子只想着今晚一定要出门顺便把我渴望已久的小提琴弄到手。”

“你装病不上学吗？”

“没错。”

“你这招果然有点天才。”迷亭君似乎也有点肃然起敬了。

“我在被窝里伸长脖子，简直等不及天黑。没办法，只好用被子蒙住头，闭眼等待，但还是不行。一伸出头，炽烈的秋阳照在整面六尺纸门上，亮晃晃地让我一肚子火气。上方有细长的影子，不时在秋风中晃动。”

“你说的那个细长的影子是什么？”

“是把涩柿子剥皮，串起吊在屋檐下风干。”

“嗯，然后呢？”

---

① “琳琅”乃美玉。形容玉石互相撞击之声。出自《楚辞》。

② 十一月三日，是明治天皇的生日。

“没办法，我只好钻出被窝拉开纸门到檐廊，摘下一个涩柿干吃。”

“好吃吗？”主人问出孩子气的问题。

“那一带的柿子，很好吃喔。东京人绝对不懂那种滋味。”

“柿子不重要，后来又怎样了？”这次是东风君发问。

“后来我又钻回被窝闭上眼，偷偷求神拜佛让天色赶快暗下来。过了三四个小时后，我心想应该可以了，探出来一看，炽烈的秋阳依然明晃晃地照在六尺纸门上，上方有细长的影子轻飘飘晃来晃去。”

“那个已经听过一遍了。”

“还有很多遍哟。之后我钻出被窝，拉开纸门，吃了一个柿干，又回到床上，偷偷求神拜佛，祈求赶快天黑。”

“还是又回到老地方了嘛。”

“老师你不要急，先听我说。之后我在被窝里忍耐了三四个小时，心想这次应该没问题了，探头出来一看，炽烈的秋阳依然照在整面六尺纸门上，上方有细长的影子晃来晃去。”

“怎么老是重复同样的事情。”

“后来我钻出被窝拉开纸门，去檐廊吃了一个柿干……”

“又吃了柿子吗？好像老是在吃柿子没完没了。”

“我也很不耐烦。”

“听你说话的人更不耐烦。”

“你就是性子太急了，这样我会很不好说下去。”

“听的人也很难听下去。”东风君暗自发泄不满。

“既然诸位这么困扰那我也没办法，说个大概就打住吧。简而言之我吃了柿干，钻进被窝，钻出来又吃，最后把吊在檐下的柿子全吃光了。”

“等你吃光柿子天也黑了吧？”

“偏偏没有，等我吃完最后一个柿干，心想时间差不多了，探头一看，炽烈的秋阳还是照在整面六尺纸门上……”

“我已经受不了了，老是重复根本没个了结。”

“我这个说故事的人也讲得很烦。”

“不过若有那样的耐心，大抵上的事业皆可功成名就喔。如果我们不开口，秋阳大概会继续照射到明天早晨吧。你到底打算什么时候才买小提琴？”迷亭君似乎也有点忍无可忍了。只有独仙君依旧泰然自若，哪怕是明天早晨、后天早晨，随便秋阳再怎么炽烈地照射他也面不改色。寒月君也一派从容。

“您问到几时才打算买，只要到了晚上，我打算立刻出门去买。遗憾的是，不管我什么时候探头都只看到秋阳明晃晃地照耀——哎，说到那时候我的痛苦，绝对不是现在各位这点小小的不耐烦而已。我吃完最后一个柿干，看到天还是没黑，不禁泫然泪下。东风君，我是真的很没出息地哭了。”

“我想也是，艺术家本来就多愁善感，我很同情你的哭泣，但是能否赶快继续往下说？”东风君是个好人，所以无论何时都会一本正经地做出滑稽的回答。

“我当然很想继续说，但天就是不肯黑我也很伤脑筋。”

“天不黑的话我们这些听众也会很伤脑筋，还是算了吧。”主人似乎再也受不了，如此说道。

“就此作罢更伤脑筋。因为接下来正要渐入佳境。”

“那我听你说，你赶快让天黑吧。”

“那么，虽然您这个要求有点强人所难，不过您的作风向来如此，我就退让一步，在此就当作天黑了吧。”

“这下子正好。”独仙君装模作样地说，使得众人不禁扑哧笑了出来。

“眼看已入夜，总算可以安心地喘口气，我走出鞍悬村的寄宿处。我向来讨厌吵闹的地方，所以故意避开方便的市内，在人迹罕至的寒村农家暂时结起蜗牛庵①……”

“‘人迹罕至’未免太夸张了。”主人提出抗议。“蜗牛庵这个说法也很夸张。还是没有壁龛的四铺半草席的房间听起来更写实更有趣。”迷亭君也开口抱怨。只有东风君夸奖：“不管事实如何，言辞本身很有诗意，感觉很好。”独仙君一脸认真。“住在那种地方要去学校一定很辛苦吧。大约几里路？”他问。

“距离学校只有四五百米，学校本来就位于寒村……”

“那么学生大半都寄宿在那附近啰？”独仙君继续追问。

“对，通常每户农家一定会有一两人。”

“那样还叫作人迹罕至吗？”他遭到正面攻击。

“对，如果没有学校，的确人迹罕至。话说当晚的服装，我在手织棉质的铺绵

---

① 形容狭小的陋室。

夹衣外穿着金扣制服外套，还把外套的风帽罩住头尽量避人耳目。正逢柿树落叶的时节，我自寄宿处前往南乡街道的路上只见满地落叶。每走一步都发出沙沙声响令人不安，仿佛有人尾随很不自在。转身一看，东岭寺的树林形成幢幢黑影，在昏暗中勾勒出黑暗的影子。说到这个东岭寺本是松平家的菩提所[①]，位于庚申山麓，与我寄宿之处只有百米左右的距离，是颇为幽静的梵寺。树林上方是无垠的星月夜空，天河横越长濑川而过，最后——最后，是的，首先流向布哇（夏威夷）那头……"

"冒出布哇太突兀了吧。"迷亭君说。

"沿着南乡街道走了两百来米，自鹰台街进入市内，经过古城街，弯过仙石街，从食代街旁沿着通街依序走过一段、二段、三段，然后是尾张街、名古屋街、鯱鉾街、蒲鉾街……"

"用不着经过那么多街。重点是你到底买了小提琴没有？"主人不耐烦地问道。

"那家卖乐器的店是金善的，也就是金子善兵卫家，还很远。"

"很远也无所谓，最好赶快买。"

"小的遵命。于是我来到金善店一看，店里灯火明晃晃……"

"又是明晃晃吗？你的明晃晃可不是一两次就能结束的，真是伤脑筋啊。"这次是迷亭率先拉起防御线。

"不，这次的明晃晃，只有一次明晃晃，所以各位不用担心。——我透过灯影一看，那把小提琴微微反射秋灯，凹凸有致的琴身线条带着冷光。唯有紧绷的琴弦某一部分亮晶晶地闪着白光映入眼中……"

"你的叙述相当生动。"东风君夸奖。

"就是那个。想到那就是那把小提琴，我忽然心头悸动，双腿颤抖……"

"哼哼。"独仙君嗤鼻一笑。

"我不禁冲进去，自暗袋取出钱包，从钱包取出两张五元钞票……"

"你终于买了吗？"主人问。

"我很想买，不过先等一下，这里是关键所在。轻举妄动只会失败，所以我在紧要关头忽然改变主意，决定作罢。"

"搞什么，还是没买吗？就一把小提琴，倒是挺会吊人胃口。"

"我不是在吊胃口，我只是觉得还不能买所以没办法。"

---

① 菩提所亦称菩提寺，是一个家族代代信奉，并且放置祖先牌位的寺庙。

“为什么？”

“说到为什么，当然是因为才刚入夜，路上还有很多人。”

“就算有两三百人经过，又有什么关系，你还真奇怪。”主人嘀嘀咕咕大表不满。

“若是普通人纵使一两千人也没关系，但那是学校的学生，他们卷起袖子拿着巨大的手杖四处徘徊，所以我无法随便出手。其中还有自号沉淀党，总是在班上垫底还沾沾自喜的家伙，那种人偏偏特别擅长柔道。我不能随便出手买小提琴，否则不知会有何下场。我当然很想要小提琴，但别看我这样好歹还是很爱惜生命的。比起拉小提琴被杀，还是不拉小提琴好好活着更轻松。”

“那么，你终究还是没有买啰？”主人再次确认。

“不，我买了。”

“你这人真是不干脆，要买就赶快买嘛。不要就说不要，赶快做个清楚了断。”

“嘿嘿嘿，世上的事，可不像我们想的这样可以清楚了断。”寒月君说着冷然点起一根朝日香烟喷出烟雾。

主人似乎已经失去耐心，只见他起身进了书房，很快又拿了一本旧洋书出来，趴卧在地上开始阅读。独仙君不知几时也退到壁龛前，一个人排好棋子自己跟自己下棋。好好的故事也因为拖太久使得听众少了一个又一个，只剩下忠于艺术的东风君，以及从来不在乎故事又臭又长的迷亭老师。

寒月君呼地朝世间毫不客气地喷出一缕长烟，然后以与之前同样的速度继续说故事。

“东风君，那时我在想。看来刚入夜是没戏了，但若是半夜才来，届时金善又已睡觉了那样更不行。如果不掐准时间趁着学生散步归去而金善又还没就寝的时刻上门，好好的计划将会泡汤，但是要抓住那个时间点很困难。”

“的确，想必很困难吧。”

“我估计那个时间是十点左右，所以接下来直到十点之前必须找个地方打发时间。回家再重新出门太麻烦，去找朋友聊天好像也有点心虚没意思，无奈之下我决定在市区散步直到时间差不多为止。若是平时，闲逛个两三小时，时间就不经意过去了，但偏偏唯有那晚，时间好像过得特别慢——我深深感到，所谓的千秋之思大概就是形容那种情况吧。”他感触良深地刻意把脸转向迷亭老师。

“古人也说过等待之身煎熬如置暖桌[①]嘛，而且比起让人等待自己，自己等待

---

① 出自俗曲歌泽节《我物》之词。

更煎熬，吊在店里的小提琴想必固然痛苦，但是像毫无头绪的侦探那样四处打转的你肯定更痛苦。累累若如丧家之犬[①]。唉，的确没有比无家可归的狗更可怜的了。”

“狗这个比喻很残酷，我还不曾被拿来与狗比较过。”

“我听了你的故事，就好像在阅读昔日艺术家传记似的非常同情。与狗相提并论只是老师开玩笑，你别介意，还是继续往下说吧。”东风君好言安慰。就算无人来安慰，寒月君当然也打算继续往下说。

“后来我从徒街经过百骑街，从两替街走到鹰匠街，在县厅前细数枯柳的数目，在医院旁计算窗口有几盏灯光，在绀屋桥上抽了两根纸卷烟，然后看时钟……”

“到十点了吗？”

“很遗憾并没有。——我越过绀屋桥沿着河边往东向上走，遇到三个按摩师。还有狗叫个不停呢，老师……”

“秋夜长宵川边闻犬吠，这一幕有点戏剧化呢。你就像是战败逃亡的武士。”

“难不成你干了什么坏事吗？”

“接下来正要做。”

“真可怜，买小提琴若是坏事，那音乐学校的学生全都是罪人了。”

“做别人不认同的事，哪怕是天大的好事也会成为罪人，所以世间没有比罪人更不可靠的。耶稣生在那样的人世也成了罪人，美男子寒月君若在那种地方买小提琴也会是罪人。”

“那就退一步姑且当作是罪人吧。罪人无所谓，但是迟迟不到十点很伤脑筋。”

“你可以再次一一细数街名，那样如果还不够就让秋阳再次明晃晃照耀，如果那样还是不够那就再吃三打涩柿干。你要讲多久我都会听，所以你就讲到十点为止吧。”

寒月老师嘻嘻奸笑。

“被你们这样抢先破梗，我除了投降别无他法，那就把故事直接跳到十点吧。话说到了十点我来到金善店前一看，夜阑人静，领头的两替街几乎已不见人迹，就连从对面过来的木屐声都格外寂寥。金善已关起大片木门，只留下小门屏障。我感到仿佛被狗尾随，有点毛骨悚然，不敢开门进去……”

---

① 《史记》形容孔子之词。“丧家之犬”是指流浪狗，或有丧事之家养的狗。

这时主人自破旧的书本稍微移开眼。“喂，小提琴已经买了吗？”他问道。“接下来正要买。”东风君回答。“还没买吗？真是冗长啊。”主人自言自语，说完又埋首书中。独仙君沉默不语，已在棋盘上堆满大半黑子与白子。

“我鼓起勇气冲进去，帽子也没摘下就说：‘我要买小提琴。’火盆周围正有四五名小孩与年轻人聚集说话，他们大吃一惊，不约而同看着我的脸。我不禁抬起右手把帽子用力往前扯以便遮住脸。我又说了一次：‘喂，我要买小提琴。’坐在最前面一直仔细打量我的小孩含糊地说声好，站起来把吊在店头的那三四把小提琴全都取下来。我问多少钱，他说五元二角钱[①]……”

“喂，哪有那么便宜的小提琴？该不会是玩具琴吧？”

“我问他每一把的价钱是否都一样，他说：‘对，每把都一样，全都是精心制作的琴。’于是我从钱包里取出五元钞票和两角钱铜板，取出事先准备的大包袱巾把小提琴包裹起来。其间，店里的人全都停下谈话目不转睛地看着我的脸。我的脸被帽子遮住他们应该认不出来，但我还是很紧张，巴不得赶紧离开店里。好不容易把包袱塞到外套底下，一出了店，店员齐声大喊谢谢惠顾，害我捏了把冷汗。我走到路上后稍微四下一看，幸好路上半个人影也没有，但一街之外正有两三人以响彻街内的声音吟诗走来。这可不得了，我急忙在金善店的转角向西转弯沿着护城河边来到药王师道，从榛木村走到庚申山脚总算回到寄宿之处，一看表，差十分就深夜两点了。”

“看来你熬夜走路啊。”东风君同情地说。“总算到家了。伤脑筋，真是漫长的道中双六[②]啊。”迷亭君说着松了一口气。

“接下来才精彩呢。到目前为止只是序幕而已。”

“还有吗？这可不简单。一般人要是碰上你绝对会失去耐心。”

“耐心姑且不谈，如果在此打住就好似雕刻佛像却没有注入灵魂，所以我得再稍作叙述。”

“你要讲当然随便你，该听的我们还是会听。”

“如何，苦沙弥老师也听一下吧？已经买下小提琴啰，老师。”

---

① 根据《日本的洋乐百年史》记载，《东京日日新闻》（明治三十九年九月七日）销路最好的小提琴“约十元”，明治四十年东京劝业博览会展出松永贞治郎的小提琴为七十元。又及，寺田寅彦于明治四十二年买的是琴身二十二元、琴弓三元的小提琴。

② 类似大富翁的游戏。

“这次是要卖小提琴吗？卖琴的经过我不用听没关系。”

“还没有要卖。”

“那就更不用听了。”

“真是伤脑筋，东风君，只有你肯热心听我叙述。虽然有点泄气但也无可奈何，我就很快地大略讲一下吧。”

“不用大略讲没关系，你慢慢说。我觉得非常有趣。”

“好不容易买到了小提琴，可是首先面临的困扰就是琴要放在何处。很多人会来我的住处找我玩，所以如果随便吊着或靠墙竖着立刻就会被他们发现。挖个洞埋起来的话将来要再挖出来也很麻烦。”

“对呀，那你该不会是藏在天花板的夹层吧？”东风君悠哉地说。

“没有天花板夹层，那是农民家。”

“那可为难了，你放在哪里？”

“你猜我放在哪里？”

“我猜不出来。是窗口边上的箱子吗？”

“不是。”

“是用棉被包裹塞进壁橱吗？”

“不是。”

东风君与寒月君针对小提琴的藏身地点如此一问一答之际，主人与迷亭君也正频频交谈。

“这个该怎么念？”主人问。

“我看看。”

“就是这两行。”

“什么？Quid aliudestmulier nisi amiticiaeinimica[①]……这不是拉丁文吗？”

“我知道是拉丁文，我是问你怎么念。”

“你平时不是总说你会拉丁文吗？”迷亭君见事情不妙，有点逃避。

“我当然会念。会念是会念，但这是什么？”

“‘会念是会念，但这是什么’太过分了吧。”

---

① 出自托马斯·纳什（参照后文）的作品《愚行的解剖》(1589)。意为“女子算什么。岂非友爱之敌乎”。

“随你怎么说，总之你快点翻译成英文说说看。”

“‘说说看’太过分了吧，好像我是你的勤务兵似的。”

“是不是勤务兵不重要，你快说。”

“拉丁文先搁置不谈，还是洗耳恭听寒月君的高论吧，他正讲到紧要关头喔。到底会不会被发现，这可是千钧一发的安宅关卡[①]。寒月君，后来怎样了？”迷亭忽然变得很关心，再次加入小提琴故事。主人窝囊地被留在原地。寒月君趁势说明藏匿小提琴的地方。

“最后我把琴藏在旧衣箱中。这个柳条衣箱是我离乡时祖母大人送给我的饯行礼物，据说是祖母大人当初嫁进门时带来的嫁妆。”

“那可是古物呢。和小提琴一点也不搭调，对吧，东风君？”

“对，一点也不搭调。”

“藏在天花板夹层也一样不搭调。”寒月君反驳东风老师。

“虽然不搭调，却可以写成诗句，放心吧。‘秋日寂寥，柳条衣箱藏提琴’，两位觉得如何？”

“您今天好像诗兴大发啊。”

“不只是今天。我随时都有满腹诗句。说到我在俳句方面的造诣，就连已故的子规子[②]也要咋舌惊叹。”

“老师，您与子规先生以前有来往吗？”正直的东风君提出率真的疑问。

“就算没有来往也始终以无线电通信肝胆相照。”迷亭胡说八道，东风老师哭笑不得陷入沉默。

寒月君笑着又继续说故事：“于是小提琴至少有地方放了，可是接着又烦恼怎么拿出来。如果只是拿出来，当然还是背着人偷偷拿出小提琴来打量，光是打量没有用，琴如果不演奏就派不上用场。可是一演奏就会有声音，一有声音就会立刻被发现，正好隔着一道木槿树篱的南边就住着班上沉淀党的带头老大，所以很危险。”

“伤脑筋啊。”东风君也很同情地附和。

---

① “安宅”是石川县地名。此地昔日设有关卡，想逃往奥州的源义经一行人在此被发现，靠着弁庆的机智逃过一劫的故事，因谣曲《安宅》及歌舞伎《劝进帐》而闻名。

② 明治的俳人正冈子规。漱石的好友。

“原来如此，这的确很麻烦。事实胜于雄辩，一旦发出声音，小督女官[①]也正是因为这点才败露行踪。这若是偷吃东西或伪造假钞还容易收拾，但琴音却无法瞒过别人的耳朵。”

“只要不发出声音，办法倒是多得很……”

“等一下。你说只要‘不发出声音’，但即使不发出声音有些东西也无法隐藏。昔日我等寄居小石川的寺庙自炊[②]时，其中有位姓铃木的藤兄，这位藤兄很爱味淋，用啤酒瓶去买味淋回来一个人享用。某天藤兄出去散步后，苦沙弥君没事找事偷喝了一点……”

“我哪有偷喝铃木的味淋，明明是你喝的！”主人突然大声说。

“咦，我以为你在看书应该没关系，没想到你还是在听啊。对你果然不能掉以轻心。俗话说眼观四面、耳听八方就是形容你这种人。的确，被你这么一说才想起我也喝了。我的确喝了，但露馅的可是你。——两位倒是听听看，苦沙弥老师本来就不会喝酒，结果逮到别人的味淋不要钱就拼命喝，这下子糟了，他满脸通红水肿，已经肿得连两只眼睛都看不见了……”

“你给我闭嘴。连拉丁文都不会念还敢说。”

“哈哈哈哈，后来藤兄回来拿起啤酒瓶一摇晃，少了一半以上。他心想一定是有人喝掉了，于是四下一看，只见这位老大缩在角落就像朱泥捏就的人偶浑身僵硬……”

三人不禁哄然大笑，主人也一边看书一边哧哧笑。唯有独仙君因为卖弄无能的本领过度，似乎有点疲劳，趴在棋盘上，不知几时已呼呼大睡。

“还有没发出声音就穿帮的事。以前我去姥子温泉[③]和一个老头子合住一间，据说他是东京某和服店的退隐老人。反正只是合住几晚，管他是和服店还是旧衣店都无所谓，只是有一个麻烦，那就是我抵达姥子的第三天香烟抽完了。诸君想必也知道，姥子那个地方是山中唯一一户，除了洗温泉吃饭外什么也不能做，非常不方便。这时香烟抽完了实在很伤脑筋。越是没有时就越想要，只要一想到没有香烟，平时本来还没那么大的烟瘾这时忽然瘾头犯了。那个老头很坏心眼，居然准备了一包袱

---

① 小督女官是高仓天皇的宠姬。遭平清盛憎恨隐居嵯峨野，后来被天皇的使者靠着琴音找到。《平家物语》及谣曲《小督》皆提到这个故事。

② 学生时代的漱石也曾寄宿小石川的法藏院。

③ 位于神奈川县箱根街的温泉，为箱根七汤之一。

的香烟登山。然后一点一点拿出来，盘腿坐在别人面前就像要说你很想抽吧似的，大口大口地吞云吐雾。若只是吞云吐雾我还能原谅，最后他居然一下子吹出烟圈，一下子竖着喷烟，一下子横着喷烟，甚至倒着吹出邯郸梦枕，又从鼻子里吹出狮子入洞、出洞[①]。换言之他是故意抽炫耀烟……"

"什么叫作炫耀烟？"

"若是刻意穿衣打扮叫作炫耀衣裳，香烟当然叫作炫耀烟。"

"噢？与其这么痛苦煎熬还不如直接开口向他要香烟。"

"我才不要去求他，我好歹也是男人。"

"噢？不能向他要吗？"

"也许可以，但我没要。"

"结果呢？"

"我没开口要，我用偷的。"

"天啊。"

"老家伙拎着毛巾去泡澡，我心想要抽烟只能趁现在，于是一心一意抽个不停，还来不及感到'啊啊，真愉快'，纸门倏然开启，我惊讶地回头一看，香烟的主人回来了。"

"他没有去泡澡吗？"

"他想泡澡却发现忘了把钱袋带在身上，于是又从走廊折返。人家又不会拿他的钱袋，他那样未免太失礼了。"

"真是无话可说耶，正好碰上你抽烟。"

"哈哈哈，老头也相当有眼力。小袋子先不谈，老头一拉开纸门，憋了两天分量的香烟烟雾笼罩室内简直呛人。立刻东窗事发。"

"老头怎么说？"

"不愧是人老成精，他啥也没说，就拿草纸包了五六十根香烟说：'不好意思，这点粗制烟草若不嫌弃还请收下。'然后转身又去泡澡了。"

"那大概就叫作江户作风吧。"

"我不知那是算江户作风还是和服店作风，总之后来我与老头肝胆相照，很有

---

① 都是杂耍特技，"邯郸梦枕"是靠一根柱子当支点在高空支颐横卧，"狮子入洞、出洞"是指迅速出入。在此皆是形容喷烟的花招。

意思地逗留了两个星期才回来。”

“那两个星期都是老头请你抽烟吗？”

“可以这么说。”

“小提琴的事已经解决了吗？”主人终于把书倒扣，一边坐起来一边开口投降。

“还没有。接下来正是有趣的地方，您赶上好时机了，请听我说。顺便还有那位趴在棋盘上睡午觉的先生——叫什么来着，呃，独仙老师——独仙老师也请听一下。那样睡觉对身体不好喔。也该醒来了吧。”

“喂，独仙君，起床了，起床了。有好玩的故事可听喔，快醒醒。再睡下去对身体不好，嫂子会担心的。”

“啊？”独仙说着抬起头，口水沿着他的山羊胡流下很长一丝，宛如蜗牛爬过的痕迹闪闪发光。

“啊呀，困死了。这就叫作山间白云似我懒吧。啊呀，睡得可真舒服。”

“大家都知道你睡着了，你快点起来。”

“也到了该醒的时候了。有什么好玩的故事吗？”

“接下来终于要把小提琴——要把琴怎样，苦沙弥君？”

“会怎样我一点也猜不出来。”

“接下来终于要演奏了。”

“接下来终于要演奏小提琴了。你快过来，好好听着。”

“还在讲小提琴吗？伤脑筋。”

“你是弹无弦素琴之人所以不用愁，但寒月君的琴，会让邻居听见吱吱呀呀的声音所以很苦恼。”

“是吗？寒月君不知怎样拉小提琴才能不让邻居听见吗？”

“不知道。有那种方法的话我倒想请教一下。”

“用不着请教，只要看露地白牛[①]就应该立刻明白。”他说出莫名其妙的话。寒月君断定他应是睡迷糊了才会卖弄那种奇言异语，所以故意不理会他，径自往下说。

“好不容易才想出一个妙计。隔天是天长节，我从早上就待在家里，一下子掀开衣箱的盖子，一下子盖上盖子，整天都过得魂不守舍，等到终于天黑，衣箱底下

---

① 出自《碧岩录》的禅语。指没有丝毫烦恼的清净境界。

有蟋蟀叫时，我才心一横取出那把小提琴与琴弓。”

“终于拿出来了。”东风君说。“随便演奏的话会很危险喔。”迷亭君提醒他。

“我先拿起琴弓，从尖端到把柄仔细检查……”

“又不是三流刀匠。”迷亭君讥嘲。

“如果把这个当成自己的灵魂，心情会像武士在长夜灯影下抽刀出鞘，鉴赏磨利的名刀。我拿着琴弓不禁激动得浑身颤抖。”

“果然是天才。”东风君说。对此迷亭的反应是：“果然是癫痫。”主人说：“赶快演奏不就得了。”独仙君露出困扰的表情。

“幸好琴弓没问题。接着又把小提琴也同样拿到灯旁，表里两面都仔细检视。其间约五分钟，请记住衣箱底下始终有蟋蟀在叫……”

“我们一定照你的意思想，所以你自己安心拉琴就好。”

“我还没演奏。——幸好小提琴也没有瑕疵。我心想这样没问题，于是倏然起立……”

“你要去哪里？”

“你先安静一下听我说。我每讲一句你都要插嘴的话我会讲不下去……”

“喂，各位，安静点。嘘——嘘——”

“只有你在讲话。”

“嗯，这样啊，那真是抱歉，我洗耳恭听。”

“我把小提琴夹在腋下，套上草鞋就两三步走出草庵，可是等一下……”

“看吧，又来了。我就知道肯定会在哪儿停电。”

“就算回去也没有柿干啰。”

“诸位如此插科打诨实在遗憾之至，看来我只能对东风君一个人讲故事了。——你知道吗东风君，我走出两三步又折返，把我离乡时花了三元二角钱买的红毯子罩在头上，一口气吹熄灯后四下一片漆黑，这次连草鞋在哪儿都看不清。”

“你到底要去哪儿？”

“你先听我说嘛。好不容易找到草鞋，走到门口一看，星月夜，柿落叶，红毛毯，小提琴。一步又一步，我缓缓走上庚申山，这时东岭寺的钟声铿然贯穿毛毯，贯穿耳朵，响彻脑中。你猜几点了？”

“我不知道。”

“九点了。接下来要一个人在秋夜长宵中走八百多米的山路到大平这个地方，我平时很胆小，本来应该吓得要命，但是聚精会神后，很不可思议地，心中竟然再也没有任何害不害怕的念头。满脑子只想着要拉小提琴所以说来还真奇怪。大平这个地方位于庚申山的南侧，天气好的日子上山一看，自赤松之间可以将城下街俯瞰无余，是景观绝佳的平地——这个嘛，面积大概有百坪吧，中央有一块八张榻榻米大的岩石，北侧是鹈沼这个池子，池畔有足需三人环抱的大樟树。那是山中，所以人住的地方只有一间采樟脑的小屋，池子附近即便白天也不是什么宜人的场所。幸好工兵为了演习开辟了道路，所以登山并不费力。终于走到岩石上，我把毛毯铺在地上，姑且在那儿坐下。这是我第一次在如此寒冷的夜晚上山，坐在岩石上稍微镇定后，四周的冷清渐渐渗透腹底。这种场合会扰乱人心的只有害怕的感觉，所以只要抽离这个感觉，好像就只剩下皎洁冷冽的空灵之气。我茫然呆坐了二十分钟左右，总觉得自己好像一个人住在水晶打造的宫殿中。而且孤零零独居的我，身体——不，不只是身体，心灵与魂魄好似都是凉粉做成的，不可思议地清澈透明，再也分不清是自己住在水晶宫中，还是自己的腹中有水晶宫……”

“这倒是神来一笔。”迷亭君一本正经地调侃后，独仙君也跟着说：“那是很有趣的境界。”流露出略微感叹的模样。

“如果这种状态持续下去，我可能连小提琴也不拉了，就这么茫然坐在岩石上直到隔天早上……”

“该不会是有狐仙吧？”东风君问。

“这种情况下，已无人我之别，是生是死都不确定之际，突然身后的旧沼深处传来呀的一声……”

“终于出现了啊。”

“那个声音在远处造成回音，仿佛与强风一同拂过满山秋色的树梢，我不禁赫然回神……”

“我总算安心了。”迷亭君抚胸做出暗自庆幸的动作。

“大死一番乾坤新是也。”独仙君说着眨眨眼。寒月君丝毫不解其意。

“后来，我回过神四下张望，只见整片庚申山悄然无声，连雨水滴落的声音都听不见。我思忖刚才听到的声音是什么，若是人的声音未免太尖锐，若是鸟叫声又太大，若是猴子的声音——这一带应该没有猴子。那到底是什么？这个问题一旦浮现脑中，我试图做出解释，于是之前安静无声的种种思绪，便杂然纷陈宛如欢迎康诺特殿下[1]时，都内人士狂乱的态度在脑海盘旋。后来全身毛孔忽然张开，就像被喷了烧酒的毛毛腿，勇气、胆力、判断力、沉着，各自蒸发而去。心脏在肋骨下面大跳滑稽舞[2]。双脚如纸风筝的摆幅开始震动。我受不了了，我猛然拿起毯子罩住头，把小提琴夹在腋下踉跄跳下岩石，不管三七二十一沿着八百多米的山路冲向山麓，回到宿舍钻进被窝就睡觉。现在回想起来还觉得那是生平最诡异的事呢，东风君。”

“后来呢？”

“就这样没了。”

“你没拉小提琴吗？”

“就算我想，也做不到呀。因为有那种怪声出现，换作你也无法演奏吧。”

“总觉得你的故事好像少了点什么。”

“虽然你这样觉得，但事实就是事实。你说呢，老师？”寒月君环视在座众人看起来很得意。

“哈哈哈哈，这真是太有意思了。扯到那种地步想必也是煞费苦心吧。我还以为会有男版的珊德拉·贝罗妮[3]现身东方君子之邦，直到前一刻还很认真地听你叙述呢。”迷亭君说完以为会有人问起珊德拉·贝罗妮的典故，没想到无人提出疑问，他只好自己说明：“珊德拉·贝罗妮在月下弹竖琴，在林中唱意大利式的歌曲，和你带着小提琴登上庚申山有异曲同工之妙。可惜对方是惊动月中嫦娥，你却是被古沼的怪狸惊吓，以一线之隔划分了崇高与滑稽的巨大差距，想必很遗憾吧。”

“我并没有那么遗憾。”寒月君意外地不以为意。

“就是因为想去山上拉小提琴，搞那种洋把戏，才会受到惊吓。”这次是主人做出酷评。

“好汉却向恶鬼窟里营生计[4]。真可惜。”独仙君为之叹息。独仙君说的每一句话都令寒月君难以理解。不只是寒月君，恐怕谁也无法理解。

“那个先不提，对了寒月君，最近你还是天天去学校磨珠子吗？”迷亭老师过

---

① 康诺特殿下（Prince Arthur of Connaught，1883—1938），英国皇族。明治三十九年为了赠勋给明治天皇来到日本。

② 明治时代的落语家三游亭圆游在宴席表演赢得人气的滑稽舞蹈。

③ 梅瑞狄斯的小说 *Sandra Belloni* 的女主角。漱石在谈话《梅瑞狄斯之计》提到“月夜在林中弹竖琴”。

④ 住在恶鬼之家。指没有自觉到身在迷妄中，出自《碧岩录》。

了一会儿忽然话题一转。

“没有，之前我返乡归省，所以暂时中止。珠子我已经腻了，其实正想放弃。”

“可是你不磨珠子就成不了博士喔。”主人略微蹙眉，当事人自己却很看得开。

“博士？嘿嘿嘿嘿。我现在用不着拿博士学位了。”

“可是婚事拖延，双方都会很困扰吧？”

“婚事？谁的婚事？”

“你的呀。”

“我要和谁结婚？”

“金田家的小姐呀。”

“嘿嘿嘿。”

“你嘿嘿什么，不是已经约定好了吗？”

“哪有什么约定，是对方自己要到处宣扬那种说法。”

“这未免有点太胡闹了。喂，迷亭，你也知道那件事吧？”

“你说的那件事，是指鼻子事件吗？若是那起事件，不只是你我知道，已经成了公开的秘密传遍天下了。万朝[1]就一天到晚跑来问我，到底什么时候才有这个荣幸以新郎新娘为题把两位的照片刊在报纸上。东风君更是已写出《鸳鸯歌》[2]这长篇大作，自三个月前就在苦苦等候，他似乎很担心寒月君万一没有成为博士，他的精心杰作恐怕也将束之高阁无人问津。对吧，东风君？”

“还没有乏人问津到担心的地步啦，不过我的确打算公开这篇满怀同情的作品。”

“你看吧，你能不能成为博士，会对四面八方造成严重的影响喔。你还是振作一点，好好磨你的珠子吧。”

“嘿嘿嘿嘿，让各位担心真是不好意思，但我已经不用成为博士了。”

“为什么？”

“还能为什么，我已经有明媒正娶的老婆了。”

“天啊，这可不得了。你什么时候秘密结婚的？这年头果然是不能掉以轻心啊。苦沙弥兄，你听到他刚才说什么没有？寒月君居然说他已经有妻儿了。”

---

① 黑岩泪香于明治二十五年创刊的日报《万朝报》的通称。

② “鸳鸯”是夫妻婚姻美满的象征。

“还没有儿女喔，结婚还不到一个月怎么可能生得出儿女。”

“归根结底你到底是什么时候在哪儿结婚的？”主人像预审法官般提出严正质问。

“还能是什么时候，我一回到家乡，人已经在家里等着了。今天带来老师家的这个柴鱼，就是亲戚送的结婚贺礼。”

“才送三根柴鱼当贺礼，太小气了吧。”

“没有，我只是从一大堆柴鱼中带了三根来。”

“那你娶的是家乡女子啰，果然也是肤色很黑吗？”

“对，漆黑。正好与我旗鼓相当。”

“那么金田家那边你打算怎么办？”

“不怎么办。”

“这样在道义上有点说不过去吧。对吧，迷亭？”

“一点也不会说不过去，嫁给别人也一样。反正夫妻这种东西就像在黑暗中抓瞎碰在一起。简而言之，本来不用碰在一起也没事偏要碰在一起，是多此一举。既然是多此一举那么不管是谁跟谁碰在一起凑成对当然也无所谓。唯一可怜的顶多只有创作《鸳鸯歌》的东风君。”

“没事，《鸳鸯歌》找机会改一改符合现在的情况就行了，金田家的婚礼可以另行创作别的作品。”

“不愧是诗人，果然是自由自在，变换自如。”

“金田家那边你拒绝了吗？”主人还是对金田耿耿于怀。

“没有，没必要去回绝。因为我从来没有向对方说过我想娶令千金、请把她嫁给我这种话。所以保持沉默就够了。放心，保持沉默已经足够了。这时候他说不定早就派出十几二十个侦探把这些话打听得清清楚楚了。”

听到侦探这个字眼，主人忽然脸色一沉。

“哼，那你就保持沉默好了。”他如此交代，但这样似乎还不满意，又针对侦探如此大发议论。

“趁人不备偷走别人怀里的东西是扒手，趁人不备钓走别人心里的想法是侦探。神不知鬼不觉地卸下遮雨板潜入偷走别人的物品是小偷，神不知鬼不觉地花言巧语读出别人的心事是侦探。把刀子插在榻榻米上逼人家交出金钱是强盗，出言恐吓强迫别人的意志是侦探。所以侦探这种家伙，和扒手、小偷、强盗是同类，终究卑劣得不配为人。听那种家伙讲的话会养成坏习惯。绝对不能低头。”

“放心，没问题。就算有一两千个侦探站在上风处列队袭击也没啥好怕的，我可是磨珠名人理学士水岛寒月。”

“真是令人佩服，不愧是新婚学士，果然元气旺盛。不过苦沙弥兄，侦探若是扒手、小偷、强盗的同类，使唤侦探的金田君又是什么人的同类呢？”

“大概是熊坂长范那种人吧。”

“熊坂还算好的呢。谣曲有言一个长范变成两个就此死去[①]，但对面横巷的长范靠那种乌金[②]起家本来就是贪婪霸道的人，所以就算变成多少个也不可能死去，一旦被那种家伙逮到会倒大霉哟。一辈子都完了，寒月君你最好小心点。”

“放心，没事的。那种到处滋事的盗匪啊，将来的手段可想而知。如果他还不知悔改地挑衅，那我就好好给他一点颜色瞧瞧。”寒月君坦然自若地散发出宝生流的气焰。[③]

“说到侦探，二十世纪的人大抵皆有当侦探的倾向，不知这是什么原因。”只有独仙君提出与时局问题无关的超然疑问。

“大概是因为物价高涨吧。”寒月君回答。

“应该是因为不懂艺术品位吧。”东风君回答。

“因为人类生出文明之角，就像表面凹凸不平的硬糖果一样会刺人。”这是迷亭君的回答。

接下来轮到主人了。主人以煞有介事的口吻，做出以下这番议论：

“这点我也想了很久。依据我的解释，世人的侦探倾向完全是因为个人的自觉心过强。我称之为自觉心的东西，并非独仙君所谓的见性成佛[④]，或自己与天地合为一体的那种悟道心……”

“咦，好像变得很深奥啊。苦沙弥君，以你的作风既然都搬弄口舌做出这番大议论了，那小弟迷亭也要斗胆跟在你后面公然抒发一下对于现代文明的不平。”

---

① 出自谣曲《乌帽子折》的结尾句“本为一人的熊坂长范也变成两个死去”。意指长范被一刀劈成两半。

② 每天算利息的高利贷黑心钱。

③ “那种到处滋事的盗匪”出自谣曲《乌帽子折》。意指以宝生流的歌谣增强气势。宝生流是日本能乐的流派之一。

④ 禅语。看穿自己本来具备的佛性，得悟佛果。出自《碧岩录》。

“你要说就快说，可我看你根本没话可说。”

“我还真的有话说，而且多得很。你们之前把刑事巡查敬若神明，今天又把侦探比为扒手小偷，简直是矛盾之至，哪像我一以贯之从父母未生以前[①]至当下，从来不曾改变过自己的说辞。”

“刑警归刑警，侦探归侦探。之前是之前，今日是今天。没改变过自己的说辞只能证明你毫无进步。俗话说下愚不移[②]就是形容你这种人……”

“这太过分了。侦探称职到了这种地步也有可爱之处。”

“我对侦探——”

“我知道你不是侦探，所以才说你可以诚实一点。吵架就算了吧，好了，我洗耳恭听你的下文。”

“说到当今世人的自觉心，就是对自己与他人之间存在截然分明的利害鸿沟这件事知道得太清楚了。而这种自觉心随着文明的进步一天比一天敏锐，最后举手投足之间无法再自然天然。亨利[③]这个人评论斯蒂文森，说他每次走进有镜子的房间时，经过镜前如果不照一下镜子就不放心，哪怕是瞬间片刻也无法忘记自己。这句话清楚表达出今日的趋势。睡时也想着自己，醒时也想着自己，‘自己’到处跟着不放，所以人类的言行举止只会人工化地变得紧张局促，只会让自己越来越憋屈，世间只会越来越举步维艰，不得不从早到晚怀着相亲的年轻男女那种心情。悠然或从容这种字眼徒有笔画却失去意义。就这点而言，现代人的确像侦探、像小偷。侦探这一行做的是背人耳目只求自己得利的买卖，所以自觉心不强就无法胜任。小偷也时刻担心自己会不会被捕、被发现，所以自觉心也不得不强。现代人无论睡时还是醒时都在盘算如何才能让自己得利、怎么做可能会让自己吃亏，因此势必与侦探、小偷一样拥有强烈的自觉心。一天到晚都在东张西望偷偷摸摸直到进入坟墓的那一刻都无法安心，这就是现代人的心理。这是文明的诅咒。简直太可笑了。”

“原来如此，的确是有趣的解释。”独仙君说。谈到这种问题时独仙君绝对不肯退缩。“苦沙弥君的说明深得我心。古人教我们要忘却己身，时人却教我们不可

---

① 禅语。父母出生之前，换言之是自己完全不存在时。学生时代在圆觉寺参禅的漱石得到的公案也是“父母未生以前本来的面目如何”。

② 非常愚蠢者无法教化。出自《论语》。

③ 威廉·埃内斯特·亨利（William Ernest Henley，1849—1903），英国诗人、批评家。

忘记自己，二者截然不同。就是因为时时刻刻充满自我意识，所以时时刻刻不得安宁，永远处于焦灼地狱。若问天下有何良药，没有比忘却己身更好的良药。三更月下入无我[①]就是吟咏这种境界。现代人即便亲切也欠缺自然。连让英吉利自豪的‘绅士’行为，也意外地膨胀了自觉心。听说英国的国王去印度游玩，与印度王族共餐时，那位王族在国王面前不经意流露出本国的做派，直接朝盘子伸手抓马铃薯，之后面红耳赤羞愧不已。而英国国王却佯装不知，据说也同样伸出两根手指朝盘子抓马铃薯……”

“那就是英吉利风格吗？”这是寒月君发问。

“我也听过这样的故事。”主人跟着说，“同样是在英国的某个军营，许多联队士官合起来招待一位下士官吃饭。吃完饭把洗手用的水装在玻璃碗中送上桌，这位下士官似乎对宴会不熟悉，端起玻璃碗就一口喝光碗中的水。于是联队长突然说要祝下士官身体健康，同样一口气喝光洗手水。在场的士官也争相端起碗祝下士官身体健康。”

“也有这样的故事喔。”向来语不惊人死不休的迷亭君开口了，“卡莱尔第一次晋见女皇时，是个不谙宫廷礼仪的怪胎，所以他突然说：‘怎么样？’一边重重地在椅子上坐下，结果站在女皇身后的大批侍从与宫女全都哧哧笑了出来——不是笑出来，是正想笑，这时女皇转头向后，比了一下手势，大批侍从宫女不知几时已全都在椅子上坐下，卡莱尔因此没有丢脸，还真是用心周到的亲切呢。”

“以卡莱尔的行事作风，就算大家都站着他说不定也不当一回事。”寒月君试着做出短评。

“那种亲切的自觉心还算好。”独仙君接腔说，“正因为有自觉心，要对人亲切也会特别费事，真可怜。随着文明的进步，杀伐之气渐消，一般人总说个人与个人的交际变得心平气和，实则大错特错。自觉心这么强烈，怎么可能心平气和？的确，乍看之下是很安静，好像安然无事，但彼此之间其实非常险恶。就像相扑选手在赛场中央手脚交缠僵持不动。旁人看来平稳至极，当事人心里恐怕正波涛汹涌。”

“吵架也是，昔日争吵是以暴力压迫所以反而无罪，可是现在变得很巧妙所以

---

① 禅语。三更是晚间十一点至凌晨一点。意指深夜在月光下进入无我的境界。

自觉心更是倍增。”轮到迷亭老师发话了，“培根[①]说遵循自然之力方可胜过自然，现在的争吵正如培根这句格言，想想真是不可思议。就好像柔道，思考的是如何利用敌人之力击倒敌人……”

“也像水力发电。不去抗拒流水之力，反而将之变成电力大大发挥作用……”寒月君的话还没说完，独仙君已立刻接腔。

“所以贫时受贫困束缚，富时受富有束缚，忧时受忧愁束缚，喜时受喜悦束缚。才子败于其才，智者败于其智，像苦沙弥君这样的暴躁性子，只要利用你的暴躁，你就会立刻冲出去上敌人的当……”

“说得好！”迷亭君拍手。苦沙弥老师笑嘻嘻：“那可没有那么容易。”他这么一回答，大家都笑了。

“那么像金田那种人又会败于什么？”

“他老婆败于鼻子，他自己败于顽固无情，他的手下败于侦察行动吧？”

“那他女儿呢？”

“女儿啊——我没见过他女儿所以不好评论——不过多半是败于穿衣奢华，或者吃食挑剔，或者饮酒无度吧。总之绝不可能败在恋爱上头。说不定会像《卒塔婆小街》[②]那样死在路边。”

“那样讲有点太过分了。”东风君好歹献过新体诗给人家，因此立刻提出异议。

“所以应无所住而生其心[③]是句很重要的话，如果达不到这种境界，人类只会痛苦。”独仙君频频说出自行开悟的发言。

“那有什么好得意的，以你的脾气说不定会上演一出电光影里倒栽葱。”

“总之文明若以这种形势发展下去，我可不想活了。”主人说。

“用不着客气，就去死吧。”迷亭道破他的言下之意。

“我也不想死。”主人莫名其妙地执拗。

“出生时没有人是深思熟虑才出生的，死的时候却人人看似痛苦。”寒月君说出冷漠的格言。

“就像借钱时不当回事地开口借钱，还钱时却人人都很担心。”这种时候马上能

---

① 弗朗西斯·培根（Francis Bacon，1561—1626），英国哲学家、政治家。“自然之力”云云出自著作《新机关》。

② 谣曲《卒塔婆小街》描写人老珠黄的美女小野小街在狂乱之后开悟的模样。

③ 在没有任何执着的状态下产生清净心。出自《金刚般若经》。泽庵的《不动智神妙录》也有解说。

应答的只有迷亭君。

“正如同借了钱不去想还钱的事是幸福，不以死亡为苦也是幸福。”独仙君的态度超然出世。

“照你这么说，换言之，厚脸皮就是开悟啰。”

“没错，禅语有云铁牛面的铁牛心，牛铁面的牛铁心[①]。”

“而你就是那个范本吗？”

“那倒不是。不过人们害怕死亡是在神经衰弱这种疾病发明之后。”

“原来如此，你不管怎么看都是神经衰弱之前的人。”

迷亭与独仙没完没了地斗嘴时，主人正对着寒月与东风二人频频陈述他对文明的不平。

“为何借钱可以不还正是问题所在。”

“没那种问题，借钱就应该还。”

“你别急。这只是议论，你先安静地听听我的意见。正如为何借钱可以不还是个问题，怎样才能不死也是问题。不，曾经是问题。炼金术[②]就是解答。但是所有的炼金术都失败了，人类非死不可已成了明白的事实。”

“炼金术出现之前就已很明白了。”

“别急。这是议论，你安静听着就对了。听好了吗？当非死不可成了明白的事实时就出现了第二个问题。”

“噢？”

“左右都得死，那我们应该怎么死？这就是第二个问题。《自杀俱乐部》[③]与这第二个问题密切相关。”

“原来如此。”

“死亡很痛苦，但是不能死更痛苦。身为神经衰弱的国民生不如死。因此以死为苦。不是不想死所以觉得痛苦，是在担心该怎么死最好。但一般人缺乏智慧所以放任不管顺其自然，久了就会被世间凌虐而死。但是有怪癖的人光是半推半就等着被世间凌虐而死不会满足，一定会主动针对死法做出种种考究，提出崭新的主意。

① 禅语。任何事物皆不为所动之心。

② 炼金术是近代以前的化学技术。追求长生不老，或者将低价金属变成金银。

③《自杀俱乐部》是斯蒂文森的短篇集《新天方夜谭》中的一篇。

所以世界今后的趋势肯定会出现更多自杀者，而且自杀者皆会以独创的方法离开人世。”

“那样会弄得鸡犬不宁吧。”

“当然会，肯定会。阿瑟·琼斯[①]这个人写的剧本中有个哲学家频频主张自杀……”

“他自杀了吗？”

“可惜并没有。不过从现在算起再过千年大家肯定都会实行，到了万年之后说到死大家除了想到自杀绝不会再有其他念头。”

“那可不得了。”

“会那样的，一定会。届时自杀也累积许多研究成了一门道地的科学，在落云馆那种中学，自杀学也将取代伦理学成为正课教授学生。”

“有意思，那我倒是很想去旁听。迷亭老师你听到苦沙弥老师的这番高论了吗？”

“听到了。届时落云馆的伦理老师一定会这么说：诸君千万不可墨守公德这种野蛮的遗风。身为世界青年，诸君首先该注意的义务就是自杀。不过己之所欲可施于人[②]，所以把自杀进一步发展成他杀亦可。尤其像门口那个穷措大珍野苦沙弥氏，活着似乎很痛苦，尽快杀死他是诸君的义务。但是今日不同往昔已经变得很开明，所以不要再用标枪、大刀或弓箭枪炮之类卑鄙的手段，只要用指桑骂槐的高尚技术，冷嘲热讽地杀人，不仅可替当事人做功德，也能成就诸君的名誉……”

“原来如此，那是有意思的授课呢。”

“还有更有意思的呢。在现代，警察将保护人民的生命财产视为第一目的。但是到了那时候，巡查会拿着杀狗用的棍棒到处扑杀天下的公民……”

“为什么？”

“现在的人重视生命所以要靠警察来保护，但将来的国民活着会很痛苦，所以届时巡查是出于慈悲才好心打死人。不过比较机灵的人大半都已自杀了，所以会被巡查打死的人要不就是真的很没出息，要不就是没有自杀能力的白痴或是残障者。而且想被杀的人会在门口张贴告示，很简单，只要注明家里有想被杀的男人或女人，

---

① 亨利·阿瑟·琼斯（Henry Arthur Jones，1851—1929），英国剧作家。

② 《论语》提到“己所不欲，勿施于人”。

巡查就会在方便的时候过来，立刻按照人民的愿望取走性命。尸体吗？尸体当然也是巡查拉车带走。更有意思的事还在后头……”

“您的玩笑好像没完没了呢。”东风君大为佩服。于是独仙君照例摸着他的山羊胡，慢吞吞开口。

“说是玩笑的确是玩笑，但说是预言说不定还真的是预言。对真理信仰不彻底的人，往往拘泥于眼前的现象世界，将泡沫的梦幻视为永久的事实，所以只要人家讲得稍微离奇一点，立刻就当成玩笑。”

“燕雀安知大鹏之志。”[①] 寒月君惶恐地说。

独仙君像要强调没错就是这样似的又说：“以前西班牙有一个地方叫作哥多华[②]……”

“现在不是也有吗？”

“或许有。今昔的问题先不谈，当地有个风俗，每当傍晚寺院敲钟，家家户户的女人都会出门到河里游泳……”

“冬天也游吗？”

“那方面的详情我不知道，总之不分老少贵贱都会跳进河里，但是其中没有任何男子。男人只会站在远处看，远看只见暮色苍茫的水上，白色的肌肤模糊晃动……”

“充满了诗意呢，可以写成新体诗。那是什么地方？”东风君只要听到有裸体出现就会积极地倾身向前。

“哥多华。当地的年轻人，无法与女人一起游泳，可是站在远处看不清女人的模样，他们觉得很遗憾，于是稍做恶作剧……”

“噢？是什么样的恶作剧？”听到恶作剧，迷亭君很开心。

“他们贿赂寺院敲钟的人，把本该天黑敲的钟提早一小时敲响。结果女人很肤浅，一听钟响了，就纷纷聚集河岸，穿着短内衣、短裤头的服装扑通扑通跳进水中。可是跳下水之后，天色并未像往常那样变暗。”

“该不会又有炽烈的秋阳明晃晃照耀？”

---

① 小人物终究无法理解大人物的志向之意。《史记》中有同样的话，但不是“大鹏”而是“鸿鹄”，二者皆为大鸟之意。

② 哥多华是西班牙南部的都市。当地女子戏水的故事出自法国小说家梅里美的《卡门》。

“往桥上一看，站了许多男人盯着她们。她们很害羞却也没办法，据说满脸通红。”

“所以呢？”

“所以，这个故事告诉我们，人往往被眼前的习惯迷惑，却忘了根本的原理，所以一定要小心。”

“原来如此，真是谢谢您的说教。那我也说一个被眼前习惯迷惑的故事吧。上次我看某本杂志，有这么一篇骗子的小说。假设我在这里开古董书画店，店头放着名家的字画或名匠制作的工具。当然那些不是赝品，全是如假包换、货真价实的上等货。因为是上等货所以全都很昂贵。这时来了一位好奇的客人，问这幅元信①多少钱。假设那是六百元所以我说六百元，那位客人很想要，但手头没有六百元，所以很遗憾只能作罢。”

“你确定他会这么说？”主人还是一样说出毫不修饰的言辞。迷亭君一脸严肃。

“别急嘛，这是小说。假设他是这么说的。于是我说钱不要紧，如果中意就拿去吧。客人说那怎么行，当下踌躇不决。我说不然就分期付款吧，而且分很多期，每期金额很低，反正今后您也会来小店捧场——不，一点也不用客气。那就每月付十元您看如何？再不然每月五元也无所谓——我非常豪爽地这么说。之后我与客人交换了三言两语，终于把狩野法眼元信的条幅以六百元但月付十元分期付款的方式卖出去。”

“那样很像《泰晤士报》的《百科全书》②。”

“《泰晤士报》的是真的，我说得就不太准确了。接下来就要出现巧妙的欺诈啰。听好，月付十圆的话你认为六百元要几年才能付清，寒月君？”

“当然是五年吧。”

“当然是五年。那你认为五年的时间是长还是短，独仙君？”

“一念万年，万年一念，说长不长，说短不短。”

“搞什么，你那是道歌③吗？真是没常识的道歌。五年之内每个月都要付十元，换言之对方只要付六十次就行了。但那正是习惯的可怕之处，同样的事按月重复做

---

① 狩野元信，室街后期的画家。完成狩野派的崭新画风。

② 指英国伦敦的《泰晤士报》以分期付款的方式贩卖全套百科事典《大英百科全书》。

③ 以浅显易懂的方式吟咏道德与训诫之意的和歌。

了六十次之后，到了第六十一次也会想付十元，第六十二次也想付十元，第六十二次、六十三次……一次又一次，只要日子到了好像不付十元就不放心。人类看似聪明，却有被习惯迷惑、忘记根本的大弱点。我只要利用这个弱点每个月都可以得到十元。”

“哈哈哈，怎么可能，哪有人会记性那么差。”寒月君笑着说。主人略显严肃。

“不，的确有那种事。我每个月还大学的学贷[①]，最后反而是对方不肯再收。”他把自己的耻辱当成一般人的耻辱那样公然说出。

“看吧，这里就有这种人，可见是千真万确。所以听了我前面说的文明未来记，当成玩笑一笑置之的，就是明明只需缴纳六十次款项却认为缴纳一辈子是正当的人。尤其是寒月君、东风君这种缺乏经验的青年，听了我们说的话一定要小心不被欺骗。”

“我知道了。分期付款一定只缴六十次。”

“不，听来像是玩笑，但这真的可供参考喔，寒月君。”独仙君对寒月君说，“举例来说。现在苦沙弥或迷亭如果提出忠告说，你偷偷结婚不妥当，叫你去向金田那个人谢罪，你会怎么做？你打算去谢罪吗？”

“谢罪的意思是要恳求原谅。若是对方向我道歉也就罢了，我可没有那种想法。”

“如果警察命令你道歉怎么办？”

“那我更不肯了。”

“大臣或贵族下令呢？”

“绝对免谈。”

“你看吧，昔日与今日相比人就是变了这么多。昔日是‘只要有’官府的威风什么都做得到的时代，今后是‘即便有’官府的威风有些事情也做不到的时代。这年头不管是殿下或阁下，在某种程度上都无法凌驾于个人的人格之上。说得更激烈一点，对方越有权力，被强迫的人就越会感到不愉快而反抗。所以当今之世已和昔日不同，出现了‘正因有’大人物的威风才做不到的新现象。若在昔人看来简直难以想象的事情，在当世却可通行无阻。世态人情的变迁实在不可思议，迷亭君的未来记若说是玩笑的确只是玩笑，但是视为说明那方面消息的话，不也相当值得玩味吗？”

---

① 漱石自己也在大学毕业后每个月偿还贷款。

"有了这样声援的知己，那我非得继续说未来记不可了。正如独仙君所言，如今想用大人物的权威当护身符，仗着两三百支竹枪强渡关山，就像是坐着轿子非要与火车竞争，已是落伍的老顽固——不过那顶多是不通人情的范本，乌金的长范先生，所以我们就冷眼看他的手段即可——我的未来记不是那种临时凑合的小问题。是关系到人类整体命运的社会现象。如果仔细观察眼下文明的倾向，占卜将来的趋势，结婚将是不可能的事。不必惊讶，婚姻不可能成立。理由是这样的：如前所述当今是个性本位的时代。在过去由男主人代表一家，郡守代表一郡，领主代表一国的时代，代表者以外的人完全没有人格。即便有也不被认可。现在幡然一变，所有的生存者全都主张自己的个性，仿佛在声称'不管在谁看来，你就是你，我就是我'。即使是两个人在路上相遇，都会在心中一边斗嘴'你是人，我也是人'，一边错身而过。也因此个人变得强大。个人平等地变强，个人也就等于平等地变弱。别人难以再加害自己，在这点上，自己的确变强了，但自己也难以轻易对他人出手，就这点而言显然是比以前弱了。变强是好事，但变弱谁都不会高兴，所以在固守强悍的特点不让他人侵犯分毫的同时，明知勉强也想把弱的地方扩大以便多侵犯他人半毛也好。如此一来人与人之间少了空间，活着会变得很憋屈。只能够尽量绷紧神经，膨胀得几乎要爆炸，辛辛苦苦地求生存。因为辛苦所以用各种方法在个人与个人之间寻求余地。于是人类自作自受痛苦之下，为了排遣痛苦想出的第一方案就是亲子分居制。在日本，哪怕你去深山里看看，一家人都是挤在一户之内。没有该主张的个性，即便有也不主张，所以那样做没问题。但文明的现代人纵使是亲子之间如果不互相坚持自我主张也会吃亏，所以为了保持双方安全不得不分开住。欧洲的文明进步，所以比日本更早施行这种制度。即便偶尔有亲子同住，儿子向老爸借钱也要付利息，或者像外人一样付房租。唯有父母认可儿子的个性给予尊敬，这样美好的风气才能够成立。这种风气早晚也会传入日本。亲戚早已分离，亲子也在今日分开，看似在勉强忍耐但个性发展以及随着发展对此产生的尊敬将会无限扩大，所以如果还不分开就会不好过。但是到了父子兄弟都分离之后，已经再无其他可分离的，因此最后的方案就是夫妻分离。依照时人的想法，住在一起才叫作夫妻。那是很大的谬误。要住在一起就得彼此个性契合足以同住才行。若是以前当然没问题，所谓异体同心，看似夫妻二人，实则只有一人。因此才能说什么偕老同穴，死也要化为一穴之狸，真是野蛮。现在就不可能这样了。丈夫纯粹是丈夫，妻子纯粹是妻子。妻子在女校穿着灯笼裤[1]培养出明确的个性，以西洋束发之姿嫁进门，不可能乖乖任由丈夫摆布。况且若是任由丈夫摆布的妻子，那也不叫作妻子而是洋娃娃。越是贤妻就越有个性，越有个性就越无法迎合丈夫，无法迎合自然会与丈夫发生冲突，所以顶着贤妻之名的人从早到晚都在与丈夫冲突。这当然没问题，但娶的若是贤妻只会让双方的痛苦更严重。夫妻之间如油水不容截然分明，如果最后安稳下来，能够保持恒定的水平线那还好，万一水与油双方发挥作用将会弄得家中像大地震一样忽上忽下。于是人们逐渐明白夫妻同住只会对彼此有害无益……"

"所以夫妻要分开吗？真令人担心。"寒月君说。

"要分开，一定会分开，天下的夫妻全都会分开。过去住在一起才叫作夫妻，但今后同居会被世人视为没有夫妻的资格。"

"那我等于也被编入没资格的那组了。"寒月君打擦边球炫耀恩爱。

"幸好生于明治时代。我因为要写未来记，头脑比时势超前一两步，所以至今保持单身。别人说我不婚是因为失恋，但近视眼的人看到的事物实在浅薄得可怜。撇开那个不谈，还是继续说未来记吧。当时一名哲学家从天而降提倡破天荒的真理。他是这么说的：'人类是有个性的动物。'如果泯灭个性就会陷入与消灭人类同样的结果，为了完成人类的意义，付出任何代价也在所不惜，所以在保持这种个性的同时也必须令其发达。拘泥于陋习不甘不愿地结婚，是违反人类自然倾向的蛮风，在个性不发达的蒙昧时代也就算了，在文明的今日若还陷入这种弊病恬然不顾那就大错特错了。如今已高度开化，两个有个性的人没有任何理由一定得以超乎普通的亲密程度联结在一起。虽有这个显而易见的理由，没受过教育的青年男女还是在一时的激情驱使下，随意举行合卺之礼，实乃悖德乱伦之至的作为。吾人为了人道，为了文明，为了保护他们这些青年男女的独特个性，一定要全力抵抗这股蛮风……"

"老师，我坚决反对这个说法。"东风君这时毅然决然地伸掌往膝头一拍，"在我想来，说到世间何者为贵，没有比爱与美更可贵的东西。慰藉我们，让我们完全，使我们幸福，都是拜这二者所赐。也是这二者令我们的情操优美，品性高洁，同情心洗练。所以我们不管生在何时何地都不能忘记这二者。这二者出现在现实世界后，爱化身为夫妻这种关系，美则分别表现为诗歌与音乐的形式。因此只要人类还存活

---

① 像裙子一样整体呈筒状的裤子。当时主要是女学生特别爱穿。

在地球表面，夫妻与艺术就绝对不可能被消灭。”

“不消灭的话当然好，但偏偏就是会像哲学家说的那样消灭我也没办法，你就死心吧。你说艺术？艺术也会与夫妻有同样的下场。个性的发展想必也意味着个性的自由，个性的自由想必也正意味着我是我、人是人。那种艺术怎么可能存在嘛。因为艺术若要繁盛，必须在艺术家与观赏者之间达成个性的一致。就算你自认是新体诗家，如果没有任何人看了你的诗称赞有趣，那你的新体诗很可怜地除了你别无他人会看。即使写再多篇《鸳鸯歌》也没用。幸好生于明治的今天，天下人想必会蜂拥阅读……”

“哪里，也没那么受欢迎啦。”

“如果连现在都没那么受欢迎，到了人文发达的未来，也就是那位大哲学家提出非结婚论的时候，恐怕更不会有读者哟。不，不是因为你写的所以没人看。而是人人各有不同的个性，所以对旁人写的诗文丝毫不感兴趣。现在在英国就已出现这种倾向了。不信你看当今英国的小说家中，作品最有个性的梅瑞狄斯①，还有詹姆斯②，读者不就少得可怜吗？读者少是应该的，因为那种作品只有那么有个性的人看了才会觉得有意思。这种倾向渐渐明显，到了婚姻变成不道德时，艺术也会完全灭亡。你想想看是不是？到时候你写的东西我看不懂，我写的东西你看不懂，那你我之间还有什么艺术可言？”

“话是这么说没错，但我在直觉上无法赞同。”

“你在直觉上无法这么想，我在曲觉上却这么想。”

“或许是曲觉，”这次轮到独仙君开口，“但总而言之人类的个性自由度越大，彼此之间就会越格格不入。尼采之所以提出超人说，也正是因为憋屈得无法可想才会变形为那种哲学。乍看之下那似乎是他的理想模式，但那并非理想，是不平。在个性发展的十九世纪战战兢兢，连身边人也不敢信任，无法安心睡觉翻身，所以这位老大才会有点自暴自弃地那样胡闹。看了他的文章感想不是痛快而是同情。他的声音不是勇猛精进之声，而是怨恨痛愤之声。不过那也是难免的，以前只要出现一个厉害人物，天下莫不翕然从之，那当然痛快。现实中既然就有这样的痛快，当然

---

① 乔治·梅瑞狄斯（George Meredith，1828—1909），英国小说家、诗人。以文章艰深难解而知名。漱石也在研究论文及小说中一再提到。

② 亨利·詹姆斯（Henry James，1843—1916），生于美国的小说家。后来决心定居欧洲。留下以欧美差异为主题的作品。

没必要像尼采那样以纸笔之力显现在文章中。所以荷马[①]和吉维·契斯[②]即便同样描写超人般的性格感觉也截然不同。很开朗，写得很快活。因为有愉快的事实，因为可以把这愉快的事实写在纸上，所以当然没有苦味。尼采的时代就不可能如此了，那时一个英雄也没有出现，即使出现了也不会被人捧为英雄。古时候只有一个孔子，所以孔子很吃得开，现在孔子有很多个，说不定还会是满天下皆孔子。所以即便耀武扬威地自称是孔子也压不住人，压不住所以心有不平，心有不平于是只能在纸上挥洒超人云云。吾人想要自由而得自由，得到自由后反而感到不自由，深受其扰。因此西洋文明看似可取但说穿了根本不行。反观东方自古以来便注重心灵的修行，那才是正确的。不信你看看，个性发展的结果是大家全都神经衰弱，弄得无法收拾时，这才终于发现王者民荡荡[③]这句话的价值，这才醒悟无为而化[④]这句话不可小觑。可惜就算醒悟也为时已晚。就好像酒精中毒后才想到：唉，当初要是不喝酒该多好。”

“您的说法似乎极为厌世，但我很奇怪，听了这么多也毫无感觉。不知是怎么回事。”寒月君说。

“那是因为你有妻子。”迷亭立刻做出解释。

这时主人突然说出以下这种话：“如果有了妻子，就以为女人很好，那可是大错特错。我来念一段有趣的文章给你听，让你做参考吧。你仔细听好。”他说完拿起之前从书房取来的旧书。“这本书很古老，但打从书中这个时代已很清楚女人有多坏。”主人说。

寒月问：“我有点意外。那是什么年代的书？”

“是托马斯·纳什[⑤]这个人在十六世纪的著作。”

“那就更意外了，那时已经有人说我妻子的坏话了吗？”

“他说了很多女人的坏话，你的妻子当然也算在内，所以你要注意听。”

“好，我洗耳恭听，这是难得的机会。”

“首先他说应该介绍古今贤哲的女性观。知道吗，你在听吧？”

---

① 荷马（Homeros），古希腊叙事诗人。吟咏特洛伊战争的长篇叙事诗《伊利亚特》《奥德赛》的作者。

② 吉维·契斯（Chevy Chase），十五世纪创作了英国最古老的叙事歌谣。

③ 有德君王的人民坦荡荡之意。

④ 不玩弄作为，人民自然受到教化之意。

⑤ 托马斯·纳什（Thomas Nashe，1567—1601），英国作家，作风辛辣。本文的“古今贤哲的女性观”云云出自《愚行的解剖》（*The Anatomy of Absurdity*，1589）。

“大家都在听，连单身的我都在听。”

“亚里士多德说女人没一个好东西，所以若要娶妻，娶大的不如娶小的。比起大的坏东西，小的坏东西至少灾祸较少……”

“寒月君的妻子是大的，还是小的？”

“算是大的坏东西吧。”

“哈哈哈哈！这本书真有意思。你继续念。”

“某人问，什么是最大的奇迹？贤者答曰：贞节烈女……”

“贤者是谁？”

“书上没写名字。”

“反正一定是被女人甩掉的贤者。”

“接着是第欧根尼[①]。有人问，应该何时娶妻？第欧根尼答曰：青年太早，老年已晚。”

“这是大师在樽中思考出来的吧。”

“毕达哥拉斯[②]说，天下有三大可怕之物，一曰火，一曰水，一曰女人。”

“没想到希腊的哲学家说话居然这么糊涂。照我说来天下没有任何好怕的，入火不焚，遇水不溺……”但独仙君说到这里有点卡住了。

“碰到女人也不会被迷昏头是吧？”迷亭老师伸出援手。

主人继续往下念：“苏格拉底说控制妇孺是人间最大的难事。狄摩西尼[③]说若想折磨敌人，把自己的女人送给敌人是最佳方案。家庭风波将会不分日夜令他疲惫困顿束手无策。塞涅卡[④]说妇女与无知是世界两大灾厄。马可·奥勒留[⑤]说女子难以控制几与船舶无异。普劳图斯[⑥]说女子生性擅长以华衣美服来遮蔽天生的丑陋。瓦雷里亚斯曾致书给某友人曰：天下无论何事女子皆可暗中为之，唯愿皇天垂怜，莫让你陷入彼等之术。他又说，女子算什么。岂非友爱之敌乎，岂非不可避免之苦乎，岂非必然之害乎，岂非自然之诱惑乎，岂非似蜜糖之毒药乎。若抛弃女子为失德，

---

① 第欧根尼（Diogenes，约前412—前323），古希腊哲学家。因住在大樽中的奇行而闻名。

② 毕达哥拉斯（Pythagoras，前580—前500），古希腊哲学家、数学家。以毕达哥拉斯定理而知名。

③ 狄摩西尼（Demosthenes，前384—前322），古希腊政治家、雄辩家。

④ 塞涅卡（Lucius Annaeus Seneca，前4—前65），古罗马斯多亚派的哲学家。

⑤ 马可·奥勒留（Marcus Aurelius Antoninus，121—180），罗马皇帝（161—180在位）。是所谓的五贤帝之一。也是知名的斯多葛学派哲学家，著有《沉思录》。

⑥ 普劳图斯（Titus Maccius Plautus，前254—前184），古罗马喜剧作家。

则不抛弃彼等更应受苛责……”

“够了，老师。听了那么多拙荆的坏话，我已无话可说。”

“还有四五页，顺便听一下吧。”

“差不多就够了，已到了嫂夫人回来的时刻吧。”迷亭老师才刚开口调侃，起居室那边传来女主人喊女佣的声音：“阿清呀，阿清！”

“这可糟糕，嫂夫人居然在家。”

“呵呵呵呵，”主人笑着说，“管他的。”

“嫂子，嫂子。你什么时候回来的？”

起居室鸦雀无声。

“嫂子，刚才说的你都听见了吗？啊？”

还是没回音。

“刚才那些话，不是你先生的想法喔。是十六世纪纳什的说法，你放心吧。”

“不知道。”女主人在远处简单回答。寒月君哧哧笑。

“我也不知道，真是失礼了，哈哈哈哈。”迷亭君不客气地大笑，这时门被粗鲁地拉开，也没说声“打扰了”或“有人在吗”，只闻响亮的脚步声，紧接着和室的纸拉门已被猛然拉开，多多良三平出现了。

三平君今日异于往常，穿着雪白的衬衫与崭新的西式大礼服，本来就有点打乱市场行情，右手还沉重地拎着四瓶用绳子绑在一起的啤酒，往柴鱼旁边一放，也没打招呼就一屁股坐下，而且屈起膝盖显然精神相当亢奋。

“老师的胃病近来还好吗？这样老是窝在家里，对身体不好喔。”

“我还没有哪里出毛病。”

“可是你的脸色不太好，老师的脸色黄黄的，最近可以去钓鱼。从品川租一艘船——我上个星期天去过。”

“钓到了什么吗？”

“什么也没钓到。”

“即使没钓到也很好玩吗？”

“那是颐养浩然正气。怎么样，你们几位，去钓过鱼吗？钓鱼很有意思喔。在大海上乘着一叶扁舟到处遨游。”他不管对象是谁毫不客气地说。

“我比较想在小海上乘着大船到处遨游。”迷亭君回嘴。

“既然都是要钓鱼，如果不钓回一只鲸鱼或美人鱼就没意思了。”寒月君回答。

"那种东西怎么钓得到？文学家就是没有常识……"

"我不是文学家。"

"这样啊，那你是什么？像我这种商业人士，常识是最重要的。老师，我近来常识特别丰富。因为待在那种地方，旁边人都是那样，不知不觉自然会变成那样。"

"变成怎样？"

"比方说香烟吧，抽朝日或敷岛就吃不开。"说着，他取出滤嘴有金箔的埃及烟①，开始吞云吐雾。

"你有钱那样奢侈吗？"

"我没钱，但总会有办法的。抽这种烟，人家对我的信任程度都不一样了。"

"寒月君，比起磨珠子还是轻松的信任更好，又不费事。是轻便的信任。"迷亭对寒月如是说。

寒月还没回答，三平君已开口："你就是寒月先生吗？终究还是没拿到博士学位吗？你没有成为博士，那我就不客气地收下了。"

"你是说博士学位吗？"

"不，我是说金田家的小姐。我非常同情你。但对方一直叫我娶，最后只好决定娶，老师，不过我觉得对寒月先生不好交代，一直很担心。"

"你千万别客气。"寒月君说。

"想娶就娶好了。"主人回以暧昧的答复。

"那真是可喜可贺。所以说家里有什么样的女儿都不用担心。只要有人娶，正如我刚才所言，不就有了这么体面的绅士女婿吗？东风君的新体诗也有题材了，你赶快写吧。"迷亭君照例越说越得意。

三平君说："你就是东风君吗？我结婚时能否替我写点什么？我要立刻印刷出来分送给大家。也会刊登在《太阳》②上。"

"好，那我就写点什么吧。你几时要？"

"随时都可以。从你的旧作中挑一篇也行。作为交换条件，婚礼我会请你吃大餐，请你喝香槟。你喝过香槟吗？香槟很好喝喔。老师，婚礼的时候我打算请乐队，把东风君的作品谱成曲子演奏你看如何？"

---

① 以埃及产的烟叶做成的纸卷烟。是昂贵的进口香烟。

② 明治二十八年博文馆创刊的综合月刊杂志。当时销路广泛。

“随便你。”

“老师，你帮我谱成曲子好吗？”

“别说傻话了。”

“在座各位有没有谁擅长音乐？”

“被淘汰的候选者寒月君就是小提琴高手，你好好拜托他吧。不过区区香槟可请不动他喔。”

“香槟也分很多种，一瓶四元或五元的当然不好，我要请你喝的不是那种便宜货，你可以替我谱一曲吗？”

“好啊，当然可以，就算是一瓶两角钱的香槟我也愿意，甚至可以免费替你谱曲。”

“我不会让你做白工，一定会送上谢礼。如果你不喜欢香槟，这个礼物你看如何？”他说着从外套的暗袋取出七八张照片散落在榻榻米上。有半身照，有全身照，有站着的，也有坐着的，有穿裤裙的，也有穿宽袖和服的，有梳着高岛田髻的，全都是妙龄女子的照片。

“老师，候选者有这么多。寒月君与东风君若是看中哪个我可以出面代为周旋当作谢礼。你看这张如何？”说着拿起一张给寒月。

“不错耶，那就麻烦你去周旋吧。”

“这个也可以吗？”他又递上一张。

“这个也不错耶，请你去周旋。”

“你到底要哪一个？”

“哪一个都可以。”

“你还挺多情的嘛。老师，这位是博士的侄女。”

“是吗？”

“这位的个性非常好。年纪也很轻，才十七岁。——这位的话陪嫁有一千元。——这位是县长的女儿。”他一个人喋喋不休。

“不能全部都要吗？”

“全部？那也太贪心了吧。你是一夫多妻主义吗？”

“我不是多妻主义，但我是肉食论者。”

“是什么都行，快点把那种东西收起来。”主人不高兴地斥责。

于是三平君再次询问：“那么，你一个都不要吗？”一边把照片一张一张收回口袋。

“你拿啤酒来干什么？”

“这是伴手礼，我在转角的酒铺买的，当作事前庆祝。请喝一杯。”

主人拍手喊女佣来开瓶。主人、迷亭、独仙、寒月、东风五人恭谨举起杯子，祝贺三平君的艳福，三平君看似极为愉快。

“我要邀请在座各位参加婚礼，大家会去吗？应该都会去吧？”他说。

“我不去。”主人立刻回答。

“为什么？那是我一辈子一次的大事啊。老师你真的不肯出席吗？这样有点不通人情喔。”

“我不是不通人情，但我就是不去。”

“是因为没有礼服吗？外褂和裤裙凑合着就行了。你应该多和人群接触一下，老师。我可以介绍名人给你认识。”

“我才不要。”

“可以治好胃病喔。”

“治不好也无所谓。”

“你这么固执我也没办法了。那你呢？会出席吗？”

“我啊，我一定去。可以的话，我甚至希望有这个荣幸当媒人呢。香槟交杯度春宵——什么？媒人已经请了铃木藤十郎？原来如此，我早就料到会这样。虽然遗憾但也没办法。媒人出现两个恐怕太多了，那我就以普通宾客的身份出席吧。”

“那你会出席吗？”

“我吗？一竿风月闲生计，人钓白苹红蓼间。”

“那是什么？是《唐诗选》[①]吗？”

“我也不知道是什么。”

“不知道吗？伤脑筋。寒月君应该会出席吧？好歹也有过去的关系。”

“我一定会出席，否则听不到乐队演奏我作的曲子，岂不是太遗憾了。”

“说得也是。那你呢，东风君？”

“这个嘛，我会出席，而且我还想在两位新人面前朗读新体诗。”

“那真是太好了。老师，我有生以来还没有这么快活过。所以我要再喝一杯啤

---

① 明代编纂的《唐诗选集》。共七卷。日本自江户时代以来广受阅读的汉诗集。

酒。”他说着一个人大口牛饮自己买来的啤酒，脸都红了。

短暂的秋阳渐渐西沉，朝凌乱塞满香烟尸骸的火盆中一看，火早已熄了。就连这些悠哉的人也似乎有点意兴阑珊。“已经很晚了。该走了吧。”独仙君说着率先起身。接着众人纷纷表示“我也要走了”步向玄关，和室就像宴会曲终人散变得很冷清。

主人晚餐后进了书房。女主人微觉秋寒，拢紧内衣领口，缝补洗得发白的家居服。小孩并枕而眠。女佣去澡堂了。

即便是看似悠哉的人们，若叩其内心深处，也会隐约发出悲声。独仙君看似已悟道成仙，但他的双脚还是没有踏出地面之外。迷亭君或许过得轻松自在，但他的世间并非典型的美好世间。寒月君放弃磨珠子，从家乡带了妻子回来，这是顺当的。但顺当的日子过久了肯定会觉得无聊。东风君如果再过个十年，想必也会醒悟他拼命将心血投注在新体诗上是错误之举。至于三平君，很难判定他究竟是住在水畔的人还是住在山中的人，如果他一辈子都能够为请人喝香槟酒扬扬得意那倒也好。铃木藤十郎在哪儿都能圆滑地打滚。打滚就会沾上泥，但至少比沾上泥也滚不动的人吃得开。我生而为猫来到人世已有两年。本以为像我这么有见识的猫找不出第二只，但之前卡特 · 摩尔[①]这个素不相识的同族突然大发气焰，令我有点吃惊。仔细一打听才知道，原来它早在一百年前就死了，却因一时的好奇心想化为幽灵吓我一跳，所以才自遥远的冥土出差来访。这只猫要与母亲见面时，为了示好，叼了一条鱼出门，半路上实在忍不住，自己把鱼吃掉了，可见有多么不孝，而它的才华也不比人类差，据说有一次甚至还作诗惊动主人。既有这样的豪杰出现在一个世纪之前，那像我这种小痞子，应该可以早早告退，归卧无何有之乡[②]了。

主人早晚会死于胃病。金田家的老爷子早已死于欲望。秋叶大半落尽，死亡是万物的宿命，活着如果也没啥用处的话，或许早点死去更明智。按照诸位老师所言，人类的命运就是回归自杀。如果掉以轻心，猫也必须在那么憋屈的世间苟活下去。

---

① 德国小说家霍夫曼（Ernst Theodor Amadeus Hoffmann，1776—1822）的小说《公猫摩尔的人生观》的主角。“大发气焰”云云是指漱石的友人，专攻德国文学的藤代素人于明治三十九年五月号的《新小说》发表“摩尔口述，素人笔记”这种体裁的戏谑文章《猫文士气焰录》，在该文中，摩尔抱怨《我是猫》中的“我”没有提到自己甚为失礼。

② 《庄子》中无所作为的自然乐土。乌托邦。

那太可怕了。我忽然感到心烦气躁。不如喝点三平君带来的啤酒振作精神吧。

我绕到厨房。秋风似乎自咔咔作响的门缝吹入，不知几时油灯已熄灭，但这应是有月亮的夜晚，只见窗口射入影子。托盘上并排放了三个杯子，其中两个还剩下一半褐色的液体，装在玻璃杯中的东西即便是热水看起来也很冰冷，更何况在寒夜的月影照耀下，静静与灭火罐并排的液体，还没沾唇就已令人冷得不想喝了。但东西要试过才知道。三平喝了那个之后面红耳赤，热得拼命喘气。猫如果喝了说不定也会变得很快活。反正这条命也不知几时会死，还不如趁着有命的时候做了再说，死后才躲在坟场的影子里追悔“哎呀，当初真可惜”已于事无补。索性鼓起勇气喝喝看吧！我猛然把舌头伸进去舔了几下，当下大吃一惊。舌尖就像针刺似的发麻。人类发什么疯要喝这种酸臭的东西我实在不明白，但猫绝对喝不下去。猫和啤酒说什么都合不来。这可不得了！我急忙把伸出的舌头缩回，但随即念头一转。人类经常把良药苦口当成口头禅，每当感冒时总会皱着脸服用奇怪的东西，是服用了那个才康复，还是康复了也要服用，至今仍是疑问。但这下子正好，就让我用啤酒来解决这个问题吧。喝了之后如果连肚子里都发苦那也就算了，如果像三平那样忘乎所以愉快得不得了那就赚到了，可以把这个好消息告诉邻近众猫。总之是好是坏全看天意，拼了！我下定决心再次伸出舌头。睁着眼难以下咽，所以我紧闭双眼，再次开始舔啤酒。

我忍了又忍，好不容易喝光一杯啤酒时，奇妙的现象发生了。起初舌头发麻，口中就像遭到外力压迫很痛苦，但喝多了之后渐渐变得轻松，喝完一杯时已不再感到难受。我心想已经没问题了，于是轻松解决第二杯。顺便把托盘上洒出来的酒也舔得干干净净。

接下来的片刻我为了观察自己的动静，定定缩成一团。身体渐感温暖，眼眶模糊，耳朵发烫，很想高歌一曲，想跳猫咪舞，想叫主人和迷亭和独仙都去吃屎，想狠狠挠金田家的老爷子几下，想咬金田太太的鼻子一口。想做很多事，最后我想摇摇晃晃站起来，站起来后就想飘飘然走路。这倒是很有趣，我忽然很想出去。出去之后想向月亮道声晚安[①]。实在太愉快了。

陶然大概就是指这种情形吧，我一边暗想，一边漫无目标像要到处散步，又好像不是散步般，以不稳的脚步任意行走，我忽然很想睡。是在睡觉还是在走路，我

① 出自民谣博多节的歌词。

已分不清。我以为自己睁着眼，但眼皮好重。到此地步也不过就这样了。管他是海是山我都不怕，前脚软趴趴向前一抬，顿时扑通一声，我霍然一惊——糟了，我甚至还不及思考是怎么个糟法。只是若有似无地感到糟了，之后就一塌糊涂。

等我回神时已漂浮在水上。我很痛苦，拼命用爪子胡乱抓挠，但抓得到的只有水，一抓立刻沉下去。无奈之下只好用后脚向上跳，前脚抓扒，听到咔啦啦的声音隐约抓到什么。好不容易把头浮出水面，我四下一看身在何处，原来我掉入大水缸中。这个水缸在夏天本来长满了水葵这种水草，后来乌鸦飞来吃光了水葵，还在这儿洗澡戏水。水因此减少，水减少后乌鸦就不来了。之前我还在想近来乌鸦渐少都不见踪影了，做梦也没想到我自己会代替乌鸦在这种地方戏水。

水面离边缘四寸有余。就算伸长脚也钩不到。跳也跳不出去。再不想办法只会沉下去。挣扎之下爪子只是咔咔抓到水缸，抓到时，稍微有点浮起，一滑开就立刻又沉下去。沉下去无法呼吸，于是立刻又咔咔抓缸壁。后来身体疲倦了，心情虽焦急，脚却已使不上力。最后连我自己也难以分辨是因为沉下去才抓缸壁，还是因为抓缸壁才沉下去。

那一刻我一边痛苦挣扎，一边在想：会碰上这种折磨，换言之，是因为我一心只想从水缸爬出去，虽然很想出去但我知道自己爬不出去。我的脚不足三寸，好吧，就算我的身体浮在水面，从漂浮之处尽量伸长前脚爪子也抓不到五寸有余的缸边。如果爪子抓不到缸边，那么就算再怎么抓扒，再怎么焦急，粉身碎骨一百年也出不去。明知出不去还想出去是强人所难。因为强人所难所以才痛苦。太无聊了。这是自找苦吃，自求拷问，简直太蠢了。

“算了。随便吧。我不想再咔咔咔地抓扒了。”我决定将前脚、后脚、头、尾都任由自然之力摆布，不再抵抗了。

我渐渐感到轻松。分不清是痛苦还是可喜。是在水中还是在和室，难以判别。不管身在何处都没差别了。我只觉得轻松。不，连轻松的感觉都没有了。我斩落日月，粉碎天地，进入不可思议的太平。我要死了，死后便可得到这种太平，太平必须死去才能得到。南无阿弥陀佛，南无阿弥陀佛。感恩啊，感恩。

图书在版编目（CIP）数据

我是猫 /（日）夏目漱石著；刘子倩译 . — 2 版 . —北京：中国法制出版社，2019.5

ISBN 978-7-5216-0218-0

Ⅰ . ①我…　Ⅱ . ①夏… ②刘…　Ⅲ . ①长篇小说—日本—近代　Ⅳ . ① I313.44

中国版本图书馆 CIP 数据核字（2019）第 083280 号

策划编辑 / 责任编辑：陈晓冉（chenxiaoran 2003@126.com）　　封面设计：汪要军

我是猫

WO SHI MAO

著者 /［日］夏目漱石

译者 / 刘子倩

经销 / 新华书店

印刷 / 三河市国英印务有限公司

开本 / 710 毫米 ×1000 毫米　16 开　　印张 / 18　字数 / 311 千

版次 / 2019 年 5 月第 2 版　　2019 年 5 月第 1 次印刷

中国法制出版社出版

书号 ISBN 978-7-5216-0218-0　　定价：42.80 元

北京西单横二条 2 号　邮政编码 100031　　传真：010-66031119

网址：http://www.zgfzs.com　　**编辑部电话：010-66071900**

市场营销部电话：010-66033393　　**邮购部电话：010-66033288**

（如有印装质量问题，请与本社印务部联系调换。电话：010-66032926）